Collection dirigée par Michel Zink et Michel Jarrety

GUY DE MAUPASSANT

Le Horla

et autres récits fantastiques

INTRODUCTION ET NOTES PAR MARIANE BURY

LE LIVRE DE POCHE
classique

Ancienne élève de l'École normale supérieure, Mariane Bury est maître de conférences à la Sorbonne. Elle a consacré ses recherches à Maupassant et travaille également sur certains concepts clefs du discours critique au XIXe siècle.

Guy de Maupassant.

INTRODUCTION

« L'esprit de l'homme est capable de tout. »

(La Chevelure)

« Je suis irrémédiablement perdu. Je suis même à l'agonie... C'est la mort imminente et je suis fou. Ma tête bat la campagne. Adieu ! ami, vous ne me reverrez pas. »[1] Maupassant écrit ces lignes pathétiques à un confrère écrivain et médecin, Henri Cazalis, en décembre 1891. La désintégration de son cerveau commence en 1892, après une tentative de suicide dans la nuit du 1er au 2 janvier. Il ne sortira plus de la maison de santé du docteur Blanche où il est admis quelques jours plus tard. Son dernier récit fantastique, *Qui sait ?,* paru le 6 avril 1890, se termine par l'internement volontaire du narrateur qui sent sa raison lui échapper. Lorsqu'il évoque le trouble affreux qui s'empare d'une conscience en miettes, Maupassant sait donc de quoi il parle. Mais devenu fou, en proie au délire, il cesse d'écrire. On doit donc en finir avec la légende d'un fou génial, décrivant la folie sous sa propre dictée, au fur et à mesure de sa progression. Maupassant a enregistré les dérèglements pathologiques du cerveau humain, autour de lui et en lui, pour nourrir un imagi-

---

1. In *Correspondance,* éd. par J. Suffel, Evreux, Le Cercle du bibliophile, 1973, 3 vol., lettre n° 751.

naire marqué très tôt par le pessimisme et la douleur de vivre. L'essentiel de sa production ne peut avoir été commandé par son mal : la plupart des récits fantastiques (29 sur 33) sont écrits entre 1882 et 1887, en six ans, avec une concentration particulière dans les années 1882-1884 et 1887, soit au faîte de sa gloire et lorsque le mal reste encore supportable, et jugulé. La nature du fantastique se détermine donc en fonction d'une expérience humaine vécue, et non en référence à un univers surnaturel qui ferait brusquement irruption dans le monde « normal ». A l'époque où écrit Maupassant, les diables et les fantômes ont d'ailleurs disparu, l'arsenal de la littérature merveilleuse est tombé en désuétude, ainsi qu'il en dresse lui-même le constat le 7 octobre 1883 dans une chronique où il prédit la fin de la littérature fantastique : « Lentement, depuis vingt ans, le surnaturel est sorti de nos âmes. Il s'est évaporé comme s'évapore un parfum quand la bouteille est débouchée[1] ». Parmi les maîtres du genre, les meilleurs sont précisément ceux qui ont « rôdé autour du surnaturel plutôt que d'y pénétrer ». Le principal mérite de l'écrivain Ivan Tourguéniev, dans ses *Étranges Histoires,* vient de ce qu'il laisse « deviner le trouble de son âme, son angoisse devant ce qu'elle ne comprenait pas, et cette poignante sensation de la peur inexplicable qui passe ». Le grand art en ce domaine consiste à rendre son lecteur à son tour « malade, nerveux et apeuré », à lui communiquer un frisson analogue à celui du narrateur. L'ensemble suppose, comme nous le verrons plus bas, tout un dispositif destiné à rendre crédible la montée de la peur, et implique la disparition d'effets trop voyants. Avec le surnaturel, c'est aussi la foi qui s'en est allée. La science positive et la philosophie pessimiste ont instruit le procès de Dieu. Schopenhauer, traduit par Jean Bourdeau en 1880, « le plus grand saccageur de rêves qui ait passé

1. Nous publions l'ensemble de cette chronique en Annexe p. 364.

sur la terre », comme le nomme Maupassant dans *Auprès d'un mort,* a généralisé un désenchantement inauguré par le mal du siècle romantique [1]. La société, l'amour, l'amitié, toutes les valeurs englobées dans l'Universelle Illusion sortent exténuées de ce nihilisme ravageur. D'autre part, la littérature médicale étudie les pathologies mentales et s'intéresse aux failles du cerveau humain. Chacun connaît à l'époque les expériences pratiquées à la Salpêtrière par le docteur Charcot : Maupassant et Freud, pour ne citer que les plus célèbres auditeurs, suivent ses cours en 1885 [2]. La pratique médicale de l'hypnose en psychopathologie psychiatrique favorise les passerelles vers les sciences occultes et paramédicales. Les magnétiseurs de salon, comme le Donato dont il est question dans le récit de Maupassant intitulé *Magnétisme,* insistent sur l'importance des fluides invisibles, comparables à l'électricité et capables de commander à distance un être inconscient de ses actes. Le spiritisme entend communiquer avec l'au-delà, manière de renouer avec une dimension religieuse qui s'est perdue. Les travaux de Camille Flammarion témoignent notamment de cette volonté de synthèse de la nature, de la science et de la foi. *Dieu dans la nature,* constamment réédité (en 1881 paraît la 18e édition), prétend fonder une « philosophie religieuse sur les principes de la science positive ». Prouver l'existence de Dieu par la science et étudier l'âme humaine pour en sonder les mystères participe du même mouvement vers un retour du sens : « Le som-

---

1. Sur ce point, on consultera Schopenhauer, *Douleurs du monde, Pensées et fragments,* préf. par D. Raymond, rééd. de la traduction de J. Bourdeau, Petite Bibliothèque Rivages, 1990. La plupart des contemporains eurent accès à Schopenhauer par ces morceaux choisis. Il faut lire aussi bien sûr l'ouvrage de R.-P. Colin, *Schopenhauer en France, un mythe naturaliste,* Presses Universitaires de Lyon, 1979. **2.** P. Bayard, dans son *Maupassant, juste avant Freud,* éd. de Minuit, 1994, a tiré de cette coïncidence des conclusions tout à fait intéressantes concernant l'approche de l'inconscient chez Maupassant.

nambulisme naturel, le magnétisme, le spiritisme, offrent aux expérimentateurs sérieux qui savent les examiner scientifiquement des traits caractéristiques qui suffiraient pour montrer l'insuffisance des théories matérialistes[1] ». On note ainsi un point de convergence entre les textes qui ressortissent au domaine du fantastique et la littérature scientifico-médicale. L'hallucination notamment, à la lisière du domaine médical et du surnaturel, participe à la naissance d'une nouvelle forme de merveilleux qui prend appui sur les travaux scientifiques et rencontre un public prédisposé à accepter un fantastique renouvelé.

Dans ce contexte, l'artiste Maupassant est tenté de choisir le camp de l'halluciné contre celui des personnes raisonnables. Dans tous ses récits, la position du fou ou du malade est légitimée, parce que tout est présenté de son point de vue. Même dans le cas du monstre criminel d'*Un fou,* le lecteur constate, malgré lui et malgré l'horreur que lui inspire le personnage, que son esprit malade suit une logique monstrueuse mais indéniable. Le plus souvent, le lecteur prend parti pour celui que la société présente comme un malade et qui n'est, comme le jeune amant de *La Tombe,* qu'un fou d'amour désireux de revoir une dernière fois la femme dont il n'accepte pas la mort, ou comme le pervers de *La Chevelure,* qu'un idéaliste qui ne supporte pas les trivialités du réel. Tout est fait pour que le lecteur comprenne la pathologie dont il est question, et, bien plus, pour qu'il soit poussé quasiment à ne pas la considérer comme une pathologie. Là se situe l'originalité de Maupassant. Il ne s'agit pas pour lui d'exacerber les états-limites pour exhiber une différence provocatrice, attitude qui tend à mettre en évidence la marginalité de la folie artistique, mais au contraire de montrer que c'est paradoxalement sa lucidité qui rapproche le fou de l'artiste. Maupassant montre qu'il existe, dans l'esprit du fou, une cohérence du travail

1. In *Dieu dans la nature,* Didier, 1867, p. III et p. 309.

de la logique tout aussi légitime que celle de l'esprit d'un homme sain. L'ensemble de son œuvre fantastique obéit à une stratégie persuasive destinée, grâce à des modes de présentation narrative particulièrement convaincants, à insinuer le doute dans l'esprit des lecteurs et à ébranler les consciences [1]. Le récit fantastique chez Maupassant est performatif, il entend agir sur le lecteur. On le voit bien par exemple dans le passage de la première à la seconde version du *Horla.* La première requiert l'autorité du médecin et utilise les moyens rhétoriques de la démonstration, appuyée sur des documents et des témoignages médicaux. Le récit encadré ressemble à une séance à mi-chemin entre l'examen clinique et le tribunal, où le prétendu fou raconte son expérience devant un aréopage de médecins qualifiés. Le docteur qui conclut et referme le cadre du récit se montre persuadé par le récit du fou ; cette attitude confère au récit une puissance de persuasion indéniable puisque le lecteur à son tour réfléchit sur ce cas et en vient à remettre en cause ses propres certitudes. Le passage à la forme du journal intime, dans la seconde version, témoigne d'une rhétorique plus souterraine et plus subtile. L'appareil médical a disparu, l'encadrement rhétorique du récit également. Le lecteur se trouve en prise directe sur la dissolution du moi, qu'il suit jour après jour de l'intérieur. L'effet se trouve décuplé par cette immersion brutale dans une conscience malade qui se défait. Le mélange de lucidité et de faillite de la raison contribue à effacer les barrières entre le normal et le pathologique, ce qui explique la fortune de ce texte d'une intensité extrême. Le principe avait déjà été adopté dans *Un fou ?*, où Maupassant montrait de l'intérieur l'insinuation dans

1. Cette volonté d'anesthésier d'abord les réflexes de méfiance du lecteur afin de le plonger dans le doute, dans un silence hors texte propice au prolongement du récit court, commande d'ailleurs l'ensemble de sa poétique ; voir M. Bury, *La Poétique de Maupassant,* SEDES, 1994.

un cerveau de magistrat de l'envie de tuer, tournant à l'idée fixe puis à l'obsession. Tout se passe comme si les personnages se trouvaient littéralement possédés par une idée, qui finit par détruire, les autres ou eux-mêmes. La puissance de cette écriture fantastique provient de l'écart entre les troubles décrits, qui ouvrent sur les abîmes de la conscience, et le choix d'un style limpide, qui prend le lecteur au piège de la simplicité. Qu'il s'agisse d'une écriture très concertée, il suffit pour s'en convaincre de regarder de près le manuscrit du *Horla*[1]. Le texte mime l'oxymore de cette « transparence opaque » du miroir où le narrateur du *Horla* ne peut apercevoir son reflet.

Voilà pourquoi le terme même de fantastique ne va pas sans problèmes lorsque l'on aborde l'œuvre de Maupassant. La présence de l'étrange, non seulement au cœur du quotidien, mais aussi et surtout au plus profond de l'être rend bien fragiles les frontières susceptibles de délimiter littérairement des domaines propres à la nouvelle réaliste et au récit fantastique. La tradition scolaire et universitaire a habitué les lecteurs à parler de « contes fantastiques » pour désigner les récits qui déroutent, qui expriment l'irruption dans la conscience d'un sentiment d'inquiétude qui se transforme assez vite en obsession maladive, peur irraisonnée, angoisse insurmontable. Mais le « conte » véhicule des connotations merveilleuses situées aux antipodes de l'univers « fantastique » de Maupassant. Bien plus, il inscrit le récit dans le monde de la fiction, de l'imaginaire, littéraire ou populaire, en un mot de la mise à distance, nécessairement rassurante, de l'innommable ainsi résorbé, classifié, étiqueté. D'ailleurs, il ne faut pas trop se perdre dans une volonté de discrimination précise et technique du conte et de la nouvelle : au XIXe siècle, les deux termes se rencontrent sans

1. Y. Leclerc a fourni une belle édition de ce manuscrit aux éditions du CNRS, collection *Manuscrits,* Paris, 1993. On s'y reportera pour apprécier le travail du style.

Illustration de Gavarni pour un conte
fantastique de Hoffmann, *La Porte murée*.

différences génériques nettes. Connaissant un développement exceptionnel, dû à une tradition française du conte et de la nouvelle[1], les récits bénéficient au XIXe siècle d'un phénomène nouveau et qui ne cesse de s'amplifier pour se généraliser à l'époque où écrit Maupassant : la publication préalable dans des revues ou dans des quotidiens, qui permet à l'écrivain de vivre de sa plume et lui assure une bonne publicité. Il faut prendre en compte également, dans cet essor, l'influence étrangère, surtout dans les domaines du merveilleux et du fantastique : celle des *Contes* d'Hoffmann, parus en traduction française en 1829, des *Récits d'un chasseur* (1852) de Tourguéniev et des *Histoires extraordinaires* de Poe, traduites par Baudelaire en 1856. On voit que les écrivains désignent leurs récits de façon assez indifférente, en recourant tantôt au « conte », tantôt à la « nouvelle », tantôt à l'« histoire » ou encore au « récit ». Ils semblent en fait indiquer par là une différence d'atmosphère qui séparerait les récits de l'illustre roman. Sur le plan de l'inspiration, le contenu des contes et des nouvelles recouvre un champ illimité, où l'on peut discerner trois voies. La première suit la tradition comique du fabliau, comme certains contes de Balzac et de Maupassant, la seconde, plus importante, apparente le récit au fait divers du journalisme, ou à la chronique historique, ou encore à l'essai, et cherche à lui donner un cachet de réalité[2]. La troi-

---

1. De Marguerite de Navarre (1492-1549), avec son *Heptaméron* (1559), à Voltaire (1694-1778) et ses contes philosophiques, en passant par les *Contes et Nouvelles* (1665) de La Fontaine (1621-1695) et les *Histoires* ou *Contes du temps passé* (1697) de Perrault (1628-1703), le goût des récits s'est affirmé jusqu'à leur donner une place aux côtés des grands genres, à défaut de leur conférer un statut poétique et littéraire précis. **2.** On peut songer à Balzac, *Un drame au bord de la mer* (1834), aux *Chroniques italiennes* (1839) de Stendhal, et aux *Soirées de Médan* (1880), où paraît *Boule de Suif,* de Maupassant. On peut évoquer aussi des récits aussi différents que *L'Etui de nacre* (1892) d'Anatole France (1844-1924) ou les *Histoires désobligeantes* (1894) de Léon Bloy (1846-1917).

sième englobe le vaste domaine du fantastique, du *Trilby* de Nodier, en 1822, au *Horla,* sans oublier au passage *La Vénus d'Ille* (1837) de Mérimée. Cette inspiration fantastique englobe des notions plus larges, comme la cruauté dans *Les Diaboliques* de Barbey d'Aurevilly, en 1874, ou dans les *Contes cruels* (1883) de Villiers de l'Isle-Adam, la magie avec les *Histoires magiques* (1894) de Remy de Gourmont, voire la monstruosité clinique, chez Catulle Mendès et ses *Monstres parisiens* (1882). A cette grande diversité de contenu correspond la plus grande variété formelle, qu'il s'agisse des modalités de la narration ou de la longueur des textes. A cet égard, Maupassant a exploité toutes les ressources du genre dans ses quelque 300 récits, qui vont de trois pages à une centaine. La longueur ne détermine pas un rapprochement de la nouvelle avec le roman, tandis que le petit récit, plus court, serait baptisé conte et nécessiterait la présence d'un conteur. Les caractéristiques communes aux récits courts, comme l'unité, la concentration de l'action sur un épisode, quelques heures, voire un instant, empêchent l'amalgame avec le roman qui repose sur la durée. Il s'avère donc impossible de proposer une définition structurelle et systématique du conte et de la nouvelle, dans la mesure où chaque écrivain a marqué de son génie propre une forme essentiellement souple. Aussi paraît-il judicieux de s'en tenir à l'appellation globale de récit, sans s'interdire d'utiliser les termes de conte et de nouvelle ; on ne fait ainsi que suivre l'exemple des écrivains eux-mêmes. En raison des connotations plutôt « réalistes » de la nouvelle, le terme de conte semble apparemment plus approprié pour les récits fantastiques. Or, cela ne va pas de soi pour ceux de Maupassant.

Dans l'optique de Maupassant en effet, qui mêle dans ses recueils une variété de récits soumis à un principe de diversité, voire de désordre, indispensable à l'effet de lecture, il est impossible pour le lecteur de s'installer confortablement dans un *univers* stable, sur le plan de la thématique ou de la forme. Rien n'indique, ni dans la pratique de Maupassant ni dans des projets qu'il aurait pu formuler dans sa correspondance, qu'il aurait souhaité même composer des recueils thématiques ou génériques à partir des récits de la folie, de la cruauté et de l'angoisse. Du point de vue formel, en effet, les récits fantastiques ne diffèrent pas des autres. Ils offrent des modes de présentation tout aussi variés : récit à la première personne *(La Main d'écorché, Fou ?, Un fou ?, La Nuit, L'Homme de Mars, L'Endormeuse, Qui sait ?),* récit à la troisième personne *(Mademoiselle Cocotte, Denis, Promenade, L'Auberge),* récit encadré qui introduit un second narrateur *(Sur l'eau, Conte de Noël, Magnétisme, La Peur, Apparition, La Main, Solitude, Le Tic, La Peur, Berthe, Auprès d'un mort, Le Horla* [1886], *Madame Hermet, Moiron),* récit présentant la forme d'une lettre *(Lettre d'un fou, Lui ?, Suicides),* récit du prétoire, plaidoyer ou plaidoirie *(La Tombe, Un cas de divorce),* récit mimant l'écriture d'un journal intime *(Un fou, La Chevelure, Le Horla* [1887]*).* Les longueurs varient, de quelques pages à une vingtaine. La plus longue des nouvelles est aussi la plus importante et d'ailleurs la plus significative du fantastique maupassantien, *Le Horla.* Aucun critère objectif ne permet de distinguer ces récits des autres. Ils paraissent comme eux en journal, dans *Le Gaulois,* le *Gil Blas* ou *Le Figaro,* avant d'être repris, ou non, par l'auteur dans un recueil. Contrairement à un Jean Lorrain, un Catulle Mendès ou un Remy de Gourmont, ses contemporains, Maupassant ne pratique pas le genre fantastique comme on s'adonne à une mode pour esthètes décadents et subtilement névrosés. Au contraire, les personnages qu'il met en scène appartiennent à l'humanité la plus moyenne. Maupassant les ancre dans le réel, comme le note très bien Marie-Claire Bancquart dans son étude magistrale sur *Maupassant, conteur fantastique :* « En saturant d'angoisse le monde de l'homme moyen et l'écriture la plus limpide, Maupassant avait créé l'originalité de son fantastique[1] ». Les récits fantastiques, qui représentent environ 10 % de la production de récits courts, ne se trouvent donc ni placés à l'écart, ni spécialement différenciés des autres, dans un ensemble marqué par une vision du monde profondément pessimiste et désenchantée. Tout regroupement implique dans cette mesure des choix qui apparaissent comme inévitablement arbitraires. L'étrange, la cruauté, l'insolite, ne sont jamais absents de l'univers maupassantien, et certains récits laissent l'éditeur dans l'expectative. On peut songer à *La Petite Roque,* fait divers qui raconte le viol d'une petite fille par un notable, que nous n'avons pas recueilli ici parce qu'il est centré sur l'affaire criminelle, mais qui présente des scènes d'hallucinations très proches des états obsessionnels décrits dans les récits de la folie. D'où, souvent, le recours à d'autres catégories qui, par l'extension du domaine fantastique, permettent d'intégrer à cet univers du malaise des récits indéfinissables. D'ailleurs, les titres des éditions qui rassemblent les récits fantastiques révèlent ce scrupule. Marie-Claire Bancquart publie *Le Horla et autres contes cruels et fantastiques,* A. Fonyi édite en deux volumes *Le Horla et autres contes d'angoisse, Apparition et autres contes d'angoisse*[2]. On est frappé par cette nécessité, ou bien d'ajouter un autre terme à celui de fantastique, ou bien de le supprimer. Dans un cas on fait appel à l'épithète chère à Villiers de L'Isle-Adam et à ses *Contes cruels* pour montrer l'atmosphère violente de récits que l'on aurait quelque hésitation à qualifier de fantastiques, dans l'autre on préfère l'angoisse, qui renvoie à une réalité plus psychologique que littéraire et intériorise davantage, et à juste titre, l'expérience du fantastique. L'appellation

1. In *Maupassant, conteur fantastique,* Minard, Lettres modernes, coll. « Archives », 1976, p. 51. **2.** La première chez Garnier, la seconde dans la collection GF.

pure et simple de « fantastique » ne suffit pas à définir, ou définit imparfaitement les récits en question : Maupassant écrit des récits de la peur, de la folie, de la cruauté, des perversions, de l'angoisse, de l'inquiétante étrangeté, mais pas des contes fantastiques. Les déviations sont présentées comme des faits : Maupassant nous conduit à concevoir l'inconcevable, le monstrueux, qui gît dans la conscience la plus ordinaire, sans recours au surnaturel. De là découle le lien étroit qui unit cette conception de l'étrange dans la vie réelle, et la composition des recueils, qui ne tiennent compte d'aucune unité thématique. On fausse donc l'esprit général du recueil de nouvelles tel que le conçoit Maupassant en regroupant les récits fantastiques.

Est-ce à dire pourtant qu'il n'est pas utile de rassembler ces récits ? Il semble au contraire que de cette présentation ressortent des constantes. D'emblée, le classement chronologique révèle qu'il n'y a pas, précisément, d'évolution chronologique du fantastique qui, mis à part le texte très académique de *La Main d'écorché,* est d'emblée donné comme un fantastique intérieur. Il n'est pas question d'hésiter entre deux explications, l'une rationnelle, l'autre irrationnelle, d'un même fait, selon le principe d'hésitation défini par Tzvetan Todorov dans son *Introduction à la littérature fantastique,* mais d'accepter l'inacceptable. Le fantastique signifie l'entrée dans une impasse dont l'esprit humain ne peut se sortir en aucune façon. L'effet de mention du terme lui-même, « fantastique », témoigne de cette mise à distance du littéraire au profit d'une catégorie existentielle. Dès *Sur l'eau,* le canotier inquiet se dit la proie d'« imaginations fantastiques » qui traduisent sa peur lorsqu'il se trouve la nuit mystérieusement immobilisé sur la rivière. Le conteur de *La Main* annonce à son auditoire le récit d'une affaire criminelle « où vraiment sembl[e] se mêler quelque chose de fantastique ». Quant au narrateur de *Qui sait ?,* il emprunte une « fantastique ruelle » avant d'y découvrir chez un antiquaire inquiétant ses meubles disparus.

Dans *Le Horla,* cette pratique apparaît de façon insistante. D'abord, l'adjectif « fantastique » intervient dans l'évocation du Mont Saint-Michel, « fantastique rocher » qui porte un « fantastique monument » aux gargouilles « fantastiques ». Dans ce contexte, un moine conte des légendes appartenant au merveilleux des croyances populaires. Plus loin, il est question d'une inquiétude sourde qui pousse le narrateur à rentrer chez lui, pendant une promenade, et il en demeure « plus surpris et plus inquiet » que s'il avait eu « quelque vision fantastique ». Introduire le terme dans le corps du texte revient à désamorcer un effet banal, attendu, connu, pour déplacer l'« effet de fantastique » sur autre chose, pour introduire un décalage entre les attentes d'un public habitué à une longue tradition de récits fantastiques et l'impression d'angoisse profonde qu'il veut l'amener à ressentir. Tout se passe comme si Maupassant voulait créer l'effet de réel sur lequel est fondée sa poétique à partir d'un support insolite, voire invraisemblable, qu'il détruit en le mentionnant. La terreur provient d'un malaise interne. Nommer le « Horla », c'est bien faire disparaître le fantastique en niant l'explication rationnelle : le Horla est, indiscutablement. Le narrateur intègre même une réflexion sur le fantastique au cœur du récit. En date du 17 août, il s'appuie sur sa lecture d'un docteur en philosophie, Hermann Herestauss, qui dresse le constat de ce besoin ancien qu'a l'homme de créer des êtres invisibles pour donner corps à ses hantises : « On dirait que l'homme, depuis qu'il pense, a pressenti et redouté un être nouveau, plus fort que lui, son successeur en ce monde, et que, le sentant proche et ne pouvant pressentir la nature de ce maître, il a créé, dans sa terreur, tout le peuple fantastique des êtres occultes, fantômes vagues nés de la peur ». La peur apparaît justement comme une donnée essentielle de ces récits de l'étrange, qui, poussée à son degré suprême, l'épouvante, revient avec une récurrence obsédante sous la plume de Maupassant. Peur, solitude, mort et folie tissent un réseau inextricable autour de l'être qu'elles murent en lui-même, le condamnant à la souffrance qui le définit. La « peur » *(Sur l'eau),* « l'inquiétude étrange » *(Lui ?)* qui se manifestent à longueur de récits révèlent moins l'existence d'une manifestation rationnelle face à un danger précis que la peur sans raison, sans motif, « la peur de l'épouvante » *(Qui sait ?)* elle-même, que nous appellerions aujourd'hui l'angoisse. Il s'agit d'une « peur mystérieuse » *(Le Tic)* que rien ne motive. Les personnages mis en scène expriment cette peur : « Comme j'eus peur ! » est une exclamation que l'on retrouve dans de nombreux récits comme *La Peur, Lettre d'un fou, Le Horla,* parfois relayée par un simple « j'eus peur ! » *(La Nuit).* Le récit intitulé *La Peur* offre une définition tout à fait claire de ce trouble de l'âme, puisque l'« on n'a vraiment peur que de ce qu'on ne comprend pas ». Or, c'est souvent la solitude qui favorise l'éclosion de la peur, solitude tragique *(Promenade, Suicides, L'Auberge),* solitude insupportable *(Solitude, Lui ?)* qui conduit aux portes de la folie. Le père Leras, le héros modeste de *Promenade,* vit seul et totalement aliéné par sa condition d'employé. Un soir, il décide de commettre un écart par rapport au déroulement immuable de sa journée et part en promenade. Fatale décision : cette course anodine lui fait entrevoir la vie dans toute sa misère et le conduit au suicide. Il connaît l'expérience existentielle du voile de l'illusion qui se déchire soudain pour laisser place à l'insupportable poids de l'existence et d'une solitude révélée. Le titre anodin du récit montre à quel point l'être face à lui-même perd pied : dès qu'il a le temps de penser, l'homme est perdu car la pensée le conduit irrésistiblement à la révélation de son néant ; la lucidité tue. Le récit s'achève sur un doute que le lecteur peut lever : « Peut-être un subit accès de folie ? » En ce cas, lucidité et folie deviennent ici strictement synonymes. Le personnage qui se confie au narrateur dans *Solitude* exprime bien ce cheminement fatal : « Depuis que j'ai senti la solitude de mon être, il me semble que je m'enfonce, chaque jour davantage, dans un souterrain sombre, dont je ne trouve pas les bords, dont je ne connais pas la fin, et qui n'a point de bout, peut-être ! » *Le Horla* illustre cette idée de l'intolérable solitude de l'être. Le narrateur qui écrit chaque jour des pages de son journal se sent peu à peu envahi d'un malaise auquel il n'échappe que lorsqu'il voyage. Dès qu'il rentre chez lui, il est repris par le tête-à-tête avec lui-même, c'est-à-dire par une angoisse atroce qui le conduit à la folie et qui prend le nom de Horla. Qu'on l'interprète de différentes manières, qu'on y voie un récit de science-fiction, un récit fantastique renouvelant le motif du double ou le récit clinique d'une dépression nerveuse aiguë, le texte montre que la solitude représente la pire des menaces et qu'*a contrario* le divertissement, au sens pascalien du terme [1], se trouve promu au rang de nécessité vitale. A défaut d'oublier sa condition, l'homme se perd dans une méditation dévastatrice. Les narrateurs et personnages ne cessent de s'interroger (ou les autres s'interrogent pour eux) sur leur probable folie. La modalité interrogative souligne constamment cette lancinante question des limites entre normalité et folie, ne serait-ce déjà que dans certains titres : *Fou ?, Lui ?, Un fou ?, Qui sait ?* Bien plus, au cœur des textes abonde l'interrogation : « Qu'est-ce que cette obsession pourtant ? » *(Lui ?)*, « Pourquoi cette folie ? » *(La Peur)*, « Le sait-on ? Mais que sait-on ? » *(Un fou ?)*. Autant de questions qui insistent sur les limites de la raison, sur la pauvreté

---

1. Dans les *Pensées,* il existe une liasse de textes consacrée au divertissement (éd. de Ph. Sellier, Bordas, Classiques Garnier, pp. 214-222), où Pascal rappelle que les agitations des hommes leur font oublier leur propre condition : « la cause de tous nos malheurs » vient du « malheur naturel de notre condition faible et mortelle, et si misérable que rien ne peut nous consoler lorsque nous y pensons de près » (p. 216). Le livre de P. Cogny, *Maupassant, l'homme sans Dieu,* Bruxelles, La Renaissance du livre, 1968, montre bien la parenté qui existe entre la misère de l'homme qui ne se connaît pas et qui refuse Dieu, et la conception maupassantienne de la condition humaine.

d'un esprit humain qui ne peut maîtriser la présence en lui d'une force qui le dépasse et le détruit[1]. Le narrateur, dans *Solitude,* demande à son ami : « Tu me trouves un peu fou, n'est-ce pas ? ». A partir de quand peut-on parler de folie ? Ce harcèlement explique le goût de Maupassant pour l'étude des cas pathologiques : « Qu'ai-je donc ? » *(Le Horla),* « Pourquoi suis-je ainsi ? », « Suis-je devenu fou ? » *(Lettre d'un fou).* Il traque les tics *(Le Tic),* les hallucinations *(Apparition, Solitude, Le Horla),* les perversions sexuelles *(La Chevelure, Un cas de divorce, La Tombe),* les crimes *(Un fou, Fou ?, Moiron),* la folie pure *(Lettre d'un fou, Berthe, L'Auberge, Madame Hermet),* le suicide *(Suicides, Promenade, L'Endormeuse).* « Pourquoi ? » *(Un fou ?),* « pourquoi ? », *(Le Horla),* la question reste posée. Car la solitude n'est pas la seule explication : pourquoi Denis agresse-t-il son maître *(Denis) ?* Pourquoi le magistrat d'*Un fou ?* éprouve-t-il le besoin irrésistible de tuer ? D'où vient le dérèglement du cerveau humain ? Maupassant découvre l'importance des pulsions issues d'un inconscient qui échappe au contrôle du moi raisonnable.

Il n'est pas interdit toutefois de saisir sur un plan philosophique un rapport étroit chez Maupassant entre cette naissance de l'idée fixe qui conduit à la folie et la conscience de la mort. Le jeune homme qui déterre sa bien-aimée dans *La Tombe* ne se résout pas à accepter cette mort : « Est-ce possible ? On devient fou en y songeant. » Regarder en face sa qualité de mortel conduit aux portes de la folie. Il n'y a donc pas que l'inconscient qui parle dans l'être, même s'il occupe une place non négligeable dans les récits de Maupassant. Il existe une autre dimension du fantastique.

---

1. Il faut lire, sur ce rapport de la folie et du fantastique, l'étude de G. Ponnau, *La Folie dans la littérature fantastique,* PUF, coll. « Ecriture », 1997, notamment la troisième partie, « La poétique de la folie dans la littérature fantastique », le chapitre consacré à Maupassant, « Maupassant : voir l'invisible, écrire la folie ».

L'Autre qui s'exprime prend le visage d'une terreur insurmontable, celle de la mort. La psychanalyse peut-elle expliquer cette peur, la soigner ? Peut-on lui échapper ? Elle semble relever plutôt d'une conscience suraiguë de sa condition, à laquelle tout homme accède à des degrés divers, ou à laquelle il n'accède pas du tout, comme ces « optimistes » stigmatisés dans une chronique que Maupassant leur consacra dans *Le Figaro* du 10 février 1886[1], mais qui, lorsqu'il y accède, suffit à empoisonner son existence entière. Penser revient à comprendre sa situation de mortel : voilà pourquoi l'artiste, l'intellectuel, ne peuvent qu'être pessimistes de ce point de vue. Cette peur de la mort s'accompagne d'un sentiment de culpabilité générateur d'angoisses profondes, qu'on aurait tort de rattacher uniquement à la conscience chrétienne. Madame Hermet devient folle de n'avoir pu affronter la réalité de la mort, qui l'effraie à ce point qu'elle n'assiste pas son fils mourant ; Ulrich devient fou parce qu'il n'a pas su retrouver son ami disparu et mort dans la neige *(L'Auberge)*. La folie fournit une échappatoire, comme la mort elle-même, à cette idée insoutenable qu'il faut mourir. Voilà pourquoi les fous attirent Maupassant ainsi que le narrateur de *Madame Hermet :* « Pour eux, l'impossible n'existe plus, l'invraisemblable disparaît, le féerique devient constant et le surnaturel familier », et plus loin : « la Réalité n'existe plus ». Perdant la conscience de la différence entre merveilleux et réel, ils vivent dans un monde réconcilié d'où a disparu la peur de mourir. Mais avant d'atteindre ce degré de démence, ils passent par des tortures sans nom, que Maupassant a vues de près lors de l'internement de son frère Hervé. Face au naufrage de la raison, la terreur s'empare de l'être. Ici l'on trouve une explication de la haine que Maupassant nourrit envers Dieu, qui a permis le mal, la mort, et la

---

1. « Nos Optimistes », in *Chroniques,* éd. par H. Juin, UGF, coll. 10/18, 1980, rééd. en 1993, 3 vol., vol. 3, pp. 226-232.

souffrance humaine : « Ah ! le pauvre cœur humain, le pauvre esprit, quelle saleté, quelle horrible création », écrit Maupassant à la comtesse Potocka : « Si je croyais au Dieu de vos religions, quelle horreur sans limite j'aurais pour lui [1] ! » Maupassant ne supporte pas le scandale de l'existence du mal et de la mort. On voit donc bien que « le fantastique, [chez Maupassant], c'est tout ce qui rôde hors de l'homme et dans l'homme et le laisse, la conscience vidée par l'angoisse, sans solution, ni réaction », comme l'écrit fort justement Louis Forestier [2]. Le regroupement des récits permet d'apprécier le degré de saturation de l'être par l'angoisse. Il favorise la prise de conscience d'une véritable obsession où se perd la raison, où se liquéfie littéralement le moi. Peur, folie, solitude et mort sont le lot de l'homme, d'une condition humaine condamnée à toujours questionner, à ne jamais comprendre : la question signale la présence d'une misère existentielle de l'homme. Tout vide intérieur laisse place au réveil de l'angoisse, liée à la culpabilité et à l'idée de la mort.

Cette présence de la mort, sous diverses manifestations, envahit tous ces récits. On se souvient bien sûr du défilé des morts dans *L'Endormeuse !* Elle gît d'ailleurs, chez Maupassant, au centre de la création, constituant l'origine de son pessimisme. Qu'il s'agisse de suicide, de mort accidentelle, de crime, ou qu'elle se profile à l'horizon du texte, la mort est présente, « la mort seule est certaine », pourrait-on écrire en reprenant les propos de Norbert de Varenne dans *Bel-Ami* [3]. Rappelons à ce titre que cette conscience de la mort, exacerbée par la solitude, permet la venue du « Horla ». Le narrateur y donne d'ailleurs cette définition de l'homme comme essentiellement mortel : « celui qui peut mourir tous les jours, à toutes les heures, à toutes les minutes, par tous les accidents ». Avec un récit

---

1. In *Correspondance,* éd. cit., lettre n° 569. **2.** In *Contes et nouvelles,* Gallimard, Bibliothèque de la Pléiade, 1974-1979, 2 vol., vol. 1, p. LXI. **3.** Le Livre de Poche classique, p. 136.

comme *Le Horla,* sur lequel il faut nous attarder pour finir, le lecteur est convié à l'expérience d'un constant passage à la limite, qui définit le fantastique maupassantien et se traduit par l'invention d'un mot nouveau pour désigner une réalité sur laquelle les structures et la logique du langage ordinaire n'offrent pas de prise. Dans la première version du récit, le fou déclare : « Je l'ai baptisé le Horla. Pourquoi ? Je ne sais point ». Dans cet étrange baptême, l'être nouveau venu signifie à la fois le caractère irréductible de son existence, puisqu'on le nomme, et l'impossibilité de le penser avec les outils rationnels du vocabulaire scientifique ou psychologique. Cette question du nom montre que Maupassant découvre une donnée essentielle dans la connaissance de l'univers psychique : lorsqu'on a l'impression de devenir fou, on le devient effectivement. Autrement dit, il n'existe pas d'impressions dans ce domaine, mais des manifestations d'une réalité tangible. L'invention du nom rend possible l'expression des limites de soi, le franchissement des frontières de la raison. Avec son « Horla », Maupassant fixe des limites à toute possibilité d'exégèse pleinement satisfaisante : il n'existe pas de synonyme ! Dans le même temps, il légitime toutes les interprétations imaginables. L'être, l'intrus, l'habitant de l'âme peut bien revêtir, grâce à l'ingéniosité des critiques, plusieurs identités, aucune ne peut prétendre à une équivalence absolue. La force du récit, et du fantastique maupassantien dans son ensemble, provient de cette insurmontable question du sens. Et pourtant, le texte lui-même nous condamne à poser la question. Il nous permet d'approcher, par l'identité, l'invisible et l'inouï devenus visibles et audibles, c'est-à-dire présents, puisqu'on peut dialoguer avec eux : « Répète », demande le rédacteur du journal intime dans la seconde version du récit, et entre les deux versions du *Horla,* il faut bien noter cette différence essentielle. Dans la première, le « fou » baptise le « Horla », tandis que dans la seconde, il l'entend lui crier son nom et lui demande de le répéter. Peut-être après tout devient-on fou si l'on prête attention à ses hantises, si l'on entre dans leur logique destructrice, si en les identifiant on leur donne, en même temps qu'un corps, comme le Horla qui boit de l'eau et du lait, un nom. Expression des limites de la conscience qui mesure avec effroi l'étendue des données qui lui échappent, le « Horla » naît et se développe sur les carences de la machine humaine. « Nos sens misérables » représentent un obstacle à nos investigations. Maupassant tient à cette idée, celle de la misère et de la faiblesse de nos sens, qui s'inscrit en faux contre tout triomphalisme positiviste. Elle constitue un élément déterminant de sa pensée comme de sa poétique et explique la nature de son fantastique : on la trouve notamment dans l'étude sur le roman, publiée en même temps que *Pierre et Jean* : « Quel enfantillage, d'ailleurs, de croire à la réalité puisque nous portons chacun la nôtre dans nos pensées et dans nos organes. Nos yeux, nos oreilles, notre odorat, notre goût différents créent autant de vérités qu'il y a d'hommes sur la terre [1] ». A partir du moment où chacun porte sa propre réalité en lui, toute science généralisante sur l'homme, toute science même, devient caduque. L'individu constitue une entité irréductible : chaque perception de chaque individu est vraie. En ce sens, Maupassant aurait accueilli avec enthousiasme la psychanalyse, en tant qu'elle relève d'une science de l'individuel. Dans ses récits de voyage, *Au soleil, Sur l'eau, La Vie errante,* il revient sur cette limite de l'être pensant, qui fait de chaque être sa propre prison : « Nous ne savons rien, nous ne voyons rien, nous ne pouvons rien, nous ne devinons rien, nous n'imaginons rien, nous sommes enfermés, emprisonnés en nous [2] ». La maison du narrateur qui devient fou se transforme peu à peu en une prison dont il ne parvient à s'échap-

---

1. *Pierre et Jean*, Le Livre de Poche classique, p. 22. **2.** *Au soleil, Sur l'eau, La Vie errante,* éd. de P. Pia, Albin Michel-Gonon éd., p. 212.

per et qu'il ne réussit à détruire que pour songer immédiatement après à sa propre destruction. Elle métaphorise cet enfermement de l'être dans le dédale de sa conscience impuissante : penser, c'est souffrir, comme le montre bien une notation du 12 juillet qui affirme que « la solitude est dangereuse pour les intelligences qui travaillent ». L'ouvrage d'Hippolyte Taine, *De l'intelligence,* a certainement influencé considérablement l'écriture du fantastique, dans *Le Horla* et les autres récits [1].

« Le sujet n'est rien », note Maupassant à propos du récit de Tourguéniev intitulé *Trois Rencontres ;* on pourrait en dire autant du *Horla.* Un homme sain d'esprit, plutôt heureux de vivre dans un univers où il a toujours évolué, se sent pris d'un malaise inexplicable qui va croissant, au point de le conduire au bord du suicide. Résumé ainsi, le sujet tient en peu de mots : tout est dans le récit, dans cette stratégie dont nous parlions plus haut et qui parvient à rendre cette aventure mentale vraisemblable et poignante. Les récits de l'étrange tirent même leur principal effet de l'écart entre la simplicité et la clarté voulue de la prose, et les profondeurs insondables qu'ils évoquent, entre la logique de structures très nettes, de développements dont ne sont pas exclus les exemples, les illustrations, les passages didactiques, et la déroute d'une raison impuissante à y trouver une planche de salut. Dans *Madame Hermet,* le narrateur évoque le « mystère banal de la démence », d'autant plus effrayante qu'elle apparaît justement comme un phénomène banal, mystère d'autant plus insondable qu'il fait l'objet d'études scientifiques. Voilà qui ne relève du paradoxe qu'en apparence : il est bien plus terrible de constater que tout le monde peut devenir fou, que d'y voir la mani-

1. Nous renvoyons le lecteur à notre étude de l'influence de ce texte et d'autres travaux sur la folie en Annexe. On peut lire dans *De l'intelligence,* Hachette, 1878, 2 vol., vol. 1, p. 9 ; « Le moi visible est incomparablement plus petit que le moi obscur ».

festation d'un dérèglement marginal. La science, impuissante, accentue le caractère tragique d'un fantastique intérieur. Le fantastique de Maupassant nous apprend que, dorénavant, l'homme moderne porte en lui ses propres démons. La folie peut naître de la plus légère appréhension, de l'impression la plus fugace, dans la solitude surtout. Parce que l'homme seul est conduit à faire tourner à vide les rouages de son esprit, il suscite une idée fixe qui le perd : « C'est cela, la vie ! Quatre murs, deux portes, une fenêtre, un lit, des chaises, une table, voilà ! Prison, prison ! Tout logis qu'on habite longtemps devient prison ! », écrit Maupassant au début de son récit de voyage *Au soleil*[1]. Existentiels, les récits de Maupassant nous rappellent que la peur de la mort est la source de « toute l'épouvante humaine ». Notre qualité de mortel même est donc une prison. Puisque la prison ne peut être détruite, puisque l'angoisse ne saurait disparaître, c'est le sujet qui sombre dans la folie, ou qui s'anéantit.

Mariane Bury

1. *In* éd. cit., p. 18.

Note sur la présente édition

Cette édition, qui est une anthologie puisque Maupassant, on l'a dit en introduction, n'a jamais composé de recueils de récits fantastiques, suit l'ordre de parution des textes. Maupassant ne les a pas toujours lui-même rassemblés, et nous ne possédons parfois que la version parue dans un quotidien ou dans une revue : c'est alors, bien sûr, ce texte que nous reproduisons. D'autre part, même si nous préférons retenir en général, pour les récits parus en recueil, la dernière édition revue par l'auteur, il arrive que nous dérogions à cette règle. Il faudrait une note explicative pour chaque texte : afin de ne pas alourdir ce volume, nous renvoyons le lecteur désireux d'en savoir plus, et notamment de consulter les variantes que nous ne reproduisons pas ici, à l'édition de référence des *Contes et nouvelles* procurée par Louis Forestier dans la Bibliothèque de la Pléiade, Gallimard, 1974-1979, 2 volumes.

Nos notes indiquent toutefois clairement la version adoptée pour chaque texte.

M.B.

LA MAIN D'ÉCORCHÉ[1]

Il y a huit mois environ, un de mes amis, Louis R..., avait réuni, un soir, quelques camarades de collège ; nous buvions du punch et nous fumions en causant littérature, peinture, et en racontant, de temps à autre, quelques joyeusetés, ainsi que cela se pratique dans les réunions de jeunes gens. Tout à coup la porte s'ouvre toute grande et un de mes bons amis d'enfance entre comme un ouragan. « Devinez d'où je viens, s'écrie-t-il aussitôt. — Je parie pour Mabille[2], répond l'un, — non, tu es trop gai, tu viens d'emprunter de l'argent, d'enterrer ton oncle, ou de mettre ta montre chez ma tante[3], reprend un autre. — Tu viens de te griser, riposte un troisième, et comme tu as senti le punch chez Louis, tu es monté pour recommencer. — Vous n'y êtes point, je viens de P... en Normandie, où j'ai

---

1. Ce récit, publié en 1875 dans *L'Almanach lorrain de Pont-à-Mousson*, n'a pas été repris en recueil par Maupassant. Texte de *L'Almanach*. Le sujet lui a été inspiré par sa rencontre avec le poète anglais A.-G. Swinburne (1837-1909). On trouve la trace de cette main d'écorché, dont Maupassant fit l'acquisition, dans deux chroniques, « L'Anglais d'Etretat » (*Le Gaulois*, 19 nov. 1882) et « Notes sur A. G. Swinburne, préface à ses *Poèmes et ballades* » (1891), respectivement in *Chroniques*, vol. 2, pp. 134-137 et vol. 3, pp. 432-442. Une seconde version de cette nouvelle fut récrite en 1883 (cf. plus bas, *La Main*, p. 122). On confrontera avec profit les deux versions : la seconde relève d'un « fantastique » moins académique. 2. Il s'agit du bal Mabille, lieu de plaisir situé dans l'actuelle avenue Montaigne, à Paris. Il porte le nom du danseur qui le créa en 1840. 3. Expression familière qui désigne le Mont-de-Piété, établissement de prêt sur gage.

été passer huit jours et d'où je rapporte un grand criminel de mes amis que je vous demande la permission de vous présenter. » A ces mots, il tira de sa poche une main d'écorché ; cette main était affreuse, noire, sèche, très longue et comme crispée, les muscles, d'une force extraordinaire, étaient retenus à l'intérieur et à l'extérieur par une lanière de peau parcheminée, les ongles jaunes, étroits, étaient restés au bout des doigts ; tout cela sentait le scélérat d'une lieue[1]. « Figurez-vous, dit mon ami, qu'on vendait l'autre jour les défroques d'un vieux sorcier bien connu dans toute la contrée ; il allait au sabbat tous les samedis sur un manche à balai, pratiquait la magie blanche et noire, donnait aux vaches du lait bleu et leur faisait porter la queue comme celle du compagnon de saint Antoine[2]. Toujours est-il que ce vieux gredin avait une grande affection pour cette main, qui, disait-il, était celle d'un célèbre criminel supplicié en 1736, pour avoir jeté, la tête la première, dans un puits sa femme légitime, ce quoi faisant je trouve qu'il n'avait pas tort, puis pendu au clocher de l'église le curé qui l'avait marié. Après ce double exploit, il était allé courir le monde et dans sa carrière aussi courte que bien remplie, il avait détroussé douze voyageurs, enfumé une vingtaine de moines dans leur couvent et fait un sérail d'un monastère de religieuses. — Mais que vas-tu faire de cette horreur ? nous écriâmes-nous. — Eh parbleu, j'en ferai mon bouton de sonnette pour effrayer mes créanciers. — Mon ami, dit Henri Smith, un grand Anglais très flegmatique, je

---

1. L. Forestier rappelle que cette main de criminel fait songer à celle du célèbre assassin Lacenaire, décrite dans *Emaux et Camées* (1852) de T. Gautier (1811-1872) (éd. de la Pléiade, vol. 1, p. 1267). **2.** Ermite dans le désert, saint Antoine fut tenté par le Diable. Flaubert (1821-1880) en a tiré un récit, *La Tentation de saint Antoine*, en 1874. Au Moyen Age, les hospitaliers de saint Antoine avaient le droit de laisser leurs cochons errer dans les rues avec une clochette ; dès lors, le saint eut pour attribut un cochon et une clochette. De là s'est propagée dans l'imagerie populaire la figure de saint Antoine flanqué de son cochon.

crois que cette main est tout simplement de la viande indienne conservée par le procédé nouveau, je te conseille d'en faire du bouillon. — Ne raillez pas, messieurs, reprit avec le plus grand sang-froid un étudiant en médecine aux trois quarts gris, et toi, Pierre, si j'ai un conseil à te donner, fais enterrer chrétiennement ce débris humain, de crainte que son propriétaire ne vienne te le redemander ; et puis, elle a peut-être pris de mauvaises habitudes cette main, car tu sais le proverbe : « Qui a tué tuera. » — Et qui a bu boira », reprit l'amphitryon. Là-dessus il versa à l'étudiant un grand verre de punch, l'autre l'avala d'un seul trait et tomba ivre-mort sous la table. Cette sortie fut accueillie par des rires formidables, et Pierre élevant son verre et saluant la main : « Je bois, dit-il, à la prochaine visite de ton maître », puis on parla d'autre chose et chacun rentra chez soi.

Le lendemain, comme je passais devant sa porte, j'entrai chez lui, il était environ deux heures, je le trouvai lisant et fumant. « Eh bien, comment vas-tu ? lui dis-je. — Très bien, me répondit-il. — Et ta main ? — Ma main, tu as dû la voir à ma sonnette où je l'ai mise hier soir en rentrant, mais à ce propos figure-toi qu'un imbécile quelconque, sans doute pour me faire une mauvaise farce, est venu carillonner à ma porte vers minuit ; j'ai demandé qui était là, mais comme personne ne me répondait, je me suis recouché et rendormi. »

En ce moment, on sonna, c'était le propriétaire, personnage grossier et fort impertinent. Il entra sans saluer. « Monsieur, dit-il à mon ami, je vous prie d'enlever immédiatement la charogne que vous avez pendue à votre cordon de sonnette, sans quoi je me verrai forcé de vous donner congé. — Monsieur, reprit Pierre avec beaucoup de gravité, vous insultez une main qui ne le mérite pas, sachez qu'elle a appartenu à un homme fort bien élevé. » Le propriétaire tourna les talons et sortit comme il était entré. Pierre le suivit, décrocha sa main et l'attacha à la sonnette pendue dans son alcôve. « Cela vaut mieux, dit-il, cette main, comme le « Frère, il faut mourir » des Trappistes[1] me donnera des pensées sérieuses tous les soirs en m'endormant. » Au bout d'une heure je le quittai et je rentrai à mon domicile.

Je dormis mal la nuit suivante, j'étais agité, nerveux ; plusieurs fois je me réveillai en sursaut, un moment même je me figurai qu'un homme s'était introduit chez moi et je me levai pour regarder dans mes armoires et sous mon lit ; enfin, vers six heures du matin, comme je commençais à m'assoupir, un coup violent frappé à ma porte, me fit sauter du lit ; c'était le domestique de mon ami, à peine vêtu, pâle et tremblant. « Ah monsieur ! s'écria-t-il en sanglotant, mon pauvre maître qu'on a assassiné. » Je m'habillai à la hâte et je courus chez Pierre. La maison était pleine de monde, on discutait, on s'agitait, c'était un mouvement incessant, chacun pérorait, racontait et commentait l'événement de toutes les façons. Je parvins à grand-peine jusqu'à la chambre, la porte était gardée, je me nommai, on me laissa entrer. Quatre agents de la police étaient debout au milieu, un carnet à la main, ils examinaient, se parlaient bas de temps en temps et écrivaient ; deux docteurs causaient près du lit sur lequel Pierre était étendu sans connaissance. Il n'était pas mort, mais il avait un aspect effrayant. Ses yeux démesurément ouverts, ses prunelles dilatées semblaient regarder fixement avec une indicible épouvante une chose horrible et inconnue, ses doigts étaient crispés, son corps, à partir du menton, était recouvert d'un drap que je soulevai. Il portait au cou les marques de cinq doigts qui s'étaient profondément enfoncés dans la chair, quelques gouttes de sang maculaient sa

---

1. *Memento mori*, « Souviens-toi que tu dois mourir », sentence médiévale que les trappistes ont adoptée et qu'ils se répètent chaque fois qu'ils se rencontrent. Les trappistes, religieux cisterciens de la stricte observance, sont parmi les plus austères de l'Eglise catholique.

chemise. En ce moment une chose me frappa, je regardai par hasard la sonnette de son alcôve, la main d'écorché n'y était plus. Les médecins l'avaient sans doute enlevée pour ne point impressionner les personnes qui entreraient dans la chambre du blessé, car cette main était vraiment affreuse. Je ne m'informai point de ce qu'elle était devenue.

Je coupe maintenant, dans un journal du lendemain, le récit du crime avec tous les détails que la police a pu se procurer. Voici ce qu'on y lisait :

« Un attentat horrible a été commis hier sur la personne d'un jeune homme, M. Pierre B..., étudiant en droit, qui appartient à une des meilleures familles de Normandie. Ce jeune homme était rentré chez lui vers dix heures du soir, il renvoya son domestique, le sieur Bouvin, en lui disant qu'il était fatigué et qu'il allait se mettre au lit. Vers minuit, cet homme fut réveillé tout à coup par la sonnette de son maître qu'on agitait avec fureur. Il eut peur, alluma une lumière et attendit ; la sonnette se tut environ une minute, puis reprit avec une telle force que le domestique, éperdu de terreur, se précipita hors de sa chambre et alla réveiller le concierge, ce dernier courut avertir la police et, au bout d'un quart d'heure environ, deux agents enfonçaient la porte. Un spectacle horrible s'offrit à leurs yeux, les meubles étaient renversés, tout annonçait qu'une lutte terrible avait eu lieu entre la victime et le malfaiteur. Au milieu de la chambre, sur le dos, les membres raides, la face livide et les yeux effroyablement dilatés, le jeune Pierre B... gisait sans mouvement ; il portait au cou les empreintes profondes de cinq doigts. Le rapport du docteur Bourdeau, appelé immédiatement, dit que l'agresseur devait être doué d'une force prodigieuse et avoir une main extraordinairement maigre et nerveuse, car les doigts qui ont laissé dans le cou comme cinq trous de balle s'étaient presque rejoints à travers les chairs. Rien ne peut faire soupçonner le mobile du crime, ni quel peut en être l'auteur. La justice informe. »

On lisait le lendemain dans le même journal :

« M. Pierre B..., la victime de l'effroyable attentat que nous racontions hier, a repris connaissance après deux heures de soins assidus donnés par M. le docteur Bourdeau. Sa vie n'est pas en danger, mais on craint fortement pour sa raison ; on n'a aucune trace du coupable. »

En effet, mon pauvre ami était fou [1] ; pendant sept mois, j'allai le voir tous les jours à l'hospice où nous l'avions placé, mais il ne recouvra pas une lueur de raison. Dans son délire, il lui échappait des paroles étranges et, comme tous les fous, il avait une idée fixe, il se croyait toujours poursuivi par un spectre. Un jour, on vint me chercher en toute hâte en me disant qu'il allait plus mal, je le trouvai à l'agonie. Pendant deux heures, il resta fort calme, puis tout à coup, se dressant sur son lit malgré nos efforts, il s'écria en agitant les bras et comme en proie à une épouvantable terreur : « Prends-la ! prends-la ! Il m'étrangle, au secours, au secours ! » Il fit deux fois le tour de la chambre en hurlant, puis il tomba mort, la face contre terre.

Comme il était orphelin, je fus chargé de conduire son corps au petit village de P... en Normandie, où ses parents étaient enterrés. C'est de ce même village qu'il venait, le soir où il nous avait trouvés buvant du punch chez Louis R... et où il nous avait présenté sa main d'écorché. Son corps fut enfermé dans un cercueil de plomb, et quatre jours après, je me promenais tristement avec le vieux curé qui lui avait donné ses premières leçons, dans le petit cimetière où l'on creusait sa tombe. Il faisait un temps magnifique, le ciel tout bleu ruisselait de lumière, les oiseaux chantaient dans les ronces du talus, où bien des fois, enfants tous deux, nous étions venus manger des mûres. Il me semblait encore le voir se faufiler le long de la haie et se glisser

---

1. Dès ce récit de 1875 nous sommes au cœur d'une obsession de Maupassant qui nourrit toute la veine fantastique de son œuvre : le passage de l'état normal à l'état de folie.

par le petit trou que je connaissais bien, là-bas, tout au bout du terrain où l'on enterre les pauvres, puis nous revenions à la maison, les joues et les lèvres noires du jus des fruits que nous avions mangés ; et je regardai les ronces, elles étaient couvertes de mûres ; machinalement j'en pris une, et je la portai à ma bouche ; le curé avait ouvert son bréviaire et marmottait tout bas ses *oremus,* et j'entendais au bout de l'allée la bêche des fossoyeurs qui creusaient la tombe. Tout à coup, ils nous appelèrent, le curé ferma son livre et nous allâmes voir ce qu'ils nous voulaient. Ils avaient trouvé un cercueil. D'un coup de pioche, ils firent sauter le couvercle et nous aperçûmes un squelette démesurément long, couché sur le dos, qui, de son œil creux, semblait encore nous regarder et nous défier ; j'éprouvai un malaise, je ne sais pourquoi j'eus presque peur. « Tiens ! s'écria un des hommes, regardez donc, le gredin a un poignet coupé, voilà sa main. » Et il ramassa à côté du corps une grande main desséchée qu'il nous présenta. « Dis donc, fit l'autre en riant, on dirait qu'il te regarde et qu'il va te sauter à la gorge pour que tu lui rendes sa main. — Allons mes amis, dit le curé, laissez les morts en paix et refermez ce cercueil, nous creuserons autre part la tombe de ce pauvre monsieur Pierre. »

Le lendemain tout était fini et je reprenais la route de Paris après avoir laissé cinquante francs au vieux curé pour dire des messes pour le repos de l'âme de celui dont nous avions ainsi troublé la sépulture.

SUR L'EAU[1]

J'avais loué, l'été dernier, une petite maison de campagne au bord de la Seine, à plusieurs lieues de Paris, et j'allais y coucher tous les soirs. Je fis, au bout de quelques jours, la connaissance d'un de mes voisins, un homme de trente à quarante ans, qui était bien le type le plus curieux que j'eusse jamais vu. C'était un vieux canotier, mais un canotier enragé, toujours près de l'eau, toujours sur l'eau, toujours dans l'eau. Il devait être né dans un canot, et il mourra bien certainement dans le canotage final[2].

Un soir que nous nous promenions au bord de la Seine, je lui demandai de me raconter quelques anecdotes de sa vie nautique. Voilà immédiatement mon bonhomme qui s'anime, se transfigure, devient éloquent, presque poète. Il avait dans le cœur une grande passion, une passion dévorante, irrésistible : la rivière.

« Ah ! me dit-il, combien j'ai de souvenirs sur cette rivière que vous voyez couler là près de nous ! Vous autres, habitants des rues, vous ne savez pas ce qu'est la rivière. Mais écoutez un pêcheur prononcer ce mot. Pour lui, c'est la chose mystérieuse, profonde, inconnue, le pays des mirages et des fantasmagories, où l'on voit, la nuit, des choses qui ne sont pas, où l'on entend

---

1. Paru dans *La Maison Tellier* en 1881, ce récit avait été publié sous un autre titre, *En canot*, dans le *Bulletin français* du 10 mars 1876. Texte de l'édition Ollendorff, 1891. **2.** Un élément autobiographique : Maupassant s'adonnait beaucoup au canotage et louait depuis 1873 avec son ami Léon Fontaine une chambre en bord de Seine à Argenteuil.

des bruits que l'on ne connaît point, où l'on tremble sans savoir pourquoi, comme en traversant un cimetière : et c'est en effet le plus sinistre des cimetières, celui où l'on n'a point de tombeau.

« La terre est bornée pour le pêcheur, et dans l'ombre, quand il n'y a pas de lune, la rivière est illimitée. Un marin n'éprouve point la même chose pour la mer. Elle est souvent dure et méchante, c'est vrai, mais elle crie, elle hurle, elle est loyale, la grande mer ; tandis que la rivière est silencieuse et perfide. Elle ne gronde pas, elle coule toujours sans bruit, et ce mouvement éternel de l'eau qui coule est plus effrayant pour moi que les hautes vagues de l'Océan.

« Des rêveurs prétendent que la mer cache dans son sein d'immenses pays bleuâtres, où les noyés roulent parmi les grands poissons, au milieu d'étranges forêts et dans des grottes de cristal. La rivière n'a que des profondeurs noires où l'on pourrit dans la vase. Elle est belle pourtant quand elle brille au soleil levant et qu'elle clapote doucement entre ses berges couvertes de roseaux qui murmurent.

« Le poète a dit en parlant de l'Océan :

O flots, que vous savez de lugubres histoires !
Flots profonds, redoutés des mères à genoux,
Vous vous les racontez en montant les marées
Et c'est ce qui vous fait ces voix désespérées
Que vous avez le soir, quand vous venez vers nous [1].

« Eh bien, je crois que les histoires chuchotées par les roseaux minces avec leurs petites voix si douces doivent être encore plus sinistres que les drames lugubres racontés par les hurlements des vagues.

« Mais puisque vous me demandez quelques-uns de mes souvenirs, je vais vous dire une singulière aventure qui m'est arrivée ici, il y a une dizaine d'années.

---

1. Derniers vers du poème de Victor Hugo (1802-1885), « Oceano Nox », tiré des *Rayons et les Ombres* (1840).

« J'habitais, comme aujourd'hui, la maison de la mère Lafon, et un de mes meilleurs camarades, Louis Bernet, qui a maintenant renoncé au canotage, à ses pompes et à son débraillé[1] pour entrer au Conseil d'État, était installé au village de C..., deux lieues[2] plus bas. Nous dînions tous les jours ensemble, tantôt chez lui, tantôt chez moi.

« Un soir, comme je revenais tout seul et assez fatigué, traînant péniblement mon gros bateau, un *océan* de douze pieds[3], dont je me servais toujours la nuit, je m'arrêtai quelques secondes pour reprendre haleine auprès de la pointe des roseaux, là-bas, deux cents mètres environ avant le pont du chemin de fer. Il faisait un temps magnifique ; la lune resplendissait, le fleuve brillait, l'air était calme et doux. Cette tranquillité me tenta ; je me dis qu'il ferait bien bon fumer une pipe en cet endroit. L'action suivit la pensée ; je saisis mon ancre et la jetai dans la rivière.

« Le canot, qui redescendait avec le courant, fila sa chaîne jusqu'au bout, puis s'arrêta ; et je m'assis à l'arrière sur ma peau de mouton, aussi commodément qu'il me fut possible. On n'entendait rien, rien : parfois seulement, je croyais saisir un petit clapotement presque insensible de l'eau contre la rive, et j'apercevais des groupes de roseaux plus élevés qui prenaient des figures surprenantes et semblaient par moments s'agiter.

« Le fleuve était parfaitement tranquille, mais je me

---

1. Allusion humoristique au sens religieux de l'expression. Les pompes désignent les vanités du monde. Une conversion suppose que l'on renonce « à Satan, à ses pompes et à ses œuvres ». L'ami en question s'est converti à une vie plus rangée. Les canotiers étaient connus pour mener une vie de débauche avec des filles de petite vertu, notamment dans les établissements des bords de Seine comme la Grenouillère (voir le récit de Maupassant *La Femme de Paul*, in *La Maison Tellier*, Le Livre de Poche, pp. 147-151). **2.** La lieue est une ancienne mesure de distance qui couvre environ 4 km. **3.** Large embarcation à rames plus difficile à manœuvrer qu'une yole, légère et étroite. Un pied faisant 0,324 m, on aboutit à une longueur de 3,88 m.

Claude Monet : *Bras de Seine à Giverny*.
Musée d'Orsay. Paris.

sentis ému par le silence extraordinaire qui m'entourait. Toutes les bêtes, grenouilles et crapauds, ces chanteurs nocturnes des marécages, se taisaient. Soudain, à ma droite, contre moi, une grenouille coassa. Je tressaillis : elle se tut ; je n'entendis plus rien, et je résolus de fumer un peu pour me distraire. Cependant, quoique je fusse un culotteur[1] de pipes renommé, je ne pus pas ; dès la seconde bouffée, le cœur me tourna et je cessai. Je me mis à chantonner ; le son de ma voix m'était pénible ; alors, je m'étendis au fond du bateau et je regardai le ciel. Pendant quelque temps, je demeurai tranquille, mais bientôt les légers mouvements de la barque m'inquiétèrent. Il me sembla qu'elle faisait des embardées gigantesques, touchant tour à tour les deux berges du fleuve ; puis je crus qu'un être ou qu'une force invisible l'attirait doucement au fond de l'eau et la soulevait ensuite pour la laisser retomber. J'étais ballotté comme au milieu d'une tempête ; j'entendis des bruits autour de moi ; je me dressai d'un bond : l'eau brillait, tout était calme.

« Je compris que j'avais les nerfs un peu ébranlés et je résolus de m'en aller. Je tirai sur ma chaîne ; le canot se mit en mouvement, puis je sentis une résistance, je tirai plus fort, l'ancre ne vint pas ; elle avait accroché quelque chose au fond de l'eau et je ne pouvais la soulever ; je recommençai à tirer, mais inutilement. Alors, avec mes avirons, je fis tourner mon bateau et je le portai en amont pour changer la position de l'ancre. Ce fut en vain, elle tenait toujours ; je fus pris de colère et je secouai la chaîne rageusement. Rien ne remua. Je m'assis découragé et je me mis à réfléchir sur ma position. Je ne pouvais songer à casser cette chaîne ni à la séparer de l'embarcation, car elle était énorme et rivée à l'avant dans un morceau de bois plus gros que mon bras ; mais comme le temps demeurait fort beau, je pensai que je ne tarderais point, sans

---

1. Le culotteur est celui qui culotte une pipe, c'est-à-dire qui la garnit d'un dépôt noir à force de la fumer.

doute, à rencontrer quelque pêcheur qui viendrait à mon secours. Ma mésaventure m'avait calmé ; je m'assis et je pus enfin fumer ma pipe. Je possédais une bouteille de rhum, j'en bus deux ou trois verres, et ma situation me fit rire. Il faisait très chaud, de sorte qu'à la rigueur je pouvais, sans grand mal, passer la nuit à la belle étoile.

« Soudain, un petit coup sonna contre mon bordage. Je fis un soubresaut, et une sueur froide me glaça des pieds à la tête. Ce bruit venait sans doute de quelque bout de bois entraîné par le courant, mais cela avait suffi et je me sentis envahi de nouveau par une étrange agitation nerveuse. Je saisis ma chaîne et je me raidis dans un effort désespéré. L'ancre tint bon. Je me rassis épuisé.

« Cependant, la rivière s'était peu à peu couverte d'un brouillard blanc très épais qui rampait sur l'eau fort bas, de sorte que, en me dressant debout, je ne voyais plus le fleuve, ni mes pieds, ni mon bateau, mais j'apercevais seulement les pointes des roseaux, puis, plus loin, la plaine toute pâle de la lumière de la lune, avec de grandes taches noires qui montaient dans le ciel, formées par des groupes de peupliers d'Italie. J'étais comme enseveli jusqu'à la ceinture dans une nappe de coton d'une blancheur singulière, et il me venait des imaginations fantastiques. Je me figurais qu'on essayait de monter dans ma barque que je ne pouvais plus distinguer, et que la rivière, cachée par ce brouillard opaque, devait être pleine d'êtres étranges qui nageaient autour de moi. J'éprouvais un malaise horrible, j'avais les tempes serrées, mon cœur battait à m'étouffer ; et, perdant la tête, je pensai à me sauver à la nage ; puis aussitôt cette idée me fit frissonner d'épouvante. Je me vis, perdu, allant à l'aventure dans cette brume épaisse, me débattant au milieu des herbes et des roseaux que je ne pourrais éviter, râlant de peur, ne voyant pas la berge, ne retrouvant plus mon bateau, et il me semblait que je me sentirais tiré par les pieds tout au fond de cette eau noire.

« En effet, comme il m'eût fallu remonter le courant au moins pendant cinq cents mètres avant de trouver un point libre d'herbes et de joncs où je pusse prendre pied, il y avait pour moi neuf chances sur dix de ne pouvoir me diriger dans ce brouillard et de me noyer, quelque bon nageur que je fusse.

« J'essayai de me raisonner. Je me sentais la volonté bien ferme de ne point avoir peur, mais il y avait en moi autre chose que ma volonté, et cette autre chose avait peur. Je me demandai ce que je pouvais redouter ; mon *moi* brave railla mon *moi* poltron, et jamais aussi bien que ce jour-là je ne saisis l'opposition des deux êtres qui sont en nous, l'un voulant, l'autre résistant, et chacun l'emportant tour à tour [1].

« Cet effroi bête et inexplicable grandissait toujours et devenait de la terreur. Je demeurais immobile, les yeux ouverts, l'oreille tendue et attendant. Quoi ? Je n'en savais rien, mais ce devait être terrible. Je crois que si un poisson se fût avisé de sauter hors de l'eau, comme cela arrive souvent, il n'en aurait pas fallu davantage pour me faire tomber raide, sans connaissance.

« Cependant, par un effort violent, je finis par ressaisir à peu près ma raison qui m'échappait. Je pris de nouveau ma bouteille de rhum et je bus à grands traits. Alors une idée me vint et je me mis à crier de toutes mes forces en me tournant successivement vers les quatre points de l'horizon. Lorsque mon gosier fut absolument paralysé, j'écoutai. — Un chien hurlait, très loin.

« Je bus encore et je m'étendis tout de mon long au fond du bateau. Je restai ainsi peut-être une heure, peut-être deux, sans dormir, les yeux ouverts, avec des cauchemars autour de moi. Je n'osais pas me lever et

---

1. On trouve en l'homme la volonté, et autre chose qui la commande : l'homme n'est pas maître de lui-même. On retrouve bien sûr cette préfiguration de l'inconscient psychanalytique dans *Le Horla*.

Maupassant en barque avec des amies vers 1875-1880.

pourtant je le désirais violemment ; je remettais de minute en minute. Je me disais : « Allons, debout ! » et j'avais peur de faire un mouvement. A la fin, je me soulevai avec des précautions infinies, comme si ma vie eût dépendu du moindre bruit que j'aurais fait, et je regardai par-dessus le bord.

« Je fus ébloui par le plus merveilleux, le plus étonnant spectacle qu'il soit possible de voir. C'était une de ces fantasmagories du pays des fées, une de ces visions racontées par les voyageurs qui reviennent de très loin et que nous écoutons sans les croire.

« Le brouillard qui, deux heures auparavant, flottait sur l'eau, s'était peu à peu retiré et ramassé sur les rives. Laissant le fleuve absolument libre, il avait formé sur chaque berge une colline ininterrompue, haute de six ou sept mètres, qui brillait sous la lune avec l'éclat superbe des neiges. De sorte qu'on ne voyait rien autre chose que cette rivière lamée de feu entre ces deux montagnes blanches ; et là-haut, sur ma tête, s'étalait, pleine et large, une grande lune illuminante au milieu d'un ciel bleuâtre et laiteux.

« Toutes les bêtes de l'eau s'étaient réveillées ; les grenouilles coassaient furieusement, tandis que, d'instant en instant, tantôt à droite, tantôt à gauche, j'entendais cette note courte, monotone et triste, que jette aux étoiles la voix cuivrée des crapauds. Chose étrange, je n'avais plus peur ; j'étais au milieu d'un paysage tellement extraordinaire que les singularités les plus fortes n'eussent pu m'étonner.

« Combien de temps cela dura-t-il, je n'en sais rien, car j'avais fini par m'assoupir. Quand je rouvris les yeux, la lune était couchée, le ciel plein de nuages. L'eau clapotait lugubrement, le vent soufflait, il faisait froid, l'obscurité était profonde.

« Je bus ce qui me restait de rhum, puis j'écoutai en grelottant le froissement des roseaux et le bruit sinistre de la rivière. Je cherchai à voir, mais je ne pus distinguer mon bateau, ni mes mains elles-mêmes, que j'approchais de mes yeux.

« Peu à peu, cependant, l'épaisseur du noir diminua. Soudain je crus sentir qu'une ombre glissait tout près de moi ; je poussai un cri, une voix répondit ; c'était un pêcheur. Je l'appelai, il s'approcha et je lui racontai ma mésaventure. Il mit alors son bateau bord à bord avec le mien, et tous les deux nous tirâmes sur la chaîne. L'ancre ne remua pas. Le jour venait, sombre, gris, pluvieux, glacial, une de ces journées qui vous apportent des tristesses et des malheurs. J'aperçus une autre barque, nous la hélâmes. L'homme qui la montait unit ses efforts aux nôtres ; alors, peu à peu, l'ancre céda. Elle montait, mais doucement, doucement, et chargée d'un poids considérable. Enfin nous aperçûmes une masse noire, et nous la tirâmes à mon bord :

« C'était le cadavre d'une vieille femme qui avait une grosse pierre au cou [1]. »

---

1. La dernière phrase, qui invite à une relecture explicative, n'efface pas l'impression de malaise suscitée par le récit. Elle ouvre en effet sur une énigme macabre : crime ou suicide ? Dans les deux cas, le « cadavre » impose sa présence terrifiante aux vivants.

MAGNÉTISME[1]

C'était à la fin d'un dîner d'hommes, à l'heure des interminables cigares et des incessants petits verres, dans la fumée et l'engourdissement chaud des digestions, dans le léger trouble des têtes après tant de viandes et de liqueurs absorbées et mêlées.

On vint à parler du magnétisme, des tours de Donato et des expériences du docteur Charcot[2]. Soudain ces hommes sceptiques, aimables, indifférents à toute religion, se mirent à raconter des faits étranges, des histoires incroyables mais arrivées, affirmaient-ils, retombant brusquement en des croyances superstitieuses, se cramponnant à ce dernier reste de merveilleux, devenus dévots à ce mystère du magnétisme, le défendant au nom de la science.

Un seul souriait, un vigoureux garçon, grand coureur de filles et chasseur de femmes, chez qui une incroyance à tout s'était ancrée si fortement qu'il n'admettait même point la discussion.

---

1. Paru dans le *Gil Blas* du 5 avril 1882, ce récit n'a pas été repris en recueil par l'auteur. Il fut recueilli dans *Le Père Milon*, Ollendorff, 1899. C'est ce texte que j'adopte. **2.** Le magnétisme connaît une vogue extraordinaire dans les années 1870-1880. Maupassant se passionne pour ces questions. J.-M. Charcot (1825-1893) est connu notamment pour ses recherches sur l'hypnose. Il a renouvelé l'approche scientifique de la pathologie nerveuse. Quant à Donato, A. Dhont de son vrai nom, c'était un magnétiseur belge, vulgarisateur des expériences d'hypnose pratiquées par Charcot. « Tours » et « expériences » : entre le prestidigitateur et le scientifique, Maupassant ne tranche pas. En fait, les dîneurs sont représentatifs de l'opinion de l'époque, qui mêle un peu tout.

Il répétait en ricanant : « Des blagues ! des blagues ! des blagues ! Nous ne discuterons pas Donato qui est tout simplement un très malin faiseur de tours. Quant à M. Charcot, qu'on dit être un remarquable savant, il me fait l'effet de ces conteurs dans le genre d'Edgar Poe [1], qui finissent par devenir fous à force dc réfléchir à d'étranges cas de folie. Il a constaté des phénomènes nerveux inexpliqués et encore inexplicables, il marche dans cet inconnu qu'on explore chaque jour, et ne pouvant toujours comprendre ce qu'il voit, il se souvient trop peut-être des explications ecclésiastiques des mystères. Et puis je voudrais l'entendre parler, ce serait tout autre chose que ce que vous répétez. »

Il y eut autour de l'incrédule une sorte de mouvement de pitié, comme s'il avait blasphémé dans une assemblée de moines.

Un de ces messieurs s'écria :

« Il y a eu pourtant des miracles autrefois. »

Mais l'autre répondit :

« Je le nie. Pourquoi n'y en aurait-il plus ? »

Alors chacun apporta un fait, des pressentiments fantastiques, des communications d'âmes à travers de longs espaces, des influences secrètes d'un être sur un autre. Et on affirmait, on déclarait les faits indiscutables, tandis que le nieur acharné répétait : « Des blagues ! des blagues ! des blagues ! »

A la fin il se leva, jeta son cigare, et les mains dans les poches : « Eh bien, moi aussi, je vais vous raconter deux histoires, et puis je vous les expliquerai. Les voici :

Dans le petit village d'Étretat [2] les hommes, tous matelots, vont chaque année au banc de Terre-Neuve

---

1. Edgar Poe (1809-1849), poète et conteur américain, grand amateur d'états morbides et hanté par la mort (voir ses *Histoires extraordinaires* traduites par Baudelaire). Il mourut du delirium tremens. On peut évidemment songer au destin de Maupassant luimême, et voir une certaine ironie du sort dans cette phrase à caractère prémonitoire. **2.** Cette célèbre station balnéaire, commune de la Seine-Maritime, sur la côte du pays de Caux, fut beaucoup pêcher la morue. Or, une nuit, l'enfant d'un de ces marins se réveilla en sursaut en criant que son « pé était mort à la mé ». On calma le mioche, qui se réveilla de nouveau en hurlant que son « pé était neyé ». Un mois après, on apprenait en effet la mort du père enlevé du pont par un coup de mer. La veuve se rappela les réveils de l'enfant. On cria au miracle, tout le monde s'émut ; on rapprocha les dates ; et il se trouva que l'accident et le rêve avaient coïncidé à peu près ; d'où l'on conclut qu'ils étaient arrivés la même nuit, à la même heure. Et voilà un mystère du magnétisme.

Le conteur s'interrompit. Alors un des auditeurs, fort ému, demanda : « Et vous expliquez ça, vous ?

— Parfaitement, monsieur, j'ai trouvé le secret. Le fait m'avait surpris et même vivement embarrassé ; mais moi, voyez-vous, je ne crois pas par principe. De même que d'autres commencent par croire, je commence par douter ; et quand je ne comprends nullement, je continue à nier toute communication télépathique des âmes, sûr que ma pénétration seule est suffisante. Eh bien, j'ai cherché, cherché, et j'ai fini, à force d'interroger toutes les femmes des matelots absents, par me convaincre qu'il ne se passait pas huit jours sans que l'une d'elles ou l'un des enfants rêvât et annonçât à son réveil que le « pé était mort à la mé ». La crainte horrible et constante de cet accident fait qu'ils en parlent toujours, y pensent sans cesse. Or, si une de ces fréquentes prédictions coïncide, par un hasard très simple, avec une mort, on crie aussitôt au miracle, car on oublie soudain tous les autres songes, tous les autres présages, toutes les autres prophéties de malheur, demeurés sans confirmation. J'en ai pour ma

---

fréquentée par Maupassant. C'est au cours de vacances à Etretat, en 1866, qu'il sauva de la noyade l'écrivain anglais A. G. Swinburne. Lors de la séparation des époux Maupassant, Laure sa mère s'y retira. Lui-même y passa toutes ses vacances et plus tard il y fit construire une maison.

part considéré plus de cinquante dont les auteurs, huit jours plus tard, ne se souvenaient même plus. Mais si l'homme, en effet, était mort, la mémoire se serait immédiatement réveillée, et l'on aurait célébré l'intervention de Dieu selon les uns, du magnétisme selon les autres. »

Un des fumeurs déclara :

« C'est assez juste, ce que vous dites là, mais voyons votre seconde histoire ?

— Oh ! ma seconde histoire est fort délicate à raconter. C'est à moi qu'elle est arrivée, aussi je me défie un rien de ma propre appréciation. On n'est jamais équitablement juge et partie. Enfin la voici :

J'avais dans mes relations mondaines une jeune femme à laquelle je ne songeais nullement, que je n'avais même jamais regardée attentivement, jamais remarquée, comme on dit.

Je la classais parmi les insignifiantes, bien qu'elle ne fût pas laide ; enfin elle me semblait avoir des yeux, un nez, une bouche, des cheveux quelconques, toute une physionomie terne ; c'était un de ces êtres sur qui la pensée ne semble se poser que par hasard, ne se pouvoir arrêter, sur qui le désir ne s'abat point.

Or, un soir, comme j'écrivais des lettres au coin de mon feu avant de me mettre au lit, j'ai senti au milieu de ce dévergondage d'idées, de cette procession d'images qui vous effleurent le cerveau quand on reste quelques minutes rêvassant, la plume en l'air, une sorte de petit souffle qui me passait dans l'esprit, un tout léger frisson du cœur, et immédiatement, sans raison, sans aucun enchaînement de pensées logique, j'ai vu distinctement, vu comme si je la touchais, vu des pieds à la tête, et sans un voile, cette jeune femme à qui je n'avais jamais songé plus de trois secondes de suite, le temps que son nom me traversât la tête. Et soudain je lui découvris un tas de qualités que je n'avais point observées, un charme doux, un attrait langoureux ; elle éveilla chez moi cette sorte d'inquiétude d'amour qui vous met à la poursuite d'une femme. Mais je n'y pensai pas longtemps. Je me couchai, je m'endormis. Et je rêvai.

Vous avez tous fait de ces rêves singuliers, n'est-ce pas, qui vous rendent maîtres de l'impossible, qui vous ouvrent des portes infranchissables, des joies inespérées, des bras impénétrables ?

Qui de nous, dans ces sommeils troublés, nerveux, haletants, n'a tenu, étreint, pétri, possédé avec une acuité de sensation extraordinaire, celle dont son esprit était occupé ? Et avez-vous remarqué quelles surhumaines délices apportent ces bonnes fortunes du rêve ! En quelles ivresses folles elles vous jettent, de quels spasmes fougueux elles vous secouent, et quelle tendresse infinie, caressante, pénétrante elles vous enfoncent au cœur pour celle qu'on tient défaillante et chaude, en cette illusion adorable et brutale, qui semble une réalité !

Tout cela, je l'ai ressenti avec une inoubliable violence. Cette femme fut à moi, tellement à moi que la tiède douceur de sa peau me restait aux doigts, l'odeur de sa peau me restait au cerveau, le goût de ses baisers me restait aux lèvres, le son de sa voix me restait aux oreilles, le cercle de son étreinte autour des reins, et le charme ardent de sa tendresse en toute ma personne, longtemps après mon réveil exquis et décevant.

Et trois fois en cette même nuit, le songe se renouvela.

Le jour venu, elle m'obsédait, me possédait, me hantait la tête et les sens, à tel point que je ne restais plus une seconde sans penser à elle.

À la fin, ne sachant que faire, je m'habillai et je l'allai voir. Dans son escalier, j'étais ému à trembler, mon cœur battait : un désir véhément m'envahissait des pieds aux cheveux.

J'entrai. Elle se leva toute droite en entendant prononcer mon nom ; et soudain nos yeux se croisèrent avec une surprenante fixité. Je m'assis.

Je balbutiai quelques banalités qu'elle ne semblait

point écouter. Je ne savais que dire ni que faire ; alors brusquement je me jetai sur elle, la saisissant à pleins bras ; et tout mon rêve s'accomplit si vite, si facilement, si follement, que je doutai soudain d'être éveillé... Elle fut pendant deux ans ma maîtresse...

« Qu'en concluez-vous ? » dit une voix.

Le conteur semblait hésiter.

« J'en conclus... je conclus à une coïncidence, parbleu ! Et puis, qui sait ? C'est peut-être un regard d'elle que je n'avais point remarqué et qui m'est revenu ce soir-là par un de ces mystérieux et inconscients rappels de la mémoire qui nous représentent souvent des choses négligées par notre conscience, passées inaperçues devant notre intelligence [1] !

— Tout ce que vous voudrez, conclut un convive, mais si vous ne croyez pas au magnétisme après cela, vous êtes un ingrat, mon cher monsieur ! »

---

1. Même chez ce fervent incrédule, on voit la possibilité d'évoquer le mystère de l'inconscient qui défie l'intelligence de la raison. Au fond, que l'on croie ou non au magnétisme, impossible de nier la coïncidence : telle pourrait être la leçon de ce récit.

FOU ?[1]

Suis-je fou ? ou seulement jaloux ? Je n'en sais rien, mais j'ai souffert horriblement. J'ai accompli un acte de folie, de folie furieuse, c'est vrai ; mais la jalousie haletante, mais l'amour exalté, trahi, condamné, mais la douleur abominable que j'endure, tout cela ne suffit-il pas pour nous faire commettre des crimes et des folies sans être vraiment criminel par le cœur ou par le cerveau ?

Oh ! j'ai souffert, souffert, souffert d'une façon continue, aiguë, épouvantable. J'ai aimé cette femme d'un élan frénétique... Et cependant est-ce vrai ? L'ai-je aimée ? Non, non, non. Elle m'a possédé âme et corps, envahi, lié. J'ai été, je suis sa chose, son jouet. J'appartiens à son sourire, à sa bouche, à son regard, aux lignes de son corps, à la forme de son visage ; je halète sous la domination de son apparence extérieure ; mais Elle, la femme de tout cela, l'être de ce corps, je la hais, je la méprise, je l'exècre, je l'ai toujours haïe, méprisée, exécrée ; car elle est perfide, bestiale, immonde, impure ; elle est la *femme de perdition*[2], l'animal sensuel et faux chez qui l'âme n'est point,

---

1. Récit paru dans le *Gil Blas* du 23 août 1882 et repris dans la seconde édition de *Mademoiselle Fifi* en 1883. Texte d'Ollendorff, 1893. **2.** Dans la Bible, le fils de perdition désigne Judas, l'enfant de perdition l'Antéchrist. *La Colère de Samson* (1839), poème d'A. de Vigny (1797-1863), évoque la « ruse de Femme » : « Et, plus ou moins, la Femme est toujours Dalila », et renvoie à l'épisode relaté au chap. 16 du Livre des Juges. On songe encore à elle lorsqu'il est question plus bas du « reptile ».

chez qui la pensée ne circule jamais comme un air libre et vivifiant ; elle est la bête humaine[1] ; moins que cela : elle n'est qu'un flanc, une merveille de chair douce et ronde qu'habite l'Infamie.

Les premiers temps de notre liaison furent étranges et délicieux. Entre ses bras toujours ouverts, je m'épuisais dans une rage d'inassouvissable désir. Ses yeux, comme s'ils m'eussent donné soif, me faisaient ouvrir la bouche. Ils étaient gris à midi, teintés de vert à la tombée du jour, et bleus au soleil levant. Je ne suis pas fou : je jure qu'ils avaient ces trois couleurs.

Aux heures d'amour ils étaient bleus, comme meurtris, avec des pupilles énormes et nerveuses. Ses lèvres, remuées d'un tremblement, laissaient jaillir parfois la pointe rose et mouillée de sa langue, qui palpitait comme celle d'un reptile ; et ses paupières lourdes se relevaient lentement, découvrant ce regard ardent et anéanti qui m'affolait.

En l'étreignant dans mes bras je regardais son œil et je frémissais, secoué tout autant par le besoin de tuer cette bête que par la nécessité de la posséder sans cesse.

Quand elle marchait à travers ma chambre, le bruit de chacun de ses pas faisait une commotion dans mon cœur ; et quand elle commençait à se dévêtir, laissait tomber sa robe, et sortant, infâme et radieuse, du linge qui s'écrasait autour d'elle, je sentais tout le long de mes membres, le long des bras, le long des jambes, dans ma poitrine essoufflée, une défaillance infinie et lâche.

Un jour, je m'aperçus qu'elle était lasse de moi. Je le vis dans son œil, au réveil. Penché sur elle, j'attendais chaque matin ce premier regard. Je l'attendais, plein de rage, de haine, de mépris pour cette brute endormie dont j'étais l'esclave. Mais quand le bleu pâle de sa

---

1. *La Bête humaine*, roman de Zola (1840-1902), paraîtra en 1890. Zola y montre le côté animal, instinctif de l'individu obéissant aux pulsions qui l'animent.

prunelle, ce bleu liquide comme de l'eau, se découvrait, encore languissant, encore fatigué, encore malade des récentes caresses, c'était comme une flamme rapide qui me brûlait, exaspérant mes ardeurs. Ce jour-là, quand s'ouvrit sa paupière, j'aperçus un regard indifférent et morne qui ne désirait plus rien.

Oh ! je le vis, je le sus, je le sentis, je le compris tout de suite. C'était fini, fini, pour toujours. Et j'en eus la preuve à chaque heure, à chaque seconde.

Quand je l'appelais des bras et des lèvres, elle se retournait ennuyée, murmurant : « Laissez-moi donc ! » ou bien : « Vous êtes odieux ! » ou bien : « Ne serai-je jamais tranquille ! »

Alors, je fus jaloux, mais jaloux comme un chien, et rusé, défiant, dissimulé. Je savais bien qu'elle recommencerait bientôt, qu'un autre viendrait pour rallumer ses sens.

Je fus jaloux avec frénésie ; mais je ne suis pas fou ; non, certes, non.

J'attendis ; oh ! j'épiais ; elle ne m'aurait pas trompé ; mais elle restait froide, endormie. Elle disait parfois : « Les hommes me dégoûtent. » Et c'était vrai.

Alors je fus jaloux d'elle-même ; jaloux de son indifférence, jaloux de la solitude de ses nuits ; jaloux de ses gestes, de sa pensée, que je sentais toujours infâme, jaloux de tout ce que je devinais. Et quand elle avait parfois, à son lever, ce regard mou qui suivait jadis nos nuits ardentes, comme si quelque concupiscence avait hanté son âme et remué ses désirs, il me venait des suffocations de colère, des tremblements d'indignation, des démangeaisons de l'étrangler, de l'abattre sous mon genou et de lui faire avouer, en lui serrant la gorge, tous les secrets honteux de son cœur.

Suis-je fou ? — Non.

Voilà qu'un soir je la sentis heureuse. Je sentis qu'une passion nouvelle vivait en elle. J'en étais sûr, indubitablement sûr. Elle palpitait comme après mes étreintes ; son œil flambait, ses mains étaient chaudes, toute sa personne vibrante dégageait cette vapeur d'amour d'où mon affolement était venu.

Je feignis de ne rien comprendre, mais mon attention l'enveloppait comme un filet.

Je ne découvrais rien, pourtant.

J'attendis une semaine, un mois, une saison. Elle s'épanouissait dans l'éclosion d'une incompréhensible ardeur ; elle s'apaisait dans le bonheur d'une insaisissable caresse.

Et, tout à coup, je devinai ! Je ne suis pas fou. Je le jure, je ne suis pas fou !

Comment dire cela ? Comment me faire comprendre ? Comment exprimer cette abominable et incompréhensible chose ?

Voici de quelle manière je fus averti.

Un soir, je vous l'ai dit, un soir, comme elle rentrait d'une longue promenade à cheval, elle tomba, les pommettes rouges, la poitrine battante, les jambes cassées, les yeux meurtris, sur une chaise basse, en face de moi. Je l'avais vue comme cela ! Elle aimait ! je ne pouvais m'y tromper !

Alors, perdant la tête, pour ne plus la contempler, je me tournai vers la fenêtre, et j'aperçus un valet emmenant par la bride vers l'écurie son grand cheval, qui se cabrait.

Elle aussi suivait de l'œil l'animal ardent et bondissant. Puis, quand il eut disparu, elle s'endormit tout à coup.

Je songeai toute la nuit ; et il me sembla pénétrer des mystères que je n'avais jamais soupçonnés. Qui sondera jamais les perversions de la sensualité des femmes ? Qui comprendra leurs invraisemblables caprices et l'assouvissement étrange des plus étranges fantaisies ?

Chaque matin, dès l'aurore, elle partait au galop par les plaines et les bois ; et chaque fois, elle rentrait alanguie, comme après des frénésies d'amour.

J'avais compris ! j'étais jaloux maintenant du cheval nerveux et galopant ; jaloux du vent qui caressait son visage quand elle allait d'une course folle ; jaloux des feuilles qui baisaient, en passant, ses oreilles ; des gouttes de soleil qui lui tombaient sur le front à travers les branches ; jaloux de la selle qui la portait et qu'elle étreignait de sa cuisse.

C'était tout cela qui la faisait heureuse, qui l'exaltait, l'assouvissait, l'épuisait et me la rendait ensuite insensible et presque pâmée.

Je résolus de me venger. Je fus doux et plein d'attentions pour elle. Je lui tendais la main quand elle allait sauter à terre après ses courses effrénées. L'animal furieux ruait vers moi ; elle le flattait sur son cou recourbé, l'embrassait sur ses naseaux frémissants sans essuyer ensuite ses lèvres ; et le parfum de son corps, en sueur comme après la tiédeur du lit, se mêlait sous ma narine à l'odeur âcre et fauve de la bête.

J'attendis mon jour et mon heure. Elle passait chaque matin par le même sentier, dans un petit bois de bouleaux qui s'enfonçait vers la forêt.

Je sortis avant l'aurore, avec une corde dans la main et mes pistolets cachés sur ma poitrine, comme si j'allais me battre en duel.

Je courus vers le chemin qu'elle aimait ; je tendis la corde entre deux arbres ; puis je me cachai dans les herbes.

J'avais l'oreille contre le sol ; j'entendis son galop lointain ; puis je l'aperçus là-bas, sous les feuilles comme au bout d'une voûte, arrivant à fond de train. Oh ! je ne m'étais pas trompé, c'était cela ! Elle semblait transportée d'allégresse, le sang aux joues, de la folie dans le regard ; et le mouvement précipité de la course faisait vibrer ses nerfs d'une jouissance solitaire et furieuse.

L'animal heurta mon piège des deux jambes de devant, et roula, les os cassés. Elle ! je la reçus dans mes bras. Je suis fort à porter un bœuf. Puis, quand je l'eus déposée à terre, je m'approchai de Lui qui nous regardait ; alors, pendant qu'il essayait de me mordre encore, je lui mis un pistolet dans l'oreille... et je le tuai... comme un homme.

Mais je tombai moi-même, la figure coupée par deux coups de cravache ; et comme elle se ruait de nouveau sur moi, je lui tirai mon autre balle dans le ventre.

Dites-moi, suis-je fou ?

LA PEUR[1]

À J.-K. Huysmans[2].

On remonta sur le pont après dîner. Devant nous la Méditerranée n'avait pas un frisson sur toute sa surface, qu'une grande lune calme moirait. Le vaste bateau glissait, jetant sur le ciel, qui semblait ensemencé d'étoiles, un gros serpent de fumée noire ; et, derrière nous, l'eau toute blanche, agitée par le passage rapide du lourd bâtiment, battue par l'hélice, moussait, semblait se tordre, remuait tant de clartés qu'on eût dit de la lumière de lune bouillonnant.

Nous étions là, six ou huit, silencieux, admirant, l'œil tourné vers l'Afrique lointaine où nous allions. Le commandant, qui fumait un cigare au milieu de nous, reprit soudain la conversation du dîner.

« Oui, j'ai eu peur ce jour-là. Mon navire est resté six heures avec ce rocher dans le ventre, battu par la mer. Heureusement que nous avons été recueillis, vers le soir, par un charbonnier anglais qui nous aperçut. »

Alors un grand homme à figure brûlée, à l'aspect grave, un de ces hommes qu'on sent avoir traversé de longs pays inconnus, au milieu de dangers incessants,

---

1. Récit paru dans *Le Gaulois* du 23 octobre 1882, recueilli dans *Les Contes de la Bécasse* en 1883. Texte de l'édition Havard, 1887.
2. Dédicace à Joris-Karl Huysmans (1848-1907), auteur d'*A rebours* (1884) et ami de Maupassant, qui a participé aux *Soirées de Médan* en 1880, qui rassemblait des nouvelles de la jeune génération naturaliste. Maupassant y publia *Boule de Suif.*

et dont l'œil tranquille semble garder, dans sa profondeur, quelque chose des paysages étranges qu'il a vus ; un de ces hommes qu'on devine trempés dans le courage, parla pour la première fois :

« Vous dites, commandant, que vous avez eu peur ; je n'en crois rien. Vous vous trompez sur le mot et sur la sensation que vous avez éprouvée. Un homme énergique n'a jamais peur en face du danger pressant. Il est ému, agité, anxieux ; mais la peur, c'est autre chose. »

Le commandant reprit en riant :

« Fichtre ! je vous réponds bien que j'ai eu peur, moi. »

Alors l'homme au teint bronzé prononça d'une voix lente :

— Permettez-moi de m'expliquer ! La peur (et les hommes les plus hardis peuvent avoir peur), c'est quelque chose d'effroyable, une sensation atroce, comme une décomposition de l'âme, un spasme affreux de la pensée et du cœur, dont le souvenir seul donne des frissons d'angoisse. Mais cela n'a lieu, quand on est brave, ni devant une attaque, ni devant la mort inévitable, ni devant toutes les formes connues du péril : cela a lieu dans certaines circonstances anormales, sous certaines influences mystérieuses, en face de risques vagues. La vraie peur, c'est quelque chose comme une réminiscence des terreurs fantastiques d'autrefois. Un homme qui croit aux revenants, et qui s'imagine apercevoir un spectre dans la nuit, doit éprouver la peur en toute son épouvantable horreur.

Moi, j'ai deviné la peur en plein jour, il y a dix ans environ. Je l'ai ressentie l'hiver dernier, par une nuit de décembre.

Et, pourtant, j'ai traversé bien des hasards, bien des aventures qui semblaient mortelles. Je me suis battu souvent. J'ai été laissé pour mort par des voleurs. J'ai été condamné, comme insurgé, à être pendu en Amérique, et jeté à la mer du pont d'un bâtiment sur les côtes de Chine. Chaque fois je me suis cru perdu, j'en ai pris immédiatement mon parti, sans attendrissement et même sans regrets.

Mais la peur, ce n'est pas cela.

Je l'ai pressentie en Afrique. Et pourtant elle est fille du Nord ; le soleil la dissipe comme un brouillard. Remarquez bien ceci, messieurs. Chez les Orientaux, la vie ne compte pour rien ; on est résigné tout de suite ; les nuits sont claires et vides de légendes, les âmes aussi vides des inquiétudes sombres qui hantent les cerveaux dans les pays froids. En Orient, on peut connaître la panique, on ignore la peur.

Eh bien ! voici ce qui m'est arrivé sur cette terre d'Afrique :

Je traversais les grandes dunes au sud de Ouargla[1]. C'est là un des plus étranges pays du monde. Vous connaissez le sable uni, le sable droit des interminables plages de l'Océan. Eh bien ! figurez-vous l'Océan lui-même devenu sable au milieu d'un ouragan ; imaginez une tempête silencieuse de vagues immobiles en poussière jaune. Elles sont hautes comme des montagnes, ces vagues inégales, différentes, soulevées tout à fait comme des flots déchaînés, mais plus grandes encore, et striées comme de la moire. Sur cette mer furieuse, muette et sans mouvement, le dévorant soleil du sud verse sa flamme implacable et directe. Il faut gravir ces lames de cendre d'or, redescendre, gravir encore, gravir sans cesse, sans repos et sans ombre. Les chevaux râlent, enfoncent jusqu'aux genoux, et glissent en dévalant l'autre versant des surprenantes collines.

Nous étions deux amis suivis de huit spahis[2] et de quatre chameaux avec leurs chameliers. Nous ne parlions plus, accablés de chaleur, de fatigue, et desséchés

---

1. Une oasis du Sahara algérien. Maupassant connaît ce pays où il s'est rendu comme envoyé spécial du *Gaulois* en 1881. Il a rassemblé ses articles sur l'Algérie dans *Au soleil* (1884). On y retrouve cette anecdote du tambour des sables. **2.** Nom donné aux soldats des corps de cavalerie indigènes organisés par l'armée française en Afrique du Nord.

de soif comme ce désert ardent. Soudain un de ces hommes poussa une sorte de cri ; tous s'arrêtèrent ; et nous demeurâmes immobiles, surpris par un inexplicable phénomène connu des voyageurs en ces contrées perdues.

Quelque part, près de nous, dans une direction indéterminée, un tambour battait, le mystérieux tambour des dunes ; il battait distinctement, tantôt plus vibrant, tantôt affaibli, arrêtant, puis reprenant son roulement fantastique.

Les Arabes, épouvantés, se regardaient ; et l'un dit, en sa langue : « La mort est sur nous. » Et voilà que tout à coup mon compagnon, mon ami, presque mon frère, tomba de cheval, la tête en avant, foudroyé par une insolation.

Et pendant deux heures, pendant que j'essayais en vain de le sauver, toujours ce tambour insaisissable m'emplissait l'oreille de son bruit monotone, intermittent et incompréhensible ; et je sentais se glisser dans mes os la peur, la vraie peur, la hideuse peur, en face de ce cadavre aimé, dans ce trou incendié par le soleil entre quatre monts de sable, tandis que l'écho inconnu nous jetait, à deux cents lieues de tout village français, le battement rapide du tambour.

Ce jour-là, je compris ce que c'était que d'avoir peur ; je l'ai su mieux encore une autre fois...

Le commandant interrompit le conteur :

« Pardon, monsieur, mais ce tambour ? Qu'était-ce ? »

Le voyageur répondit :

Je n'en sais rien. Personne ne sait. Les officiers, surpris souvent par ce bruit singulier, l'attribuent généralement à l'écho grossi, multiplié, démesurément enflé par les vallonnements des dunes, d'une grêle de grains de sable emportés dans le vent et heurtant une touffe d'herbes sèches ; car on a toujours remarqué que le phénomène se produit dans le voisinage de petites plantes brûlées par le soleil, et dures comme du parchemin.

Ce tambour ne serait donc qu'une sorte de mirage du son. Voilà tout. Mais je n'appris cela que plus tard.

J'arrive à ma seconde émotion.

C'était l'hiver dernier, dans une forêt du nord-est de la France. La nuit vint deux heures plus tôt, tant le ciel était sombre. J'avais pour guide un paysan qui marchait à mon côté, par un tout petit chemin, sous une voûte de sapins dont le vent déchaîné tirait des hurlements. Entre les cimes, je voyais courir des nuages en déroute, des nuages éperdus qui semblaient fuir devant une épouvante. Parfois, sous une immense rafale, toute la forêt s'inclinait dans le même sens avec un gémissement de souffrance ; et le froid m'envahissait, malgré mon pas rapide et mon lourd vêtement.

Nous devions souper et coucher chez un garde forestier dont la maison n'était plus éloignée de nous. J'allais là pour chasser.

Mon guide, parfois, levait les yeux et murmurait : « Triste temps ! » Puis il me parla des gens chez qui nous arrivions. Le père avait tué un braconnier deux ans auparavant, et, depuis ce temps, il semblait sombre, comme hanté d'un souvenir. Ses deux fils, mariés, vivaient avec lui.

Les ténèbres étaient profondes. Je ne voyais rien devant moi, ni autour de moi, et toute la branchure des arbres entrechoqués emplissait la nuit d'une rumeur incessante. Enfin, j'aperçus une lumière, et bientôt mon compagnon heurtait une porte. Des cris aigus de femmes nous répondirent. Puis, une voix d'homme, une voix étranglée, demanda : « Qui va là ? » Mon guide se nomma. Nous entrâmes. Ce fut un inoubliable tableau.

Un vieux homme à cheveux blancs, à l'œil fou, le fusil chargé dans la main, nous attendait debout au milieu de la cuisine, tandis que deux grands gaillards, armés de haches, gardaient la porte. Je distinguai dans les coins sombres deux femmes à genoux, le visage caché contre le mur.

On s'expliqua. Le vieux remit son arme contre le mur

« Las d'assister à ces craintes imbéciles, j'allais demander à me coucher, quand le vieux garde tout à coup fit un bond de sa chaise, saisit de nouveau son fusil... » (p. 66)
Illustration de Luc Barbut pour *La peur*.

et ordonna de préparer ma chambre ; puis, comme les femmes ne bougeaient point, il me dit brusquement :

« Voyez-vous, monsieur, j'ai tué un homme, voilà deux ans cette nuit. L'autre année, il est revenu m'appeler. Je l'attends encore ce soir. »

Puis il ajouta d'un ton qui me fit sourire :

« Aussi, nous ne sommes pas tranquilles. »

Je le rassurai comme je pus, heureux d'être venu justement ce soir-là, et d'assister au spectacle de cette terreur superstitieuse. Je racontai des histoires, et je parvins à calmer à peu près tout le monde.

Près du foyer, un vieux chien, presque aveugle et moustachu, un de ces chiens qui ressemblent à des gens qu'on connaît, dormait le nez dans ses pattes.

Au dehors, la tempête acharnée battait la petite maison, et, par un étroit carreau, une sorte de judas placé près de la porte, je voyais soudain tout un fouillis d'arbres bousculés par le vent à la lueur de grands éclairs.

Malgré mes efforts, je sentais bien qu'une terreur profonde tenait ces gens, et chaque fois que je cessais de parler, toutes les oreilles écoutaient au loin. Las d'assister à ces craintes imbéciles, j'allais demander à me coucher, quand le vieux garde tout à coup fit un bond de sa chaise, saisit de nouveau son fusil, en bégayant d'une voix égarée : « Le voilà ! le voilà ! Je l'entends ! » Les deux femmes retombèrent à genoux dans leurs coins en se cachant le visage ; et les fils reprirent leurs haches. J'allais tenter encore de les apaiser, quand le chien endormi s'éveilla brusquement et, levant sa tête, tendant le cou, regardant vers le feu de son œil presque éteint, il poussa un de ces lugubres hurlements qui font tressaillir les voyageurs, le soir, dans la campagne. Tous les yeux se portèrent sur lui, il restait maintenant immobile, dressé sur ses pattes comme hanté d'une vision, et il se remit à hurler vers quelque chose d'invisible, d'inconnu, d'affreux sans doute, car tout son poil se hérissait. Le garde, livide, cria : « Il le sent ! il le sent ! il était là quand je l'ai tué. » Et les femmes égarées se mirent, toutes les deux, à hurler avec le chien.

Malgré moi, un grand frisson me courut entre les épaules. Cette vision de l'animal dans ce lieu, à cette heure, au milieu de ces gens éperdus, était effrayante à voir.

Alors, pendant une heure, le chien hurla sans bouger ; il hurla comme dans l'angoisse d'un rêve ; et la peur, l'épouvantable peur entrait en moi ; la peur de quoi ? Le sais-je ? C'était la peur, voilà tout.

Nous restions immobiles, livides, dans l'attente d'un événement affreux, l'oreille tendue, le cœur battant, bouleversés au moindre bruit. Et le chien se mit à tourner autour de la pièce, en sentant les murs et gémissant toujours. Cette bête nous rendait fous ! Alors, le paysan qui m'avait amené, se jeta sur elle, dans une sorte de paroxysme de terreur furieuse, et, ouvrant une porte donnant sur une petite cour, jeta l'animal dehors.

Il se tut aussitôt ; et nous restâmes plongés dans un silence plus terrifiant encore. Et soudain, tous ensemble, nous eûmes une sorte de sursaut : un être glissait contre le mur du dehors vers la forêt ; puis il passa contre la porte, qu'il sembla tâter, d'une main hésitante ; puis on n'entendit plus rien pendant deux minutes qui firent de nous des insensés ; puis il revint, frôlant toujours la muraille ; et il gratta légèrement, comme ferait un enfant avec son ongle ; puis soudain une tête apparut contre la vitre du judas, une tête blanche avec des yeux lumineux comme ceux des fauves. Et un son sortit de sa bouche, un son indistinct, un murmure plaintif.

Alors un bruit formidable éclata dans la cuisine. Le vieux garde avait tiré. Et aussitôt les fils se précipitèrent, bouchèrent le judas en dressant la grande table qu'ils assujettirent avec le buffet.

Et je vous jure qu'au fracas du coup de fusil que je n'attendais point, j'eus une telle angoisse du cœur, de l'âme et du corps, que je me sentis défaillir, prêt à mourir de peur.

Nous restâmes là jusqu'à l'aurore, incapables de bouger, de dire un mot, crispés dans un affolement indicible.

On n'osa débarricader la sortie qu'en apercevant, par la fente d'un auvent, un mince rayon de jour.

Au pied du mur, contre la porte, le vieux chien gisait, la gueule brisée d'une balle[1].

Il était sorti de la cour en creusant un trou sous une palissade.

L'homme au visage brun se tut ; puis il ajouta :

« Cette nuit-là pourtant, je ne courus aucun danger ; mais j'aimerais mieux recommencer toutes les heures où j'ai affronté les plus terribles périls, que la seule minute du coup de fusil sur la tête barbue du judas[2]. »

---

1. On retrouve un chien dans *L'Auberge*, (voir p. 222), qui rôde autour de la maison du dément, hanté par le souvenir d'un mort. **2.** En prolongement de ce texte qui tente de donner une définition de la vraie peur (nous dirions plus volontiers de l'angoisse), on peut lire en Annexe la chronique intitulée « Le fantastique ».

CONTE DE NOËL[1]

Le docteur Bonenfant cherchait dans sa mémoire, répétant à mi-voix : « Un souvenir de Noël ?... Un souvenir de Noël ?... »

Et tout à coup, il s'écria :

« Mais si, j'en ai un, et un bien étrange encore ; c'est une histoire fantastique. J'ai vu un miracle ! Oui, Mesdames, un miracle, la nuit de Noël. »

Cela vous étonne de m'entendre parler ainsi, moi qui ne crois guère à rien. Et pourtant j'ai vu un miracle ! Je l'ai vu, dis-je, vu, de mes propres yeux vu, ce qui s'appelle vu[2].

En ai-je été fort surpris ? non pas ; car si je ne crois point à vos croyances, je crois à la foi, et je sais qu'elle transporte les montagnes. Je pourrais citer bien des exemples ; mais je vous indignerais et je m'exposerais aussi à amoindrir l'effet de mon histoire.

Je vous avouerai d'abord que si je n'ai pas été fort convaincu et converti par ce que j'ai vu, j'ai été du moins fort ému, et je vais tâcher de vous dire la chose naïvement, comme si j'avais une crédulité d'Auvergnat.

---

1. Récit paru dans *Le Gaulois* du 25 décembre 1882 et recueilli dans *Clair de lune* en 1884. Texte d'Ollendorff, 1888. **2.** Souvenir du *Tartuffe* (1664) de Molière (1622-1673), acte V, sc. 3, v. 1676-1677 : « Je l'ai vu, dis-je, vu, de mes propres yeux vu,/ Ce qu'on appelle vu. » Il s'agit pour Orgon de convaincre sa mère incrédule que Tartuffe a voulu séduire Elmire.

J'étais alors médecin de campagne, habitant le bourg de Rolleville[1], en pleine Normandie.

L'hiver cette année-là, fut terrible. Dès la fin de novembre, les neiges arrivèrent après une semaine de gelées. On voyait de loin les gros nuages venir du nord ; et la blanche descente des flocons commença.

En une nuit, toute la plaine fut ensevelie.

Les fermes, isolées dans leurs cours carrées, derrière leurs rideaux de grands arbres poudrés de frimas, semblaient s'endormir sous l'accumulation de cette mousse épaisse et légère.

Aucun bruit ne traversait plus la campagne immobile. Seuls les corbeaux, par bandes, décrivaient de longs festons dans le ciel, cherchant leur vie inutilement, s'abattant tous ensemble sur les champs livides et piquant la neige de leurs grands becs.

On n'entendait rien que le glissement vague et continu de cette poussière tombant toujours.

Cela dura huit jours pleins, puis l'avalanche s'arrêta. La terre avait sur le dos un manteau épais de cinq pieds[2].

Et, pendant trois semaines ensuite, un ciel, clair comme un cristal bleu le jour, et, la nuit, tout semé d'étoiles qu'on aurait crues de givre, tant le vaste espace était rigoureux, s'étendit sur la nappe unie, dure et luisante des neiges.

La plaine, les haies, les ormes des clôtures, tout semblait mort, tué par le froid. Ni hommes ni bêtes ne sortaient plus : seules les cheminées des chaumières en chemise blanche révélaient la vie cachée, par les minces filets de fumée qui montaient droit dans l'air glacial.

De temps en temps on entendait craquer les arbres, comme si leurs membres de bois se fussent brisés sous l'écorce ; et, parfois, une grosse branche se détachait

---

1. Rolleville est situé dans le département de la Seine-Maritime, dans le pays de Caux, entre Le Havre et Etretat. **2.** Un pied correspond à 0,324 m.

et tombait, l'invincible gelée pétrifiant la sève et cassant les fibres.

Les habitations semées çà et là par les champs semblaient éloignées de cent lieues les unes des autres. On vivait comme on pouvait. Seul, j'essayais d'aller voir mes clients les plus proches, m'exposant sans cesse à rester enseveli dans quelque creux.

Je m'aperçus bientôt qu'une terreur mystérieuse planait sur le pays. Un tel fléau, pensait-on, n'était point naturel. On prétendit qu'on entendait des voix la nuit, des sifflements aigus, des cris qui passaient.

Ces cris et ces sifflements venaient sans aucun doute des oiseaux émigrants qui voyagent au crépuscule, et qui fuyaient en masse vers le sud. Mais allez donc faire entendre raison à des gens affolés. Une épouvante envahissait les esprits et on s'attendait à un événement extraordinaire.

La forge du père Vatinel était située au bout du hameau d'Épivent[1], sur la grande route, maintenant invisible et déserte. Or, comme les gens manquaient de pain, le forgeron résolut d'aller jusqu'au village. Il resta quelques heures à causer dans les six maisons qui forment le centre du pays, prit son pain et des nouvelles, et un peu de cette peur épandue sur la campagne.

Et il se remit en route avant la nuit.

Tout à coup, en longeant une haie, il crut voir un œuf sur la neige ; oui, un œuf déposé là, tout blanc comme le reste du monde. Il se pencha, c'était un œuf en effet. D'où venait-il ? Quelle poule avait pu sortir du poulailler et venir pondre en cet endroit ? Le forgeron s'étonna, ne comprit pas ; mais il ramassa l'œuf et le porta à sa femme.

« Tiens, la maîtresse, v'là un œuf que j'ai trouvé sur la route ! »

La femme hocha la tête :

---

1. Le hameau d'Epivent se trouve près d'Etretat.

« Un œuf sur la route ? Par ce temps-ci, t'es soûl, bien sûr ?

— Mais non, la maîtresse, même qu'il était au pied d'une haie, et encore chaud, pas gelé. Le v'là, j'me l'ai mis sur l'estomac pour qui n'refroidisse pas. Tu le mangeras pour ton dîner. »

L'œuf fut glissé dans la marmite où mijotait la soupe, et le forgeron se mit à raconter ce qu'on disait par la contrée.

La femme écoutait, toute pâle.

« Pour sûr que j'ai entendu des sifflets l'autre nuit, même qu'ils semblaient v'nir de la cheminée. »

On se mit à table, on mangea la soupe d'abord, puis, pendant que le mari étendait du beurre sur son pain, la femme prit l'œuf et l'examina d'un œil méfiant.

« Si y avait quéque chose dans c't'œuf ?

— Qué que tu veux qu'y ait ?

— J'sais ti, mé ?

— Allons, mange-le, et fais pas la bête. »

Elle ouvrit l'œuf. Il était comme tous les œufs, et bien frais.

Elle se mit à le manger en hésitant, le goûtant, le laissant, le reprenant. Le mari disait :

« Eh bien ! qué goût qu'il a, c't'œuf ? »

Elle ne répondit pas et elle acheva de l'avaler ; puis, soudain, elle planta sur son homme des yeux fixes, hagards, affolés ; leva les bras, les tordit et, convulsée de la tête aux pieds, roula par terre en poussant des cris horribles.

Toute la nuit elle se débattit en des spasmes épouvantables, secouée de tremblements effrayants, déformée par de hideuses convulsions. Le forgeron, impuissant à la tenir, fut obligé de la lier.

Et elle hurlait sans repos, d'une voix infatigable :

« J'l'ai dans l'corps ! J'l'ai dans l'corps ! »

Je fus appelé le lendemain. J'ordonnai tous les calmants connus sans obtenir le moindre résultat. Elle était folle.

Alors, avec une incroyable rapidité, malgré l'obstacle des hautes neiges, la nouvelle, une nouvelle étrange, courut de ferme en ferme : « La femme au forgeron qu'est possédée ! » Et on venait de partout, sans oser pénétrer dans la maison ; on écoutait de loin ses cris affreux poussés d'une voix si forte qu'on ne les aurait pas crus d'une créature humaine.

Le curé du village fut prévenu. C'était un vieux prêtre naïf. Il accourut en surplis comme pour administrer un mourant et il prononça, en étendant les mains, les formules d'exorcisme, pendant que quatre hommes maintenaient sur un lit la femme écumante et tordue.

Mais l'esprit ne fut point chassé.

Et la Noël arriva sans que le temps eût changé.

La veille au matin, le prêtre vint me trouver :

« J'ai envie, dit-il, de faire assister à l'office de cette nuit cette malheureuse. Peut-être Dieu fera-t-il un miracle en sa faveur, à l'heure même où il naquit d'une femme. »

Je répondis au curé :

« Je vous approuve absolument, monsieur l'abbé. Si elle a l'esprit frappé par la cérémonie (et rien n'est plus propice à l'émouvoir), elle peut être sauvée sans autre remède. »

Le vieux prêtre murmura :

« Vous n'êtes pas croyant, docteur, mais aidez-moi, n'est-ce pas ? Vous vous chargez de l'amener ? »

Et je lui promis mon aide.

Le soir vint, puis la nuit ; et la cloche de l'église se mit à sonner, jetant sa voix plaintive à travers l'espace morne, sur l'étendue blanche et glacée des neiges.

Des êtres noirs s'en venaient lentement, par groupes, dociles au cri d'airain du clocher. La pleine lune éclairait d'une lueur vive et blafarde tout l'horizon, rendait plus visible la pâle désolation des champs.

J'avais pris quatre hommes robustes et je me rendis à la forge.

La Possédée hurlait toujours, attachée à sa couche. On la vêtit proprement malgré sa résistance éperdue, et on l'emporta.

L'église était maintenant pleine de monde, illuminée et froide ; les chantres poussaient leurs notes monotones ; le serpent[1] ronflait ; la petite sonnette de l'enfant de chœur tintait, réglant les mouvements des fidèles.

J'enfermai la femme et ses gardiens dans la cuisine du presbytère, et j'attendis le moment que je croyais favorable.

Je choisis l'instant qui suit la communion. Tous les paysans, hommes et femmes, avaient reçu leur Dieu pour fléchir sa rigueur. Un grand silence planait pendant que le prêtre achevait le mystère divin.

Sur mon ordre, la porte fut ouverte et mes quatre aides apportèrent la folle.

Dès qu'elle aperçut les lumières, la foule à genoux, le chœur en feu et le tabernacle doré, elle se débattit d'une telle vigueur, qu'elle faillit nous échapper, et elle poussa des clameurs si aiguës qu'un frisson d'épouvante passa dans l'église ; toutes les têtes se relevèrent ; des gens s'enfuirent.

Elle n'avait plus la forme d'une femme, crispée et tordue en nos mains, le visage contourné, les yeux fous.

On la traîna jusqu'aux marches du chœur et puis on la tint fortement accroupie à terre.

Le prêtre s'était levé ; il attendait. Dès qu'il la vit arrêtée, il prit en ses mains l'ostensoir ceint de rayons d'or, avec l'hostie blanche au milieu, et, s'avançant de quelques pas, il l'éleva de ses deux bras tendus au-dessus de sa tête, le présentant aux regards effarés de la Démoniaque.

Elle hurlait toujours, l'œil fixé, tendu sur cet objet rayonnant[2].

Et le prêtre demeurait tellement immobile qu'on l'aurait pris pour une statue.

---

1. Ancien instrument à vent plusieurs fois recourbé qui était utilisé dans les petites églises de campagne. **2.** Version humoristique d'une séance d'hypnose. On sait que le sujet intéresse Maupassant (voir *Magnétisme*, p. 48).

Et cela dura longtemps, longtemps.

La femme semblait saisie de peur, fascinée ; elle contemplait fixement l'ostensoir, secouée encore de tremblements terribles, mais passagers, et criant toujours, mais d'une voix moins déchirante.

Et cela dura encore longtemps.

On eût dit qu'elle ne pouvait plus baisser les yeux, qu'ils étaient rivés sur l'hostie ; elle ne faisait plus que gémir ; et son corps raidi s'amollissait, s'affaissait.

Toute la foule était prosternée le front par terre.

La Possédée maintenant baissait rapidement les paupières, puis les relevait aussitôt, comme impuissante à supporter la vue de son Dieu. Elle s'était tue. Et puis soudain, je m'aperçus que ses yeux demeuraient clos. Elle dormait du sommeil des somnambules, hypnotisée, pardon ! vaincue par la contemplation persistante de l'ostensoir aux rayons d'or, terrassée par le Christ victorieux.

On l'emporta, inerte, pendant que le prêtre remontait vers l'autel.

L'assistance bouleversée entonna un *Te Deum*[1] d'actions de grâces.

Et la femme du forgeron dormit quarante heures de suite, puis se réveilla sans aucun souvenir de la possession ni de la délivrance.

Voilà, mesdames, le miracle que j'ai vu.

Le docteur Bonenfant se tut, puis ajouta d'une voix contrariée[2] : « Je n'ai pu refuser de l'attester par écrit. »

---

1. *Te Deum laudamus*, « Dieu, nous te louons », chant de louange à Dieu en latin. **2.** Le docteur garde une voix « contrariée » car, qu'il s'agisse d'une possession ou d'une crise d'hystérie, suivie d'une délivrance surnaturelle ou médicale, nous sommes dans le domaine du mystère, certes, sur lequel l'esprit humain n'a pas de prise, mais qui se présente comme un fait, en cela irréfutable.

AUPRÈS D'UN MORT[1]

Il s'en allait mourant, comme meurent les poitrinaires. Je le voyais chaque jour s'asseoir, vers deux heures, sous les fenêtres de l'hôtel, en face de la mer tranquille, sur un banc de la promenade. Il restait quelque temps immobile dans la chaleur du soleil, contemplant d'un œil morne la Méditerranée. Parfois il jetait un regard sur la haute montagne aux sommets vaporeux, qui enferme Menton ; puis il croisait, d'un mouvement très lent, ses longues jambes, si maigres qu'elles semblaient deux os, autour desquels flottait le drap du pantalon, et il ouvrait un livre, toujours le même.

Alors il ne remuait plus, il lisait, il lisait de l'œil et de la pensée ; tout son pauvre corps expirant semblait lire, toute son âme s'enfonçait, se perdait, disparaissait dans ce livre jusqu'à l'heure où l'air rafraîchi le faisait un peu tousser. Alors il se levait et rentrait.

C'était un grand Allemand à barbe blonde, qui déjeunait et dînait dans sa chambre, et ne parlait à personne.

Une vague curiosité m'attira vers lui. Je m'assis un jour à son côté, ayant pris aussi, pour me donner une contenance, un volume des poésies de Musset.

---

1. Paru dans le *Gil Blas* du 30 janvier 1883, ce récit n'a pas été repris en recueil. Texte du *Gil Blas*.

Et je me mis à parcourir *Rolla*[1].

Mon voisin me dit tout à coup, en bon français :

« Savez-vous l'allemand, monsieur ?

— Nullement, monsieur.

— Je le regrette. Puisque le hasard nous met côte à côte, je vous aurais prêté, je vous aurais fait voir une chose inestimable : ce livre que je tiens là.

— Qu'est-ce donc ?

— C'est un exemplaire de mon maître Schopenhauer[2], annoté de sa main. Toutes les marges, comme vous le voyez, sont couvertes de son écriture. »

Je pris le livre avec respect et je contemplai ces formes incompréhensibles pour moi, mais qui révélaient l'immortelle pensée du plus grand saccageur de rêves qui ait passé sur la terre.

Et les vers de Musset éclatèrent dans ma mémoire :

Dors-tu content, Voltaire, et ton hideux sourire
Voltige-t-il encor sur tes os décharnés[3] *?*

Et je comparais involontairement le sarcasme enfantin, le sarcasme religieux de Voltaire à l'irrésistible ironie du philosophe allemand dont l'influence est désormais ineffaçable.

---

1. *Rolla* (1840) ; l'œuvre poétique de Musset (1810-1857) était très célèbre au XIXe siècle. Le choix n'est pas innocent : Rolla est un désespéré qui proteste contre un Dieu absent qui a privé de foi et d'espoir les jeunes gens de sa génération. On voit ainsi comment s'opère la continuité entre le mal du siècle romantique et le pessimisme schopenhauerien qui accentue l'ennui de vivre. **2.** Schopenhauer (1788-1860), philosophe allemand dont le pessimisme a marqué la seconde moitié du XIXe siècle. Maupassant était l'ami de J. Bourdeau, qui traduisit des extraits de l'œuvre, notamment en 1880, *Pensées et fragments.* **3.** Deux vers extraits de la 4e partie de *Rolla.* Voltaire (1694-1778) représente l'archétype du philosophe des Lumières, destructeur de la foi. Schopenhauer cite souvent Voltaire, notamment sa satire de l'optimisme dans *Candide* (1759) (voir *Douleurs du monde*, éd. de D. Raymond, Petite Bibliothèque Rivages, 1990, p. 48).

Qu'on proteste et qu'on se fâche, qu'on s'indigne ou qu'on s'exalte, Schopenhauer a marqué l'humanité du sceau de son dédain et de son désenchantement.

Jouisseur désabusé, il a renversé les croyances, les espoirs, les poésies, les chimères, détruit les aspirations, ravagé la confiance des âmes, tué l'amour, abattu le culte idéal de la femme, crevé les illusions des cœurs, accompli la plus gigantesque besogne de sceptique qui ait jamais été faite. Il a tout traversé de sa moquerie, et tout vidé. Et aujourd'hui même, ceux qui l'exècrent semblent porter, malgré eux, en leurs esprits, des parcelles de sa pensée.

« Vous avez donc connu particulièrement Schopenhauer ? » dis-je à l'Allemand.

Il sourit tristement.

« Jusqu'à sa mort, monsieur. »

Et il me parla de lui, il me raconta l'impression presque surnaturelle que faisait cet être étrange à tous ceux qui l'approchaient.

Il me dit l'entrevue du vieux démolisseur avec un politicien français, républicain doctrinaire [1], qui voulut voir cet homme et le trouva dans une brasserie tumultueuse, assis au milieu de disciples, sec, ridé, riant d'un inoubliable rire, mordant et déchirant les idées et les croyances d'une seule parole, comme un chien d'un coup de dents déchire les tissus avec lesquels il joue.

Il me répéta le mot de ce Français, s'en allant effaré, épouvanté et s'écriant :

« J'ai cru passer une heure avec le diable. »

Puis il ajouta :

« Il avait, en effet, monsieur, un effrayant sourire, qui nous fit peur, même après sa mort. C'est une anecdote presque inconnue que je peux vous conter si elle vous intéresse. »

Et il commença, d'une voix fatiguée, que des quintes de toux interrompaient par moments :

---

1. Il doit s'agir de Challemel-Lacour (1827-1896) et du passage d'un article paru dans la *Revue des Deux Mondes* du 15 mars 1870.

Schopenhauer venait de mourir, et il fut décidé que nous le veillerions tour à tour, deux par deux, jusqu'au matin.

Il était couché dans une grande chambre très simple, vaste et sombre. Deux bougies brûlaient sur la table de nuit.

C'est à minuit que je pris la garde, avec un de nos camarades. Les deux amis que nous remplacions sortirent, et nous vînmes nous asseoir au pied du lit.

La figure n'était point changée. Elle riait. Ce pli que nous connaissions si bien se creusait au coin des lèvres, et il nous semblait qu'il allait ouvrir les yeux, remuer, parler. Sa pensée ou plutôt ses pensées nous enveloppaient ; nous nous sentions plus que jamais dans l'atmosphère de son génie, envahis, possédés par lui. Sa domination nous semblait même plus souveraine maintenant qu'il était mort. Un mystère se mêlait à la puissance de cet incomparable esprit.

Le corps de ces hommes-là disparaît, mais ils restent, eux ; et, dans la nuit qui suit l'arrêt de leur cœur, je vous assure, monsieur, qu'ils sont effrayants.

Et, tout bas, nous parlions de lui, nous rappelant des paroles, des formules, ces surprenantes maximes qui semblent des lumières jetées, par quelques mots, dans les ténèbres de la Vie inconnue [1].

« Il me semble qu'il va parler », dit mon camarade. Et nous regardions, avec une inquiétude touchant à la peur, le visage immobile et riant toujours.

Peu à peu nous nous sentions mal à l'aise, oppressés, défaillants. Je balbutiai :

« Je ne sais pas ce que j'ai, mais je t'assure que je suis malade. »

Et nous nous aperçûmes alors que le cadavre sentait mauvais.

Alors mon compagnon me proposa de passer dans

---

1. *Le Monde comme volonté et comme représentation* (1818) ne sera traduit par J. Bourdeau qu'en 1888. On connaît surtout Schopenhauer pour ses fragments et ses aphorismes.

la chambre voisine, en laissant la porte ouverte ; et j'acceptai.

Je pris une des bougies qui brûlaient sur la table de nuit et je laissai la seconde, et nous allâmes nous asseoir à l'autre bout de l'autre pièce, de façon à voir de notre place le lit et le mort, en pleine lumière.

Mais il nous obsédait toujours ; on eût dit que son être immatériel, dégagé, libre, tout-puissant et dominateur, rôdait autour de nous. Et parfois aussi l'odeur infâme du corps décomposé nous arrivait, nous pénétrait, écœurante et vague.

Tout à coup, un frisson nous passa dans les os : un bruit, un petit bruit était venu de la chambre du mort. Nos regards furent aussitôt sur lui, et nous vîmes, oui, monsieur, nous vîmes parfaitement, l'un et l'autre, quelque chose de blanc courir sur le lit, tomber à terre sur le tapis, et disparaître sous un fauteuil.

Nous fûmes debout avant d'avoir eu le temps de penser à rien, fous d'une terreur stupide, prêts à fuir. Puis, nous nous sommes regardés. Nous étions horriblement pâles. Nos cœurs battaient à soulever le drap de nos habits. Je parlai le premier.

« Tu as vu ?...

— Oui, j'ai vu.

— Est-ce qu'il n'est pas mort ?

— Mais puisqu'il entre en putréfaction ?

— Qu'allons-nous faire ? »

Mon compagnon prononça en hésitant :

« Il faut aller voir. »

Je pris notre bougie, et j'entrai le premier, fouillant de l'œil toute la grande pièce aux coins noirs. Rien ne remuait plus ; et je m'approchai du lit. Mais je demeurai saisi de stupeur et d'épouvante : Schopenhauer ne riait plus ! Il grimaçait d'une horrible façon, la bouche serrée, les joues creusées profondément. Je balbutiai :

« Il n'est pas mort ! »

Mais l'odeur épouvantable me montait au nez, me suffoquait. Et je ne remuais plus, le regardant fixement, effaré comme devant une apparition.

Alors mon compagnon, ayant pris l'autre bougie, se pencha. Puis il me toucha le bras sans dire un mot. Je suivis son regard, et j'aperçus à terre, sous le fauteuil à côté du lit, tout blanc sur le sombre tapis, ouvert comme pour mordre, le râtelier de Schopenhauer.

Le travail de la décomposition, desserrant les mâchoires, l'avait fait jaillir de la bouche.

J'ai eu vraiment peur ce jour-là, monsieur[1].

Et, comme le soleil s'approchait de la mer étincelante, l'Allemand phtisique se leva, me salua, et regagna l'hôtel.

---

1. Ce récit ironique fournit au motif de la peur une nouvelle illustration, qui convient bien à la définition donnée plus haut, p. 61.

MADEMOISELLE COCOTTE[1]

Nous allions sortir de l'Asile[2] quand j'aperçus dans un coin de la cour un grand homme maigre qui faisait obstinément le simulacre d'appeler un chien imaginaire. Il criait, d'une voix douce, d'une voix tendre : « Cocotte, ma petite Cocotte, viens ici, Cocotte, viens ici, ma belle », en tapant sur sa cuisse comme on fait pour attirer les bêtes. Je demandai au médecin : « Qu'est-ce que celui-là ? » Il me répondit : « Oh ! celui-là n'est pas intéressant. C'est un cocher, nommé François, devenu fou après avoir noyé son chien. »

J'insistai : « Dites-moi donc son histoire. Les choses les plus simples, les plus humbles, sont parfois celles qui nous mordent le plus au cœur. »

Et voici l'aventure de cet homme qu'on avait sue tout entière par un palefrenier[3], son camarade.

Dans la banlieue de Paris vivait une famille de bourgeois riches. Ils habitaient une villa au milieu d'un parc, au bord de la Seine. Le cocher était ce François, gars de campagne, un peu lourdaud, bon cœur, niais, facile à duper.

Comme il rentrait un soir chez ses maîtres, un chien se mit à le suivre. Il n'y prit point garde d'abord ; mais

---

1. Récit paru dans le *Gil Blas* du 20 mars 1883 et repris dans *Clair de lune* en 1888. Texte d'Ollendorff, 1888. **2.** Il s'agit bien sûr d'un asile d'aliénés, un hôpital psychiatrique avant la lettre. On sait la fascination de Maupassant pour le sort des fous (voir le début de *Madame Hermet*, p. 250). **3.** Le palefrenier désigne un valet chargé du soin des chevaux.

l'obstination de la bête à marcher sur ses talons le fit bientôt se retourner. Il regarda s'il connaissait ce chien. — Non, il ne l'avait jamais vu.

C'était une chienne d'une maigreur affreuse avec de grandes mamelles pendantes. Elle trottinait derrière l'homme d'un air lamentable et affamé, la queue entre les pattes, les oreilles collées contre la tête, et s'arrêtait quand il s'arrêtait, repartant quand il repartait.

Il voulait chasser ce squelette de bête et cria : « Va-t'en. Veux-tu bien te sauver ! — Hou ! Hou ! » Elle s'éloigna de quelques pas et se planta sur son derrière, attendant ; puis, dès que le cocher se remit en marche, elle repartit derrière lui.

Il fit semblant de ramasser des pierres. L'animal s'enfuit un peu plus loin avec un grand ballottement de ses mamelles flasques ; mais il revint aussitôt que l'homme eut tourné le dos.

Alors le cocher François, pris de pitié, l'appela. La chienne s'approcha timidement, l'échine pliée en cercle, et toutes les côtes soulevant la peau. L'homme caressa ces os saillants, et, tout ému par cette misère de bête : « Allons, viens ! » dit-il. Aussitôt elle remua la queue, se sentant accueillie, adoptée, et, au lieu de rester dans les mollets de son nouveau maître, elle se mit à courir devant lui.

Il l'installa sur la paille dans son écurie ; puis il courut à la cuisine chercher du pain. Quand elle eut mangé tout son soûl [1], elle s'endormit, couchée en rond.

Le lendemain, les maîtres, avertis par leur cocher, permirent qu'il gardât l'animal. C'était une bonne bête, caressante et fidèle, intelligente et douce.

Mais, bientôt, on lui reconnut un défaut terrible. Elle était enflammée d'amour d'un bout à l'autre de l'année. Elle eut fait, en quelque temps, la connaissance de tous les chiens de la contrée qui se mirent à rôder autour d'elle jour et nuit. Elle leur partageait ses faveurs avec une indifférence de fille, semblait au

---

1. Cette locution adverbiale signifie « autant qu'on veut ».

mieux avec tous, traînait derrière elle une vraie meute composée des modèles les plus différents de la race aboyante, les uns gros comme le poing, les autres grands comme des ânes. Elle les promenait par les routes en des courses interminables, et quand elle s'arrêtait pour se reposer sur l'herbe, ils faisaient cercle autour d'elle, et la contemplaient, la langue tirée.

Les gens du pays la considéraient comme un phénomène ; jamais on n'avait vu pareille chose. Le vétérinaire n'y comprenait rien.

Quand elle était rentrée, le soir, en son écurie, la foule des chiens faisait le siège de la propriété. Ils se faufilaient par toutes les issues de la haie vive[1] qui clôturait le parc, dévastaient les plates-bandes, arrachaient les fleurs, creusaient des trous dans les corbeilles, exaspérant le jardinier. Et ils hurlaient des nuits entières autour du bâtiment où logeait leur amie, sans que rien les décidât à s'en aller.

Dans le jour, ils pénétraient jusque dans la maison. C'était une invasion, une plaie, un désastre. Les maîtres rencontraient à tout moment dans l'escalier et jusque dans les chambres des petits roquets jaunes à queue empanachée, des chiens de chasse, des bouledogues, des loups-loups rôdeurs à poil sale, vagabonds sans feu ni lieu, des terre-neuve énormes qui faisaient fuir les enfants.

On vit alors dans le pays des chiens inconnus à dix lieues à la ronde, venus on ne sait d'où, vivant on ne sait comment, et qui disparaissaient ensuite.

Cependant François adorait Cocotte[2]. Il l'avait nommée Cocotte, sans malice, bien qu'elle méritât son nom ; et il répétait sans cesse : « Cette bête-là, c'est une personne. Il ne lui manque que la parole. »

Il lui avait fait confectionner un collier magnifique en cuir rouge qui portait ces mots gravés sur une

---

1. Une haie vive est formée d'arbustes en pleine végétation.
2. Jeu de mots : une cocotte désigne en langage familier une femme de mœurs légères.

plaque de cuivre : « Mademoiselle Cocotte, au cocher François. »

Elle était devenue énorme. Autant elle avait été maigre, autant elle était obèse, avec un ventre gonflé sous lequel pendillaient toujours ses longues mamelles ballottantes. Elle avait engraissé tout d'un coup et elle marchait maintenant avec peine, les pattes écartées à la façon des gens trop gros, la gueule ouverte pour souffler, exténuée aussitôt qu'elle avait essayé de courir.

Elle se montrait d'ailleurs d'une fécondité phénoménale, toujours pleine presque aussitôt que délivrée, donnant le jour quatre fois l'an à un chapelet de petits animaux appartenant à toutes les variétés de la race canine. François, après avoir choisi celui qu'il lui laissait pour « passer son lait », ramassait les autres dans son tablier d'écurie et allait, sans apitoiement, les jeter à la rivière.

Mais bientôt la cuisinière joignit ses plaintes à celles du jardinier. Elle trouvait des chiens jusque sous son fourneau, dans le buffet, dans la soupente[1] au charbon, et ils volaient tout ce qu'ils rencontraient.

Le maître, impatienté, ordonna à François de se débarrasser de Cocotte. L'homme désolé chercha à la placer. Personne n'en voulut. Alors il se résolut à la perdre, et il la confia à un voiturier qui devait l'abandonner dans la campagne de l'autre côté de Paris, auprès de Joinville-le-Pont.

Le soir même, Cocotte était revenue.

Il fallait prendre un grand parti. On la livra, moyennant cinq francs, à un chef de train allant au Havre. Il devait la lâcher à l'arrivée.

Au bout de trois jours, elle rentrait dans son écurie, harassée, efflanquée, écorchée, n'en pouvant plus.

Le maître, apitoyé, n'insista pas.

Mais les chiens revinrent bientôt plus nombreux et

---

1. La soupente désigne un réduit aménagé sous un escalier ou dans une petite pièce.

plus acharnés que jamais. Et comme on donnait, un soir, un grand dîner, une poularde truffée fut emportée par un dogue, au nez de la cuisinière qui n'osa pas la lui disputer.

Le maître, cette fois, se fâcha tout à fait, et, ayant appelé François, il lui dit avec colère : « Si vous ne me flanquez pas cette bête à l'eau avant demain matin, je vous fiche à la porte, entendez-vous ? »

L'homme fut atterré, et il remonta dans sa chambre pour faire sa malle, préférant quitter sa place. Puis il réfléchit qu'il ne pourrait entrer nulle part tant qu'il traînerait derrière lui cette bête incommode ; il songea qu'il était dans une bonne maison, bien payé, bien nourri ; il se dit que vraiment un chien ne valait pas ça ; il s'excita au nom de ses propres intérêts ; et il finit par prendre résolument le parti de se débarrasser de Cocotte au point du jour.

Il dormit mal, cependant. Dès l'aube, il fut debout et, s'emparant d'une forte corde, il alla chercher la chienne. Elle se leva lentement, se secoua, étira ses membres et vint fêter son maître.

Alors le courage lui manqua, et il se mit à l'embrasser avec tendresse, flattant ses longues oreilles, la baisant sur le museau, lui prodiguant tous les noms tendres qu'il savait.

Mais une horloge voisine sonna six heures. Il ne fallait plus hésiter. Il ouvrit la porte : « Viens », dit-il. La bête remua la queue, comprenant qu'on allait sortir.

Ils gagnèrent la berge, et il choisit une place où l'eau semblait profonde. Alors il noua un bout de la corde au beau collier de cuir, et ramassant une grosse pierre, il l'attacha de l'autre bout. Puis il saisit Cocotte dans ses bras et la baisa furieusement comme une personne qu'on va quitter. Il la tenait serrée sur sa poitrine, la berçait, l'appelait « ma belle Cocotte, ma petite Cocotte », et elle se laissait faire en grognant de plaisir.

Dix fois il la voulut jeter, et toujours le cœur lui manquait.

Mais brusquement il se décida, et de toute sa force

il la lança le plus loin possible. Elle essaya d'abord de nager, comme elle faisait lorsqu'on la baignait, mais sa tête, entraînée par la pierre, plongeait coup sur coup ; et elle jetait à son maître des regards éperdus, des regards humains, en se débattant comme une personne qui se noie. Puis tout l'avant du corps s'enfonça, tandis que les pattes de derrière s'agitaient follement hors de l'eau ; puis elles disparurent aussi.

Alors, pendant cinq minutes, des bulles d'air vinrent crever à la surface comme si le fleuve se fût mis à bouillonner ; et François, hagard, affolé, le cœur palpitant, croyait voir Cocotte se tordant dans la vase ; et il se disait, dans sa simplicité de paysan : « Qu'est-ce qu'elle pense de moi, à c't'heure, c'te bête ? »

Il faillit devenir idiot ; il fut malade pendant un mois ; et, chaque nuit, il rêvait de sa chienne ; il la sentait qui léchait ses mains ; il l'entendait aboyer. Il fallut appeler un médecin. Enfin il alla mieux ; et ses maîtres, vers la fin de juin, l'emmenèrent dans leur propriété de Biessard[1], près de Rouen.

Là encore il était au bord de la Seine. Il se mit à prendre des bains. Il descendait chaque matin avec le palefrenier, et ils traversaient le fleuve à la nage.

Or, un jour, comme ils s'amusaient à batifoler dans l'eau, François cria soudain à son camarade :

« Regarde celle-là qui s'amène. Je vas t'en faire goûter une côtelette. »

C'était une charogne énorme, gonflée, pelée, qui s'en venait, les pattes en l'air en suivant le courant.

François s'en approcha en faisant des brasses ; et, continuant ses plaisanteries :

« Cristi ! elle n'est pas fraîche. Quelle prise ! mon vieux. Elle n'est pas maigre non plus. »

Et il tournait autour, se maintenant à distance de l'énorme bête en putréfaction.

Puis, soudain, il se tut et il la regarda avec une atten-

---

1. Biessard est un hameau situé dans la forêt de Roumare, à quelques kilomètres de Rouen.

tion singulière ; puis il s'approcha encore comme pour la toucher, cette fois. Il examinait fixement le collier ; puis il avança le bras, saisit le cou, fit pivoter la charogne, l'attira tout près de lui, et lut sur le cuivre verdi qui restait adhérent au cuir décoloré : « Mademoiselle Cocotte, au cocher François. »

La chienne morte avait retrouvé son maître à soixante lieues de leur maison !

Il poussa un cri épouvantable et il se mit à nager de toute sa force vers la berge, en continuant à hurler ; et, dès qu'il eut atteint la terre, il se sauva éperdu, tout nu, par la campagne. Il était fou !

APPARITION[1]

On parlait de séquestration à propos d'un procès récent[2]. C'était à la fin d'une soirée intime, rue de Grenelle[3], dans un ancien hôtel, et chacun avait son histoire, une histoire qu'il affirmait vraie.

Alors le vieux marquis de La Tour-Samuel, âgé de quatre-vingt-deux ans, se leva et vint s'appuyer à la cheminée. Il dit de sa voix un peu tremblante :

Moi aussi, je sais une chose étrange, tellement étrange, qu'elle a été l'obsession de ma vie. Voici maintenant cinquante-six ans que cette aventure m'est arrivée, et il ne se passe pas un mois sans que je la revoie en rêve. Il m'est demeuré de ce jour-là une marque, une empreinte de peur, me comprenez-vous ? Oui, j'ai subi l'horrible épouvante, pendant dix minutes, d'une telle façon que depuis cette heure une sorte de terreur constante m'est restée dans l'âme. Les bruits inattendus me font tressaillir jusqu'au cœur ; les objets que je distingue mal dans l'ombre du soir me donnent une envie folle de me sauver. J'ai peur la nuit, enfin.

---

1. Paru dans *Le Gaulois* du 4 avril 1883, ce récit fut repris dans *Clair de lune* en 1888. Texte d'Ollendorff, 1888. **2.** Allusion au procès qui suivit l'internement en 1883 de Mlle de Monasterio, enfermée abusivement dans une maison de santé par sa famille qui voulait la spolier de ses biens. **3.** La rue de Grenelle est dans un quartier chic du 15e arrondissement de Paris, comme l'indique la mention d'un « ancien hôtel ». L'hôtel particulier désigne la demeure citadine et ancienne d'un riche propriétaire.

Oh ! je n'aurais pas avoué cela avant d'être arrivé à l'âge où je suis. Maintenant je peux tout dire. Il est permis de n'être pas brave devant les dangers imaginaires, quand on a quatre-vingt-deux ans. Devant les dangers véritables, je n'ai jamais reculé, Mesdames.

Cette histoire m'a tellement bouleversé l'esprit, a jeté en moi un trouble si profond, si mystérieux, si épouvantable, que je ne l'ai même jamais racontée. Je l'ai gardée dans le fond intime de moi, dans ce fond où l'on cache les secrets pénibles, les secrets honteux, toutes les inavouables faiblesses que nous avons dans notre existence.

Je vais vous dire l'aventure telle quelle, sans chercher à l'expliquer. Il est bien certain qu'elle est explicable, à moins que je n'aie eu mon heure de folie. Mais non, je n'ai pas été fou, et je vous en donnerai la preuve. Imaginez ce que vous voudrez. Voici les faits tout simples.

C'était en 1827, au mois de juillet. Je me trouvais à Rouen en garnison.

Un jour, comme je me promenais sur le quai, je rencontrai un homme que je crus reconnaître sans me rappeler au juste qui c'était. Je fis, par instinct, un mouvement pour m'arrêter. L'étranger aperçut ce geste, me regarda et tomba dans mes bras.

C'était un ami de jeunesse que j'avais beaucoup aimé. Depuis cinq ans que je ne l'avais vu, il semblait vieilli d'un demi-siècle. Ses cheveux étaient tout blancs ; et il marchait courbé, comme épuisé. Il comprit ma surprise et me conta sa vie. Un malheur terrible l'avait brisé.

Devenu follement amoureux d'une jeune fille, il l'avait épousée dans une sorte d'extase de bonheur. Après un an d'une félicité surhumaine et d'une passion inapaisée, elle était morte subitement d'une maladie de cœur, tuée par l'amour lui-même, sans doute.

Il avait quitté son château le jour même de l'enterrement, et il était venu habiter son hôtel de Rouen. Il vivait là, solitaire et désespéré, rongé par la douleur, si misérable qu'il ne pensait qu'au suicide.

« Puisque je te retrouve ainsi, me dit-il, je te demanderai de me rendre un grand service, c'est d'aller chercher chez moi dans le secrétaire de ma chambre, de notre chambre, quelques papiers dont j'ai un urgent besoin. Je ne puis charger de ce soin un subalterne ou un homme d'affaires, car il me faut une impénétrable discrétion et un silence absolu. Quant à moi, pour rien au monde je ne rentrerai dans cette maison.

« Je te donnerai la clef de cette chambre que j'ai fermée moi-même en partant, et la clef de mon secrétaire. Tu remettras en outre un mot de moi à mon jardinier qui t'ouvrira le château.

« Mais viens déjeuner avec moi demain, et nous causerons de cela. »

Je lui promis de lui rendre ce léger service. Ce n'était d'ailleurs qu'une promenade pour moi, son domaine se trouvant situé à cinq lieues[1] de Rouen environ. J'en avais pour une heure à cheval.

À dix heures, le lendemain, j'étais chez lui. Nous déjeunâmes en tête à tête ; mais il ne prononça pas vingt paroles. Il me pria de l'excuser ; la pensée de la visite que j'allais faire dans cette chambre, où gisait son bonheur, le bouleversait, me disait-il. Il me parut en effet singulièrement agité, préoccupé, comme si un mystérieux combat se fût livré dans son âme.

Enfin il m'expliqua exactement ce que je devais faire. C'était bien simple. Il me fallait prendre deux paquets de lettres et une liasse de papiers enfermés dans le premier tiroir de droite du meuble dont j'avais la clef. Il ajouta :

« Je n'ai pas besoin de te prier de n'y point jeter les yeux. »

Je fus presque blessé de cette parole, et je le lui dis un peu vivement. Il balbutia :

« Pardonne-moi, je souffre trop. »

---

1. Une lieue couvre environ 4 km.

Et il se mit à pleurer.

Je le quittai vers une heure pour accomplir ma mission.

Il faisait un temps radieux, et j'allais au grand trot à travers les prairies, écoutant des chants d'alouettes et le bruit rythmé de mon sabre sur ma botte.

Puis j'entrai dans la forêt et je mis au pas mon cheval. Des branches d'arbres me caressaient le visage ; et parfois j'attrapais une feuille avec mes dents et je la mâchais avidement, dans une de ces joies de vivre qui vous emplissent, on ne sait pourquoi, d'un bonheur tumultueux et comme insaisissable, d'une sorte d'ivresse de force.

En approchant du château, je cherchais dans ma poche la lettre que j'avais pour le jardinier, et je m'aperçus avec étonnement qu'elle était cachetée. Je fus tellement surpris et irrité que je faillis revenir sans m'acquitter de ma commission. Puis je songeai que j'allais montrer là une susceptibilité de mauvais goût. Mon ami avait pu d'ailleurs fermer ce mot sans y prendre garde, dans le trouble où il était.

Le manoir semblait abandonné depuis vingt ans. La barrière, ouverte et pourrie, tenait debout on ne sait comment. L'herbe emplissait les allées ; on ne distinguait plus les plates-bandes du gazon.

Au bruit que je fis en tapant à coups de pied dans un volet, un vieil homme sortit d'une porte de côté et parut stupéfait de me voir. Je sautai à terre et je remis ma lettre. Il la lut, la relut, la retourna, me considéra en dessous, mit le papier dans sa poche et prononça :

« Eh bien ! qu'est-ce que vous désirez ? »

Je répondis brusquement :

« Vous devez le savoir, puisque vous avez reçu là-dedans les ordres de votre maître ; je veux entrer dans ce château. »

Il semblait atterré. Il déclara :

« Alors, vous allez dans... dans sa chambre ? »

Je commençais à m'impatienter.

« Parbleu ! Mais est-ce que vous auriez l'intention de m'interroger, par hasard ? »

Il balbutia :

« Non... monsieur... mais c'est que... c'est qu'elle n'a pas été ouverte depuis... depuis la... mort. Si vous voulez m'attendre cinq minutes, je vais aller... aller voir si... »

Je l'interrompis avec colère :

« Ah ! çà, voyons, vous fichez-vous de moi ? Vous n'y pouvez pas entrer, puisque voici la clef. »

Il ne savait plus que dire.

« Alors, monsieur, je vais vous montrer la route.

— Montrez-moi l'escalier et laissez-moi seul. Je la trouverai bien sans vous.

— Mais... monsieur... cependant... »

Cette fois, je m'emportai tout à fait :

« Maintenant, taisez-vous, n'est-ce pas ? ou vous aurez affaire à moi. »

Je l'écartai violemment et je pénétrai dans la maison.

Je traversai d'abord la cuisine, puis deux petites pièces que cet homme habitait avec sa femme. Je franchis ensuite un grand vestibule, je montai l'escalier et je reconnus la porte indiquée par mon ami.

Je l'ouvris sans peine et j'entrai.

L'appartement était tellement sombre que je n'y distinguai rien d'abord. Je m'arrêtai, saisi par cette odeur moisie et fade des pièces inhabitées et condamnées, des chambres mortes. Puis, peu à peu, mes yeux s'habituèrent à l'obscurité, et je vis assez nettement une grande pièce en désordre, avec un lit sans draps, mais gardant ses matelas et ses oreillers, dont l'un portait l'empreinte profonde d'un coude ou d'une tête comme si on venait de se poser dessus.

Les sièges semblaient en déroute[1]. Je remarquai qu'une porte, celle d'une armoire sans doute, était demeurée entrouverte.

J'allai d'abord à la fenêtre pour donner du jour et je

---

1. C'est-à dire en désordre.

l'ouvris ; mais les ferrures du contrevent[1] étaient tellement rouillées que je ne pus les faire céder.

J'essayai même de les casser avec mon sabre, sans y parvenir. Comme je m'irritais de ces efforts inutiles, et comme mes yeux s'étaient enfin parfaitement accoutumés à l'ombre, je renonçai à l'espoir d'y voir plus clair et j'allai au secrétaire.

Je m'assis dans un fauteuil, j'abattis la tablette, j'ouvris le tiroir indiqué. Il était plein jusqu'aux bords. Il ne me fallait que trois paquets, que je savais comment reconnaître, et je me mis à les chercher.

Je m'écarquillais les yeux à déchiffrer les suscriptions[2] quand je crus entendre ou plutôt sentir un frôlement derrière moi. Je n'y pris point garde, pensant qu'un courant d'air avait fait remuer quelque étoffe. Mais, au bout d'une minute, un autre mouvement, presque indistinct, me fit passer sur la peau un singulier petit frisson désagréable. C'était tellement bête d'être ému, même à peine, que je ne voulus pas me retourner, par pudeur pour moi-même. Je venais alors de découvrir la seconde des liasses qu'il me fallait ; et je trouvais justement la troisième, quand un grand et pénible soupir, poussé contre mon épaule, me fit faire un bond de fou à deux mètres de là. Dans mon élan je m'étais retourné, la main sur la poignée de mon sabre, et certes, si je ne l'avais pas senti à mon côté, je me serais enfui comme un lâche.

Une grande femme vêtue de blanc me regardait, debout derrière le fauteuil où j'étais assis une seconde plus tôt.

Une telle secousse me courut dans les membres que je faillis m'abattre à la renverse ! Oh ! personne ne peut comprendre, à moins de les avoir ressenties, ces épouvantables et stupides terreurs. L'âme se fond ; on ne sent plus son cœur ; le corps entier devient mou

1. Le contrevent désigne un grand volet extérieur. 2. Terme administratif qui désigne l'adresse d'une lettre, écrite sur l'enveloppe.

comme une éponge ; on dirait que tout l'intérieur de nous s'écroule.

Je ne crois pas aux fantômes ; eh bien ! j'ai défailli sous la hideuse peur des morts, et j'ai souffert, oh ! souffert en quelques instants plus qu'en tout le reste de ma vie, dans l'angoisse irrésistible des épouvantes surnaturelles.

Si elle n'avait pas parlé, je serais mort peut-être ! Mais elle parla ; elle parla d'une voix douce et douloureuse qui faisait vibrer les nerfs. Je n'oserais pas dire que je redevins maître de moi et que je retrouvai ma raison. Non. J'étais éperdu à ne plus savoir ce que je faisais ; mais cette espèce de fierté intime que j'ai en moi, un peu d'orgueil de métier aussi, me faisaient garder, presque malgré moi, une contenance honorable. Je posais pour moi, et pour elle sans doute, pour elle, quelle qu'elle fût, femme ou spectre. Je me suis rendu compte de tout cela plus tard, car je vous assure que, dans l'instant de l'apparition, je ne songeais à rien. J'avais peur.

Elle dit :

« Oh ! monsieur, vous pouvez me rendre un grand service ! »

Je voulus répondre, mais il me fut impossible de prononcer un mot. Un bruit vague sortit de ma gorge.

Elle reprit :

« Voulez-vous ? Vous pouvez me sauver, me guérir. Je souffre affreusement. Je souffre, oh ! je souffre ! »

Et elle s'assit doucement dans mon fauteuil. Elle me regardait :

« Voulez-vous ? »

Je fis : « Oui ! » de la tête, ayant encore la voix paralysée.

Alors elle me tendit un peigne en écaille et elle murmura :

« Peignez-moi, oh ! peignez-moi ; cela me guérira ; il faut qu'on me peigne. Regardez ma tête... Comme je souffre ; et mes cheveux comme ils me font mal ! »

Ses cheveux dénoués, très longs, très noirs, me semblait-il, pendaient par-dessus le dossier du fauteuil et touchaient la terre.

Pourquoi ai-je fait ceci ? Pourquoi ai-je reçu en frissonnant ce peigne, et pourquoi ai-je pris dans mes mains ses longs cheveux qui me donnèrent à la peau une sensation de froid atroce comme si j'eusse manié des serpents[1] ? Je n'en sais rien.

Cette sensation m'est restée dans les doigts et je tressaille en y songeant.

Je la peignai. Je maniai je ne sais comment cette chevelure de glace. Je la tordis, je la renouai et la dénouai ; je la tressai comme on tresse la crinière d'un cheval. Elle soupirait, penchait la tête, semblait heureuse.

Soudain elle me dit : « Merci ! » m'arracha le peigne des mains et s'enfuit par la porte que j'avais remarquée entrouverte.

Resté seul, j'eus, pendant quelques secondes, ce trouble effaré des réveils après les cauchemars. Puis je repris enfin mes sens ; je courus à la fenêtre et je brisai les contrevents d'une poussée furieuse.

Un flot de jour entra. Je m'élançai sur la porte par où cet être était parti. Je la trouvai fermée et inébranlable.

Alors une fièvre de fuite m'envahit, une panique, la vraie panique des batailles. Je saisis brusquement les trois paquets de lettres sur le secrétaire ouvert ; je traversai l'appartement en courant, je sautai les marches de l'escalier quatre par quatre, je me trouvai dehors je ne sais par où, et, apercevant mon cheval à dix pas de moi, je l'enfourchai d'un bond et partis au galop.

Je ne m'arrêtai qu'à Rouen, et devant mon logis. Ayant jeté la bride à mon ordonnance[2], je me sauvai dans ma chambre où je m'enfermai pour réfléchir.

---

1. Sur les caractéristiques sensuelles et électriques de la chevelure, on pense à un poète adoré par Maupassant, Baudelaire (1821-1867) et aux poèmes des *Fleurs du mal* (1857) qui abordent ce thème (voir *La Chevelure,* p. 138). **2.** L'ordonnance est un domestique militaire attaché au service d'un officier.

Alors, pendant une heure, je me demandai anxieusement si je n'avais pas été le jouet d'une hallucination. Certes, j'avais eu un de ces incompréhensibles ébranlements nerveux, un de ces affolements du cerveau qui enfantent les miracles, à qui le Surnaturel doit sa puissance.

Et j'allais croire à une vision, à une erreur de mes sens, quand je m'approchai de ma fenêtre. Mes yeux, par hasard, descendirent sur ma poitrine. Mon dolman [1] était plein de longs cheveux de femme qui s'étaient enroulés aux boutons !

Je les saisis un à un et je les jetai dehors avec des tremblements dans les doigts.

Puis j'appelai mon ordonnance. Je me sentais trop ému, trop troublé, pour aller le jour même chez mon ami. Et puis je voulais mûrement réfléchir à ce que je devais lui dire.

Je lui fis porter ses lettres, dont il remit un reçu au soldat. Il s'informa beaucoup de moi. On lui dit que j'étais souffrant, que j'avais reçu un coup de soleil, je ne sais quoi. Il parut inquiet.

Je me rendis chez lui le lendemain, dès l'aube, résolu à lui dire la vérité. Il était sorti la veille au soir et pas rentré.

Je revins dans la journée, on ne l'avait pas revu. J'attendis une semaine. Il ne reparut pas. Alors je prévins la justice. On le fit rechercher partout, sans découvrir une trace de son passage ou de sa retraite.

Une visite minutieuse fut faite du château abandonné. On n'y découvrit rien de suspect.

Aucun indice ne révéla qu'une femme y eût été cachée.

L'enquête n'aboutissant à rien, les recherches furent interrompues.

Et, depuis cinquante-six ans, je n'ai rien appris. Je ne sais rien de plus.

---

1. Veste que portaient dans l'armée les chasseurs à cheval.

SUICIDES [1]

À Georges Legrand [2].

Il ne passe guère de jour sans qu'on lise dans quelque journal le fait divers suivant :

« Dans la nuit de mercredi à jeudi, les habitants de la maison portant le n° 40 de la rue de... ont été réveillés par deux détonations successives. Le bruit partait d'un logement habité par M. X... La porte fut ouverte, et on trouva ce locataire baigné dans son sang, tenant encore à la main le revolver avec lequel il s'était donné la mort.

« M. X... était âgé de cinquante-sept ans, jouissait d'une aisance honorable et avait tout ce qu'il faut pour être heureux. On ignore absolument la cause de sa funeste détermination. »

Quelles douleurs profondes, quelles lésions du cœur, désespoirs cachés, blessures brûlantes poussent au suicide ces gens qui sont heureux ? On cherche, on imagine des drames d'amour, on soupçonne des désastres

---

1. Récit paru dans le *Gil Blas* du 17 avril 1883, repris dans *Les Sœurs Rondoli* en 1884. Texte d'Ollendorff, 1884. **2.** L. Forestier nous apprend (éd. cit., vol.1, p. 1332) que G. Legrand était un journaliste ami de Maupassant qui l'accompagnait dans des parties fines et, à l'occasion, dans ses voyages à l'étranger.

d'argent et, comme on ne découvre jamais rien de précis, on met sur ces morts, le mot « Mystère »[1].

Une lettre trouvée sur la table d'un de ces « suicidés sans raison », et écrite pendant la dernière nuit, auprès du pistolet chargé, est tombée entre nos mains. Nous la croyons intéressante. Elle ne révèle aucune des grandes catastrophes qu'on cherche toujours derrière ces actes de désespoir ; mais elle montre la lente succession des petites misères de la vie, la désorganisation fatale d'une existence solitaire, dont les rêves sont disparus[2] ; elle donne la raison de ces fins tragiques que les nerveux et les sensitifs seuls comprendront.

La voici :

« Il est minuit. Quand j'aurai fini cette lettre, je me tuerai. Pourquoi ? Je vais tâcher de le dire, non pour ceux qui liront ces lignes, mais pour moi-même, pour renforcer mon courage défaillant, me bien pénétrer de la nécessité maintenant fatale de cet acte qui ne pourrait être que différé.

J'ai été élevé par des parents simples qui croyaient à tout. Et j'ai cru comme eux.

Mon rêve dura longtemps. Les derniers lambeaux viennent seulement de se déchirer.

Depuis quelques années déjà un phénomène se passe en moi. Tous les événements de l'existence qui, autrefois resplendissaient à mes yeux comme des aurores, me semblent se décolorer. La signification des choses m'est apparue dans sa réalité brutale ; et la raison vraie de l'amour m'a dégoûté même des poétiques tendresses.

Nous sommes les jouets éternels d'illusions stupides et charmantes toujours renouvelées.

Alors, vieillissant, j'avais pris mon parti de l'hor-

---

1. Toujours cette interrogation à la base de l'écriture de l'angoisse : pourquoi ? et comment ? Le « mystère » est toujours celui de l'esprit humain, le plus insondable des gouffres. **2.** Voir *Promenade*, p. 147.

rible misère des choses, de l'inutilité des efforts, de la vanité des attentes, quand une lumière nouvelle sur le néant de tout m'est apparue, ce soir, après dîner.

Autrefois, j'étais joyeux ! Tout me charmait : les femmes qui passent, l'aspect des rues, les lieux que j'habite ; et je m'intéressais même à la forme de mes vêtements. Mais la répétition des mêmes visions a fini par m'emplir le cœur de lassitude et d'ennui, comme il arriverait pour un spectateur entrant chaque soir au même théâtre.

Tous les jours, à la même heure depuis trente ans, je me lève ; et, dans le même restaurant, depuis trente ans, je mange aux mêmes heures les mêmes plats apportés par des garçons différents.

J'ai tenté de voyager ? L'isolement qu'on éprouve en des lieux inconnus m'a fait peur. Je me suis senti tellement seul sur la terre, et si petit, que j'ai repris bien vite la route de chez moi.

Mais alors l'immuable physionomie de mes meubles, depuis trente ans à la même place, l'usure de mes fauteuils que j'avais connus neufs, l'odeur de mon appartement (car chaque logis prend, avec le temps, une odeur particulière), m'ont donné, chaque soir, la nausée des habitudes et la noire mélancolie de vivre ainsi.

Tout se répète sans cesse et lamentablement. La manière même dont je mets en rentrant la clef dans la serrure, la place où je trouve toujours mes allumettes, le premier coup d'œil jeté dans ma chambre quand le phosphore [1] s'enflamme, me donnent envie de sauter par la fenêtre et d'en finir avec ces événements monotones auxquels nous n'échappons jamais.

J'éprouve chaque jour, en me rasant, un désir immodéré de me couper la gorge [2] ; et ma figure, toujours la

---

1. Le phosphore est un solide qui s'enflamme. L'extrémité des anciennes allumettes était composée de phosphore rouge.
2. Aveu prémonitoire ? Maupassant essaiera de se trancher la gorge avec un rasoir au début de l'année 1892.

même, que je revois dans la petite glace avec du savon sur les joues, m'a plusieurs fois fait pleurer de tristesse.

Je ne puis même plus me retrouver auprès des gens que je rencontrais jadis avec plaisir, tant je les connais, tant je sais ce qu'ils vont me dire et ce que je vais répondre, tant j'ai vu le moule de leurs pensées immuables, le pli de leurs raisonnements. Chaque cerveau est comme un cirque, où tourne éternellement un pauvre cheval enfermé[1]. Quels que soient nos efforts, nos détours, nos crochets, la limite est proche et arrondie d'une façon continue, sans saillies imprévues et sans porte sur l'inconnu. Il faut tourner, tourner toujours, par les mêmes idées, les mêmes joies, les mêmes plaisanteries, les mêmes habitudes, les mêmes croyances, les mêmes écœurements.

Le brouillard était affreux, ce soir. Il enveloppait le boulevard où les becs de gaz[2] obscurcis semblaient des chandelles fumeuses. Un poids plus lourd que d'habitude me pesait sur les épaules. Je digérais mal, probablement.

Car une bonne digestion est tout dans la vie. C'est elle qui donne l'inspiration à l'artiste, les désirs amoureux aux jeunes gens, des idées claires aux penseurs, la joie de vivre à tout le monde, et elle permet de manger beaucoup (ce qui est encore le plus grand bonheur). Un estomac malade pousse au scepticisme, à l'incrédulité, fait germer les songes noirs et les désirs de mort. Je l'ai remarqué fort souvent. Je ne me tuerais peut-être pas si j'avais bien digéré ce soir.

Quand je fus assis dans le fauteuil où je m'assois tous les jours depuis trente ans, je jetai les yeux autour de moi, et je me sentis saisi par une détresse si horrible que je me crus près de devenir fou.

Je cherchai ce que je pourrais faire pour échapper à moi-même ? Toute occupation m'épouvanta comme

---

1. Métaphore filée du cheval qui tourne, sans saut brusque et imprévisible, sans élan **2.** Anciens réverbères destinés à l'éclairage de la voie publique et qui fonctionnaient au gaz.

plus odieuse encore que l'inaction. Alors, je songeai à mettre de l'ordre dans mes papiers.

Voici longtemps que je songeais à cette besogne d'épurer mes tiroirs ; car depuis trente ans, je jette pêle-mêle dans le même meuble mes lettres et mes factures, et le désordre de ce mélange m'a souvent causé bien des ennuis. Mais j'éprouve une telle fatigue morale et physique à la seule pensée de ranger quelque chose que je n'ai jamais eu le courage de me mettre à ce travail odieux.

Donc je m'assis devant mon secrétaire et je l'ouvris, voulant faire un choix dans mes papiers anciens pour en détruire une grande partie.

Je demeurai d'abord troublé devant cet entassement de feuilles jaunies, puis j'en pris une.

Oh ! ne touchez jamais à ce meuble, à ce cimetière des correspondances d'autrefois, si vous tenez à la vie ! Et, si vous l'ouvrez par hasard, saisissez à pleines mains les lettres qu'il contient, fermez les yeux pour n'en point lire un mot, pour qu'une seule écriture oubliée et reconnue ne vous jette d'un seul coup dans l'océan des souvenirs ; portez au feu ces papiers mortels ; et, quand ils seront en cendres, écrasez-les encore en une poussière invisible... ou sinon vous êtes perdu... comme je suis perdu depuis une heure !...

Ah ! les premières lettres que j'ai relues ne m'ont point intéressé. Elles étaient récentes d'ailleurs, et me venaient d'hommes vivants que je rencontre encore assez souvent et dont la présence ne me touche guère. Mais soudain une enveloppe m'a fait tressaillir. Une grande écriture large y avait tracé mon nom ; et brusquement les larmes me sont montées aux yeux. C'était mon plus cher ami, celui-là, le compagnon de ma jeunesse, le confident de mes espérances ; et il m'apparut si nettement, avec son sourire bon enfant et la main tendue vers moi qu'un frisson me secoua les os. Oui, oui, les morts reviennent, car je l'ai vu ! Notre mémoire est un monde plus parfait que l'univers : elle rend la vie à ce qui n'existe plus !

La main tremblante, le regard brumeux, j'ai relu tout ce qu'il me disait, et dans mon pauvre cœur sanglotant j'ai senti une meurtrissure si douloureuse que je me mis à pousser des gémissements comme un homme dont on brise les membres.

Alors j'ai remonté toute ma vie ainsi qu'on remonte un fleuve. J'ai reconnu des gens oubliés depuis si longtemps que je ne savais plus leur nom. Leur figure seule vivait en moi. Dans les lettres de ma mère, j'ai retrouvé les vieux domestiques et la forme de notre maison et les petits détails insignifiants où s'attache l'esprit des enfants.

Oui, j'ai revu soudain toutes les vieilles toilettes de ma mère avec ses physionomies différentes suivant les modes qu'elle portait et les coiffures qu'elle avait successivement adoptées. Elle me hantait surtout dans une robe de soie à ramages [1] anciens ; et je me rappelais une phrase, qu'un jour, portant cette robe, elle m'avait dite : « Robert, mon enfant, si tu ne te tiens pas droit, tu seras bossu toute ta vie. »

Puis soudain, ouvrant un autre tiroir, je me retrouvai en face de mes souvenirs d'amour : une bottine de bal, un mouchoir déchiré, une jarretière même, des cheveux et des fleurs desséchées [2]. Alors les doux romans de ma vie, dont les héroïnes encore vivantes ont aujourd'hui des cheveux tout blancs, m'ont plongé dans l'amère mélancolie des choses à jamais finies. Oh ! les fronts jeunes où frisent les cheveux dorés, la caresse des mains, le regard qui parle, les cœurs qui battent, ce sourire qui promet les lèvres, ces lèvres qui promettent

---

1. Dessins décoratifs de rameaux chargés de feuilles et de fleurs.
2. Le motif du tiroir aux souvenirs n'est pas original, mais on peut penser que Maupassant songe à l'anecdote contée dans l'une de ses chroniques sur Flaubert, parue dans *L'Echo de Paris* le 24 novembre 1890, dans laquelle il évoque le soir où il aida le maître à brûler ses souvenirs, peu de temps avant sa mort. On peut lire ce récit dans *Chroniques*, vol. 3, p. 408 ; p. 409 : « Il découvrit un petit soulier de bal en soie, et dedans une rose fanée roulée dans un mouchoir de femme [...] ».

l'étreinte... Et le premier baiser..., ce baiser sans fin qui fait se fermer les yeux, qui anéantit toute pensée dans l'incommensurable bonheur de la possession prochaine.

Prenant à pleines mains ces vieux gages de tendresses lointaines, je les couvris de caresses furieuses, et dans mon âme ravagée par les souvenirs, je revoyais chacune à l'heure de l'abandon, et je souffrais un supplice plus cruel que toutes les tortures imaginées par toutes les fables de l'enfer.

Une dernière lettre restait. Elle était de moi et dictée de cinquante ans auparavant par mon professeur d'écriture. La voici :

« Ma petite maman chérie.

« J'ai aujourd'hui sept ans. C'est l'âge de raison, j'en profite pour te remercier de m'avoir donné le jour.

« Ton petit garçon qui t'adore,

« ROBERT. »

C'était fini. J'arrivais à la source, et brusquement je me retournai pour envisager le reste de mes jours. Je vis la vieillesse hideuse et solitaire, et les infirmités prochaines et tout fini, fini, fini ! Et personne autour de moi.

Mon revolver est là, sur la table... Je l'arme... Ne relisez jamais vos vieilles lettres. »

Et voilà comment se tuent beaucoup d'hommes dont on fouille en vain l'existence pour y découvrir de grands chagrins.

DENIS [1]

I

A Léon Chapron [2].

M. Marambot ouvrit la lettre que lui remettait Denis, son serviteur, et il sourit.

Denis, depuis vingt ans dans la maison, petit homme trapu et jovial, qu'on citait dans toute la contrée comme le modèle des domestiques, demanda :

« Monsieur est content, monsieur a reçu une bonne nouvelle ? ».

M. Marambot n'était pas riche. Ancien pharmacien de village, célibataire, il vivait d'un petit revenu acquis avec peine en vendant des drogues [3] aux paysans. Il répondit :

« Oui, mon garçon. Le père Malois recule devant le procès dont je le menace ; je recevrai demain mon argent. Cinq mille francs ne font pas de mal dans la caisse d'un vieux garçon. »

Et M. Marambot se frottait les mains. C'était un homme d'un caractère résigné, plutôt triste que gai,

---

1. Récit paru dans *Le Gaulois* du 28 juin 1883, repris dans *Miss Harriet* en 1884 ; texte d'Havard, 1884. **2.** Léon Chapron (1840-1884), auteur de plusieurs ouvrages sur la vie parisienne, collaborait comme chroniqueur à *L'Événement*, et, comme Maupassant, au *Gil Blas*. **3.** C'est-à-dire des médicaments.

incapable d'un effort prolongé, nonchalant dans ses affaires.

Il aurait pu certainement gagner une aisance plus considérable en profitant du décès de confrères établis en des centres importants, pour aller occuper leur place et prendre leur clientèle. Mais l'ennui de déménager, et la pensée de toutes les démarches qu'il lui faudrait accomplir, l'avaient sans cesse retenu ; et il se contentait de dire après deux jours de réflexion :

« Baste[1] ! ce sera pour la prochaine fois. Je ne perds rien à attendre. Je trouverai mieux peut-être. »

Denis, au contraire, poussait son maître aux entreprises. D'un caractère actif, il répétait sans cesse :

« Oh ! moi, si j'avais eu le premier capital, j'aurais fait fortune. Seulement mille francs, et je tenais mon affaire. »

M. Marambot souriait sans répondre et sortait dans son petit jardin, où il se promenait, les mains derrière le dos, en rêvassant.

Denis, tout le jour, chanta, comme un homme en joie, des refrains et des rondes du pays. Il montra même une activité inusitée, car il nettoya les carreaux de toute la maison, essuyant le verre avec ardeur, en entonnant à plein gosier ses couplets.

M. Marambot, étonné de son zèle, lui dit à plusieurs reprises, en souriant :

« Si tu travailles comme ça, mon garçon, tu ne garderas rien à faire pour demain. »

Le lendemain, vers neuf heures du matin, le facteur remit à Denis quatre lettres pour son maître, dont une très lourde. M. Marambot s'enferma aussitôt dans sa chambre jusqu'au milieu de l'après-midi. Il confia alors à son domestique quatre enveloppes pour la poste. Une d'elles était adressée à M. Malois, c'était sans doute un reçu de l'argent.

Denis ne posa point de questions à son maître ; il

---

1. Interjection qui marque l'indifférence, voire le dédain.

parut aussi triste et sombre ce jour-là, qu'il avait été joyeux la veille.

La nuit vint. M. Marambot se coucha à son heure ordinaire et s'endormit.

Il fut réveillé par un bruit singulier. Il s'assit aussitôt dans son lit et écouta. Mais brusquement sa porte s'ouvrit, et Denis parut sur le seuil, tenant une bougie d'une main, un couteau de cuisine de l'autre, avec de gros yeux fixes, la lèvre et les joues contractées comme celles des gens qu'agite une horrible émotion, et si pâle qu'il semblait un revenant.

M. Marambot, interdit, le crut devenu somnambule, et il allait se lever pour courir au-devant de lui, quand le domestique souffla la bougie en se ruant vers le lit. Son maître tendit les mains en avant pour recevoir le choc qui le renversa sur le dos ; et il cherchait à saisir les mains de son domestique qu'il pensait maintenant atteint de folie, afin de parer les coups précipités qu'il lui portait.

Il fut atteint une première fois à l'épaule par le couteau, une seconde fois au front, une troisième fois à la poitrine. Il se débattait éperdument, agitant ses mains dans l'obscurité, lançant aussi des coups de pied et criant :

« Denis ! Denis ! es-tu fou, voyons, Denis ! »

Mais l'autre, haletant, s'acharnait, frappait toujours, repoussé tantôt d'un coup de pied, tantôt d'un coup de poing, et revenant furieusement. M. Marambot fut encore blessé deux fois à la jambe et une fois au ventre. Mais soudain une pensée rapide lui traversa l'esprit et il se mit à crier :

« Finis donc, finis donc, Denis, je n'ai pas reçu mon argent. »

L'homme aussitôt s'arrêta ; et son maître entendait, dans l'obscurité, sa respiration sifflante.

M. Marambot reprit aussitôt :

« Je n'ai rien reçu. M. Malois se dédit, le procès va avoir lieu ; c'est pour ça que tu as porté les lettres à la poste. Lis plutôt celles qui sont sur mon secrétaire. »

Et, d'un dernier effort, il saisit les allumettes sur sa table de nuit et alluma sa bougie.

Il était couvert de sang. Des jets brûlants avaient éclaboussé le mur. Les draps, les rideaux, tout était rouge. Denis, sanglant aussi des pieds à la tête, se tenait debout au milieu de la chambre.

Quand il vit cela, M. Marambot se crut mort, et il perdit connaissance.

Il se ranima au point du jour. Il fut quelque temps avant de reprendre ses sens, de comprendre, de se rappeler. Mais soudain le souvenir de l'attentat et de ses blessures lui revint, et une peur si véhémente l'envahit, qu'il ferma les yeux pour ne rien voir. Au bout de quelques minutes son épouvante se calma et il réfléchit. Il n'était pas mort sur le coup, il pouvait donc en revenir. Il se sentait faible, très faible, mais sans souffrance vive, bien qu'il éprouvât en divers points du corps une gêne sensible, comme des pinçures. Il se sentait aussi glacé, et tout mouillé, et serré, comme roulé, dans des bandelettes. Il pensa que cette humidité venait du sang répandu ; et des frissons d'angoisse le secouaient à la pensée affreuse de ce liquide rouge sorti de ses veines et dont son lit était couvert. L'idée de revoir ce spectacle épouvantable le bouleversait et il tenait ses yeux fermés avec force comme s'ils allaient s'ouvrir malgré lui.

Qu'était devenu Denis ? Il s'était sauvé, probablement.

Qu'allait-il faire, maintenant, lui, Marambot ? Se lever ? appeler au secours ? Or, s'il faisait un seul mouvement, ses blessures se rouvriraient sans aucun doute ; et il tomberait mort au bout de son sang.

Tout à coup, il entendit pousser la porte de sa chambre. Son cœur cessa presque de battre. C'était Denis qui venait l'achever, certainement. Il retint sa respiration pour que l'assassin crût tout bien fini, l'ouvrage terminé.

Il sentit qu'on relevait son drap, puis qu'on lui palpait le ventre. Une douleur vive, près de la hanche, le fit tressaillir. On le lavait maintenant avec de l'eau fraîche, tout doucement. Donc, on avait découvert le forfait et on le soignait, on le sauvait. Une joie éperdue le saisit ; mais, par un geste de prudence, il ne voulut pas montrer qu'il avait repris connaissance, et il entrouvrit un œil, un seul, avec les plus grandes précautions.

Il reconnut Denis debout près de lui, Denis en personne ! Miséricorde ! Il referma son œil avec précipitation.

Denis ! Que faisait-il alors ? Que voulait-il ? Quel projet affreux nourrissait-il encore ?

Ce qu'il faisait ? Mais il le lavait pour effacer les traces ! Et il allait l'enfouir maintenant dans le jardin, à dix pieds sous terre, pour qu'on ne le découvrît pas ? Ou peut-être dans la cave, sous les bouteilles de vin fin ?

Et M. Marambot se mit à trembler si fort que tous ses membres palpitaient.

Il se disait : « Je suis perdu, perdu ! » Et il serrait désespérément les paupières pour ne pas voir arriver le dernier coup de couteau. Il ne le reçut pas. Denis, maintenant, le soulevait et le ligaturait dans un linge. Puis il se mit à panser la plaie de la jambe avec soin, comme il avait appris à le faire quand son maître était pharmacien.

Aucune hésitation n'était plus possible pour un homme du métier : son domestique, après avoir voulu le tuer, essayait de le sauver.

Alors M. Marambot, d'une voix mourante, lui donna ce conseil pratique :

« Opère les lavages et les pansements avec de l'eau coupée de coaltar saponiné [1] ! »

Denis répondit :

---

1. Le coaltar est un goudron antiseptique dont on découvrit les bienfaits au XIXe siècle. L'amélioration à la saponine, dérivé de glucose extrait de végétaux et formant une solution aqueuse moussant par simple agitation, date de la seconde moitié du siècle.

« C'est ce que je fais, monsieur. »

M. Marambot ouvrit les deux yeux.

Il n'y avait plus de trace de sang ni sur le lit, ni dans la chambre, ni sur l'assassin. Le blessé était étendu en des draps bien blancs.

Les deux hommes se regardèrent.

Enfin, M. Marambot prononça avec douceur :

« Tu as commis un grand crime. »

Denis répondit :

« Je suis en train de le réparer, monsieur. Si vous ne me dénoncez pas, je vous servirai fidèlement comme par le passé. »

Ce n'était pas le moment de mécontenter son domestique. M. Marambot articula en refermant les yeux :

« Je te jure de ne pas te dénoncer. »

II

Denis sauva son maître. Il passa les nuits et les jours sans sommeil, ne quitta point la chambre du malade, lui prépara les drogues, les tisanes, les potions, lui tâtant le pouls, comptant anxieusement les pulsations, le maniant avec une habileté de garde-malade et un dévouement de fils.

A tout moment il demandait :

« Eh bien, monsieur, comment vous trouvez-vous ? »

M. Marambot répondait d'une voix faible :

« Un peu mieux, mon garçon, je te remercie. »

Et quand le blessé s'éveillait, la nuit, il voyait souvent son gardien qui pleurait dans son fauteuil et s'essuyait les yeux en silence.

Jamais l'ancien pharmacien n'avait été si bien soigné, si dorloté, si câliné. Il s'était dit tout d'abord :

« Dès que je serai guéri, je me débarrasserai de ce garnement. »

Il entrait maintenant en convalescence et remettait de jour en jour le moment de se séparer de son meurtrier. Il songeait que personne n'aurait pour lui autant d'égards et d'attentions, qu'il tenait ce garçon par la peur ; et il le prévint qu'il avait déposé chez un notaire un testament le dénonçant à la justice s'il arrivait quelque accident nouveau.

Cette précaution lui paraissait le garantir dans l'avenir de tout nouvel attentat ; et il se demandait alors s'il ne serait même pas plus prudent de conserver près de lui cet homme, pour le surveiller attentivement.

Comme autrefois, quand il hésitait à acquérir quelque pharmacie plus importante, il ne se pouvait décider à prendre une résolution.

« Il sera toujours temps », se disait-il.

Denis continuait à se montrer un incomparable serviteur. M. Marambot était guéri. Il le garda.

Or, un matin, comme il achevait de déjeuner, il entendit tout à coup un grand bruit dans la cuisine. Il y courut. Denis se débattait, saisi par deux gendarmes. Le brigadier prenait gravement des notes sur son carnet.

Dès qu'il aperçut son maître, le domestique se mit à sangloter, criant :

« Vous m'avez dénoncé, monsieur, ce n'est pas bien, après ce que vous m'aviez promis. Vous manquez à votre parole d'honneur, monsieur Marambot ; ce n'est pas bien, ce n'est pas bien !... »

M. Marambot, stupéfait et désolé d'être soupçonné, leva la main :

« Je te jure devant Dieu, mon garçon, que je ne t'ai pas dénoncé. J'ignore absolument comment messieurs les gendarmes ont pu connaître la tentative d'assassinat sur moi. »

Le brigadier eut un sursaut :

« Vous dites qu'il a voulu vous tuer, monsieur Marambot ? »

Le pharmacien, éperdu, répondit :

« Mais oui... Mais je ne l'ai pas dénoncé... Je n'ai

rien dit... Je jure que je n'ai rien dit... Il me servait très bien depuis ce moment-là... »

Le brigadier articula sévèrement :

« Je prends note de votre déposition. La justice appréciera ce nouveau motif dont elle ignorait, monsieur Marambot. Je suis chargé d'arrêter votre domestique pour vol de deux canards enlevés subrepticement par lui chez M. Duhamel, pour lesquels il y a des témoins du délit. Je vous demande pardon, monsieur Marambot. Je rendrai compte de votre déclaration. »

Et, se tournant vers ses hommes, il commanda :

« Allons, en route ! »

Les deux gendarmes entraînèrent Denis.

LUI ?[1]

À Pierre Decourcelle[2].

Mon cher ami, tu n'y comprends rien ? et je le conçois. Tu me crois devenu fou ? Je le suis peut-être un peu, mais non pas pour les raisons que tu supposes.

Oui. Je me marie. Voilà.

Et pourtant mes idées et mes convictions n'ont pas changé. Je considère l'accouplement légal comme une bêtise. Je suis certain que huit maris sur dix sont cocus. Et ils ne méritent pas moins pour avoir eu l'imbécillité d'enchaîner leur vie, de renoncer à l'amour libre, la seule chose gaie et bonne au monde, de couper l'aile à la fantaisie qui nous pousse sans cesse à toutes les femmes, etc., etc. Plus que jamais je me sens incapable d'aimer une femme parce que j'aimerai toujours trop toutes les autres. Je voudrais avoir mille bras, mille lèvres et mille... tempéraments pour pouvoir étreindre en même temps une armée de ces êtres charmants et sans importance.

Et cependant je me marie.

J'ajoute que je ne connais guère ma femme de demain. Je l'ai vue seulement quatre ou cinq fois. Je sais qu'elle ne me déplaît point ; cela me suffit pour ce

---

1. Paru dans le *Gil Blas* du 3 juillet 1883, ce récit fut repris dans *Les Sœurs Rondoli* en 1884. Texte d'Ollendorff, 1884. **2.** Pierre Decourcelle (1856-1926), auteur de mélodrames, publiait aussi des chroniques dans *Le Gaulois*.

que j'en veux faire. Elle est petite, blonde et grasse. Après demain, je désirerai ardemment une femme grande, brune et mince.

Elle n'est pas riche. Elle appartient à une famille moyenne. C'est une jeune fille comme on en trouve à la grosse[1], bonnes à marier, sans qualités et sans défauts apparents, dans la bourgeoisie ordinaire. On dit d'elle : « Mlle Lajolle est bien gentille. » On dira demain : « Elle est fort gentille, Mme Raymon. » Elle appartient enfin à la légion des jeunes filles honnêtes « dont on est heureux de faire sa femme » jusqu'au jour où on découvre qu'on préfère justement toutes les autres femmes à celle qu'on a choisie.

Alors pourquoi me marier, diras-tu ?

J'ose à peine t'avouer l'étrange et invraisemblable raison qui me pousse à cet acte insensé.

Je me marie pour n'être pas seul !

Je ne sais comment dire cela, comment me faire comprendre. Tu auras pitié de moi, et tu me mépriseras, tant mon état d'esprit est misérable.

Je ne veux plus être seul, la nuit. Je veux sentir un être près de moi, contre moi, un être qui peut parler, dire quelque chose, n'importe quoi.

Je veux pouvoir briser son sommeil ; lui poser une question quelconque brusquement, une question stupide pour entendre une voix, pour sentir habitée ma demeure, pour sentir une âme en éveil, un raisonnement en travail, pour voir, allumant brusquement ma bougie, une figure humaine à mon côté..., parce que... parce que... (je n'ose pas avouer cette honte)... parce que j'ai peur, tout seul.

Oh ! tu ne me comprends pas encore.

Je n'ai pas peur d'un danger. Un homme entrerait, je le tuerais sans frissonner. Je n'ai pas peur des revenants ; je ne crois pas au surnaturel. Je n'ai pas peur des morts ; je crois à l'anéantissement définitif de chaque être qui disparaît !

---

1. On dirait aujourd'hui « à la pelle », « à volonté ».

Alors !... oui. Alors !... Eh bien ! j'ai peur de moi ! j'ai peur de la peur[1] ; peur des spasmes de mon esprit qui s'affole, peur de cette horrible sensation de la terreur incompréhensible.

Ris si tu veux. Cela est affreux, inguérissable. J'ai peur des murs, des meubles, des objets familiers qui s'animent, pour moi, d'une sorte de vie animale. J'ai peur surtout du trouble horrible de ma pensée, de ma raison qui m'échappe brouillée, dispersée par une mystérieuse et invisible angoisse.

Je sens d'abord une vague inquiétude qui me passe dans l'âme et me fait courir un frisson sur la peau. Je regarde autour de moi. Rien ! Et je voudrais quelque chose ! Quoi ? Quelque chose de compréhensible. Puisque j'ai peur uniquement parce que je ne comprends pas ma peur.

Je parle ! j'ai peur de ma voix. Je marche ! j'ai peur de l'inconnu de derrière la porte, de derrière le rideau, de dans l'armoire, de sous le lit. Et pourtant je sais qu'il n'y a rien nulle part.

Je me retourne brusquement parce que j'ai peur de ce qui est derrière moi, bien qu'il n'y ait rien et que je le sache.

Je m'agite, je sens mon effarement grandir ; et je m'enferme dans ma chambre ; et je m'enfonce dans mon lit, et je me cache sous mes draps ; et blotti, roulé comme une boule, je ferme les yeux désespérément, et je demeure ainsi pendant un temps infini avec cette pensée que ma bougie demeure allumée sur ma table de nuit et qu'il faudrait pourtant l'éteindre. Et je n'ose pas.

N'est-ce pas affreux, d'être ainsi ?

Autrefois je n'éprouvais rien de cela. Je rentrais tranquillement. J'allais et je venais en mon logis sans que rien troublât la sérénité de mon âme. Si l'on m'avait dit quelle maladie de peur invraisemblable, stupide et terrible, devait me saisir un jour, j'aurais

---

1. Voir *La Peur*, p. 60.

bien ri ; j'ouvrais les portes dans l'ombre avec assurance ; je me couchais lentement, sans pousser les verrous, et je ne me relevais jamais au milieu des nuits pour m'assurer que toutes les issues de ma chambre étaient fortement closes.

Cela a commencé l'an dernier d'une singulière façon.

C'était en automne, par un soir humide. Quand ma bonne fut partie, après mon dîner, je me demandai ce que j'allais faire. Je marchai quelque temps à travers ma chambre. Je me sentais las, accablé sans raison, incapable de travailler, sans force même pour lire. Une pluie fine mouillait les vitres ; j'étais triste, tout pénétré par une de ces tristesses sans causes qui vous donnent envie de pleurer, qui vous font désirer de parler à n'importe qui pour secouer la lourdeur de notre pensée.

Je me sentais seul. Mon logis me paraissait vide comme il n'avait jamais été. Une solitude infinie et navrante m'entourait. Que faire ? Je m'assis. Alors une impatience nerveuse me courut dans les jambes. Je me relevai, et je me remis à marcher. J'avais peut-être aussi un peu de fièvre, car mes mains, que je tenais rejointes derrière mon dos, comme on fait souvent quand on se promène avec lenteur, se brûlaient l'une à l'autre, et je le remarquai. Puis soudain un frisson de froid me courut dans le dos. Je pensai que l'humidité du dehors entrait chez moi, et l'idée de faire du feu me vint. J'en allumai ; c'était la première fois de l'année. Et je m'assis de nouveau en regardant la flamme. Mais bientôt l'impossibilité de rester en place me fit encore me relever, et je sentis qu'il fallait m'en aller, me secouer, trouver un ami.

Je sortis. J'allai chez trois camarades que je ne rencontrai pas ; puis, je gagnai le boulevard, décidé à découvrir une personne de connaissance.

Il faisait triste partout. Les trottoirs trempés luisaient. Une tiédeur d'eau, une de ces tiédeurs qui vous glacent par frissons brusques, une tiédeur pesante de pluie impalpable accablait la rue, semblait lasser et obscurcir la flamme du gaz [1].

J'allais d'un pas mou, me répétant : « Je ne trouverai personne avec qui causer. »

J'inspectai plusieurs fois les cafés, depuis la Madeleine jusqu'au faubourg Poissonnière [2]. Des gens tristes, assis devant des tables, semblaient n'avoir pas même la force de finir leurs consommations.

J'errai longtemps ainsi, et vers minuit, je me mis en route pour rentrer chez moi. J'étais fort calme, mais fort las. Mon concierge, qui se couche avant onze heures, m'ouvrit tout de suite, contrairement à son habitude ; et je pensai : « Tiens, un autre locataire vient sans doute de remonter. »

Quand je sors de chez moi, je donne toujours à ma porte deux tours de clef. Je la trouvai simplement tirée, et cela me frappa. Je supposai qu'on m'avait monté des lettres dans la soirée.

J'entrai. Mon feu brûlait encore et éclairait même un peu l'appartement. Je pris une bougie pour aller l'allumer au foyer, lorsqu'en jetant les yeux devant moi, j'aperçus quelqu'un assis dans mon fauteuil, et qui se chauffait les pieds en me tournant le dos.

Je n'eus pas peur, oh ! non, pas le moins du monde. Une supposition très vraisemblable me traversa l'esprit ; celle qu'un de mes amis était venu pour me voir. La concierge, prévenue par moi à ma sortie, avait dit que j'allais rentrer, avait prêté sa clef. Et toutes les circonstances de mon retour, en une seconde, me revinrent à la pensée : le cordon tiré tout de suite, ma porte seulement poussée.

Mon ami, dont je ne voyais que les cheveux, s'était endormi devant mon feu en m'attendant, et je m'avançai pour le réveiller. Je le voyais parfaitement, un de ses bras pendant à droite ; ses pieds étaient croisés l'un

---

1. Les réverbères fonctionnaient au gaz. **2.** Quartiers parisiens jalonnés de boulevards et qui sont réputés pour leur caractère vivant.

sur l'autre ; sa tête, penchée un peu sur le côté gauche du fauteuil, indiquait bien le sommeil. Je me demandais : Qui est-ce ? On y voyait peu d'ailleurs dans la pièce. J'avançai la main pour lui toucher l'épaule !...

Je rencontrai le bois du siège ! Il n'y avait plus personne. Le fauteuil était vide !

Quel sursaut, miséricorde !

Je reculai d'abord comme si un danger terrible eût apparu devant moi.

Puis je me retournai, sentant quelqu'un derrière mon dos ; puis, aussitôt, un impérieux besoin de revoir le fauteuil me fit pivoter encore une fois. Et je demeurai debout, haletant d'épouvante, tellement éperdu que je n'avais plus une pensée, prêt à tomber.

Mais je suis un homme de sang-froid, et tout de suite la raison me revint. Je songeai : « Je viens d'avoir une hallucination, voilà tout. » Et je réfléchis immédiatement sur ce phénomène. La pensée va vite dans ces moments-là.

J'avais eu une hallucination — c'était là un fait incontestable. Or, mon esprit était demeuré tout le temps lucide, fonctionnant régulièrement et logiquement. Il n'y avait donc aucun trouble du côté du cerveau. Les yeux seuls s'étaient trompés, avaient trompé ma pensée. Les yeux avaient eu une vision, une de ces visions qui font croire aux miracles les gens naïfs. C'était là un accident nerveux de l'appareil optique [1], rien de plus, un peu de congestion peut-être.

Et j'allumai ma bougie. Je m'aperçus, en me baissant vers le feu, que je tremblais, et je me relevai d'une secousse, comme si on m'eût touché par-derrière.

Je n'étais point tranquille assurément.

Je fis quelques pas ; je parlai haut. Je chantai à mi-voix quelques refrains.

Puis je fermai la porte de ma chambre à double tour,

---

1. Maupassant lui-même souffre de violents troubles oculaires à partir de 1880.

et je me sentis un peu rassuré. Personne ne pouvait entrer, au moins.

Je m'assis encore et je réfléchis longtemps à mon aventure ; puis je me couchai, et je soufflai ma lumière.

Pendant quelques minutes, tout alla bien. Je restais sur le dos, assez paisiblement. Puis le besoin me vint de regarder dans ma chambre ; et je me mis sur le côté.

Mon feu n'avait plus que deux ou trois tisons rouges qui éclairaient juste les pieds du fauteuil ; et je crus revoir l'homme assis dessus.

J'enflammai une allumette d'un mouvement rapide. Je m'étais trompé, je ne voyais plus rien.

Je me levai, cependant, et j'allai cacher le fauteuil derrière mon lit.

Puis je refis l'obscurité et je tâchai de m'endormir. Je n'avais pas perdu connaissance depuis plus de cinq minutes, quand j'aperçus, en songe, et nettement comme dans la réalité, toute la scène de la soirée. Je me réveillai éperdument, et, ayant éclairé mon logis, je demeurai assis dans mon lit, sans oser même essayer de redormir.

Deux fois cependant le sommeil m'envahit, malgré moi, pendant quelques secondes. Deux fois je revis la chose. Je me croyais devenu fou [1].

Quand le jour parut, je me sentis guéri et je sommeillai paisiblement jusqu'à midi.

C'était fini, bien fini. J'avais eu la fièvre, le cauchemar, que sais-je ? J'avais été malade, enfin. Je me trouvai néanmoins fort bête.

Je fus très gai ce jour-là. Je dînai au cabaret ; j'allai voir le spectacle, puis je me mis en chemin pour rentrer. Mais voilà qu'en approchant de ma maison une inquiétude étrange me saisit. J'avais peur de le revoir, lui [2]. Non pas peur de lui, non pas peur de sa présence,

---

1. C'est toujours le même doute, obsédant, lancinant : à partir de quand peut-on dire que l'on devient fou ? **2.** Lui, bientôt, s'appellera Horla. Il faut évidemment rapprocher les deux textes.

à laquelle je ne croyais point, mais j'avais peur d'un trouble nouveau de mes yeux, peur de l'hallucination, peur de l'épouvante qui me saisirait.

Pendant plus d'une heure, j'errai de long en large sur le trottoir ; puis je me trouvai trop imbécile à la fin et j'entrai. Je haletais tellement que je ne pouvais plus monter mon escalier. Je restai encore plus de dix minutes devant mon logement sur le palier, puis, brusquement, j'eus un élan de courage, un roidissement de volonté. J'enfonçai ma clef ; je me précipitai en avant une bougie à la main, je poussai d'un coup de pied la porte entrebâillée de ma chambre, et je jetai un regard effaré vers la cheminée. Je ne vis rien. « Ah !... »

Quel soulagement ! Quelle joie ! Quelle délivrance ! J'allais et je venais d'un air gaillard[1]. Mais je ne me sentais pas rassuré ; je me retournais par sursauts ; l'ombre des coins m'inquiétait.

Je dormis mal, réveillé sans cesse par des bruits imaginaires. Mais je ne le vis pas. Non. C'était fini !

Depuis ce jour-là j'ai peur tout seul, la nuit. Je la sens là, près de moi, autour de moi, la vision. Elle ne m'est point apparue de nouveau. Oh non ! Et qu'importe, d'ailleurs, puisque je n'y crois pas, puisque je sais que ce n'est rien !

Elle me gêne cependant parce que j'y pense sans cesse. — Une main pendait du côté droit, sa tête était penchée du côté gauche comme celle d'un homme qui dort... Allons, assez, nom de Dieu ! je n'y veux plus songer !

Qu'est-ce que cette obsession, pourtant ? Pourquoi cette persistance ? Ses pieds étaient tout près du feu !

Il me hante, c'est fou, mais c'est ainsi. Qui, Il ? Je sais bien qu'il n'existe pas, que ce n'est rien ! Il

1. C'est-à-dire plein d'entrain, de gaieté.

n'existe que dans mon appréhension, que dans ma crainte, que dans mon angoisse ! Allons, assez !...[1]

Oui, mais j'ai beau me raisonner, me roidir[2], je ne peux plus rester seul chez moi, parce qu'il y est. Je ne le verrai plus, je le sais, il ne se montrera plus, c'est fini cela. Mais il y est tout de même, dans ma pensée. Il demeure invisible, cela n'empêche qu'il y soit. Il est derrière les portes, dans l'armoire fermée, sous le lit, dans tous les coins obscurs, dans toutes les ombres. Si je tourne la porte, si j'ouvre l'armoire, si je baisse ma lumière sous le lit, si j'éclaire les coins, les ombres, il n'y est plus ; mais alors je le sens derrière moi. Je me retourne, certain cependant que je ne le verrai pas, que je ne le verrai plus. Il n'en est pas moins derrière moi, encore.

C'est stupide, mais c'est atroce. Que veux-tu ? Je n'y peux rien.

Mais si nous étions deux chez moi, je sens, oui, je sens assurément qu'il n'y serait plus ! Car il est là parce que je suis seul, uniquement parce que je suis seul !

---

1. L'angoisse peut pousser à la folie. On se souvient des terreurs de l'assassin Renardet qui, dans *La Petite Roque*, redoute la rencontre régulière avec les visions de la petite fille assassinée. **2.** Forme ancienne pour « raidir ».

LA MAIN[1]

On faisait cercle autour de M. Bermutier, juge d'instruction, qui donnait son avis sur l'affaire mystérieuse de Saint-Cloud[2]. Depuis un mois, cet inexplicable crime affolait Paris. Personne n'y comprenait rien.

M. Bermutier, debout, le dos à la cheminée, parlait, assemblait les preuves, discutait les diverses opinions, mais ne concluait pas.

Plusieurs femmes s'étaient levées pour s'approcher et demeuraient debout, l'œil fixé sur la bouche rasée du magistrat d'où sortaient les paroles graves. Elles frissonnaient, vibraient, crispées par leur peur curieuse, par l'avide et insatiable besoin d'épouvante qui hante leur âme, les torture comme une faim.

Une d'elles, plus pâle que les autres, prononça pendant un silence :

« C'est affreux. Cela touche au « surnaturel ». On ne saura jamais rien. »

Le magistrat se tourna vers elle :

« Oui, madame, il est probable qu'on ne saura jamais rien. Quant au mot surnaturel que vous venez d'employer, il n'a rien à faire ici. Nous sommes en présence d'un crime fort habilement conçu, fort habile-

---

1. Cette réécriture de *La Main d'écorché* est parue dans *Le Gaulois* du 23 décembre 1883 et fut reprise dans *Contes du jour et de la nuit* en 1885, chez Marpon-Flammarion ; c'est ce texte que nous donnons ici. **2.** L. Forestier avoue n'avoir pas trouvé trace d'un crime de Saint-Cloud (éd. cit., vol. 1, p. 1612). Il mentionne en revanche un crime de Saint-Ouen : la justice ne parvint pas à trouver le coupable.

ment exécuté, si bien enveloppé de mystère que nous ne pouvons le dégager des circonstances impénétrables qui l'entourent. Mais j'ai eu, moi, autrefois, à suivre une affaire où vraiment semblait se mêler quelque chose de fantastique[1]. Il a fallu l'abandonner d'ailleurs, faute de moyens de l'éclaircir. »

Plusieurs femmes prononcèrent en même temps, si vite que leurs voix n'en firent qu'une :

« Oh ! dites-nous cela. »

M. Bermutier sourit gravement, comme doit sourire un juge d'instruction. Il reprit :

« N'allez pas croire, au moins, que j'aie pu, même un instant, supposer en cette aventure quelque chose de surhumain. Je ne crois qu'aux causes normales. Mais si, au lieu d'employer le mot « surnaturel » pour exprimer ce que nous ne comprenons pas, nous nous servions simplement du mot « inexplicable »[2], cela vaudrait beaucoup mieux. En tout cas, dans l'affaire que je vais vous dire, ce sont surtout les circonstances environnantes, les circonstances préparatoires qui m'ont ému. Enfin, voici les faits :

« J'étais alors juge d'instruction à Ajaccio[3], une petite ville blanche, couchée au bord d'un admirable golfe qu'entourent partout de hautes montagnes.

Ce que j'avais surtout à poursuivre là-bas, c'étaient les affaires de vendetta. Il y en a de superbes, de dramatiques au possible, de féroces, d'héroïques. Nous retrouvons là les plus beaux sujets de vengeance qu'on puisse rêver, les haines séculaires, apaisées un moment, jamais éteintes, les ruses abominables, les assassinats devenant des massacres et presque des

---

1. Le « fantastique » est nommé. Maupassant joue avec cette caractéristique du récit pour insister sur l'essentiel : l'inexplicable. Un malaise se fait jour, comme l'indique d'ailleurs l'évolution perceptible entre les deux récits, *La Main d'écorché*, plus traditionnel, et celui-ci, qui récuse la possibilité d'une explication. **2.** Voir *La Peur*, p. 61. **3.** Maupassant a séjourné en 1880 dans l'île de Beauté, d'où il envoyait au journal *Le Gaulois* des chroniques.

actions glorieuses. Depuis deux ans, je n'entendais parler que du prix du sang, que de ce terrible préjugé corse qui force à venger toute injure sur la personne qui l'a faite, sur ses descendants et ses proches. J'avais vu égorger des vieillards, des enfants, des cousins, j'avais la tête pleine de ces histoires.

Or, j'appris un jour qu'un Anglais[1] venait de louer pour plusieurs années une petite villa au fond du golfe. Il avait amené avec lui un domestique français, pris à Marseille en passant.

Bientôt tout le monde s'occupa de ce personnage singulier, qui vivait seul dans sa demeure, ne sortant que pour chasser et pour pêcher. Il ne parlait à personne, ne venait jamais à la ville, et, chaque matin, s'exerçait pendant une heure ou deux, à tirer au pistolet et à la carabine.

Des légendes se firent autour de lui. On prétendit que c'était un haut personnage fuyant sa patrie pour des raisons politiques ; puis on affirma qu'il se cachait après avoir commis un crime épouvantable. On citait même des circonstances particulièrement horribles.

Je voulus, en ma qualité de juge d'instruction, prendre quelques renseignements sur cet homme ; mais il me fut impossible de rien apprendre. Il se faisait appeler Sir John Rowell.

Je me contentai donc de le surveiller de près ; mais on ne me signalait, en réalité, rien de suspect à son égard.

Cependant, comme les rumeurs sur son compte continuaient, grossissaient, devenaient générales, je résolus d'essayer de voir moi-même cet étranger, et je me mis à chasser régulièrement dans les environs de sa propriété.

J'attendis longtemps une occasion. Elle se présenta

---

1. Cet Anglais rappelle l'Anglais d'Etretat, un certain Powell qui accueillit le poète A.-G. Swinburne. Voir *La Main d'écorché*, p. 31. Maupassant transporte l'anecdote normande en Corse, patrie de la « vendetta ».

enfin sous la forme d'une perdrix que je tirai et que je tuai devant le nez de l'Anglais. Mon chien me la rapporta ; mais, prenant aussitôt le gibier, j'allai m'excuser de mon inconvenance et prier Sir John Rowell d'accepter l'oiseau mort.

C'était un grand homme à cheveux rouges, à barbe rouge, très haut, très large, une sorte d'hercule placide et poli. Il n'avait rien de la raideur dite britannique et il me remercia vivement de ma délicatesse en un français accentué d'outre-Manche. Au bout d'un mois, nous avions causé ensemble cinq ou six fois.

Un soir enfin, comme je passais devant sa porte, je l'aperçus qui fumait sa pipe, à cheval sur une chaise, dans son jardin. Je le saluai, et il m'invita à entrer pour boire un verre de bière. Je ne me le fis pas répéter.

Il me reçut avec toute la méticuleuse courtoisie anglaise, parla avec éloge de la France, de la Corse, déclara qu'il aimait beaucoup *cette* pays, et *cette* rivage.

Alors je lui posai, avec de grandes précautions et sous la forme d'un intérêt très vif, quelques questions sur sa vie, sur ses projets. Il répondit sans embarras, me raconta qu'il avait beaucoup voyagé, en Afrique, dans les Indes, en Amérique. Il ajouta en riant :

« J'avé eu bôcoup d'aventures, oh ! yes. »

Puis je me remis à parler chasse, et il me donna des détails les plus curieux sur la chasse à l'hippopotame, au tigre, à l'éléphant et même la chasse au gorille.

Je dis :

« Tous ces animaux sont redoutables. »

Il sourit :

« Oh ! nô, le plus mauvais c'été l'homme. »

Il se mit à rire tout à fait, d'un bon rire de gros Anglais content :

« J'avé beaucoup chassé l'homme aussi. »

Puis il parla d'armes, et il m'offrit d'entrer chez lui pour me montrer des fusils de divers systèmes.

Son salon était tendu de noir, de soie noire brodée

d'or. De grandes fleurs jaunes couraient sur l'étoffe sombre, brillaient comme du feu.

Il annonça :

« C'été une drap japonaise. »

Mais, au milieu du plus large panneau, une chose étrange me tira l'œil. Sur un carré de velours rouge, un objet noir se détachait. Je m'approchai : c'était une main, une main d'homme. Non pas une main de squelette, blanche et propre, mais une main noire desséchée, avec les ongles jaunes, les muscles à nu et des traces de sang ancien, de sang pareil à une crasse, sur les os coupés net, comme d'un coup de hache, vers le milieu de l'avant-bras.

Autour du poignet, une énorme chaîne de fer, rivée, soudée à ce membre malpropre, l'attachait au mur par un anneau assez fort pour tenir un éléphant en laisse.

Je demandai :

« Qu'est-ce que cela ? »

L'Anglais répondit tranquillement :

« C'été ma meilleur ennemi. Il vené d'Amérique. Il avé été fendu avec le sabre et arraché la peau avec une caillou coupante, et séché dans le soleil pendant huit jours. Aoh, très bonne pour moi, cette. »

Je touchai ce débris humain qui avait dû appartenir à un colosse. Les doigts, démesurément longs, étaient attachés par des tendons énormes que retenaient des lanières de peau par places. Cette main était affreuse à voir, écorchée ainsi, elle faisait penser naturellement à quelque vengeance de sauvage.

Je dis :

« Cet homme devait être très fort. »

L'Anglais prononça avec douceur :

« Aoh yes ; mais je été plus fort que lui. J'avé mis cette chaîne pour le tenir. »

Je crus qu'il plaisantait. Je dis :

« Cette chaîne maintenant est bien inutile, la main ne se sauvera pas. »

Sir John Rowell reprit gravement :

« Elle voulé toujours s'en aller. Cette chaîne été nécessaire. »

D'un coup d'œil rapide, j'interrogeai son visage, me demandant :

« Est-ce un fou, ou un mauvais plaisant ? »

Mais la figure demeurait impénétrable, tranquille et bienveillante. Je parlai d'autre chose et j'admirai les fusils.

Je remarquai cependant que trois revolvers chargés étaient posés sur les meubles, comme si cet homme eût vécu dans la crainte constante d'une attaque.

Je revins plusieurs fois chez lui. Puis je n'y allai plus. On s'était accoutumé à sa présence ; il était devenu indifférent à tous.

Une année entière s'écoula. Or un matin, vers la fin de novembre, mon domestique me réveilla en m'annonçant que Sir John Rowell avait été assassiné dans la nuit.

Une demi-heure plus tard, je pénétrais dans la maison de l'Anglais avec le commissaire central et le capitaine de gendarmerie. Le valet, éperdu et désespéré, pleurait devant la porte. Je soupçonnai d'abord cet homme, mais il était innocent.

On ne put jamais trouver le coupable.

En entrant dans le salon de Sir John, j'aperçus du premier coup d'œil le cadavre étendu sur le dos, au milieu de la pièce.

Le gilet était déchiré, une manche arrachée pendait, tout annonçait qu'une lutte terrible avait eu lieu.

L'Anglais était mort étranglé ! Sa figure noire et gonflée, effrayante, semblait exprimer une épouvante abominable ; il tenait entre ses dents serrées quelque chose ; et le cou, percé de cinq trous qu'on aurait dit faits avec des pointes de fer, était couvert de sang.

Un médecin nous rejoignit. Il examina longtemps les traces des doigts dans la chair et prononça ces étranges paroles :

« On dirait qu'il a été étranglé par un squelette. »

Un frisson me passa dans le dos, et je jetai les yeux sur le mur, à la place où j'avais vu jadis l'horrible main d'écorché. Elle n'y était plus. La chaîne, brisée, pendait.

Alors je me baissai vers le mort, et je trouvai dans sa bouche crispée un des doigts de cette main disparue, coupé ou plutôt scié par les dents juste à la deuxième phalange.

Puis on procéda aux constatations. On ne découvrit rien. Aucune porte n'avait été forcée, aucune fenêtre, aucun meuble. Les deux chiens de garde ne s'étaient pas réveillés.

Voici, en quelques mots, la déposition du domestique :

« Depuis un mois, son maître semblait agité. Il avait reçu beaucoup de lettres, brûlées à mesure.

« Souvent, prenant une cravache, dans une colère qui semblait de la démence, il avait frappé avec fureur cette main séchée, scellée au mur et enlevée, on ne sait comment, à l'heure même du crime.

« Il se couchait fort tard et s'enfermait avec soin. Il avait toujours des armes à portée du bras. Souvent, la nuit, il parlait haut, comme s'il se fût querellé avec quelqu'un. »

Cette nuit-là, par hasard, il n'avait fait aucun bruit, et c'est seulement en venant ouvrir les fenêtres que le serviteur avait trouvé Sir John assassiné. Il ne soupçonnait personne.

Je communiquai ce que je savais du mort aux magistrats et aux officiers de la force publique, et on fit dans toute l'île une enquête minutieuse. On ne découvrit rien.

Or, une nuit, trois mois après le crime, j'eus un affreux cauchemar. Il me sembla que je voyais la main, l'horrible main, courir comme un scorpion ou comme une araignée le long de mes rideaux et de mes murs. Trois fois, je me réveillai, trois fois je me rendormis, trois fois je revis le hideux débris galoper autour de ma chambre en remuant les doigts comme des pattes.

2me Série. — N° 142. Le numéro (15 pages de texte) : 15 cent. DIMANCHE 10 MAI 1885.

LA VIE POPULAIRE

LA VIE POPULAIRE
PARAIT DEUX FOIS PAR SEMAINE
LE JEUDI ET LE DIMANCHE
Elle est mise en vente tous les Mercredis et tous les Samedis

DIRECTION :
18, rue d'Enghien, 18

ABONNEMENTS : Paris et Dép^ts. 6 m., 9 fr. — 12 m., 16 fr.
Union postale. » 11 fr. — » 20 fr.
On s'abonne sans frais dans tous les bureaux de poste

SOMMAIRE : I. Histoire de la Semaine : Ma maison de campagne, par G. Moynet. — II. La Main, par Guy de Maupassant. — III. Françoise Chamaillat, par Albert Pinard. — IV. Le docteur Maréchand, par Adolphe Badin. — V. Cruelle énigme, par Paul Bourget. — VI. Le roi des montagnes, par Edmond About. — VII. Germinal, par Émile Zola. — Avis et communications.

LA MAIN

« Il me sembla que je voyais la main, l'horrible main, courir comme un scorpion ou comme une araignée le long de mes rideaux et de mes murs. » (p. 128)
Gravure de E. Zier.

Le lendemain, on me l'apporta, trouvé dans le cimetière, sur la tombe de Sir John Rowell, enterré là ; car on n'avait pu découvrir sa famille. L'index manquait.

Voilà, mesdames, mon histoire. Je ne sais rien de plus.

Les femmes, éperdues, étaient pâles, frissonnantes. Une d'elles s'écria :

« Mais ce n'est pas un dénouement cela, ni une explication ! Nous n'allons pas dormir si vous ne nous dites pas ce qui s'était passé selon vous. »

Le magistrat sourit avec sévérité :

« Oh ! moi, mesdames, je vais gâter, certes, vos rêves terribles. Je pense tout simplement que le légitime propriétaire de la main n'était pas mort, qu'il est venu la chercher avec celle qui lui restait. Mais je n'ai pu savoir comment il a fait, par exemple. C'est là une sorte de vendetta. »

Une des femmes murmura :

« Non, ça ne doit pas être ainsi. »

Et le juge d'instruction, souriant toujours, conclut :

« Je vous avais bien dit que mon explication ne vous irait pas. »

SOLITUDE[1]

C'était après un dîner d'hommes. On avait été fort gai. Un d'eux, un vieil ami, me dit :

« Veux-tu remonter à pied l'avenue des Champs-Élysées ? »

Et nous voilà partis, suivant à pas lents la longue promenade, sous les arbres à peine vêtus de feuilles encore. Aucun bruit, que cette rumeur confuse et continue que fait Paris. Un vent frais nous passait sur le visage, et la légion des étoiles semait sur le ciel noir une poudre d'or.

Mon compagnon me dit :

« Je ne sais pourquoi, je respire mieux ici, la nuit, que partout ailleurs. Il me semble que ma pensée s'y élargit. J'ai, par moments, ces espèces de lueurs dans l'esprit qui font croire, pendant une seconde, qu'on va découvrir le divin secret des choses. Puis la fenêtre se referme. C'est fini. »

De temps en temps, nous voyions glisser deux ombres le long des massifs ; nous passions devant un banc où deux êtres, assis côte à côte, ne faisaient qu'une tache noire.

Mon voisin murmura :

Pauvres gens ! Ce n'est pas du dégoût qu'ils m'inspirent, mais une immense pitié. Parmi tous les mystères de la vie humaine, il en est un que j'ai pénétré : notre grand

---

1. Récit paru dans *Le Gaulois* le 31 mars 1884 et repris en recueil dans *Monsieur Parent*. Texte d'Ollendorff, 1886.

tourment dans l'existence vient de ce que nous sommes éternellement seuls, et tous nos efforts, tous nos actes ne tendent qu'à fuir cette solitude. Ceux-là, ces amoureux des bancs en plein air, cherchent, comme nous, comme toutes les créatures, à faire cesser leur isolement, rien que pendant une minute au moins ; mais ils demeurent, ils demeureront toujours seuls ; et nous aussi.

On s'en aperçoit plus ou moins, voilà tout.

Depuis quelque temps j'endure cet abominable supplice d'avoir compris, d'avoir découvert l'affreuse solitude où je vis, et je sais que rien ne peut la faire cesser, rien, entends-tu ! Quoi que nous tentions, quoi que nous fassions, quels que soient l'élan de nos cœurs, l'appel de nos lèvres et l'étreinte de nos bras, nous sommes toujours seuls.

Je t'ai entraîné ce soir, à cette promenade, pour ne pas rentrer chez moi, parce que je souffre horriblement, maintenant, de la solitude de mon logement [1]. A quoi cela me servira-t-il ? Je te parle, tu m'écoutes, et nous sommes seuls tous deux, côte à côte, mais seuls. Me comprends-tu ?

Bienheureux les simples d'esprit, dit l'Écriture [2]. Ils ont l'illusion du bonheur. Ils ne sentent pas, ceux-là, notre misère solitaire, ils n'errent pas, comme moi, dans la vie, sans autre contact que celui des coudes, sans autre joie que l'égoïste satisfaction de comprendre, de voir, de deviner et de souffrir sans fin de la connaissance de notre éternel isolement.

Tu me trouves un peu fou, n'est-ce pas ?

Écoute-moi. Depuis que j'ai senti la solitude de mon être, il me semble que je m'enfonce, chaque jour davan-

---

1. Voir *Lui ?* p. 113. **2.** Il s'agit du début du « Sermon sur la montagne », Matthieu, V, 3. Jésus commence ainsi : « Heureux ceux qui ont une âme de pauvre, parce que le royaume des Cieux est à eux ». On évoque ici les pauvres quant à l'esprit, qui implique simplicité et modestie, et non des simples d'esprit. Maupassant gauchit (et il n'est pas le seul) les paroles de l'Ecriture sainte pour montrer que les intellectuels et les sensitifs souffrent plus que les autres hommes des misères de la condition humaine.

tage, dans un souterrain sombre, dont je ne trouve pas les bords, dont je ne connais pas la fin, et qui n'a point de bout, peut-être ! J'y vais sans personne avec moi, sans personne autour de moi, sans personne de vivant faisant cette même route ténébreuse. Ce souterrain, c'est la vie. Parfois j'entends des bruits, des voix, des cris... je m'avance à tâtons vers ces rumeurs confuses. Mais je ne sais jamais au juste d'où elles partent ; je ne rencontre jamais personne, je ne trouve jamais une autre main dans ce noir qui m'entoure. Me comprends-tu ?

Quelques hommes ont parfois deviné cette souffrance atroce.

Musset s'est écrié :

Qui vient ? Qui m'appelle ? Personne.
Je suis seul. — C'est l'heure qui sonne.
Ô solitude ! — O pauvreté[1] *!*

Mais, chez lui, ce n'était là qu'un doute passager[2], et non pas une certitude définitive, comme chez moi. Il était poète ; il peuplait la vie de fantômes, de rêves. Il n'était jamais vraiment seul. — Moi, je suis seul !

Gustave Flaubert, un des grands malheureux de ce monde, parce qu'il était un des grands lucides, n'écrivit-il pas à une amie cette phrase désespérante : « Nous sommes tous dans un désert. Personne ne comprend personne[3]. »

Non, personne ne comprend personne, quoi qu'on pense, quoi qu'on dise, quoi qu'on tente. La terre sait-elle ce qui se passe dans ces étoiles que voilà, jetées

---

1. Poème extrait de la *Nuit de mai* d'Alfred de Musset (1810-1857), la plus désespérée des *Nuits* (1835-1837) : la Muse se présente au poète accablé et tente en vain de le pousser à écrire. **2.** Doute passager, en effet, que ce doute puisque les *Nuits* montrent comment on peut transformer la souffrance et la douleur en création littéraire. **3.** Maupassant est le premier à citer cette lettre à une amie non identifiée dans une chronique consacrée à Flaubert, « Gustave Flaubert dans sa vie intime » (*La Nouvelle Revue*, 1er janvier 1881. Voir *Chroniques*, vol. 1, p. 138).

comme une graine de feu à travers l'espace, si loin que nous apercevons seulement la clarté de quelques-unes, alors que l'innombrable armée des autres est perdue dans l'infini, si proches qu'elles forment peut-être un tout, comme les molécules d'un corps ?

Eh bien, l'homme ne sait pas davantage ce qui se passe dans un autre homme. Nous sommes plus loin l'un de l'autre que ces astres, plus isolés surtout, parce que la pensée est insondable.

Sais-tu quelque chose de plus affreux que ce constant frôlement des êtres que nous ne pouvons pénétrer ! Nous nous aimons les uns les autres comme si nous étions enchaînés, tout près, les bras tendus, sans parvenir à nous joindre. Un torturant besoin d'union nous travaille, mais tous nos efforts restent stériles, nos abandons inutiles, nos confidences infructueuses, nos étreintes impuissantes, nos caresses vaines. Quand nous voulons nous mêler, nos élans de l'un vers l'autre ne font que nous heurter l'un à l'autre.

Je ne me sens jamais plus seul que lorsque je livre mon cœur à quelque ami, parce que je comprends mieux alors l'infranchissable obstacle. Il est là, cet homme ; je vois ses yeux clairs sur moi ! mais son âme, derrière eux, je ne la connais point. Il m'écoute. Que pense-t-il ? Oui, que pense-t-il ? Tu ne comprends pas ce tourment ? Il me hait peut-être ? ou me méprise ? ou se moque de moi ? Il réfléchit à ce que je dis, il me juge, il me raille, il me condamne, m'estime médiocre ou sot. Comment savoir ce qu'il pense ? Comment savoir s'il m'aime comme je l'aime ? et ce qui s'agite dans cette petite tête ronde ? Quel mystère que la pensée inconnue d'un être, la pensée cachée et libre, que nous ne pouvons ni connaître, ni conduire, ni dominer, ni vaincre !

Et moi, j'ai beau vouloir me donner tout entier, ouvrir toutes les portes de mon âme, je ne parviens point à me livrer. Je garde au fond, tout au fond, ce lieu secret du *Moi* où personne ne pénètre. Personne ne peut le découvrir, y entrer, parce que personne ne me ressemble, parce que personne ne comprend personne.

Me comprends-tu, au moins, en ce moment, toi ? Non, tu me juges fou ! tu m'examines, tu te gardes de moi ! Tu te demandes : « Qu'est-ce qu'il a, ce soir ? » Mais si tu parviens à saisir un jour, à bien deviner mon horrible et subtile souffrance, viens-t'en me dire seulement : *Je t'ai compris !* et tu me rendras heureux, une seconde, peut-être.

Ce sont les femmes qui me font encore le mieux apercevoir ma solitude.

Misère ! misère ! Comme j'ai souffert par elles, parce qu'elles m'ont donné souvent, plus que les hommes, l'illusion de n'être pas seul !

Quand on entre dans l'Amour, il semble qu'on s'élargit. Une félicité surhumaine vous envahit ! Sais-tu pourquoi ? Sais-tu d'où vient cette sensation d'immense bonheur ? C'est uniquement parce qu'on s'imagine n'être plus seul. L'isolement, l'abandon de l'être humain paraît cesser. Quelle erreur !

Plus tourmentée encore que nous par cet éternel besoin d'amour qui ronge notre cœur solitaire, la femme est le grand mensonge du Rêve.

Tu connais ces heures délicieuses passées face à face avec cet être à longs cheveux, aux traits charmeurs et dont le regard nous affole. Quel délire égare notre esprit ! Quelle illusion nous emporte !

Elle et moi, nous n'allons plus faire qu'un, tout à l'heure, semble-t-il ? Mais ce tout à l'heure n'arrive jamais, et, après des semaines d'attente, d'espérance et de joie trompeuse, je me retrouve tout à coup, un jour, plus seul que je ne l'avais encore été.

Après chaque baiser, après chaque étreinte, l'isolement s'agrandit. Et comme il est navrant, épouvantable !

Un poète, M. Sully Prudhomme, n'a-t-il pas écrit :

Les caresses ne sont que d'inquiets transports,
Infructueux essais du pauvre amour qui tente
L'impossible union des âmes par les corps[1]...

Et puis, adieu. C'est fini. C'est à peine si on reconnaît cette femme qui a été tout pour nous pendant un moment de la vie, et dont nous n'avons jamais connu la pensée intime et banale sans doute !

Aux heures mêmes où il semblait que, dans un accord mystérieux des êtres, dans un complet emmêlement des désirs et de toutes les aspirations, on était descendu jusqu'au profond de son âme, un mot, un seul mot, parfois, nous révélait notre erreur, nous montrait, comme un éclair dans la nuit, le trou noir entre nous.

Et pourtant, ce qu'il y a encore de meilleur au monde, c'est de passer un soir auprès d'une femme qu'on aime, sans parler, heureux presque complètement par la seule sensation de sa présence. Ne demandons pas plus, car jamais deux êtres ne se mêlent.

Quant à moi, maintenant, j'ai fermé mon âme. Je ne dis plus à personne ce que je crois, ce que je pense et ce que j'aime. Me sachant condamné à l'horrible solitude, je regarde les choses, sans jamais émettre mon avis. Que m'importent les opinions, les querelles, les plaisirs, les croyances ! Ne pouvant rien partager avec personne, je me suis désintéressé de tout. Ma pensée, invisible, demeure inexplorée. J'ai des phrases banales pour répondre aux interrogations de chaque jour, et un sourire qui dit : « oui », quand je ne veux même pas prendre la peine de parler.

Me comprends-tu ?

Nous avions remonté la longue avenue jusqu'à l'arc de triomphe de l'Étoile, puis nous étions redescendus jusqu'à la place de la Concorde, car il avait énoncé tout

---

1. Extrait du poème « Les Caresses », dans *Les Solitudes* (1869) de Sully-Prudhomme (1839-1907), poète très célèbre et très lu en cette fin de siècle.

cela lentement, en ajoutant encore beaucoup d'autres choses dont je ne me souviens plus.

Il s'arrêta et, brusquement, tendant le bras vers le haut obélisque [1] de granit, debout sur le pavé de Paris et qui perdait, au milieu des étoiles, son long profil égyptien, monument exilé, portant au flanc l'histoire de son pays écrite en signes étranges, mon ami s'écria :

« Tiens, nous sommes tous comme cette pierre. »

Puis il me quitta sans ajouter un mot.

Était-il gris ? Était-il fou ? Était-il sage ? Je ne le sais encore. Parfois il me semble qu'il avait raison ; parfois il me semble qu'il avait perdu l'esprit.

---

1. Il s'agit bien sûr de l'obélisque de Louqsor, apporté d'Egypte et érigé en 1836 place de la Concorde à Paris.

LA CHEVELURE[1]

Les murs de la cellule étaient nus, peints à la chaux. Une fenêtre étroite et grillée, percée très haut de façon qu'on ne pût pas y atteindre, éclairait cette petite pièce claire et sinistre ; et le fou, assis sur une chaise de paille, nous regardait d'un œil fixe, vague et hanté. Il était fort maigre, avec des joues creuses et des cheveux presque blancs qu'on devinait blanchis en quelques mois. Ses vêtements semblaient trop larges pour ses membres secs, pour sa poitrine rétrécie, pour son ventre creux. On sentait cet homme ravagé, rongé par sa pensée, par une Pensée, comme un fruit par un ver. Sa Folie, son idée était là, dans cette tête, obstinée, harcelante, dévorante. Elle mangeait le corps peu à peu. Elle, l'Invisible, l'Impalpable, l'Insaisissable, l'Immatérielle Idée minait la chair, buvait le sang, éteignait la vie[2].

Quel mystère que cet homme tué par un Songe ! Il faisait peine, peur et pitié, ce Possédé ! Quel rêve étrange, épouvantable et mortel habitait dans ce front, qu'il plissait de rides profondes, sans cesse remuantes ?

Le médecin me dit : « Il a de terribles accès de fureur, c'est un des déments les plus singuliers que j'aie vus. Il est atteint de folie érotique et macabre.

---

1. Récit paru dans le *Gil Blas* du 13 mai 1884 et repris dans *Toine.* Texte de Marpon-Flammarion, 1885. **2.** Cette phrase évoque déjà le « Horla ».

C'est une sorte de nécrophile[1]. Il a d'ailleurs écrit son journal[2] qui nous montre le plus clairement du monde la maladie de son esprit. Sa folie y est pour ainsi dire palpable. Si cela vous intéresse vous pouvez parcourir ce document. » Je suivis le docteur dans son cabinet, et il me remit le journal de ce misérable homme. « Lisez, dit-il, et vous me direz votre avis. »

Voici ce que contenait ce cahier :

Jusqu'à l'âge de trente-deux ans, je vécus tranquille, sans amour. La vie m'apparaissait très simple, très bonne et très facile. J'étais riche. J'avais du goût pour tant de choses que je ne pouvais éprouver de passion pour rien. C'est bon de vivre ! Je me réveillais heureux, chaque jour, pour faire des choses qui me plaisaient, ct je me couchais satisfait, avec l'espérance paisible du lendemain et de l'avenir sans souci.

J'avais eu quelques maîtresses sans avoir jamais senti mon cœur affolé par le désir ou mon âme meurtrie d'amour après la possession. C'est bon de vivre ainsi. C'est meilleur d'aimer, mais terrible. Encore, ceux qui aiment comme tout le monde doivent-ils éprouver un ardent bonheur, moindre que le mien peut-être, car l'amour est venu me trouver d'une incroyable manière.

Étant riche, je recherchais les meubles anciens et les vieux objets ; et souvent je pensais aux mains inconnues qui avaient palpé ces choses, aux yeux qui les avaient admirées, aux cœurs qui les avaient aimées, car on aime les choses ! Je restais souvent pendant des heures, des heures et des heures, à regarder une petite montre du siècle dernier. Elle était si mignonne, si jolie, avec son émail et son or ciselé. Et elle marchait encore comme au jour où une femme l'avait achetée

---

1. La nécrophilie est une perversion qui associe le cadavre à la quête d'une jouissance sexuelle. **2.** La forme de la confession à la première personne, du journal ou de la lettre, est particulièrement convaincante parce qu'elle donne au lecteur l'impression d'un contact direct avec la conscience du narrateur. Maupassant l'utilise dans *Fou*, *Lui ?*, *Qui sait ?*, *Un fou* et *Le Horla* (1887).

dans le ravissement de posséder ce fin bijou. Elle n'avait point cessé de palpiter, de vivre sa vie de mécanique, et elle continuait toujours son tic-tac régulier, depuis un siècle passé. Qui donc l'avait portée la première sur son sein dans la tiédeur des étoffes, le cœur de la montre battant contre le cœur de la femme ? Quelle main l'avait tenue au bout de ses doigts un peu chauds, l'avait tournée, retournée, puis avait essuyé les bergers de porcelaine ternis une seconde par la moiteur de la peau ? Quels yeux avaient épié sur ce cadran fleuri l'heure attendue, l'heure chérie, l'heure divine ?

Comme j'aurais voulu la connaître, la voir, la femme qui avait choisi cet objet exquis et rare ! Elle est morte ! Je suis possédé par le désir des femmes d'autrefois ; j'aime, de loin, toutes celles qui ont aimé ! — L'histoire des tendresses passées m'emplit le cœur de regrets. Oh ! la beauté, les sourires, les caresses jeunes, les espérances ! Tout cela ne devrait-il pas être éternel !

Comme j'ai pleuré, pendant des nuits entières, sur les pauvres femmes de jadis, si belles, si tendres, si douces, dont les bras se sont ouverts pour le baiser et qui sont mortes ! Le baiser est immortel, lui ! Il va de lèvre en lèvre, de siècle en siècle, d'âge en âge. — Les hommes le recueillent, le donnent et meurent.

Le passé m'attire, le présent m'effraie parce que l'avenir c'est la mort [1]. Je regrette tout ce qui s'est fait, je pleure tous ceux qui ont vécu ; je voudrais arrêter le temps, arrêter l'heure. Mais elle va, elle va, elle passe, elle me prend de seconde en seconde un peu de moi pour le néant de demain. Et je ne revivrai jamais.

Adieu celles d'hier. Je vous aime.

Mais je ne suis pas à plaindre. Je l'ai trouvée, moi,

---

1. Cette angoisse du temps qui passe apparaît comme un élément fondamental pour comprendre les obsessions morbides qui hantent l'imaginaire de Maupassant. La peur de la mort l'obsède et constitue un thème constant dans son œuvre.

celle que j'attendais ; et j'ai goûté par elle d'incroyables plaisirs.

Je rôdais dans Paris par un matin de soleil, l'âme en fête, le pied joyeux, regardant les boutiques avec cet intérêt vague du flâneur. Tout à coup, j'aperçus chez un marchand d'antiquités un meuble italien du XVIIe siècle. Il était fort beau, fort rare. Je l'attribuai à un artiste vénitien du nom de Vitelli[1], qui fut célèbre à cette époque.

Puis je passai.

Pourquoi le souvenir de ce meuble me poursuivit-il avec tant de force que je revins sur mes pas ? Je m'arrêtai de nouveau devant le magasin pour le revoir, et je sentis qu'il me tentait.

Quelle singulière chose que la tentation ! On regarde un objet et, peu à peu, il vous séduit, vous trouble, vous envahit comme ferait un visage de femme. Son charme entre en vous, charme étrange qui vient de sa forme, de sa couleur, de sa physionomie de chose ; et on l'aime déjà, on le désire, on le veut. Un besoin de possession vous gagne, besoin doux d'abord, comme timide, mais qui s'accroît, devient violent, irrésistible.

Et les marchands semblent deviner à la flamme du regard l'envie secrète et grandissante.

J'achetai ce meuble et je le fis porter chez moi tout de suite. Je le plaçai dans ma chambre.

Oh ! je plains ceux qui ne connaissent pas cette lune de miel du collectionneur avec le bibelot qu'il vient d'acheter. On le caresse de l'œil et de la main comme s'il était de chair ; on revient à tout moment près de lui, on y pense toujours, où qu'on aille, quoi qu'on fasse. Son souvenir aimé vous suit dans la rue, dans le monde, partout ; et quand on rentre chez soi, avant même d'avoir ôté ses gants et son chapeau, on va le contempler avec une tendresse d'amant.

---

1. On n'a pas identifié d'ébéniste italien du XVIIe siècle portant ce nom.

Vraiment, pendant huit jours, j'adorai ce meuble. J'ouvrais à chaque instant ses portes, ses tiroirs ; je le maniais avec ravissement, goûtant toutes les joies intimes de la possession.

Or, un soir, je m'aperçus, en tâtant l'épaisseur d'un panneau, qu'il devait y avoir là une cachette. Mon cœur se mit à battre, et je passai la nuit à chercher le secret sans le pouvoir découvrir.

J'y parvins le lendemain en enfonçant une lame dans une fente de la boiserie. Une planche glissa et j'aperçus, étalée sur un fond de velours noir, une merveilleuse chevelure de femme !

Oui, une chevelure, une énorme natte de cheveux blonds, presque roux, qui avaient dû être coupés contre la peau, et liés par une corde d'or.

Je demeurai stupéfait, tremblant, troublé ! Un parfum presque insensible, si vieux qu'il semblait l'âme d'une odeur, s'envolait de ce tiroir mystérieux et de cette surprenante relique [1].

Je la pris, doucement, presque religieusement, et je la tirai de sa cachette. Aussitôt elle se déroula, répandant son flot doré qui tomba jusqu'à terre, épais et léger, souple et brillant comme la queue en feu d'une comète.

Une émotion étrange me saisit. Qu'était-ce que cela ? Quand ? comment ? pourquoi ces cheveux avaient-ils été enfermés dans ce meuble ? Quelle aventure, quel drame cachait ce souvenir ?

Qui les avait coupés ? un amant, un jour d'adieu ? un mari, un jour de vengeance ? ou bien celle qui les avait portés sur son front, un jour de désespoir ?

Était-ce à l'heure d'entrer au cloître qu'on avait jeté

---

1. Ce mot, qui désigne un objet auquel on attache un très grand prix parce qu'on le considère comme le témoin d'un passé cher, a d'abord un sens religieux : c'est le fragment du corps d'un saint ou d'un martyr, ou un objet dont il s'est servi, d'où la connotation religieuse et donc sacrilège du passage.

là cette fortune d'amour, comme un gage laissé au monde des vivants ? Était-ce à l'heure de la clouer dans la tombe, la jeune et belle morte, que celui qui l'adorait avait gardé la parure de sa tête, la seule chose qu'il pût conserver d'elle, la seule partie vivante de sa chair qui ne dût point pourrir, la seule qu'il pouvait aimer encore et caresser, et baiser dans ses rages de douleur ?

N'était-ce point étrange que cette chevelure fût demeurée ainsi, alors qu'il ne restait plus une parcelle du corps dont elle était née ?

Elle me coulait sur les doigts, me chatouillait la peau d'une caresse singulière, d'une caresse de morte. Je me sentais attendri comme si j'allais pleurer.

Je la gardai longtemps, longtemps en mes mains, puis il me sembla qu'elle m'agitait, comme si quelque chose de l'âme fût resté caché dedans. Et je la remis sur le velours terni par le temps, et je repoussai le tiroir, et je refermai le meuble, et je m'en allai par les rues pour rêver.

J'allais devant moi, plein de tristesse, et aussi plein de trouble, de ce trouble qui vous reste au cœur après un baiser d'amour. Il me semblait que j'avais vécu autrefois déjà, que j'avais dû connaître cette femme.

Et les vers de Villon me montèrent aux lèvres, ainsi qu'y monte un sanglot :

Dictes-moy où, ne en quel pays
Est Flora, la belle Romaine,
Archipiada, ne Thaïs,
Qui fut sa cousine germaine ?
Echo parlant quand bruyt on maine
Dessus rivière, ou sus estan ;
Qui beauté eut plus que humaine ?
Mais où sont les neiges d'antan ?

....

La royne blanche comme un lys
Qui chantoit à voix de sereine,

Berthe au grand pied, Bietris, Allys,
Harembouges qui tint le Mayne,
Et Jehanne la bonne Lorraine
Que Anglais bruslèrent à Rouen ?
Où sont-ils, Vierge souveraine ?
Mais où sont les neiges d'antan[1] *?*

Quand je rentrai chez moi, j'éprouvai un irrésistible désir de revoir mon étrange trouvaille ; et je la repris, et je sentis, en la touchant, un long frisson qui me courut dans les membres.

Durant quelques jours, cependant, je demeurai dans mon état ordinaire, bien que la pensée vive de cette chevelure ne me quittât plus.

Dès que je rentrais, il fallait que je la visse et que je la maniasse. Je tournais la clef de l'armoire avec ce frémissement qu'on a en ouvrant la porte de la bien-aimée, car j'avais aux mains et au cœur un besoin confus, singulier, continu, sensuel de tremper mes doigts dans ce ruisseau charmant de cheveux morts.

Puis, quand j'avais fini de la caresser, quand j'avais refermé le meuble, je la sentais là toujours, comme si elle eût été un être vivant, caché, prisonnier ; je la sentais et je la désirais encore ; j'avais de nouveau le besoin impérieux de la reprendre, de la palper, de m'énerver jusqu'au malaise par ce contact froid, glissant, irritant, affolant, délicieux.

Je vécus ainsi un mois ou deux, je ne sais plus. Elle m'obsédait, me hantait. J'étais heureux et torturé, comme dans une attente d'amour, comme après les aveux qui précèdent l'étreinte.

Je m'enfermais seul avec elle pour la sentir sur ma peau, pour enfoncer mes lèvres dedans, pour la baiser, la mordre. Je l'enroulais autour de mon visage, je la buvais, je noyais mes yeux dans son onde dorée afin de voir le jour blond, à travers.

---

1. On reconnaît la *Ballade des Dames du temps jadis*, dans *Le testament* (1456) de François Villon (v. 1431-ap. 1463).

Je l'aimais ! Oui, je l'aimais. Je ne pouvais plus me passer d'elle, ni rester une heure sans la revoir.

Et j'attendais... j'attendais... quoi ? Je ne le savais pas ? — Elle.

Une nuit je me réveillai brusquement avec la pensée que je ne me trouvais pas seul dans ma chambre.

J'étais seul pourtant. Mais je ne pus me rendormir ; et comme je m'agitais dans une fièvre d'insomnie, je me levai pour aller toucher la chevelure. Elle me parut plus douce que de coutume, plus animée. Les morts reviennent-ils ? Les baisers dont je la réchauffais me faisaient défaillir de bonheur ; et je l'emportai dans mon lit, et je me couchai, en la pressant sur mes lèvres, comme une maîtresse qu'on va posséder.

Les morts reviennent ! Elle est venue. Oui, je l'ai vue, je l'ai tenue, je l'ai eue, telle qu'elle était vivante autrefois, grande, blonde, grasse, les seins froids, la hanche en forme de lyre ; et j'ai parcouru de mes caresses cette ligne ondulante et divine qui va de la gorge aux pieds en suivant toutes les courbes de la chair.

Oui, je l'ai eue, tous les jours, toutes les nuits. Elle est revenue, la Morte, la belle Morte, l'Adorable, la Mystérieuse, l'Inconnue, toutes les nuits.

Mon bonheur fut si grand, que je ne l'ai pu cacher. J'éprouvais près d'elle un ravissement surhumain, la joie profonde, inexplicable de posséder l'Insaisissable, l'Invisible, la Morte ! Nul amant ne goûta des jouissances plus ardentes, plus terribles !

Je n'ai point su cacher mon bonheur. Je l'aimais si fort que je n'ai plus voulu la quitter. Je l'ai emportée avec moi toujours, partout. Je l'ai promenée par la ville comme ma femme, et conduite au théâtre en des loges grillées, comme ma maîtresse... Mais on l'a vue... on a deviné... on me l'a prise... Et on m'a jeté dans une prison, comme un malfaiteur. On l'a prise... Oh ! misère !...

Le manuscrit s'arrêtait là Et soudain, comme je relevais sur le médecin des yeux effarés, un cri épouvantable, un hurlement de fureur impuissante et de désir exaspéré s'éleva dans l'asile.

« Écoutez-le, dit le docteur. Il faut doucher cinq fois par jour ce fou obscène. Il n'y a pas que le sergent Bertrand qui ait aimé les mortes[1]. »

Je balbutiai, ému d'étonnement, d'horreur et de pitié :

« Mais... cette chevelure... existe-t-elle réellement ? »

Le médecin se leva, ouvrit une armoire pleine de fioles et d'instruments et il me jeta, à travers son cabinet, une longue fusée de cheveux blonds qui vola vers moi comme un oiseau d'or.

Je frémis en sentant sur mes mains son toucher caressant et léger. Et je restai le cœur battant de dégoût et d'envie, de dégoût comme au contact des objets traînés dans les crimes, d'envie comme devant la tentation d'une chose infâme et mystérieuse.

Le médecin reprit en haussant les épaules :

« L'esprit de l'homme est capable de tout[2]. »

---

1. Le sergent Bertrand, jugé et condamné en 1849, avait violé des sépultures et déterré des cadavres. Son cas avait pour longtemps frappé les esprits. **2.** Cette phrase capitale, qui forme un décasyllabe et qui sonne comme une maxime, explique la nature du fantastique maupassantien. Cette absence de limites se situe à l'origine des dérèglements de la conscience et favorise le passage du normal au pathologique.

PROMENADE[1]

-

Quand le père Leras, teneur de livres[2] chez MM. Labuze et Cie, sortit du magasin, il demeura quelques instants ébloui par l'éclat du soleil couchant. Il avait travaillé tout le jour sous la lumière jaune du bec de gaz[3], au fond de l'arrière-boutique, sur la cour étroite et profonde comme un puits. La petite pièce où depuis quarante ans il passait ses journées était si sombre que, même dans le fort de l'été, c'est à peine si on pouvait se dispenser de l'éclairer de onze heures à trois heures.

Il y faisait toujours humide et froid ; et les émanations de cette sorte de fosse, où s'ouvrait la fenêtre, entraient dans la pièce obscure, l'emplissaient d'une odeur moisie et d'une puanteur d'égout.

M. Leras, depuis quarante ans, arrivait chaque matin à huit heures dans cette prison ; et il y demeurait jusqu'à sept heures du soir, courbé sur ses livres, écrivant avec une application de bon employé.

Il gagnait maintenant trois mille francs par an[4], ayant débuté à quinze cents francs. Il était demeuré célibataire, ses moyens ne lui permettant pas de prendre femme. Et n'ayant jamais joui de rien, il ne

---

1. Récit paru dans le *Gil Blas* du 27 mai 1884 et repris dans *Yvette.* Texte d'Ollendorff, 1902. **2.** Cette expression désignait la personne chargée de la comptabilité dans une entreprise. **3.** Bec de gaz, réverbère fonctionnant au gaz. **4.** Même en multipliant par dix pour avoir un équivalent en francs d'aujourd'hui, on ne peut se faire une idée nette du pouvoir d'achat de M. Leras. Notons simplement qu'il s'agit d'un salaire modeste.

désirait pas grand'chose. De temps en temps cependant, las de sa besogne monotone et continue, il formulait un vœu platonique : « Cristi [1], si j'avais cinq mille livres [2] de rentes, je me la coulerais douce. »

Il ne se l'était jamais coulée douce, d'ailleurs, n'ayant jamais eu que ses appointements mensuels.

Sa vie s'était passée sans événements, sans émotions et presque sans espérances. La faculté des rêves, que chacun porte en soi, ne s'était jamais développée dans la médiocrité de ses ambitions.

Il était entré à vingt et un ans chez MM. Labuze et Cie. Et il n'en était plus sorti.

En 1856, il avait perdu son père, puis sa mère en 1859. Et depuis lors, rien qu'un déménagement en 1868, son propriétaire ayant voulu l'augmenter.

Tous les jours, son réveil le matin, à six heures précises, le faisait sauter du lit par un effroyable bruit de chaîne qu'on déroule.

Deux fois, cependant, cette mécanique s'était détraquée, en 1866 et en 1874, sans qu'il eût jamais su pourquoi. Il s'habillait, faisait son lit, balayait sa chambre, époussetait son fauteuil et le dessus de sa commode. Toutes ces besognes lui demandaient une heure et demie.

Puis il sortait, achetait un croissant à la boulangerie Lahure, dont il avait connu onze patrons différents sans qu'elle perdît son nom, et il se mettait en route en mangeant ce petit pain.

Son existence tout entière s'était donc accomplie dans l'étroit bureau sombre tapissé du même papier. Il y était entré jeune, comme aide de M. Brument et avec le désir de le remplacer.

Il l'avait remplacé et n'attendait plus rien.

Toute cette moisson de souvenirs que font les autres

---

1. « Cristi » est un juron, forme abrégée de « sacristi ». **2.** La livre est une ancienne monnaie de compte, à l'origine l'équivalent en poids d'une livre d'argent, et moins de cinq grammes à partir de 1801.

hommes dans le courant de leur vie, les événements imprévus, les amours douces ou tragiques, les voyages aventureux, tous les hasards d'une existence libre lui étaient demeurés étrangers.

Les jours, les semaines, les mois, les saisons, les années s'étaient ressemblés. A la même heure, chaque jour, il se levait, partait, arrivait au bureau, déjeunait, s'en allait, dînait et se couchait, sans que rien eût jamais interrompu la régulière monotonie des mêmes actes, des mêmes faits et des mêmes pensées.

Autrefois il regardait sa moustache blonde et ses cheveux bouclés dans la petite glace ronde laissée par son prédécesseur. Il contemplait maintenant, chaque soir, avant de partir, sa moustache blanche et son front chauve dans la même glace. Quarante ans s'étaient écoulés, longs et rapides, vides comme un jour de tristesse et pareils comme les heures d'une mauvaise nuit ! Quarante ans dont il ne restait rien, pas même un souvenir, pas même un malheur, depuis la mort de ses parents. Rien.

Ce jour-là, M. Leras demeura ébloui, sur la porte de la rue, par l'éclat du soleil couchant ; et, au lieu de rentrer chez lui, il eut l'idée de faire un petit tour avant dîner, ce qui lui arrivait quatre ou cinq fois par an.

Il gagna les boulevards, où coulait un flot de monde sous les arbres reverdis[1]. C'était un soir de printemps, un de ces premiers soirs chauds et mous qui troublent les cœurs d'une ivresse de vie.

M. Leras allait de son pas sautillant de vieux ; il allait avec une gaieté dans l'œil, heureux de la joie universelle et de la tiédeur de l'air.

Il gagna les Champs-Élysées et continua de marcher,

---

1. On retrouve souvent dans l'œuvre de Maupassant l'évocation de cette promenade sur les boulevards, à l'arrivée des beaux jours. Dans « Les boulevards », chronique parue dans le *Gil Blas* du 25 mars 1884, il écrit : « Voici la saison charmante des boulevards ! De mars à juin, c'est le seul coin du monde où on se sente vivre largement, d'une vie active et flânante, de la vraie vie de Paris ».

ranimé par les effluves de jeunesse qui passaient dans les brises.

Le ciel entier flambait ; et l'Arc de triomphe découpait sa masse noire sur le fond éclatant de l'horizon, comme un géant debout dans un incendie. Quand il fut arrivé auprès du monstrueux monument, le vieux teneur de livres sentit qu'il avait faim, et il entra chez un marchand de vins [1] pour dîner.

On lui servit devant la boutique, sur le trottoir, un pied de mouton-poulette [2], une salade et des asperges ; et M. Leras fit le meilleur dîner qu'il eût fait depuis longtemps. Il arrosa son fromage de Brie d'une demi-bouteille de bordeaux fin ; puis il but une tasse de café, ce qui lui arrivait rarement, et ensuite un petit verre de fine-champagne [3].

Quand il eut payé, il se sentit tout gaillard, tout guilleret, un peu troublé même. Et il se dit : « Voilà une bonne soirée. Je vais continuer ma promenade jusqu'à l'entrée du bois de Boulogne. Ça me fera du bien. »

Il repartit. Un vieil air, que chantait autrefois une de ses voisines, lui revenait obstinément dans la tête :

Quand le bois reverdit,
Mon amoureux me dit :
Viens respirer, ma belle,
Sous la tonnelle [4].

Il le fredonnait sans fin, le recommençait toujours. La nuit était descendue sur Paris, une nuit sans vent,

---

1. On peut songer, à l'évocation de ces marchands de vin du siècle dernier, aux bars à vin d'aujourd'hui, qui associent restauration et dégustation de vins. **2.** Il s'agit d'un pied de mouton cuisiné à la sauce poulette : beurre, jaune d'œuf, sel et poivre, vinaigre. **3.** La fine-champagne désigne une eau-de-vie de très grande qualité. Seules ont droit à l'appellation de fine-champagne les eaux-de-vie distillées à partir des vins provenant des terres de grande et de petite Champagne, autour de la ville de Cognac, au sud de la Charente. **4.** Même L. Forestier n'a pu identifier cet air.

une nuit d'étuve. M. Leras suivait l'avenue du Bois-de-Boulogne et regardait passer les fiacres. Ils arrivaient, avec leurs yeux brillants, l'un derrière l'autre, laissant voir une seconde un couple enlacé, la femme en robe claire et l'homme vêtu de noir.

C'était une longue procession d'amoureux, promenés sous le ciel étoilé et brûlant. Il en venait toujours, toujours. Ils passaient, passaient, allongés dans les voitures, muets, serrés l'un contre l'autre, perdus dans l'hallucination, dans l'émotion du désir, dans le frémissement de l'étreinte prochaine. L'ombre chaude semblait pleine de baisers qui voletaient, flottaient. Une sensation de tendresse alanguissait l'air, le faisait plus étouffant. Tous ces gens enlacés, tous ces gens grisés de la même attente, de la même pensée, faisaient courir une fièvre autour d'eux. Toutes ces voitures, pleines de caresses, jetaient sur leur passage comme une émanation subtile et troublante.

M. Leras, un peu las à la fin de marcher, s'assit sur un banc pour regarder défiler ces fiacres chargés d'amour. Et, presque aussitôt, une femme arriva près de lui et prit place à son côté.

— Bonjour, mon petit homme, dit-elle.

Il ne répondit point. Elle reprit :

— Laisse-toi aimer, mon chéri ; tu verras que je suis bien gentille.

Il prononça :

— Vous vous trompez, madame.

Elle passa un bras sous le sien :

— Allons, ne fais pas la bête, écoute...

Il s'était levé et il s'éloigna, le cœur serré.

Cent pas plus loin, une autre femme l'abordait :

— Voulez-vous vous asseoir un moment près de moi, mon joli garçon ?

Il lui dit :

— Pourquoi faites-vous ce métier-là ?

Elle se planta devant lui, et la voix changée, rauque, méchante :

— Nom de Dieu, ce n'est toujours pas pour mon plaisir !

Il insista d'une voix douce :

— Alors, qu'est-ce qui vous pousse ?

Elle grogna :

— Faut bien qu'on vive, c'te malice [1].

Et elle s'en alla en chantonnant.

M. Leras demeurait effaré. D'autres femmes passaient près de lui, l'appelaient, l'invitaient. Il lui semblait que quelque chose de noir s'étendait sur sa tête, quelque chose de navrant.

Et il s'assit de nouveau sur un banc. Les voitures couraient toujours.

— J'aurais mieux fait de ne pas venir ici, pensa-t-il, me voilà tout chose, tout dérangé.

Il se mit à penser à tout cet amour, vénal ou passionné, à tous ces baisers, payés ou libres, qui défilaient devant lui.

L'amour ! il ne le connaissait guère. Il n'avait eu dans sa vie que deux ou trois femmes, par hasard, par surprise, ses moyens ne lui permettant aucun extra. Et il songeait à cette vie qu'il avait menée, si différente de la vie de tous, à cette vie si sombre, si morne, si plate, si vide.

Il y a des êtres qui n'ont vraiment pas de chance. Et tout d'un coup, comme si un voile épais se fût déchiré, il aperçut la misère, l'infinie, la monotone misère de son existence : la misère passée, la misère présente, la misère future ; les derniers jours pareils aux premiers, sans rien devant lui, rien derrière lui, rien autour de lui, rien dans le cœur, rien nulle part [2].

Le défilé des voitures allait toujours. Toujours il voyait paraître et disparaître, dans le rapide passage du

---

1. La malice renvoie à une tournure d'esprit de celui qui s'amuse aux dépens d'autrui. Ici, la raison est tellement évidente que la fille pense que Leras se moque méchamment d'elle, alors qu'il fait surtout preuve de la naïveté de celui qui n'a pas vécu.
2. Cette désillusion amère habite l'ensemble de l'œuvre.

fiacre découvert, les deux êtres silencieux et enlacés. Il lui semblait que l'humanité tout entière défilait devant lui, grise de joie, de plaisir, de bonheur. Et il était seul à la regarder, seul, tout à fait seul. Il serait encore seul demain, seul toujours, seul comme personne n'est seul. Il se leva, fit quelques pas, et brusquement fatigué, comme s'il venait d'accomplir un long voyage à pied, il se rassit sur le banc suivant. Qu'attendait-il ? Qu'espérait-il ? Rien. Il pensait qu'il doit être bon, quand on est vieux, de trouver, en rentrant au logis, des petits enfants qui babillent. Vieillir est doux quand on est entouré de ces êtres qui vous doivent la vie, qui vous aiment, vous caressent, vous disent ces mots charmants et niais qui réchauffent le cœur et consolent de tout.

Et, songeant à sa chambre vide, à sa petite chambre propre et triste, où jamais personne n'entrait que lui, une sensation de détresse lui étreignit l'âme. Elle lui apparut, cette chambre, plus lamentable encore que son petit bureau.

Personne n'y venait ; personne n'y parlait jamais. Elle était morte, muette, sans écho de voix humaine. On dirait que les murs gardent quelque chose des gens qui vivent dedans, quelque chose de leur allure, de leur figure, de leurs paroles. Les maisons habitées par des familles heureuses sont plus gaies que les demeures des misérables. Sa chambre était vide de souvenirs, comme sa vie. Et la pensée de rentrer dans cette pièce, tout seul, de se coucher dans son lit, de refaire tous ses mouvements et toutes ses besognes de chaque soir l'épouvanta. Et, comme pour l'éloigner davantage de ce logis sinistre et du moment où il faudrait y revenir, il se leva et, rencontrant soudain la première allée du bois, il entra dans un taillis pour s'asseoir sur l'herbe...

Il entendait autour de lui, au-dessus de lui, partout, une rumeur confuse, immense, continue, faite de bruits innombrables et différents, une rumeur sourde, proche, lointaine, une vague et énorme palpitation de vie : le souffle de Paris, respirant comme un être colossal.

Le soleil déjà haut versait un flot de lumière sur le bois de Boulogne. Quelques voitures commençaient à circuler ; et les cavaliers arrivaient gaiement.

Un couple allait au pas dans une allée déserte. Tout à coup, la jeune femme, levant les yeux, aperçut dans les branches quelque chose de brun ; elle leva la main, étonnée, inquiète :

— Regardez... qu'est-ce que c'est ?

Puis, poussant un cri, elle se laissa tomber dans les bras de son compagnon, qui dut la déposer à terre.

Les gardes, appelés bientôt, décrochèrent un vieil homme pendu au moyen de ses bretelles.

On constata que le décès remontait à la veille au soir. Les papiers trouvés sur lui révélèrent qu'il était teneur de livres chez MM. Labuze et Cie et qu'il se nommait Leras.

On attribua la mort à un suicide dont on ne put soupçonner les causes. Peut-être un accès subit de folie[1] ?

---

1. Encore une interrogation. Elles jalonnent les récits de l'angoisse et de la folie.

LE TIC[1]

Les dîneurs entraient lentement dans la grande salle de l'hôtel et s'asseyaient à leurs places. Les domestiques commencèrent le service tout doucement pour permettre aux retardataires d'arriver et pour n'avoir point à rapporter les plats ; et les anciens baigneurs, les habitués, ceux dont la saison avançait, regardaient avec intérêt la porte chaque fois qu'elle s'ouvrait, avec le désir de voir paraître de nouveaux visages.

C'est là la grande distraction des villes d'eaux. On attend le dîner pour inspecter les arrivés du jour, pour deviner ce qu'ils sont, ce qu'ils font, ce qu'ils pensent. Un désir rôde dans notre esprit, le désir de rencontres agréables, de connaissances aimables, d'amours peut-être. Dans cette vie de coudoiements, les voisins, les inconnus, prennent une importance extrême. La curiosité est en éveil, la sympathie en attente et la sociabilité en travail.

On a des antipathies d'une semaine et des amitiés d'un mois, on voit les gens avec des yeux différents, sous l'optique spéciale de la connaissance de ville d'eaux. On découvre aux hommes, subitement, dans une causerie d'une heure, le soir, après dîner, sous les arbres du parc où bouillonne la source guérisseuse, une intelligence supérieure et des mérites surprenants, et,

---

1. Récit paru dans *Le Gaulois* du 14 juillet 1884, non recueilli par Maupassant, et repris dans *Le Colporteur*. Texte d'Ollendorff, 1900.

un mois plus tard, on a complètement oublié ces nouveaux amis, si charmants aux premiers jours.

Là aussi se forment des liens durables et sérieux, plus vite que partout ailleurs. On se voit tout le jour, on se connaît très vite ; et dans l'affection qui commence se mêle quelque chose de la douceur et de l'abandon des intimités anciennes. On garde plus tard le souvenir cher et attendri de ces premières heures d'amitié, le souvenir de ces premières causeries par qui se fait la découverte de l'âme, de ces premiers regards qui interrogent et répondent aux questions et aux pensées secrètes que la bouche ne dit point encore, le souvenir de cette première confiance cordiale, le souvenir de cette sensation charmante d'ouvrir son cœur à quelqu'un qui semble aussi vous ouvrir le sien.

Et la tristesse de la station de bains, la monotonie des jours tous pareils, rendent plus complète d'heure en heure cette éclosion d'affection.

Donc, ce soir-là, comme tous les soirs, nous attendions l'entrée de figures inconnues.

Il n'en vint que deux, mais très étranges, un homme et une femme : le père et la fille. Ils me firent l'effet, tout de suite, de personnages d'Edgar Poe [1] ; et pourtant il y avait en eux un charme, un charme malheureux ; je me les représentai comme des victimes de la fatalité. L'homme était très grand et maigre, un peu voûté, avec des cheveux tout blancs, trop blancs pour sa physionomie jeune encore ; et il avait dans son allure et dans sa personne quelque chose de grave, cette tenue austère que gardent les protestants. La fille, âgée peut-être de vingt-quatre ou vingt-cinq ans, était petite, fort maigre aussi, fort pâle, avec un air las, fatigué, accablé. On rencontre ainsi des gens qui semblent trop faibles pour les besognes et les nécessités de la vie, trop faibles pour se remuer, pour marcher, pour faire tout ce que nous fai-

1. Il faut penser à l'influence d'Edgar Poe (1809-1849) sur Maupassant, notamment, ici, à *La Chute de la maison Usher* (1839).

sons tous les jours. Elle était assez jolie, cette enfant, d'une beauté diaphane d'apparition ; et elle mangeait avec une extrême lenteur, comme si elle eût été presque incapable de mouvoir ses bras.

C'était elle assurément qui venait prendre les eaux.

Ils se trouvèrent en face de moi, de l'autre côté de la table ; et je remarquai immédiatement que le père avait un tic nerveux fort singulier.

Chaque fois qu'il voulait atteindre un objet, sa main décrivait un crochet rapide, une sorte de zigzag affolé, avant de parvenir à toucher ce qu'elle cherchait. Au bout de quelques instants ce mouvement me fatigua tellement que je détournais la tête pour ne pas le voir.

Je remarquai aussi que la jeune fille gardait, pour manger, un gant à la main gauche.

Après dîner, j'allai faire un tour dans le parc de l'établissement thermal. Cela se passait dans une petite station d'Auvergne, Châtelguyon[1], cachée dans une gorge, au pied de la haute montagne, de cette montagne d'où s'écoulent tant de sources bouillantes, venues du foyer profond des anciens volcans. Là-bas, au-dessus de nous, les dômes, cratères éteints, levaient leurs têtes tronquées au-dessus de la longue chaîne. Car Châtelguyon est au commencement du pays des dômes.

Plus loin s'étend le pays des pics ; et, plus loin, encore, le pays des plombs[2].

Le puy de Dôme est le plus haut des dômes, le pic du Sancy le plus élevé des pics, et le plomb du Cantal le plus grand des plombs.

Il faisait très chaud ce soir-là. J'allais, de long en large dans l'allée ombreuse, écoutant, sur le mamelon[3] qui domine le parc, la musique du casino jeter ses premières chansons.

---

1. Maupassant connaît Châtelguyon, où il séjourna en 1883 et 1885. On trouve la trace de cette fréquentation dans son roman *Mont-Oriol* (1887), dont l'action se passe dans cette ville d'eaux. **2.** Le plomb désigne une hauteur montagneuse. **3.** C'est-à-dire la colline.

Et j'aperçus, venant vers moi, d'un pas lent, le père et la fille. Je les saluai, comme on salue dans les villes d'eaux ses compagnons d'hôtel ; et l'homme, s'arrêtant aussitôt, me demanda :

« Ne pourriez-vous, monsieur, nous indiquer une promenade courte, facile et jolie si c'est possible ; et excusez mon indiscrétion. »

Je m'offris à les conduire au vallon où coule la mince rivière, vallon profond, gorge étroite entre deux grandes pentes rocheuses et boisées [1].

Ils acceptèrent.

Et nous parlâmes, naturellement, de la vertu des eaux.

« Oh, disait-il, ma fille a une étrange maladie, dont on ignore le siège. Elle souffre d'accidents nerveux incompréhensibles. Tantôt on la croit atteinte d'une maladie de cœur, tantôt d'une maladie de foie, tantôt d'une maladie de la moelle épinière. Aujourd'hui on attribue à l'estomac, qui est la grande chaudière et le grand régulateur du corps, ce mal-Protée [2] aux mille formes et aux mille atteintes. Voilà pourquoi nous sommes ici [3]. Moi je crois plutôt que ce sont les nerfs. En tout cas, c'est bien triste. »

Le souvenir me vint aussitôt du tic violent de sa main, et je lui demandai :

« Mais n'est-ce pas là de l'hérédité ? N'avez-vous pas vous-même les nerfs un peu malades ? »

Il répondit tranquillement :

« Moi ?... Mais non... j'ai toujours eu les nerfs très calmes... »

Puis soudain, après un silence, il reprit :

« Ah ! vous faites allusion au spasme de ma main

---

1. On peut penser à la gorge d'Enval que Maupassant a décrite dans une chronique intitulée « Petits voyages » (*Gil Blas*, 17 juillet 1883). **2.** Ce dieu grec, fils de Poséidon et de Téthys, était capable de changer de forme à volonté. D'où le protée (n. m.), l'homme qui change sans cesse d'opinions. Ici, le mal semble habiter à volonté et successivement diverses parties du corps. **3.** Châtelguyon était conseillé aux malades souffrant de l'estomac.

chaque fois que je veux prendre quelque chose ? Cela provient d'une émotion terrible que j'ai eue. Figurez-vous que cette enfant a été enterrée vivante ! »

Je ne trouvai rien à dire qu'un « Ah ! » de surprise et d'émotion.

Il reprit :

Voici l'aventure. Elle est simple. Juliette avait depuis quelque temps de graves accidents au cœur. Nous croyions à une maladie de cet organe, et nous nous attendions à tout.

On la rapporta un jour froide, inanimée, morte. Elle venait de tomber dans le jardin. Le médecin constata le décès. Je veillai près d'elle un jour et deux nuits ; je la mis moi-même dans le cercueil, que j'accompagnai jusqu'au cimetière où il fut déposé dans notre caveau de famille. C'était en pleine campagne, en Lorraine.

J'avais voulu qu'elle fût ensevelie avec ses bijoux, bracelets, colliers, bagues, tous cadeaux qu'elle tenait de moi, et avec sa première robe de bal.

Vous devez penser quel était l'état de mon cœur et l'état de mon âme en rentrant chez moi. Je n'avais qu'elle, ma femme étant morte depuis longtemps. Je rentrai seul, à moitié fou, exténué, dans ma chambre, et je tombai dans mon fauteuil, sans pensée, sans force maintenant pour faire un mouvement. Je n'étais plus qu'une machine douloureuse, vibrante, un écorché ; mon âme ressemblait à une plaie vive.

Mon vieux valet de chambre, Prosper, qui m'avait aidé à déposer Juliette dans son cercueil, et à la parer pour ce dernier sommeil, entra sans bruit et demanda :

« Monsieur veut-il prendre quelque chose ? »

Je fis « non » de la tête sans répondre.

Il reprit :

« Monsieur a tort. Il arrivera du mal à monsieur. Monsieur veut-il alors que je le mette au lit ? »

Je prononçai :

« Non, laisse-moi. »

Et il se retira.

Combien s'écoula-t-il d'heures, je n'en sais rien. Oh ! quelle nuit ! quelle nuit ! Il faisait froid ; mon feu s'était éteint dans la grande cheminée ; et le vent, un vent d'hiver, un vent glacé, un grand vent de pleine gelée, heurtait les fenêtres avec un bruit sinistre et régulier.

Combien s'écoula-t-il d'heures ? J'étais là, sans dormir, affaissé, accablé, les yeux ouverts, les jambes allongées, le corps mou, mort, et l'esprit engourdi de désespoir. Tout à coup, la grande cloche de la porte d'entrée, la grande cloche du vestibule tinta.

J'eus une telle secousse que mon siège craqua sous moi. Le son grave et pesant vibrait dans le château vide comme dans un caveau. Je me retournai pour voir l'heure à mon horloge. Il était deux heures du matin. Qui pouvait venir à cette heure ?

Et brusquement la cloche sonna de nouveau deux coups. Les domestiques, sans doute, n'osaient pas se lever. Je pris une bougie et je descendis. Je faillis demander :

« Qui est là ? »

Puis j'eus honte de cette faiblesse ; et je tirai lentement les gros verrous. Mon cœur battait ; j'avais peur. J'ouvris la porte brusquement et j'aperçus dans l'ombre une forme blanche dressée, quelque chose comme un fantôme.

Je reculai, perclus d'angoisse, balbutiant :

« Qui... qui... qui êtes-vous ? »

Une voix répondit :

« C'est moi, père. »

C'était ma fille[1].

Certes, je me crus fou ; et je m'en allais à reculons devant ce spectre qui entrait ; je m'en allais, faisant de la main, comme pour le chasser, ce geste que vous avez vu tout à l'heure ; ce geste qui ne m'a plus quitté.

---

1. L. Forestier rappelle à juste titre que cette sortie du caveau évoque la résurrection de Valentine, à la fin du *Comte de Monte-Cristo* (1844) d'A. Dumas (1802-1870).

L'apparition reprit :

« N'aie pas peur, papa ; je n'étais pas morte. On a voulu me voler mes bagues, et on m'a coupé un doigt ; le sang s'est mis à couler, et cela m'a ranimée. »

Et je m'aperçus, en effet, qu'elle était couverte de sang.

Je tombai sur les genoux, étouffant, sanglotant, râlant.

Puis, quand j'eus ressaisi un peu ma pensée, tellement éperdu encore que je comprenais mal le bonheur terrible qui m'arrivait, je la fis monter dans ma chambre, je la fis asseoir dans mon fauteuil ; puis je sonnai Prosper à coups précipités pour qu'il rallumât le feu, qu'il préparât à boire et allât chercher des secours.

L'homme entra, regarda ma fille, ouvrit la bouche dans un spasme d'épouvante et d'horreur, puis tomba roide mort sur le dos.

C'était lui qui avait ouvert le caveau, qui avait mutilé, puis abandonné mon enfant : car il ne pouvait effacer les traces du vol. Il n'avait même pas pris soin de remettre le cercueil dans sa case, sûr d'ailleurs de n'être pas soupçonné par moi, dont il avait toute la confiance.

Vous voyez, monsieur, que nous sommes des gens bien malheureux.

Il se tut.

La nuit était venue, enveloppant le petit vallon solitaire et triste, et une sorte de peur mystérieuse m'étreignait à me sentir auprès de ces êtres étranges, de cette morte revenue et de ce père aux gestes effrayants.

Je ne trouvais rien à dire. Je murmurai :

« Quelle horrible chose !... »

Puis, après une minute, j'ajoutai :

« Si nous rentrions, il me semble qu'il fait frais. »

Et nous retournâmes vers l'hôtel.

LA PEUR[1]

Le train filait, à toute vapeur, dans les ténèbres.

Je me trouvais seul, en face d'un vieux monsieur qui regardait par la portière. On sentait fortement le phénol[2] dans ce wagon du P.-L.-M.[3], venu sans doute de Marseille.

C'était par une nuit sans lune, sans air, brûlante. On ne voyait point d'étoiles, et le souffle du train lancé nous jetait à la figure quelque chose de chaud, de mou, d'accablant, d'irrespirable.

Partis de Paris depuis trois heures, nous allions vers le centre de la France sans rien voir des pays traversés.

Ce fut tout à coup comme une apparition fantastique. Autour d'un grand feu, dans un bois, deux hommes étaient debout.

Nous vîmes cela pendant une seconde : c'était, nous sembla-t-il, deux misérables, en haillons, rouges dans la lueur éclatante du foyer, avec leurs faces barbues tournées vers nous, et autour d'eux comme un décor de drame, les arbres verts, d'un vert clair et luisant, les troncs frappés par le vif reflet de la flamme, le feuillage traversé, pénétré, mouillé par la lumière qui coulait dedans.

Puis tout redevint noir de nouveau.

---

1. Récit paru dans *Le Figaro* du 25 juillet 1884, non recueilli par Maupassant. Texte du *Figaro*. Voir plus haut un récit portant le même titre et qui tente d'analyser le phénomène de la peur, p. 60. **2.** Le phénol est un antiseptique à l'odeur caractéristique employé en pharmacie. **3.** Le Paris-Lyon-Marseille.

Certes, ce fut une vision fort étrange ! Que faisaient-ils dans cette forêt, ces deux rôdeurs ? Pourquoi ce feu dans cette nuit étouffante ?

Mon voisin tira sa montre et me dit :

« Il est juste minuit, monsieur, nous venons de voir une singulière chose. »

J'en convins et nous commençâmes à causer, à chercher ce que pouvaient être ces personnages : des malfaiteurs qui brûlaient des preuves ou des sorciers qui préparaient un philtre [1] ? On n'allume pas un feu pareil, à minuit en plein été, dans une forêt, pour cuire la soupe ? Que faisaient-ils donc ? Nous ne pûmes rien imaginer de vraisemblable.

Et mon voisin se mit à parler. C'était un vieil homme, dont je ne parvins point à déterminer la profession. Un original assurément, fort instruit, et qui semblait peut-être un peu détraqué.

Mais sait-on quels sont les sages et quels sont les fous, dans cette vie où la raison devrait souvent s'appeler sottise et la folie s'appeler génie [2] ?

Il disait :

Je suis content d'avoir vu cela. J'ai éprouvé pendant quelques minutes une sensation disparue !

Comme la terre devait être troublante autrefois, quand elle était si mystérieuse ! À mesure qu'on lève les voiles de l'inconnu, on dépeuple l'imagination des hommes. Vous ne trouvez pas, monsieur, que la nuit est bien vide et d'un noir bien vulgaire depuis qu'elle n'a plus d'apparitions.

On sc dit : « Plus de fantastique, plus de croyances étranges, tout l'inexpliqué est explicable. Le surnaturel baisse comme un lac qu'un canal épuise ; la science, de jour en jour, recule les limites du merveilleux [3] ».

Eh bien, moi, monsieur, j'appartiens à la vieille race qui aime à croire. J'appartiens à la vieille race naïve

1. C'est-à-dire un breuvage magique. **2.** Intorrogation qui marque la difficulté à tracer des limites entre raison et folie. **3.** Voir en Annexe « Le fantastique », p. 364.

accoutumée à ne pas comprendre, à ne pas chercher, à ne pas savoir, faite aux mystères environnants et qui se refuse à la simple et nette vérité.

Oui, monsieur, on a dépeuplé l'imagination en supprimant l'invisible. Notre terre m'apparaît aujourd'hui comme un monde abandonné, vide et nu. Les croyances sont parties qui la rendaient poétique.

Quand je sors la nuit, comme je voudrais frissonner de cette angoisse qui fait se signer les vieilles femmes le long des murs des cimetières et se sauver les derniers superstitieux devant les vapeurs étranges des marais et les fantasques feux follets[1]. Comme je voudrais croire à ce quelque chose de vague et de terrifiant qu'on s'imaginait sentir passer dans l'ombre !

Comme l'obscurité des soirs devait être sombre, terrible autrefois, quand elle était pleine d'êtres fabuleux, inconnus, rôdeurs, méchants, dont on ne pouvait deviner les formes, dont l'appréhension glaçait le cœur, dont la puissance occulte passait les bornes de notre pensée et dont l'atteinte était inévitable !

Avec le surnaturel, la vraie peur a disparu de la terre, car on n'a vraiment peur que de ce qu'on ne comprend pas. Les dangers visibles peuvent émouvoir, troubler, effrayer. Qu'est cela auprès de la convulsion que donne à l'âme la pensée qu'on va rencontrer un spectre errant, qu'on va subir l'étreinte d'un mort, qu'on va voir accourir une de ces bêtes effroyables qu'inventa l'épouvante des hommes ? Les ténèbres me semblent claires depuis qu'elles ne sont plus hantées.

Et la preuve de cela, c'est que si nous nous trouvions seuls tout à coup dans ce bois, nous serions poursuivis par l'image des deux êtres singuliers qui viennent de nous apparaître dans l'éclair de leur foyer, bien plus que par l'appréhension d'un danger quelconque et réel.

---

1. Petite flamme provoquée par une exhalaison de gaz spontanément combustible.

Il répéta : « On n'a vraiment peur que de ce qu'on ne comprend pas. »

Et tout à coup un souvenir me vint, le souvenir d'une histoire que nous conta Tourgueneff[1], un dimanche, chez Gustave Flaubert.

L'a-t-il écrite quelque part, je n'en sais rien.

Personne plus que le grand romancier russe ne sut faire passer dans l'âme ce frisson de l'inconnu voilé, et, dans la demi-lumière d'un conte étrange, laisser entrevoir tout un monde de choses inquiétantes, incertaines, menaçantes.

Avec lui, on la sent bien, la peur vague de l'Invisible, la peur de l'inconnu qui est derrière le mur, derrière la porte, derrière la vie apparente. Avec lui nous sommes brusquement traversés par des lumières douteuses, qui éclairent seulement assez pour augmenter notre angoisse.

Il semble nous montrer parfois la signification de coïncidences bizarres, de rapprochements inattendus de circonstances en apparence fortuites, mais que guiderait une volonté cachée et sournoise. On croit sentir, avec lui, un fil imperceptible qui nous guide d'une façon mystérieuse à travers la vie, comme à travers un rêve nébuleux dont le sens nous échappe sans cesse.

Il n'entre point hardiment dans le surnaturel, comme Edgar Poe ou Hoffmann[2] ; il raconte des histoires simples où se mêle seulement quelque chose d'un peu vague et d'un peu troublant.

---

1. Ivan Tourguéniev (1818-1883), écrivain russe, était un ami de Flaubert qui le présenta à Maupassant en 1876. Ce dernier lui a consacré plusieurs chroniques, où il apparaît comme un maître de style et l'un des meilleurs auteurs de littérature fantastique. Voir Annexe, p. 364. **2.** Pour E. Poe, voir la note 1, p. 49. E.T.W.A. Hoffmann (1776-1822) passa en France, dans les années 1830, pour celui qui renouvela le fantastique en favorisant l'intrusion des figures les plus fantastiques dans la vie réelle. Il faut se reporter au livre de P. G. Castex, *Le Conte fantastique en France de Nodier à Maupassant*, Corti, 1971.

Il nous dit aussi, ce jour-là : « On n'a vraiment peur que de ce qu'on ne comprend point. »

Il était assis, ou plutôt affaissé dans un grand fauteuil, les bras pendants, les jambes allongées et molles, la tête toute blanche, noyée dans ce grand flot de barbe et de cheveux d'argent qui lui donnait l'aspect d'un Père éternel ou d'un Fleuve d'Ovide[1].

Il parlait lentement, avec une certaine paresse qui donnait du charme aux phrases et une certaine hésitation de la langue un peu lourde qui soulignait la justesse colorée des mots. Son œil pâle, grand ouvert, reflétait, comme un œil d'enfant, toutes les émotions de sa pensée.

Il nous raconta ceci :

Il chassait, étant jeune homme, dans une forêt de Russie[2]. Il avait marché tout le jour et il arriva, vers la fin de l'après-midi, sur le bord d'une calme rivière.

Elle coulait sous les arbres, dans les arbres, pleine d'herbes flottantes, profonde, froide et claire.

Un besoin impérieux saisit le chasseur de se jeter dans cette eau transparente. Il se dévêtit et s'élança dans le courant. C'était un très grand et très fort garçon, vigoureux et hardi nageur.

Il se laissait flotter doucement, l'âme tranquille, frôlé par les herbes et les racines, heureux de sentir contre sa chair le glissement léger des lianes.

Tout à coup une main se posa sur son épaule.

Il se retourna d'une secousse et il aperçut un être effroyable qui le regardait avidement.

Cela ressemblait à une femme ou à une guenon. Elle avait une figure énorme, plissée, grimaçante et qui

---

1. Ovide (43 av. J.-C.-17 ap. J.-C.), poète latin qui composa entre autres *Les Métamorphoses*, poème mythologique en 15 livres qui retrace l'histoire du monde, au cours de laquelle se produisent des légendes de transformation, de dieux ou d'hommes. **2.** Parmi les œuvres célèbres de Tourguéniev figurent les *Récits d'un chasseur* (1852), récits réalistes destinés à montrer la misère des paysans russes.

riait. Deux choses innommables, deux mamelles sans doute, flottaient devant elle, et des cheveux démesurés, mêlés, roussis par le soleil, entouraient son visage et flottaient sur son dos.

Tourgueneff se sentit traversé par la peur hideuse, la peur glaciale des choses surnaturelles.

Sans réfléchir, sans songer, sans comprendre il se mit à nager éperdument vers la rive. Mais le monstre nageait plus vite encore et il lui touchait le cou, le dos, les jambes, avec des petits ricanements de joie. Le jeune homme, fou d'épouvante, toucha la berge, enfin, et s'élança de toute sa vitesse, à travers le bois, sans même penser à retrouver ses habits et son fusil.

L'être effroyable le suivit, courant aussi vite que lui et grognant toujours.

Le fuyard, à bout de forces et perclus [1] par la terreur, allait tomber, quand un enfant qui gardait des chèvres accourut, armé d'un fouet ; il se mit à frapper l'affreuse bête humaine, qui se sauva en poussant des cris de douleur. Et Tourgueneff la vit disparaître dans le feuillage, pareille à une femelle de gorille.

C'était une folle, qui vivait depuis plus de trente ans dans ce bois, de la charité des bergers, et qui passait la moitié de ses jours à nager dans la rivière.

Le grand écrivain russe ajouta : « Je n'ai jamais eu si peur de ma vie parce que je n'ai pas compris ce que pouvait être ce monstre. »

Mon compagnon, à qui j'avais dit cette aventure, reprit :

Oui, on n'a peur que de ce qu'on ne comprend pas. On n'éprouve vraiment l'affreuse convulsion de l'âme qui s'appelle l'épouvante que lorsque se mêle à la peur un peu de la terreur superstitieuse des siècles passés.

---

1. Au sens propre, « impotent » ; au figuré, paralysé par une vive émotion, ici par la peur.

Moi, j'ai ressenti cette épouvante dans toute son horreur, et cela pour une chose si simple, si bête que j'ose à peine la dire.

Je voyageais en Bretagne, tout seul, à pied[1]. J'avais parcouru le Finistère, les landes désolées, les terres nues où ne pousse que l'ajonc, à côté des grandes pierres sacrées, des pierres hantées. J'avais visité, la veille, la sinistre pointe du Raz, ce bout du vieux monde, où se battent éternellement deux océans, l'Atlantique et la Manche ; j'avais l'esprit plein de légendes, d'histoires lues ou racontées sur cette terre des croyances et des superstitions.

Et j'allais de Penmarch à Pont-l'Abbé, de nuit. Connaissez-vous Penmarch ? Un rivage plat, tout plat, tout bas, plus bas que la mer, semble-t-il. On la voit partout, menaçante et grise, cette mer pleine d'écueils baveux comme des bêtes furieuses.

J'avais dîné dans un cabaret de pêcheurs, et je marchais maintenant sur la route droite, entre deux landes. Il faisait très noir.

De temps en temps une pierre druidique[2], pareille à un fantôme debout, semblait me regarder passer, et peu à peu entrait en moi une appréhension vague ; de quoi ? Je n'en savais rien. Il est des soirs où on se croit frôlé par des esprits, où l'âme frissonne sans raison, où le cœur bat sous la crainte confuse de ce quelque chose d'invisible que je regrette, moi.

Elle me semblait longue, cette route, longue et vide interminablement.

Aucun bruit que le ronflement des flots là-bas, der-

---

1. Maupassant voyagea en Bretagne en 1879. Dans ses chroniques, cette région apparaît comme la patrie des légendes, comme dans « Le Pays des Korrigans » (*Le Gaulois*, 10 décembre 1880, in *Chroniques*, vol. 1, p. 115) : « Ici [à Carnac], monsieur, il y a tant de légendes que tout le monde a peur sans savoir de quoi ». Ce vieil homme vêtu de noir s'adresse à Maupassant après l'avoir fait sursauter de peur : « Un bruit subit derrière moi me donna une telle secousse de peur inconnue que je me mis à haleter ». **2.** Il s'agit d'un menhir.

rière moi, et parfois ce bruit monotone et menaçant semblait tout près, si près que je les croyais sur mes talons, courant par la plaine avec leur front d'écume, et que j'avais envie de me sauver, de fuir à toutes jambes devant eux.

Le vent, un vent bas soufflant par rafales, faisait siffler les ajoncs autour de moi. Et bien que j'allasse très vite j'avais froid dans les bras et dans les jambes, un vilain froid d'angoisse.

Oh ! comme j'aurais voulu rencontrer quelqu'un, parler à quelqu'un ! Il faisait si noir que je distinguais à peine la route, maintenant.

Et tout à coup j'entendis devant moi, très loin, un roulement. Je pensai : « Tiens, une voiture. » Puis je n'entendis plus rien.

Au bout d'une minute je perçus distinctement le même bruit, plus proche.

Je ne voyais aucune lumière cependant ; mais je me dis : « Ils n'ont pas de lanterne. Quoi d'étonnant dans ce pays sauvage ! »

Le bruit s'arrêta encore, puis reprit. Il était trop grêle pour que ce fût une charrette ; et je n'entendais point d'ailleurs le trot du cheval, ce qui m'étonnait, car la nuit était calme.

Je cherchais : « Qu'est-ce que cela ? »

Il approchait toujours ; et brusquement une crainte confuse, stupide, incompréhensible me saisit. — Qu'est-ce que cela ?

Il approchait vite, très vite ! Certes, je n'entendais rien qu'une roue — aucun battement de fers ou de pieds —, rien. Qu'était-ce que cela ?

Il était tout près, tout près. Je me jetai dans un fossé par un mouvement de peur instinctive, et je vis passer, contre moi, une brouette qui courait... toute seule, personne ne la poussant... Oui... une brouette... toute seule !...

Mon cœur se mit à bondir si violemment que je m'affaissai sur l'herbe et j'écoutais le roulement de la roue qui s'éloignait, qui s'en allait vers la mer. Et je n'osais plus me lever, ni marcher, ni faire un mouvement ; car si elle était revenue, si elle m'avait poursuivi, je serais mort de terreur.

Je fus longtemps à me remettre, bien longtemps. Et je fis le reste du chemin avec une telle angoisse dans l'âme que le moindre bruit me coupait l'haleine.

Est-ce bête, dites ? Mais quelle peur ! En y réfléchissant, plus tard, j'ai compris ; un enfant, nu-pieds, la menait sans doute, cette brouette ; et moi, j'ai cherché la tête d'un homme à la hauteur ordinaire ! Comprenez-vous cela... quand on a déjà dans l'esprit un frisson de surnaturel... une brouette qui court... toute seule !... Quelle peur !

Il se tut une seconde, puis reprit :

« Tenez, monsieur, nous assistons à un spectacle curieux et terrible : cette invasion du choléra[1] !

« Vous sentez le phénol dont ces wagons sont empoisonnés, c'est qu'Il est là quelque part.

« Il faut voir Toulon, en ce moment. Allez, on sent bien qu'il est là, Lui. Et ce n'est pas la peur d'une maladie qui affole ces gens. Le choléra c'est autre chose, c'est l'Invisible, c'est un fléau d'autrefois, des temps passés, une sorte d'Esprit malfaisant, qui revient et qui nous étonne autant qu'il nous épouvante, car il appartient, semble-t-il, aux âges disparus.

« Les médecins me font rire avec leur microbe. Ce n'est pas un insecte qui terrifie les hommes au point de les faire sauter par les fenêtres ; c'est le *choléra,* l'être inexprimable et terrible[2] venu du fond de l'Orient.

« Traversez Toulon, on danse dans les rues. Pourquoi danser en ces jours de mort ? On tire des feux d'artifices dans toute la campagne autour de la ville ;

---

1. Le choléra était apparu à Toulon vers le mois de juin, confirme L. Forestier, apporté par l'équipage d'un navire.
2. Cet « être inexprimable et terrible » annonce l'arrivée du « Horla ».

on allume des feux de joie ; des orchestres jouent des airs joyeux sur toutes les promenades publiques.

« Pourquoi cette folie ? C'est qu'Il est là, c'est qu'on le brave, non pas le Microbe, mais le Choléra, et qu'on veut être crâne [1] devant lui, comme auprès d'un ennemi caché qui vous guette. C'est pour lui qu'on danse, qu'on rit, qu'on crie, qu'on allume ces feux, qu'on joue ces valses, pour lui l'Esprit qui tue, et qu'on sent partout présent, invisible, menaçant, comme un de ces anciens génies du mal que conjuraient les prêtres barbares... »

1. Expression vieillie qui signifie courageux, brave.

LA TOMBE[1]

Le dix-sept juillet mil huit cent quatre-vingt-trois[2], à deux heures et demie du matin, le gardien du cimetière de Béziers, qui habitait un petit pavillon au bout du champ des morts, fut réveillé par les jappements de son chien enfermé dans la cuisine.

Il descendit aussitôt et vit que l'animal flairait sous la porte en aboyant avec fureur, comme si quelque vagabond eût rôdé autour de la maison. Le gardien Vincent prit alors son fusil et sortit avec précaution.

Son chien partit en courant dans la direction de l'allée du général Bonnet[3] et s'arrêta net auprès du monument de Mme Tomoiseau.

Le gardien, avançant alors avec précaution, aperçut bientôt une petite lumière du côté de l'allée Malenvers. Il se glissa entre les tombes et fut témoin d'un acte horrible de profanation.

Un homme avait déterré le cadavre d'une jeune femme ensevelie la veille, et il le tirait hors de la tombe.

Une petite lanterne sourde, posée sur un tas de terre, éclairait cette scène hideuse.

Le gardien Vincent, s'étant élancé sur ce misérable,

---

1. Paru dans le *Gil Blas* du 29 juillet 1884, non recueilli par Maupassant. Texte du *Gil Blas*. **2.** Nous sommes le 29 juillet 1884 lorsque paraît le récit, soit un an plus tard. **3.** Il existe bien une sépulture de famille au nom du général Bonnet (1784-1861) dans le cimetière de Béziers. Le contact avec un nom existant donne un cachet réaliste à l'aventure.

le terrassa, lui lia les mains et le conduisit au poste de police.

C'était un jeune avocat de la ville, riche, bien vu, du nom de Courbataille.

Il fut jugé. Le ministère public rappela les actes monstrueux du sergent Bertrand[1] et souleva l'auditoire.

Des frissons d'indignation passaient dans la foule. Quand le magistrat s'assit, des cris éclatèrent : « A mort ! A mort ! » Le président eut grand-peine à faire rétablir le silence.

Puis il prononça d'un ton grave :

« Prévenu, qu'avez-vous à dire pour votre défense ? »

Courbataille, qui n'avait point voulu d'avocat, se leva. C'était un beau garçon, grand, brun, avec un visage ouvert, des traits énergiques, un œil hardi.

Des sifflets jaillirent du public.

Il ne se troubla pas, et se mit à parler d'une voix un peu voilée, un peu basse d'abord, mais qui s'affermit peu à peu.

Monsieur le Président,

Messieurs les Jurés,

J'ai très peu de choses à dire. La femme dont j'ai violé la tombe avait été ma maîtresse. Je l'aimais.

Je l'aimais, non point d'un amour sensuel, non point d'une simple tendresse d'âme et de cœur, mais d'un amour absolu, complet, d'une passion éperdue.

Écoutez-moi.

Quand je l'ai rencontrée pour la premièrc fois, j'ai ressenti, en la voyant, une étrange sensation. Ce ne fut point de l'étonnement, ni de l'admiration, ce ne fut point ce qu'on appelle le coup de foudre, mais un sentiment de bien-être délicieux, comme si on m'eût plongé dans un bain tiède. Ses gestes me séduisaient, sa voix me ravissait, toute sa personne me faisait un plaisir

---

1. Voir *La Chevelure*, p. 146.

infini à regarder. Il me semblait aussi que je la connaissais depuis longtemps, que je l'avais vue déjà. Elle portait en elle quelque chose de moi, en son esprit quelque chose de mon esprit. Elle m'apparaissait comme une réponse à un appel jeté par mon âme, à cet appel vague et continu que nous poussons vers l'Espérance durant tout le cours de notre vie. Quand je la connus un peu plus, la seule pensée de la revoir m'agitait d'un trouble exquis et profond ; le contact de sa main dans ma main était pour moi un tel délice que je n'en avais point imaginé de semblable auparavant, son sourire me versait dans les yeux une allégresse folle, me donnait envie de courir, de danser, de me rouler par terre.

Elle devint donc ma maîtresse.

Elle fut plus que cela, elle fut ma vie même. Je n'attendais plus rien sur la terre, je ne désirais rien, plus rien. Je n'enviais plus rien.

Or, un soir, comme nous étions allés nous promener un peu loin le long de la rivière, la pluie nous surprit. Elle eut froid.

Le lendemain une fluxion de poitrine se déclara. Huit jours plus tard elle expirait.

Pendant les heures d'agonie, l'étonnement, l'effarement m'empêchèrent de bien comprendre, de bien réfléchir. Quand elle fut morte, le désespoir brutal m'étourdit tellement que je n'avais plus de pensée. Je pleurais. Pendant toutes les horribles phases de l'ensevelissement, ma douleur aiguë, furieuse, était encore une douleur de fou, une sorte de douleur sensuelle, physique.

Puis quand elle fut partie, quand elle fut en terre, mon esprit redevint net tout d'un coup et je passai par toute une suite de souffrances morales si épouvantables que l'amour même qu'elle m'avait donné était cher à ce prix-là ! Alors entra en moi cette idée fixe : « Je ne la reverrai plus. »

Quand on réfléchit à cela pendant un jour tout entier, une démence vous emporte ! Songez ? Un être est là, que vous adorez, un être unique, car dans toute l'étendue de la terre il n'en existe pas un second qui lui ressemble. Cet être s'est donné à vous, il crée avec vous cette union mystérieuse qu'on nomme l'Amour. Son œil vous semble plus vaste que l'espace, plus charmant que le monde, son œil clair où sourit la tendresse. Cet être vous aime. Quand il vous parle, sa voix vous verse un flot de bonheur.

Et tout d'un coup, il disparaît ! Songez ! il disparaît, non pas seulement pour vous, mais pour toujours. Il est *mort*[1]. Comprenez-vous ce mot ? Jamais, jamais, jamais, nulle part, cet être n'existera plus. Jamais cet œil ne regardera plus rien ; jamais cette voix, jamais une voix pareille, parmi toutes les voix humaines, ne prononcera de la même façon un des mots que prononçait la sienne.

Jamais aucun visage ne renaîtra semblable au sien. Jamais, jamais ! On garde les moules des statues ; on conserve des empreintes qui refont des objets avec les mêmes contours et les mêmes couleurs. Mais ce corps et ce visage, jamais ils ne reparaîtront sur la terre. Et pourtant il en naîtra des milliers de créatures, des millions, des milliards, et bien plus encore, et parmi toutes les femmes futures, jamais celle-là ne se retrouvera. Est-ce possible ? On devient fou en y songeant ! Elle a existé vingt ans, pas plus, et elle a disparu pour toujours, pour toujours, pour toujours !

Elle pensait, elle souriait, elle m'aimait. Plus rien. Les mouches qui meurent à l'automne sont autant que nous dans la création. Plus rien ! Et je pensais que son corps, son corps frais, chaud, si doux, si blanc, si beau, s'en allait en pourriture dans le fond d'une boîte sous la terre. Et son âme, sa pensée, son amour, où ?

Ne plus la revoir ! Ne plus la revoir ! L'idée me hantait de ce corps décomposé, que je pourrais peut-être reconnaître pourtant. Et je voulus le regarder encore une fois !

---

1. L'italique insiste sur le caractère scandaleux de la mort, auquel Maupassant refuse de s'habituer.

Je partis avec une bêche, une lanterne, un marteau. Je sautai par-dessus le mur du cimetière. Je retrouvai le trou de sa tombe ; on ne l'avait pas encore tout à fait rebouché.

Je mis le cercueil à nu. Et je soulevai une planche. Une odeur abominable, le souffle infâme des putréfactions me monta dans la figure. Oh ! son lit, parfumé d'iris !

J'ouvris la bière cependant, et je plongeai dedans ma lanterne allumée, et je la vis. Sa figure était bleue, bouffie, épouvantable ! Un liquide noir avait coulé de sa bouche.

Elle ! c'était elle ! Une horreur me saisit. Mais j'allongeai le bras et je pris ses cheveux pour attirer à moi cette face monstrueuse !

C'est alors qu'on m'arrêta,

Toute la nuit j'ai gardé, comme on garde le parfum d'une femme après une étreinte d'amour, l'odeur immonde de cette pourriture, l'odeur de ma bien-aimée !

Faites de moi ce que vous voudrez.

Un étrange silence paraissait peser sur la salle. On semblait attendre quelque chose encore. Les jurés se retirèrent pour délibérer.

Quand ils rentrèrent au bout de quelques minutes, l'accusé semblait sans craintes, et même sans pensée.

Le président, avec les formules d'usage, lui annonça que ses juges le déclaraient innocent.

Il ne fit pas un geste, et le public applaudit.

UN FOU ?[1]

Quand on me dit : « Vous savez que Jacques Parent est mort fou dans une maison de santé », un frisson douloureux, un frisson de peur et d'angoisse me courut le long des os ; et je le revis brusquement, ce grand garçon étrange, fou depuis longtemps peut-être, maniaque inquiétant, effrayant même.

C'était un homme de quarante ans, haut, maigre, un peu voûté, avec des yeux d'halluciné, des yeux noirs, si noirs qu'on ne distinguait pas la pupille, des yeux mobiles, rôdeurs, malades, hantés. Quel être singulier, troublant, qui apportait, qui jetait un malaise autour de lui, un malaise vague, de l'âme, du corps, un de ces énervements incompréhensibles qui font croire à des influences surnaturelles !

Il avait un tic[2] gênant : la manie de cacher ses mains. Presque jamais il ne les laissait errer, comme nous faisons tous, sur les objets, sur les tables. Jamais il ne maniait les choses traînantes avec ce geste familier qu'ont presque tous les hommes. Jamais il ne les laissait nues, ses longues mains osseuses, fines, un peu fébriles. Il les enfonçait dans ses poches, sous les revers de ses vêtements ; il les dissimulait sous ses aisselles en croisant les bras. On eût dit qu'il avait peur

---

1. Récit paru dans *Le Figaro* le 1er septembre 1884 et non recueilli par Maupassant. Texte du *Figaro*. Encore un titre qui pose une question : on retrouve l'angoisse face aux phénomènes mystérieux, aux peurs incompréhensibles. **2.** Manifestation de pathologie nerveuse qui intéresse Maupassant, comme on le voit dans le récit du même nom, p. 155.

qu'elles ne fissent, malgré lui, quelque besogne défendue, qu'elles n'accomplissent quelque action honteuse ou ridicule s'il les laissait libres et maîtresses de leurs mouvements.

Quand il était obligé de s'en servir pour tous les usages ordinaires de la vie, il le faisait par saccades brusques, par élans rapides du bras comme s'il n'eût pas voulu leur laisser le temps d'agir par elles-mêmes, de se refuser à sa volonté, d'exécuter autre chose. A table, il saisissait son verre, sa fourchette ou son couteau si vivement qu'on n'avait jamais le temps de prévoir ce qu'il voulait faire avant qu'il ne l'eût accompli.

Or, j'eus un soir l'explication de la surprenante maladie de son âme.

Il venait passer de temps en temps quelques jours chez moi, à la campagne, et ce soir-là il me paraissait particulièrement agité.

Un orage montait dans le ciel, étouffant et noir, après une journée d'atroce chaleur. Aucun souffle d'air ne remuait les feuilles. Une vapeur chaude de four passait sur les visages, faisait haleter les poitrines. Je me sentais mal à l'aise, agité, et je voulus gagner mon lit.

Quand il me vit me lever pour partir, Jacques Parent me saisit le bras d'un geste effaré.

« Oh ! non, reste encore un peu », me dit-il.

Je le regardai avec surprise en murmurant :

« C'est que cet orage me secoue les nerfs. »

Il gémit, ou plutôt il cria :

« Et moi donc ! Oh ! reste, je te prie ; je ne voudrais pas demeurer seul. »

Il avait l'air affolé. Je prononçai : « Qu'est-ce que tu as ? Perds-tu la tête ?

Et il balbutia :

— Oui, par moments, dans les soirs comme celui-ci, dans les soirs d'électricité... j'ai... j'ai... j'ai peur... j'ai peur de moi... tu ne me comprends pas ? C'est que je suis doué d'un pouvoir... non... d'une puissance... non... d'une force... Enfin, je ne sais pas dire ce que c'est, mais j'ai en moi une action magnétique si extraordinaire que j'ai peur, oui, j'ai peur de moi comme je te le disais tout à l'heure ! »

Et il cachait avec des frissons éperdus ses mains vibrantes sous les revers de sa jaquette.

Et moi-même je me sentis soudain tout tremblant d'une crainte confuse, puissante, horrible. J'avais envie de partir, de me sauver, de ne plus le voir, de ne plus voir son œil errant passer sur moi, puis s'enfuir, tourner autour du plafond, chercher quelque coin sombre de la pièce pour s'y fixer, comme s'il eût voulu cacher aussi son regard redoutable.

Je balbutiai : « Tu ne m'avais jamais dit ça ! » Il reprit :

« Est-ce que j'en parle à personne ? Tiens, écoute, ce soir je ne puis me taire. Et j'aime mieux que tu saches tout ; d'ailleurs, tu pourras me secourir.

Le magnétisme ! Sais-tu ce que c'est ? Non. Personne ne sait. On le constate pourtant. On le reconnaît, les médecins eux-mêmes le pratiquent ; un des plus illustres, M. Charcot [1], le professe. Donc, pas de doute, cela existe.

Un homme, un être a le pouvoir, effrayant et incompréhensible d'endormir, par la force de sa volonté, un autre être, et, pendant qu'il dort, de lui voler sa pensée comme on volerait une bourse. Il lui vole sa pensée, c'est-à-dire son âme, l'âme, ce sanctuaire, ce secret du Moi, l'âme, ce fond de l'homme qu'on croyait impénétrable, l'âme, cet asile des inavouables idées, de tout ce qu'on cache, de tout ce qu'on aime, de tout ce qu'on veut celer à tous les humains, il l'ouvre, la viole, l'étale, la jette au public ! N'est-ce pas atroce, criminel, infâme ?

Pourquoi, comment cela se fait-il ? Le sait-on ? Mais que sait-on ? Tout est mystère. Nous ne communiquons avec les choses que par nos misérables sens,

---

1. Sur le magnétisme et le docteur Charcot, voir *Magnétisme*, p. 48.

incomplets, infirmes, si faibles qu'ils ont à peine la puissance de constater ce qui nous entoure. Tout est mystère. Songe à la musique, cet art divin, cet art qui bouleverse l'âme, l'emporte, la grise, l'affole, qu'est-ce donc ? Rien.

Tu ne me comprends pas ? Écoute. Deux corps se heurtent. L'air vibre. Ces vibrations sont plus ou moins nombreuses, plus ou moins rapides, plus ou moins fortes, selon la nature du choc. Or, nous avons dans l'oreille une petite peau qui reçoit ces vibrations de l'air et les transmet au cerveau sous forme de son. Imagine qu'un verre d'eau se change en vin dans ta bouche. Le tympan accomplit cette incroyable métamorphose, ce surprenant miracle de changer le mouvement en son. Voilà.

La musique, cet art complexe et mystérieux, précis comme l'algèbre et vague comme un rêve, cet art fait de mathématiques et de brise, ne vient donc que de la propriété étrange d'une petite peau. Elle n'existerait point, cette peau, que le son non plus n'existerait pas, puisque par lui-même il n'est qu'une vibration. Sans l'oreille, devinerait-on la musique ? Non. Eh bien ! nous sommes entourés de choses que nous ne soupçonnerons jamais, parce que les organes nous manquent qui nous les révéleraient.

Le magnétisme est de celles-là peut-être. Nous ne pouvons que pressentir cette puissance, que tenter en tremblant ce voisinage des esprits, qu'entrevoir ce nouveau secret de la nature, parce que nous n'avons point en nous l'instrument révélateur.

Quant à moi... Quant à moi, je suis doué d'une puissance affreuse. On dirait un autre être enfermé en moi qui veut sans cesse s'échapper, agir malgré moi, qui s'agite, me ronge, m'épuise. Quel est-il ? Je ne sais pas, mais nous sommes deux dans mon pauvre corps, et c'est lui, l'autre, qui est souvent le plus fort, comme ce soir.

Je n'ai qu'à regarder les gens pour les engourdir comme si je leur avais versé de l'opium. Je n'ai qu'à étendre les mains pour produire des choses... des choses... terribles. Si tu savais ? Oui, si tu savais ? Mon pouvoir ne s'étend pas seulement sur les hommes, mais aussi sur les animaux et même... sur les objets...

Cela me torture et m'épouvante. J'ai eu envie souvent de me crever les yeux et de me couper les poignets.

Mais je vais... je veux que tu saches tout. Tiens. Je vais te montrer cela... non pas sur des créatures humaines, c'est ce qu'on fait partout, mais sur... sur... des bêtes. Appelle Mirza. »

Il marchait à grands pas avec des airs d'halluciné ; et il sortit ses mains cachées dans sa poitrine. Elles me semblèrent effrayantes comme s'il eût mis à nu deux épées.

Et je lui obéis, machinalement, subjugué, vibrant de terreur et dévoré d'une sorte de désir impétueux de voir. J'ouvris la porte et je sifflai ma chienne, qui couchait dans le vestibule. J'entendis aussitôt le bruit précipité de ses ongles sur les marches de l'escalier, et elle apparut, joyeuse, remuant la queue.

Puis, je lui fis signe de se coucher sur un fauteuil ; elle y sauta, et Jacques se mit à la caresser en la regardant.

D'abord, elle sembla inquiète ; elle frissonnait, tournait la tête pour éviter l'œil fixe de l'homme, semblait agitée d'une crainte grandissante. Tout à coup, elle commença à trembler, comme tremblent les chiens. Tout son corps palpitait, secoué de longs frissons ; et elle voulut s'enfuir. Mais il posa sa main sur le crâne de l'animal qui poussa, sous ce toucher, un de ces longs hurlements qu'on entend, la nuit, dans la campagne.

Je me sentais moi-même engourdi, étourdi, ainsi qu'on l'est lorsqu'on monte en barque. Je voyais se pencher les meubles, remuer les murs. Je balbutiai : « Assez, Jacques, assez. » Mais il ne m'écoutait plus. Il regardait Mirza d'une façon continue, effrayante. Elle fermait les yeux maintenant et laissait tomber sa tête, comme on fait en s'endormant. Il se tourna vers moi.

« C'est fait, dit-il, vois maintenant. »

Et jetant son mouchoir de l'autre côté de l'appartement, il cria : « Apporte ! » La bête alors se souleva et chancelant, trébuchant comme si elle eût été aveugle, remuant ses pattes comme les paralytiques remuent leurs jambes, elle s'en alla vers le linge qui faisait une tache blanche contre le mur. Elle essaya plusieurs fois de le prendre dans sa gueule, mais elle mordait à côté comme si elle ne l'eût pas vu. Elle le saisit enfin, et revint de la même allure ballottée de chien somnambule.

C'était une chose terrifiante à voir.

Il commanda : « Couche-toi. » Elle se coucha. Alors, touchant le front, il dit : « Un lièvre, pille, pille. » Et la bête, toujours sur le flanc essaya de courir, s'agita comme font les chiens qui rêvent et poussa sans ouvrir la gueule des petits aboiements étranges, des aboiements de ventriloque.

Jacques semblait devenu fou. La sueur coulait de son front. Il cria : « Mords-le, mords ton maître. » Elle eut deux ou trois soubresauts terribles. On eût juré qu'elle résistait, qu'elle luttait. Il répéta : « Mords-le. » Alors, se levant, ma chienne s'en vint vers moi ; et moi je reculais vers la muraille, frémissant d'épouvante, le pied levé pour la frapper, pour la repousser.

Mais Jacques ordonna : « Ici, tout de suite. » Elle se retourna vers lui. Alors, de ces deux grandes mains, il se mit à lui frotter la tête comme s'il l'eût débarrassée de liens invisibles.

Mirza rouvrit les yeux : « C'est fini », dit-il.

Je n'osai point la toucher et je poussai la porte pour qu'elle s'en allât. Elle partit lentement, tremblante, épuisée, et j'entendis de nouveau ses griffes frapper les marches.

Mais Jacques revint vers moi : « Ce n'est pas tout. Ce qui m'effraie le plus, c'est ceci, tiens. Les objets m'obéissent. »

Il y avait sur ma table une sorte de couteau-poignard dont je me servais pour couper les feuillets des livres. Il allongea sa main vers lui. Elle semblait ramper, s'approchait lentement ; et tout d'un coup je vis, oui, je vis le couteau lui-même tressaillir, puis il remua ; puis il glissa doucement, tout seul, sur le bois vers la main arrêtée qui l'attendait, et il vint se placer sous ses doigts.

Je me mis à crier de terreur. Je crus que je devenais fou moi-même, mais le son aigu de ma voix me calma soudain.

Jacques reprit :

« Tous les objets viennent ainsi vers moi. C'est pour cela que je cache mes mains. Qu'est-ce que cela ? Du magnétisme, de l'électricité, de l'aimant ? Je ne sais pas, mais c'est horrible.

Et comprends-tu pourquoi c'est horrible ? Quand je suis seul, aussitôt que je suis seul, je ne puis m'empêcher d'attirer tout ce qui m'entoure. Et je passe des jours entiers à changer des choses de place, ne me lassant jamais d'essayer ce pouvoir abominable, comme pour voir s'il ne m'a pas quitté ! »

Il avait enfoui ses grandes mains dans ses poches et il regardait dans la nuit. Un petit bruit, un frémissement léger semblait passer dans les arbres.

C'était la pluie qui commençait à tomber.

Je murmurai : « C'est effrayant ! »

Il répéta : « C'est horrible ! »

Une rumeur accourut dans ce feuillage, comme un coup de vent. C'était l'averse, l'ondée épaisse, torrentielle.

Jacques se mit à respirer par grands souffles qui soulevaient sa poitrine.

« Laisse-moi, dit-il, la pluie va me calmer. Je désire être seul à présent. »

BERTHE[1]

Mon vieil ami (on a parfois des amis beaucoup plus âgés que soi), mon vieil ami le docteur Bonnet m'avait souvent invité à passer quelque temps chez lui, à Riom. Je ne connaissais point l'Auvergne et je me décidai à l'aller voir vers le milieu de l'été de 1876[2].

J'arrivai par le train du matin, et la première figure aperçue sur le quai de la gare fut celle du docteur. Il était habillé en gris et coiffé d'un chapeau noir, rond, de feutre mou, à larges bords, dont le fond, très haut, allait se rétrécissant en forme de tuyau de cheminée, un vrai chapeau auvergnat qui sentait le charbonnier[3]. Ainsi vêtu, le docteur avait l'air d'un vieux jeune homme, avec son corps fluet sous son veston clair et sa grosse tête à cheveux blancs.

Il m'embrassa avec cette joie visible qu'ont les gens de province en voyant arriver des amis longtemps désirés, et, étendant la main autour de lui, il s'écria, plein de fierté : « Voici l'Auvergne ! » Je ne voyais qu'une ligne de montagnes devant moi, dont les sommets, pareils à des cônes tronqués, devaient être d'anciens volcans.

Puis, levant le doigt vers le nom de la station écrit au front de la gare, il prononça : « Riom, patrie des

---

1. Récit paru dans *Le Figaro* le 20 octobre 1884, recueilli dans *Yvette.* Texte d'Ollendorff, 1902. **2.** Maupassant fit une cure à Châtelguyon en 1883, voir *Le Tic*, p. 155. **3.** Chapeau typique qui rappelle la profession de nombreux Auvergnats montés à Paris : vendeurs de bois et de charbon.

magistrats[1], orgueil de la magistrature, qui devrait être bien plutôt la patrie des médecins. »

Je demandai : « Pourquoi ? »

Il répondit, en riant : « Pourquoi ? Retournez ce nom et vous avez *mori, mourir*... Voilà, jeune homme, pourquoi je me suis installé dans ce pays. » Et, ravi de sa plaisanterie, il m'entraîna en se frottant les mains.

Dès que j'eus avalé une tasse de café au lait, il fallut visiter la vieille cité. J'admirai la maison du pharmacien, et les autres maisons célèbres, toutes noires, mais jolies comme des bibelots avec leurs façades de pierre sculptée. J'admirai la statue de la Vierge[2], patronne des bouchers, et j'entendis même à ce sujet, le récit d'une aventure amusante que je conterai un autre jour, puis le docteur Bonnet me dit : « Maintenant je vous demande cinq minutes pour aller voir une malade, et je vous conduirai sur la colline de Châtelguyon, afin de vous montrer, avant le déjeuner, l'aspect général de la ville et toute la chaîne du Puy-de-Dôme. Vous pouvez m'attendre sur le trottoir, je ne fais que monter et descendre. »

Il me quitta en face d'un de ces vieux hôtels de province, sombres, clos, muets, lugubres. Celui-là me parut d'ailleurs avoir une physionomie particulièrement sinistre, et j'en découvris bientôt la cause. Toutes les grandes fenêtres du premier étage étaient fermées jusqu'à la moitié par des contrevents de bois plein. Le dessus seul s'ouvrait, comme si on eût voulu empêcher les gens enfermés en ce vaste coffre de pierre de regarder dans la rue. Quand le docteur redescendit, je lui fis part de ma remarque. Il répondit : « Vous ne vous êtes pas trompé ; le pauvre être gardé là-dedans ne doit jamais voir ce qui se passe au-dehors. C'est une folle, ou plutôt une idiote, ou plutôt encore une simple, ce

---

1. Riom, ancienne capitale du duché d'Auvergne, était une ville de magistrature. **2.** Il s'agit de la madone de l'église Notre-Dame du Marthuret qui, sous la Terreur, fut sauvée de la destruction par la corporation des bouchers.

que vous appelleriez, vous autres Normands, une *niente*[1].

Ah ! tenez, c'en est une lugubre histoire, et en même temps, un singulier cas pathologique. Voulez-vous que je vous conte cela ?

J'acceptai. Il reprit :

— Voilà. Il y a vingt ans maintenant, les propriétaires de cet hôtel, mes clients, eurent un enfant, une fille, pareille à toutes les filles.

Mais je m'aperçus bientôt que, si le corps du petit être se développait admirablement, son intelligence demeurait inerte.

Elle marcha de très bonne heure, mais elle refusa absolument de parler. Je la crus sourde d'abord ; puis je constatai qu'elle entendait parfaitement, mais qu'elle ne comprenait pas. Les bruits violents la faisaient tressaillir, l'effrayaient sans qu'elle se rendît compte de leurs causes.

Elle grandit ; elle était superbe, et muette, muette par défaut d'intelligence. J'essayai de tous les moyens pour amener dans cette tête une lueur de pensée ; rien ne réussit. J'avais cru remarquer qu'elle reconnaissait sa nourrice ; une fois sevrée, elle ne reconnut pas sa mère. Elle ne sut jamais dire ce mot, le premier que les enfants prononcent et le dernier que murmurent les soldats mourants sur les champs de bataille : « Maman ! » Elle essayait parfois des bégaiements, des vagissements, rien de plus.

Quand il faisait beau, elle riait tout le temps en poussant des cris légers qu'on pouvait comparer à des gazouillements d'oiseau ; quand il pleuvait, elle pleurait et gémissait d'une façon lugubre, effrayante, pareille à la plainte des chiens qui hurlent à la mort. Elle aimait se rouler dans l'herbe à la façon des jeunes bêtes, et courir comme une folle, et elle battait des

1. Ce terme normand vient de l'ancien français et signifie néant. Un « nient » est un homme de rien, et le plus souvent un simple d'esprit.

mains chaque matin si elle voyait le soleil entrer dans sa chambre. Quand on ouvrait sa fenêtre, elle battait des mains en s'agitant dans son lit, pour qu'on l'habillât tout de suite.

Elle ne paraissait faire d'ailleurs aucune distinction entre les gens, entre sa mère et la bonne, entre son père et moi, entre le cocher et la cuisinière.

J'aimais ses parents, si malheureux, et je venais presque tous les jours les voir. Je dînais aussi souvent chez eux, ce qui me permit de remarquer que Berthe (on l'avait nommée Berthe) semblait reconnaître les plats et préférer les uns aux autres.

Elle avait alors douze ans. Elle était formée comme une fille de dix-huit, et plus grande que moi.

L'idée me vint donc de développer sa gourmandise et d'essayer, par ce moyen, de faire entrer des nuances dans son esprit, de la forcer, par les dissemblances des goûts, par les gammes des saveurs, sinon à des raisonnements, du moins à des distinctions instinctives, mais qui constitueraient déjà une sorte de travail matériel de la pensée.

On devrait ensuite, en faisant appel à ses passions, et en choisissant avec soin celles qui pourraient nous servir, obtenir une sorte de choc en retour du corps sur l'intelligence, et augmenter peu à peu le fonctionnement insensible de son cerveau. Je plaçai donc un jour, en face d'elle, deux assiettes, l'une de soupe, l'autre de crème à la vanille, très sucrée. Et je lui fis goûter de l'une et de l'autre alternativement. Puis je la laissai libre de choisir. Elle mangea l'assiette de crème.

En peu de temps je la rendis très gourmande, si gourmande qu'elle semblait n'avoir plus en tête que l'idée ou plutôt que le désir de manger. Elle reconnaissait parfaitement les plats, tendait la main vers ceux qui lui plaisaient et s'en emparait avidement. Elle pleurait quand on les lui ôtait

Je songeai alors à lui apprendre à venir dans la salle

à manger au tintement de la cloche[1]. Ce fut long ; j'y parvins cependant. Il s'établit assurément, en son vague entendement, une corrélation entre le son et le goût, soit un rapport entre deux sens, un appel de l'un à l'autre, et, par conséquent, une sorte d'enchaînement d'idées — si on peut appeler idée cette espèce de trait d'union instinctif entre deux fonctions organiques.

Je poussai encore plus loin mon expérience et je lui appris — avec quelle peine ! — à reconnaître l'heure des repas sur le cadran de la pendule.

Il me fut impossible, pendant longtemps, d'appeler son attention sur les aiguilles, mais j'arrivai à lui faire remarquer la sonnerie. Le moyen employé fut simple : je supprimai la cloche, et tout le monde se levait pour aller à table quand le petit marteau de cuivre annonçait midi.

Je m'efforçai en vain, par exemple, de lui apprendre à compter les coups. Elle se précipitait vers la porte chaque fois qu'elle entendait le timbre ; mais alors, peu à peu, elle dut se rendre compte que toutes les sonneries n'avaient pas la même valeur au point de vue des repas ; et son œil, guidé par son oreille, se fixa souvent sur le cadran.

L'ayant remarqué, j'eus soin chaque jour, à midi et à six heures, d'aller poser mon doigt sur le chiffre douze, et sur le chiffre six, aussitôt qu'arrivait le moment attendu par elle ; et je m'aperçus bientôt qu'elle suivait attentivement la marche des petites branches de cuivre que j'avais fait souvent tourner en sa présence.

Elle avait compris ! je devrais plutôt dire : elle avait saisi. J'étais parvenu à faire entrer en elle la connaissance, ou mieux la sensation de l'heure, ainsi qu'on y arrive pour des carpes, qui n'ont cependant pas la ressource des pendules, en leur donnant à manger, chaque jour, juste au même moment.

Une fois ce résultat acquis, tous les instruments

---

1. Il s'agit de provoquer un réflexe conditionné.

d'horlogerie existants dans la maison occupèrent son attention d'une façon exclusive. Elle passait son temps à les regarder, à les écouter, à attendre les heures. Il arriva même une chose assez drôle. La sonnerie d'un joli cartel[1] Louis XVI suspendu à la tête de son lit s'étant détraquée, elle s'en aperçut. Elle attendait depuis vingt minutes, l'œil sur l'aiguille, que le timbre annonçât dix heures. Mais, quand l'aiguille eut passé le chiffre, elle demeura stupéfaite de ne rien entendre, tellement stupéfaite qu'elle s'assit, remuée sans doute par une de ces émotions violentes qui nous secouent en face des grandes catastrophes. Et elle eut l'étrange patience de demeurer devant la petite mécanique jusqu'à onze heures, pour voir ce qui allait arriver. Elle n'entendit encore rien, naturellement ; alors, saisie tout à coup soit de la colère folle de l'être trompé, déçu, soit de l'épouvante de l'être effaré devant un mystère redoutable, soit de l'impatience furieuse de l'être passionné qui rencontre un obstacle, elle saisit la pincette de la cheminée et frappa le cartel avec tant de force qu'elle le mit en pièces en une seconde.

Donc son cerveau fonctionnait, calculait, d'une façon obscure il est vrai, et dans une limite très restreinte, car je ne pus parvenir à lui faire distinguer les personnes comme elle distinguait les heures. Il fallait, pour obtenir d'elle un mouvement d'intelligence, faire appel à ses passions, dans le sens matériel du mot.

Nous en eûmes bientôt une autre preuve, hélas ! terrible.

Elle était devenue superbe ; c'était vraiment un type de la race, une sorte de Vénus admirable et stupide.

Elle avait seize ans maintenant et j'ai rarement vu pareille perfection de formes, pareille souplesse et pareille régularité de traits. J'ai dit une Vénus, oui, une Vénus, blonde, grasse, vigoureuse, avec de grands yeux clairs et vides, bleus comme la fleur du lin et

---

1. Une pendule.

une large bouche aux lèvres rondes, une bouche de gourmande, de sensuelle, une bouche à baisers[1].

Or, un matin, son père entra chez moi avec une figure singulière et, s'étant assis, sans même répondre à mon bonjour :

« J'ai à vous parler d'une chose fort grave, dit-il... Est-ce qu'on... est-ce qu'on pourrait marier Berthe ? »

J'eus un sursaut d'étonnement et je m'écriai : « Marier Berthe ?... mais c'est impossible ! »

Il reprit : « Oui... je sais... mais réfléchissez... docteur... c'est que... peut-être... nous avons espéré... si elle avait des enfants... ce serait pour elle une grande secousse, un grand bonheur et... qui sait si son esprit ne s'éveillerait pas dans la maternité ?... »

Je demeurai fort perplexe. C'était juste. Il se pourrait que cette chose si nouvelle, que cet admirable instinct des mères qui palpite au cœur des bêtes comme au cœur des femmes, qui fait se jeter la poule en face de la gueule du chien pour défendre ses petits, amenât une révolution, un bouleversement dans cette tête inerte, et mît en marche le mécanisme immobile de sa pensée.

Je me rappelai d'ailleurs tout de suite un exemple personnel. J'avais possédé quelques années auparavant une petite chienne de chasse si sotte que je n'en pouvais rien obtenir. Elle eut des petits et devint, du jour au lendemain, non pas intelligente, mais presque pareille à beaucoup de chiens peu développés.

À peine eus-je entrevu cette possibilité que le désir grandit en moi de marier Berthe, non pas tant par amitié pour elle et pour ses pauvres parents que par curiosité scientifique. Qu'arriverait-il ? C'était là un singulier problème !

Je répondis donc au père :

— Vous avez peut-être raison... on peut essayer...

---

1. On songe à la *Vénus rustique* qui termine le recueil *Des vers* (1880) : Maupassant y décrit une beauté totalement animale et vouée à l'amour charnel.

Essayez... mais... mais... vous ne trouverez jamais un homme qui consente à cela.

Il prononça à mi-voix :

— J'ai quelqu'un.

Je fus stupéfait. Je balbutiai : « Quelqu'un de propre ?... quelqu'un de... votre monde ?... »

Il répondit : « Oui... parfaitement. »

— Ah ! Et... puis-je vous demander son nom ?

— Je venais pour vous le dire et pour vous consulter. C'est M. Gaston du Boys de Lucelles !

Je faillis m'écrier : « Le misérable ! » mais je me tus, et, après un silence, j'articulai :

— Oui, très bien. Je ne vois aucun inconvénient.

Le pauvre homme me serra les mains : « Nous la marierons le mois prochain », dit-il.

M. Gaston du Boys de Lucelles était un garnement de bonne famille qui, ayant mangé l'héritage paternel et fait des dettes par mille moyens indélicats, cherchait un nouveau moyen quelconque pour se procurer de l'argent.

Il avait trouvé celui-là.

Beau garçon, d'ailleurs, bien portant, mais viveur, de la race odieuse des viveurs de province, il me parut nous promettre un mari suffisant dont on se débarrasserait ensuite avec une pension.

Il vint dans la maison faire sa cour et faire la roue devant cette belle fille idiote, qui semblait lui plaire d'ailleurs. Il apportait des fleurs, lui baisait les mains, s'asseyait à ses pieds et la regardait avec des yeux tendres ; mais elle ne prenait garde à aucune de ses attentions et ne le distinguait nullement des autres personnes vivant autour d'elle.

Le mariage eut lieu.

Vous comprenez à quel point était allumée ma curiosité.

Je vins le lendemain voir Berthe, pour épier, sur son visage, si quelque chose avait tressailli en elle. Mais je la trouvai semblable à ce qu'elle était tous les jours, uniquement préoccupée de la pendule et du dîner. Lui, au contraire, semblait fort épris et cherchait à exciter la gaieté et l'affection de sa femme par les petits jeux et les agaceries qu'on emploie avec les jeunes chats.

Il n'avait rien trouvé de mieux.

Je me mis alors à faire des visites fréquentes aux nouveaux époux et je m'aperçus bientôt que la jeune femme reconnaissait son mari et jetait sur lui les regards avides qu'elle n'avait eus, jusqu'ici, que pour les plats sucrés.

Elle suivait ses mouvements, distinguait son pas dans l'escalier ou dans les chambres voisines, battait des mains quand il entrait et son visage transfiguré s'éclairait d'une flamme de bonheur profond et de désir.

Elle l'aimait de tout son corps, de toute son âme, de toute sa pauvre âme infirme, de tout son cœur, de tout son pauvre cœur de bête reconnaissante.

C'était vraiment une image admirable et naïve de la passion simple, de la passion charnelle et pudique cependant, telle que la nature l'avait mise dans les êtres avant que l'homme l'eût compliquée et défigurée par toutes les nuances du sentiment.

Mais lui se fatigua bien vite de cette belle créature ardente et muette. Il ne passait plus près d'elle que quelques heures dans le jour, trouvant suffisant de lui donner ses nuits.

Et elle commença à souffrir.

Elle l'attendait, du matin au soir, les yeux fixés sur la pendule, ne se préoccupant même plus des repas, car il mangeait toujours dehors, à Clermont, à Châtel-guyon, à Royat [1], n'importe où, pour ne pas rentrer.

Elle maigrit.

Toute autre pensée, tout autre désir, toute autre attente, tout autre espoir confus disparurent de son esprit ; et les heures où elle ne le voyait point devenaient pour elle des heures de supplice atroce. Bientôt il découcha. Il passait ses soirées au casino de Royat

---

1. Villes d'Auvergne.

avec des femmes, ne rentrait qu'aux premières lueurs du jour.

Elle refusait de se mettre au lit avant qu'il fût revenu. Elle restait immobile sur une chaise, les yeux indéfiniment fixés sur les petites aiguilles de cuivre qui tournaient, tournaient de leur marche lente et régulière, autour du cadran de faïence où les heures étaient écrites.

Elle entendait au loin le trot de son cheval et se dressait d'un bond, puis, quand il entrait dans la chambre, elle levait, avec un geste de fantôme, son doigt vers la pendule, comme pour lui dire : « Regarde comme il est tard ! » Et lui commençait à prendre peur devant cette idiote amoureuse et jalouse ; il s'irritait comme font les brutes. Il la frappa, un soir.

On me vint chercher. Elle se débattait, en hurlant, dans une horrible crise de douleur, de colère, de passion, que sais-je ? Peut-on deviner ce qui se passe dans ces cerveaux rudimentaires ?

Je la calmai avec des piqûres de morphine ; et je défendis qu'elle revît cet homme, car je compris que le mariage la conduirait infailliblement à la mort.

Alors elle devint folle ! Oui, mon cher, cette idiote[1] est devenue folle[2]. Elle pense à lui toujours, et elle l'attend. Elle l'attend toute la journée et toute la nuit, éveillée ou endormie, en ce moment, sans cesse. Comme je la voyais maigrir, maigrir, et comme son regard obstiné ne quittait plus jamais le cadran des horloges, j'ai fait enlever de la maison tous ces appareils à mesurer le temps. Je lui ai ôté ainsi la possibilité de compter les heures et de chercher sans fin, en d'obscures réminiscences, à quel moment il revenait autrefois. J'espère, à la longue, tuer en elle le souvenir,

---

1. À prendre au sens clinique du terme : dépourvue d'intelligence par insuffisance mentale de manière congénitale. 2. C'est un comble, en effet, d'où le point d'exclamation. Maupassant explore décidément toutes les formes de naufrage dans la folie. Même les victimes d'insuffisance mentale peuvent sombrer dans la folie : c'est dire si l'esprit est capable de tout !

éteindre cette lueur de pensée que j'avais allumée avec tant de peine.

Et j'ai essayé, l'autre jour, une expérience. Je lui ai offert ma montre. Elle l'a prise, l'a considérée quelque temps ; puis elle s'est mise à crier d'une façon épouvantable, comme si la vue de ce petit instrument avait soudain réveillé sa mémoire qui commençait à s'assoupir.

Elle est maigre, aujourd'hui, maigre à faire pitié, avec des yeux caves et brillants. Et elle marche sans cesse, comme les bêtes en cage.

J'ai fait griller les fenêtres, poser de hauts contrevents et fixer les sièges aux parquets pour l'empêcher de regarder dans la rue s'il revient !

Oh ! les pauvres parents ! Quelle vie ils auront passée !

Nous étions arrivés sur la colline ; le docteur se retourna et me dit : « Regardez Riom d'ici. »

La ville, sombre, avait l'aspect des vieilles cités. Par-derrière, à perte de vue, s'étendait une plaine verte, boisée, peuplée de villages et de villes, et noyée dans une fine vapeur bleue qui rendait charmant l'horizon. A ma droite, au loin, de grandes montagnes s'allongeaient avec une suite de sommets ronds ou coupés net comme d'un revers d'épée.

Le docteur se mit à énumérer les pays et les cimes, me contant l'histoire de chacune et de chacun.

Mais je n'écoutais pas, je ne pensais qu'à la folle, je ne voyais qu'elle. Elle paraissait planer, comme un esprit lugubre, sur toute cette vaste contrée.

Et je demandai brusquement :

— Qu'est-il devenu, lui, le mari ?

Mon ami, un peu surpris, après avoir hésité, répondit : « Il vit à Royat avec la pension qu'on lui fait. Il est heureux, il noce[1]. »

---

1. C'est-à-dire qu'il mène une vie dissipée, une existence de plaisirs et de débauche.

Comme nous rentrions à petits pas, attristés tous deux et silencieux, une charrette anglaise passa rapidement, venue derrière nous, au grand trot d'un pur-sang.

Le docteur me saisit le bras.

— Le voici, dit-il.

Je ne vis qu'un chapeau de feutre gris, incliné sur une oreille, au-dessus de deux larges épaules, fuyant dans un nuage de poussière.

LETTRE D'UN FOU[1]

Mon cher docteur, je me mets entre vos mains. Faites de moi ce qu'il vous plaira.

Je vais vous dire bien franchement mon étrange état d'esprit, et vous apprécierez s'il ne vaudrait pas mieux qu'on prît soin de moi pendant quelque temps dans une maison de santé plutôt que de me laisser en proie aux hallucinations et aux souffrances qui me harcèlent.

Voici l'histoire, longue et exacte, du mal singulier de mon âme.

Je vivais comme tout le monde, regardant la vie avec les yeux ouverts et aveugles de l'homme, sans m'étonner et sans comprendre. Je vivais comme vivent les bêtes, comme nous vivons tous, accomplissant toutes les fonctions de l'existence, examinant et croyant voir, croyant savoir, croyant connaître ce qui m'entoure, quand, un jour, je me suis aperçu que tout est faux.

C'est une phrase de Montesquieu qui a éclairé brusquement ma pensée. La voici : « Un organe de plus ou de moins dans notre machine nous aurait fait une autre intelligence.

... Enfin toutes les lois établies sur ce que notre machine est d'une certaine façon seraient différentes si notre machine n'était pas de cette façon[2]. »

---

1. Récit paru dans le *Gil Blas* du 17 février 1885 et non recueilli par Maupassant. Texte du *Gil Blas*. **2.** Montesquieu (1689-1755), auteur entre autres d'un *Essai sur le goût* (1783). L. Forestier signale une variante par rapport au texte de Maupassant : « Un organe [...] nous aurait fait une autre éloquence [...] » (éd. cit.,

J'ai réfléchi à cela pendant des mois, des mois et des mois, et, peu à peu, une étrange clarté est entrée en moi, et cette clarté y a fait la nuit.

En effet, nos organes sont les seuls intermédiaires entre le monde extérieur et nous. C'est-à-dire que l'être intérieur, qui constitue *le moi,* se trouve en contact, au moyen de quelques filets nerveux, avec l'être extérieur qui constitue le monde.

Or, outre que cet être extérieur nous échappe par ses proportions, sa durée, ses propriétés innombrables et impénétrables, ses origines, son avenir ou ses fins, ses formes lointaines et ses manifestations infinies, nos organes ne nous fournissent encore sur la parcelle de lui que nous pouvons connaître que des renseignements aussi incertains que peu nombreux.

Incertains, parce que ce sont uniquement les propriétés de nos organes qui déterminent pour nous les propriétés apparentes de la matière.

Peu nombreux, parce que nos sens n'étant qu'au nombre de cinq, le champ de leurs investigations et la nature de leurs révélations se trouvent fort restreints.

Je m'explique. — L'œil nous indique les dimensions, les formes et les couleurs. Il nous trompe sur ces trois points.

Il ne peut nous révéler que les objets et les êtres de dimension moyenne, en proportion avec la taille humaine, ce qui nous a amenés à appliquer le mot grand à certaines choses et le mot petit à certaines autres, uniquement parce que sa faiblesse ne lui permet pas de connaître ce qui est trop vaste ou trop menu pour lui. D'où il résulte qu'il ne sait et ne voit presque rien, que l'univers presque entier lui demeure caché, l'étoile qui habite l'espace et l'animalcule qui habite la goutte d'eau[1].

---

vol. 2, p. 1459). Le passage de l'éloquence à l'intelligence montre à quel point Maupassant relativise nos certitudes et notre point de vue sur le monde.

1. L'infiniment grand et l'infiniment petit échappent à l'homme. Il faut se reporter à la célèbre pensée de Pascal (1623-1662) sur les

S'il avait même cent millions de fois sa puissance normale, s'il apercevait dans l'air que nous respirons toutes les races d'êtres invisibles, ainsi que les habitants des planètes voisines, il existerait encore des nombres infinis de races de bêtes plus petites et des mondes tellement lointains qu'il ne les atteindrait pas.

Donc toutes nos idées de proportion sont fausses puisqu'il n'y a pas de limite possible dans la grandeur ni dans la petitesse.

Notre appréciation sur les dimensions et les formes n'a aucune valeur absolue, étant déterminée uniquement par la puissance d'un organe et par une comparaison constante avec nous-mêmes.

Ajoutons que l'œil est encore incapable de voir le transparent. Un verre sans défaut le trompe. Il le confond avec l'air qu'il ne voit pas non plus.

Passons à la couleur.

La couleur existe parce que notre œil est constitué de telle sorte qu'il transmet au cerveau, sous forme de couleur, les diverses façons dont les corps absorbent et décomposent, suivant leur constitution chimique, les rayons lumineux qui les frappent.

Toutes les proportions de cette absorption et de cette décomposition constituent les nuances.

Donc cet organe impose à l'esprit sa manière de voir, ou mieux sa façon arbitraire de constater les dimensions et d'apprécier les rapports de la lumière et de la matière.

Examinons l'ouïe.

Plus encore qu'avec l'œil, nous sommes les jouets et les dupes de cet organe fantaisiste.

Deux corps se heurtant produisent un certain ébranlement de l'atmosphère. Ce mouvement fait tressaillir

---

deux infinis : « Disproportion de l'homme » : « Notre intelligence tient dans l'ordre des choses intelligibles le même rang que notre corps dans l'étendue de la nature. Bornés en tout genre, cet état qui tient le milieu entre deux extrêmes se trouve en toutes nos puissances. Nos sens n'aperçoivent rien d'extrême » (*Pensées*, éd. Ph. Sellier, Classiques Garnier, 1991, n° 230).

dans notre oreille une certaine petite peau qui change immédiatement en bruit ce qui n'est, en réalité, qu'une vibration.

La nature est muette. Mais le tympan possède la propriété miraculeuse de nous transmettre sous forme de sens, et de sens différents suivant le nombre des vibrations, tous les frémissements des ondes invisibles de l'espace.

Cette métamorphose accomplie par le nerf auditif dans le court trajet de l'oreille au cerveau nous a permis de créer un art étrange, la musique, le plus poétique et le plus précis des arts, vague comme un songe et exact comme l'algèbre.

Que dire du goût et de l'odorat ? Connaîtrions-nous les parfums et la qualité des nourritures sans les propriétés bizarres de notre nez et de notre palais ?

L'humanité pourrait exister cependant sans l'oreille, sans le goût et sans l'odorat, c'est-à-dire sans aucune notion du bruit, de la saveur et de l'odeur.

Donc, si nous avions quelques organes de moins, nous ignorerions d'admirables et singulières choses, mais si nous avions quelques organes de plus, nous découvririons autour de nous une infinité d'autres choses que nous ne soupçonnerons jamais faute de moyens de les constater.

Donc, nous nous trompons en jugeant le Connu, et nous sommes entourés d'Inconnu inexploré.

Donc, tout est incertain et appréciable de manières différentes.

Tout est faux, tout est possible, tout est douteux.

Formulons cette certitude en nous servant du vieux dicton : « Vérité en deçà des Pyrénées, erreur au-delà [1]. »

---

1. Toujours Pascal ! « Vérité en-deçà des Pyrénées, erreur au-delà » (éd. cit., n° 94), dans *Misère.* Il s'agit de démontrer l'étendue de la misère de l'homme, ainsi que le caractère misérable de ses prétentions à connaître, savoir et juger. Du côté de l'âme comme du côté du corps règne la même misère. On est frappé par le caractère théorique de ce texte où Maupassant s'attache à démontrer l'infirmité humaine. Cette réflexion conduit le « fou » au bord du gouffre.

Et disons : vérité dans notre organe, erreur à côté.

Deux et deux ne doivent plus faire quatre en dehors de notre atmosphère.

Vérité sur la terre, erreur plus loin, d'où je conclus que les mystères entrevus comme l'électricité, le sommeil hypnotique, la transmission de la volonté, la suggestion, tous les phénomènes magnétiques, ne nous demeurent cachés, que parce que la nature ne nous a pas fourni l'organe, ou les organes nécessaires pour les comprendre.

Après m'être convaincu que tout ce que me révèlent mes sens n'existe que pour moi tel que je le perçois et serait totalement différent pour un autre être autrement organisé, après en avoir conclu qu'une humanité diversement faite aurait sur le monde, sur la vie, sur tout, des idées absolument opposées aux nôtres, car l'accord des croyances ne résulte que de la similitude des organes humains, et les divergences d'opinions ne proviennent que des légères différences de fonctionnement de nos filets nerveux, j'ai fait un effort de pensée surhumain pour soupçonner l'impénétrable qui m'entoure.

Suis-je devenu fou ?

Je me suis dit : « Je suis enveloppé de choses inconnues. » J'ai supposé l'homme sans oreilles et soupçonnant le son comme nous soupçonnons tant de mystères cachés, l'homme constatant des phénomènes acoustiques dont il ne pourrait déterminer ni la nature, ni la provenance. Et j'ai eu peur de tout, autour de moi, peur de l'air, peur de la nuit. Du moment que nous ne pouvons connaître presque rien, et du moment que tout est sans limites, quel est le reste ? Le vide n'est pas ? Qu'y a-t-il dans le vide apparent ?

Et cette terreur confuse du surnaturel qui hante l'homme depuis la naissance du monde est légitime puisque le surnaturel n'est autre chose que ce qui nous demeure voilé !

Alors j'ai compris l'épouvante. Il m'a semblé que

je touchais sans cesse à la découverte d'un secret de l'univers.

J'ai tenté d'aiguiser mes organes, de les exciter, de leur faire percevoir par moments l'invisible.

Je me suis dit : « Tout est un être. Le cri qui passe dans l'air est un être comparable à la bête puisqu'il naît, produit un mouvement, se transforme encore pour mourir. Or, l'esprit craintif qui croit à des êtres incorporels n'a donc pas tort. Qui sont-ils ? »

Combien d'hommes les pressentent, frémissent à leur approche, tremblent à leur inappréciable contact. On les sent auprès de soi, autour de soi, mais on ne les peut distinguer, car nous n'avons pas l'œil qui les verrait, ou plutôt l'organe inconnu qui pourrait les découvrir.

Alors, plus que personne, je les sentais, moi, ces passants surnaturels. Etres ou mystères ? Le sais-je ? Je ne pourrais dire ce qu'ils sont, mais je pourrais toujours signaler leur présence. Et j'ai vu — j'ai vu un être invisible — autant qu'on peut les voir, ces êtres.

Je demeurais des nuits entières immobile, assis devant ma table, la tête dans mes mains et songeant à cela, songeant à eux. Souvent j'ai cru qu'une main intangible, ou plutôt qu'un corps insaisissable, m'effleurait légèrement les cheveux. Il ne me touchait pas, n'étant point d'essence charnelle, mais d'essence impondérable, inconnaissable.

Or, un soir, j'ai entendu craquer mon parquet derrière moi. Il a craqué d'une façon singulière. J'ai frémi. Je me suis tourné. Je n'ai rien vu. Et je n'y ai plus songé.

Mais le lendemain, à la même heure, le même bruit s'est produit. J'ai eu tellement peur que je me suis levé, sûr, sûr, sûr, que je n'étais pas seul dans ma chambre. On ne voyait rien pourtant. L'air était limpide, transparent partout. Mes deux lampes éclairaient tous les coins.

Le bruit ne recommença pas et je me calmai peu

à peu ; je restais inquiet cependant, je me retournais souvent.

Le lendemain je m'enfermai de bonne heure, cherchant comment je pourrais parvenir à voir l'Invisible qui me visitait.

Et je l'ai vu. J'en ai failli mourir de terreur.

J'avais allumé toutes les bougies de ma cheminée et de mon lustre. La pièce était éclairée comme pour une fête. Mes deux lampes brûlaient sur ma table.

En face de moi, mon lit, un vieux lit de chêne à colonnes. A droite ma cheminée. A gauche, ma porte que j'avais fermée au verrou. Derrière moi, une très grande armoire à glace. Je me regardai dedans. J'avais des yeux étranges et les pupilles très dilatées.

Puis je m'assis comme tous les jours.

Le bruit s'était produit, la veille et l'avant-veille, à neuf heures vingt-deux minutes. J'attendis. Quand arriva le moment précis, je perçus une indescriptible sensation, comme si un fluide, un fluide irrésistible eût pénétré en moi par toutes les parcelles de ma chair, noyant mon âme dans une épouvante atroce et bonne. Et le craquement se fit, tout contre moi.

Je me dressai en me tournant si vite que je faillis tomber. On y voyait comme en plein jour, et je ne me vis pas dans la glace ! Elle était vide, claire, pleine de lumière. Je n'étais pas dedans, et j'étais en face, cependant. Je la regardais avec des yeux affolés. Je n'osais pas aller vers elle, sentant bien qu'il était entre nous, lui, l'Invisible, et qu'il me cachait.

Oh ! comme j'eus peur ! Et voilà que je commençai à m'apercevoir dans une brume au fond du miroir, dans une brume comme à travers de l'eau ; et il me semblait que cette eau glissait de gauche à droite, lentement, me rendant plus précis de seconde en seconde. C'était comme la fin d'une éclipse. Ce qui me cachait n'avait pas de contours, mais une sorte de transparence opaque s'éclaircissant peu à peu.

Et je pus enfin me distinguer nettement, ainsi que je le fais tous les jours en me regardant.

Je l'avais donc vu[1] !

Et je ne l'ai pas revu.

Mais je l'attends sans cesse, et je sens que ma tête s'égare dans cette attente.

Je reste pendant des heures, des nuits, des jours, des semaines, devant ma glace, pour l'attendre ! Il ne vient plus.

Il a compris que je l'avais vu. Mais moi je sens que je l'attendrai toujours, jusqu'à la mort, que je l'attendrai sans repos, devant cette glace, comme un chasseur à l'affût.

Et, dans cette glace, je commence à voir des images folles, des monstres, des cadavres hideux, toutes sortes de bêtes effroyables, d'êtres atroces, toutes les visions invraisemblables qui doivent hanter l'esprit des fous.

Voilà ma confession, mon cher docteur. Dites-moi ce que je dois faire ?

---

1. Cette scène annonce la découverte du « Horla », p. 290.

UN FOU[1]

Il était mort chef d'un haut tribunal, magistrat intègre dont la vie irréprochable était citée dans toutes les cours de France. Les avocats, les jeunes conseillers, les juges saluaient en s'inclinant très bas, par marque d'un profond respect, sa grande figure blanche et maigre qu'éclairaient deux yeux brillants et profonds.

Il avait passé sa vie à poursuivre le crime et à protéger les faibles. Les escrocs et les meurtriers n'avaient point eu d'ennemi plus redoutable, car il semblait lire, au fond de leurs âmes, leurs pensées secrètes, et démêler, d'un coup d'œil, tous les mystères de leurs intentions.

Il était donc mort, à l'âge de quatre-vingt-deux ans, entouré d'hommages et poursuivi par les regrets de tout un peuple. Des soldats en culotte rouge l'avaient escorté jusqu'à sa tombe, et des hommes en cravate blanche avaient répandu sur son cercueil des paroles désolées et des larmes qui semblaient vraies.

Or, voici l'étrange papier que le notaire, éperdu, découvrit dans le secrétaire où il avait coutume de serrer[2] les dossiers des grands criminels.

Cela portait pour titre :

POURQUOI ?

---

1. Paru dans *Le Gaulois* du 2 septembre 1885, repris dans *Monsieur Parent*, texte d'Ollendorff, 1886. **2.** De ranger.

20 juin 1851. — Je sors de la séance. J'ai fait condamner Blondel à mort ! Pourquoi donc cet homme avait-il tué ses cinq enfants ? Pourquoi ? Souvent, on rencontre de ces gens chez qui détruire la vie est une volupté. Oui, oui, ce doit être une volupté, la plus grande de toutes peut-être ; car tuer n'est-il pas ce qui ressemble le plus à créer ? Faire et détruire ! Ces deux mots enferment l'histoire des univers, toute l'histoire des mondes, tout ce qui est, tout ! Pourquoi est-ce enivrant de tuer ?

25 juin. — Songer qu'un être est là qui vit, qui marche, qui court... Un être ? Qu'est-ce qu'un être ? Cette chose animée, qui porte en elle le principe du mouvement et une volonté réglant ce mouvement ! Elle ne tient à rien, cette chose. Ses pieds ne communiquent pas au sol. C'est un grain de vie qui remue sur la terre ; et ce grain de vie, venu je ne sais d'où, on peut le détruire comme on veut. Alors, rien, plus rien. Ça pourrit, c'est fini.

26 juin. — Pourquoi donc est-ce un crime de tuer ? oui, pourquoi ? C'est, au contraire, la loi de la nature[1]. Tout être a pour mission de tuer : il tue pour vivre et il tue pour tuer. — Tuer est dans notre tempérament ; il faut tuer ! La bête tue sans cesse, tout le jour, à tout instant de son existence. — L'homme tue sans cesse pour se nourrir, mais comme il a besoin de tuer aussi, par volupté, il a inventé la chasse ! L'enfant tue les insectes qu'il trouve, les petits oiseaux, tous les petits animaux qui lui tombent sous la main. Mais cela ne suffisait pas à l'irrésistible besoin de massacre qui est en nous. Ce n'est point assez de tuer la bête ; nous

---

1. On retrouve ici la philosophie du marquis de Sade (1740-1814) qui a exercé une grande influence sur Maupassant et sur sa conception du mal. Matérialiste et athée, Sade considère que le mal est aussi naturel et légitime que le bien, justifiant ainsi toute forme de cruauté, et revendiquant l'existence d'un lien étroit entre la douleur infligée à la victime et le plaisir ressenti par le bourreau.

avons besoin aussi de tuer l'homme. Autrefois, on satisfaisait ce besoin par des sacrifices humains. Aujourd'hui, la nécessité de vivre en société a fait du meurtre un crime. On condamne et on punit l'assassin ! Mais comme nous ne pouvons vivre sans nous livrer à cet instinct naturel et impérieux de mort, nous nous soulageons, de temps en temps, par des guerres où un peuple entier égorge un autre peuple. C'est alors une débauche de sang, une débauche où s'affolent les armées et dont se grisent encore les bourgeois, les femmes et les enfants qui lisent, le soir, sous la lampe, le récit exalté des massacres.

Et on pourrait croire qu'on méprise ceux destinés à accomplir ces boucheries d'hommes ! Non. On les accable d'honneurs ! On les habille avec de l'or et des draps éclatants ; ils portent des plumes sur la tête, des ornements sur la poitrine ; et on leur donne des croix, des récompenses, des titres de toute nature. Ils sont fiers, respectés, aimés des femmes, acclamés par la foule, uniquement parce qu'ils ont pour mission de répandre le sang humain ! Ils traînent par les rues leurs instruments de mort que le passant vêtu de noir regarde avec envie. Car tuer est la grande loi jetée par la nature au cœur de l'être ! Il n'est rien de plus beau et de plus honorable que de tuer !

30 juin. — Tuer est la loi ; parce que la nature aime l'éternelle jeunesse. Elle semble crier par tous ses actes inconscients : « Vite ! vite ! vite ! » Plus elle détruit, plus elle se renouvelle.

2 juillet. — L'être — qu'est-ce que l'être ? Tout et rien. Par la pensée, il est le reflet de tout. Par la mémoire et la science, il est un abrégé du monde, dont il porte l'histoire en lui. Miroir des choses et miroir des faits, chaque être humain devient un petit univers dans l'univers !

Mais voyagez ; regardez grouiller les races, et l'homme n'est plus rien ! plus rien, rien ! Montez en barque, éloignez-vous du rivage couvert de foule, et vous n'apercevez bientôt plus rien que la côte. L'être imperceptible disparaît, tant il est petit, insignifiant. Traversez l'Europe dans un train rapide, et regardez par la portière. Des hommes, des hommes, toujours des hommes, innombrables, inconnus, qui grouillent dans les champs, qui grouillent dans les rues ; des paysans stupides sachant tout juste retourner la terre ; des femmes hideuses sachant tout juste faire la soupe du mâle et enfanter. Allez aux Indes, allez en Chine, et vous verrez encore s'agiter des milliards d'êtres qui naissent, vivent et meurent sans laisser plus de trace que la fourmi écrasée sur les routes. Allez aux pays des Noirs, gîtés en des cases de boue ; aux pays des Arabes blancs, abrités sous une toile brune qui flotte au vent, et vous comprendrez que l'être isolé, déterminé, n'est rien, rien. La race est tout ? Qu'est-ce que l'être, l'être quelconque d'une tribu errante du désert ? Et ces gens, qui sont des sages, ne s'inquiètent pas de la mort. L'homme ne compte point chez eux. On tue son ennemi : c'est la guerre. Cela se faisait ainsi jadis, de manoir à manoir, de province à province.

Oui, traversez le monde et regardez grouiller les humains innombrables et inconnus. Inconnus ? Ah ! voilà le mot du problème ! Tuer est un crime parce que nous avons numéroté les êtres ! Quand ils naissent, on les inscrit, on les nomme, on les baptise. La loi les prend ! Voilà ! L'être qui n'est point enregistré ne compte pas : tuez-le dans la lande ou dans le désert, tuez-le dans la montagne ou dans la plaine, qu'importe ! La nature aime la mort ; elle ne punit pas, elle !

Ce qui est sacré, par exemple, c'est l'état civil ! Voilà ! C'est lui qui défend l'homme. L'être est sacré parce qu'il est inscrit à l'état civil ! Respect à l'état civil, le Dieu légal. A genoux !

L'État peut tuer, lui, parce qu'il a le droit de modifier l'état civil. Quand il a fait égorger deux cent mille hommes dans une guerre, il les raye sur son état civil, il les supprime par la main de ses greffiers. C'est fini.

Mais nous, qui ne pouvons point changer les écritures des mairies, nous devons respecter la vie. État civil, glorieuse Divinité qui règnes dans les temples des municipalités, je te salue. Tu es plus fort que la nature. Ah ! ah !

3 juillet. — Ce doit être un étrange et savoureux plaisir que de tuer, d'avoir là, devant soi, l'être vivant, pensant ; de faire dedans un petit trou, rien qu'un petit trou, de voir couler cette chose rouge qui est le sang, qui fait la vie, et de n'avoir plus, devant soi, qu'un tas de chair molle, froide, inerte, vide de pensée !

5 août. — Moi qui ai passé mon existence à juger, à condamner, à tuer par des paroles prononcées, à tuer par la guillotine ceux qui avaient tué par le couteau, moi ! moi ! si je faisais comme tous les assassins que j'ai frappés, moi ! moi ! qui le saurait ?

10 août. — Qui le saurait jamais ? Me soupçonnerait-on, moi, moi, surtout si je choisis un être que je n'ai aucun intérêt à supprimer [1] ?

15 août. — La tentation [2] ! La tentation, elle est entrée en moi comme un ver qui rampe. Elle rampe, elle va ; elle se promène dans mon corps entier, dans mon esprit, qui ne pense plus qu'à ceci : tuer ; dans mes yeux, qui ont besoin de regarder du sang, de voir mourir ; dans mes oreilles, où passe sans cesse quelque chose d'inconnu, d'horrible, de déchirant et d'affolant, comme le dernier cri d'un être ; dans mes jambes, où frissonne le désir d'aller, d'aller à l'endroit où la chose

---

1. C'est déjà l'idée du crime gratuit, de l'acte pour l'acte : voir *Les Caves du Vatican* (1914) d'A. Gide (1869-1951), l'acte gratuit étant le signe d'une liberté absolue. **2.** L'efficacité de la rhétorique de Maupassant consiste à faire partager au lecteur l'émotion du criminel. On passe de la justification philosophique du crime à la montée irrésistible du désir de tuer, pour aboutir au passage à l'acte.

aura lieu ; dans mes mains, qui frémissent du besoin de tuer. Comme cela doit être bon, rare, digne d'un homme libre, au-dessus des autres, maître de son cœur et qui cherche des sensations raffinées !

22 août. — Je ne pouvais plus résister. J'ai tué une petite bête pour essayer, pour commencer.

Jean, mon domestique, avait un chardonneret dans une cage suspendue à la fenêtre de l'office. Je l'ai envoyé faire une course, et j'ai pris le petit oiseau dans ma main, dans ma main où je sentais battre son cœur. Il avait chaud. Je suis monté dans ma chambre. De temps en temps, je le serrais plus fort ; son cœur battait plus vite ; c'était atroce et délicieux. J'ai failli l'étouffer. Mais je n'aurais pas vu le sang.

Alors j'ai pris des ciseaux, de courts ciseaux à ongles, et je lui ai coupé la gorge en trois coups, tout doucement. Il ouvrait le bec, il s'efforçait de m'échapper, mais je le tenais, oh ! je le tenais ; j'aurais tenu un dogue enragé et j'ai vu le sang couler. Comme c'est beau, rouge, luisant, clair, du sang ! J'avais envie de le boire. J'y ai trempé le bout de ma langue ! C'est bon. Mais il en avait si peu, ce pauvre petit oiseau ! Je n'ai pas eu le temps de jouir de cette vue comme j'aurais voulu. Ce doit être superbe de voir saigner un taureau.

Et puis j'ai fait comme les assassins, comme les vrais. J'ai lavé les ciseaux, je me suis lavé les mains, j'ai jeté l'eau et j'ai porté le corps, le cadavre, dans le jardin pour l'enterrer. Je l'ai enfoui sous un fraisier. On ne le trouvera jamais. Je mangerai tous les jours une fraise à cette plante. Vraiment, comme on peut jouir de la vie, quand on sait !

Mon domestique a pleuré ; il croit son oiseau parti. Comment me soupçonnerait-il ! Ah ! ah !

25 août. — Il faut que je tue un homme ! Il le faut.

30 août. — C'est fait. Comme c'est peu de chose ! J'étais allé me promener dans le bois de Vernes. Je ne pensais à rien, non, à rien. Voilà un enfant dans le chemin, un petit garçon qui mangeait une tartine de beurre.

Il s'arrête pour me voir passer et dit : « Bonjour, m'sieu le Président. »

Et la pensée m'entre dans la tête : « Si je le tuais ? »

Je réponds : « Tu es tout seul, mon garçon ?

— Oui, m'sieu.

— Tout seul dans le bois ?

— Oui, m'sieu. »

L'envie de le tuer me grisait comme de l'alcool. Je m'approchai tout doucement, persuadé qu'il allait s'enfuir. Et voilà que je le saisis à la gorge... Je le serre, je le serre de toute ma force ! Il m'a regardé avec des yeux effrayants ! Quels yeux ! Tout ronds, profonds, limpides, terribles ! Je n'ai jamais éprouvé une émotion si brutale... mais si courte ! Il tenait mes poignets dans ses petites mains, et son corps se tordait ainsi qu'une plume sur le feu. Puis il n'a plus remué [1].

Mon cœur battait, ah ! le cœur de l'oiseau ! J'ai jeté le corps dans le fossé, puis de l'herbe par-dessus.

Je suis rentré, j'ai bien dîné. Comme c'est peu de chose ! Le soir, j'étais très gai, léger, rajeuni, j'ai passé la soirée chez le préfet. On m'a trouvé spirituel.

Mais je n'ai pas vu le sang ! Je suis tranquille.

30 août. — On a découvert le cadavre. On cherche l'assassin. Ah ! ah !

---

1. Le meurtre odieux de l'enfant évoque immédiatement Gilles de Rais (1404-1440), maréchal de France et compagnon de Jeanne d'Arc, qui pratiqua la magie noire et sacrifia des centaines d'enfants, sur lesquels il se livrait à des actes sexuels sadiques. Un ami de Maupassant, J.-K. Huysmans (1848-1907), écrira en 1891 un roman intitulé *Là-bas*, où le personnage principal accomplit des recherches sur Gilles de Rais. Avant lui, Flaubert avait consacré des lignes au personnage dans *Par les champs et par les grèves* (1847 mais publié en 1885), au chapitre 3.

1er septembre. — On a arrêté deux rôdeurs. Les preuves manquent.

2 septembre. — Les parents sont venus me voir. Ils ont pleuré ! Ah ! ah !

6 octobre. — On n'a rien découvert. Quelque vagabond errant aura fait le coup. Ah ! ah ! Si j'avais vu le sang couler, il me semble que je serais tranquille à présent !

10 octobre. — L'envie de tuer me court dans les moelles. Cela est comparable aux rages d'amour qui vous torturent à vingt ans.

20 octobre. — Encore un. J'allais le long du fleuve, après déjeuner. Et j'aperçus, sous un saule, un pêcheur endormi. Il était midi. Une bêche semblait, tout exprès, plantée dans un champ de pommes de terre voisin.

Je la pris, je revins ; je la levai comme une massue et, d'un seul coup, par le tranchant, je fendis la tête du pêcheur. Oh ! il a saigné, celui-là ! Du sang rose, plein de cervelle ! Cela coulait dans l'eau, tout doucement. Et je suis parti d'un pas grave. Si on m'avait vu ! Ah ! ah ! j'aurais fait un excellent assassin.

25 octobre. — L'affaire du pêcheur soulève un grand bruit. On accuse du meurtre son neveu, qui pêchait avec lui.

26 octobre. — Le juge d'instruction affirme que le neveu est coupable. Tout le monde le croit par la ville. Ah ! ah !

27 octobre. — Le neveu se défend bien mal. Il était parti au village acheter du pain et du fromage, affirme-t-il. Il jure qu'on a tué son oncle pendant son absence. Qui le croirait ?

28 octobre. — Le neveu a failli avouer, tant on lui fait perdre la tête ! Ah ! ah ! la justice !

15 novembre. — On a des preuves accablantes contre le neveu, qui devait hériter de son oncle. Je présiderai les assises.

25 janvier. — A mort ! à mort ! à mort ! Je l'ai fait condamner à mort ! Ah ! ah ! L'avocat général a parlé comme un ange ! Ah ! ah ! Encore un. J'irai le voir exécuter !

10 mars. — C'est fini. On l'a guillotiné ce matin. Il est très bien mort ! très bien ! Cela m'a fait plaisir ! Comme c'est beau de voir trancher la tête d'un homme ! Le sang a jailli comme un flot, comme un flot ! Oh ! si j'avais pu, j'aurais voulu me baigner dedans. Quelle ivresse de me coucher là-dessous, de recevoir cela dans mes cheveux et sur mon visage, et de me relever tout rouge, tout rouge ! Ah ! si on savait !

Maintenant j'attendrai, je puis attendre. Il faudrait si peu de chose pour me laisser surprendre.

....

Le manuscrit contenait encore beaucoup de pages, mais sans relater aucun crime nouveau.

Les médecins aliénistes à qui on l'a confié, affirment qu'il existe dans le monde beaucoup de fous ignorés, aussi adroits et aussi redoutables que ce monstrueux dément.

UN CAS DE DIVORCE[1]

L'avocat de Mme Chassel prit la parole :

Monsieur le Président,
Messieurs les Juges,

La cause que je suis chargé de défendre devant vous relève bien plus de la médecine que de la justice, et constitue bien plus un cas pathologique qu'un cas de droit ordinaire. Les faits semblent simples au premier abord.

Un homme jeune, très riche, d'âme noble et exaltée, de cœur généreux, devient amoureux d'une jeune fille absolument belle, plus que belle, adorable, aussi gracieuse, aussi charmante, aussi bonne, aussi tendre que jolie, et il l'épouse.

Pendant quelque temps, il se conduit envers elle en époux plein de soins et de tendresse ; puis il la néglige, la rudoie, semble éprouver pour elle une répulsion insurmontable, un dégoût irrésistible. Un jour même il la frappe, non seulement sans aucune raison, mais même sans aucun prétexte.

Je ne vous ferai point le tableau, messieurs, de ses allures bizarres, incompréhensibles pour tous. Je ne vous dépeindrai point la vie abominable de ces deux êtres, et la douleur horrible de cette jeune femme.

---

1. Récit paru dans le *Gil Blas* du 31 août 1886, repris dans *L'Inutile Beauté*. Texte de Havard, 1890. Le divorce est légal depuis 1884, en vertu de la loi Naquet.

Il me suffira pour vous convaincre de vous lire quelques fragments d'un journal écrit chaque jour par ce pauvre homme, par ce pauvre fou. Car c'est en face d'un fou que nous nous trouvons, messieurs, et le cas est d'autant plus curieux, d'autant plus intéressant qu'il rappelle en beaucoup de points la démence du malheureux prince, mort récemment, du roi bizarre qui régna platoniquement sur la Bavière[1]. J'appellerai ce cas : la folie poétique.

Vous vous rappelez tout ce qu'on raconta de ce prince étrange. Il fit construire au milieu des paysages les plus magnifiques de son royaume de vrais châteaux de féerie. La réalité même de la beauté des choses et des lieux ne lui suffisant pas, il imagina, il créa, dans ces manoirs invraisemblables, des horizons factices, obtenus au moyen d'artifices de théâtre, des changements à vue, des forêts peintes, des empires de contes où les feuilles des arbres étaient des pierres précieuses. Il eut des Alpes et des glaciers, des steppes, des déserts de sable brûlés par le soleil ; et, la nuit, sous les rayons de la vraie lune, des lacs qu'éclairaient par-dessous de fantastiques lueurs électriques. Sur ces lacs nageaient des cygnes et glissaient des nacelles[2], tandis qu'un orchestre, composé des premiers exécutants du monde, enivrait de poésie l'âme du fou royal.

Cet homme était chaste, cet homme était vierge. Il n'aima jamais qu'un rêve, son rêve, son rêve divin.

Un soir, il emmena dans sa barque une femme, jeune, belle, une grande artiste et il la pria de chanter. Elle chanta, grisée elle-même par l'admirable paysage, par la douceur tiède de l'air, par le parfum des fleurs et par l'extase de ce prince jeune et beau.

Elle chanta, comme chantent les femmes que touche

---

1. Louis II de Bavière est mort le 13 juin 1886. Une légende entourait ce personnage mélancolique, idéaliste et mécène du célèbre Wagner. Il faisait construire des châteaux à l'architecture fantastique, s'était détaché de son rôle de roi et on le dit fou. Maupassant se fait ici l'écho de cette légende. **2.** Petit bateau à rames, sans voile.

l'amour, puis, éperdue, frémissante, elle tomba sur le cœur du roi en cherchant ses lèvres.

Mais il la jeta dans le lac, et prenant ses rames gagna la berge, sans s'inquiéter si on la sauvait[1].

Nous nous trouvons, messieurs les juges, devant un cas tout à fait semblable. Je ne ferai plus que lire maintenant des passages du journal que nous avons surpris dans un tiroir du secrétaire.

....

Comme tout est triste et laid, toujours pareil, toujours odieux. Comme je rêve une terre plus belle, plus noble, plus variée. Comme elle serait pauvre l'imagination de leur Dieu, si leur Dieu existait ou s'il n'avait pas créé d'autres choses, ailleurs,

Toujours des bois, de petits bois, des fleuves qui ressemblent aux fleuves, des plaines qui ressemblent aux plaines, tout est pareil et monotone. Et l'homme !... L'homme ?... Quel horrible animal, méchant, orgueilleux et répugnant.

....

Il faudrait aimer, aimer éperdument, sans voir ce qu'on aime. Car voir c'est comprendre, et comprendre c'est mépriser. Il faudrait aimer, en s'enivrant d'elle comme on se grise de vin, de façon à ne plus savoir ce qu'on boit. Et boire, boire, boire sans reprendre haleine, jour et nuit !

....

J'ai trouvé, je crois. Elle a dans toute sa personne quelque chose d'idéal qui ne semble point de ce monde et qui donne des ailes à mon rêve. Ah ! mon rêve, comme il me montre les êtres différents de ce qu'ils sont. Elle est blonde, d'un blond léger, avec des cheveux qui ont des nuances inexprimables. Ses yeux sont bleus ! Seuls les yeux bleus emportent mon âme. Toute la femme, la femme qui existe au fond de mon cœur, m'apparaît dans l'œil.

Oh ! mystère ! Quel mystère ? L'œil ?... Tout l'uni-

---

1. Louis II passait pour être homosexuel.

vers est en lui, puisqu'il le voit, puisqu'il le reflète. Il contient l'univers, les choses et les êtres, les forêts et les océans, les hommes et les bêtes, les couchers de soleil, les étoiles, les arts, tout, tout, il voit, cueille et emporte tout ; et il y a plus encore en lui, il y a l'âme, il y a l'homme qui pense, l'homme qui aime, l'homme qui rit, l'homme qui souffre ! Oh ! regardez les yeux bleus des femmes, ceux qui sont profonds comme la mer, changeants comme le ciel, si doux, si doux, doux comme les brises, doux comme la musique, doux comme des baisers, et transparents, si clairs qu'on voit derrière, on voit l'âme, l'âme bleue qui les colore, qui les anime, qui les divinise.

Oui, l'âme a la couleur du regard. L'âme bleue seule porte en elle du rêve, elle a pris son azur aux flots et à l'espace.

L'œil ! Songez à lui ! L'œil ! Il boit la vie apparente pour en nourrir la pensée. Il boit le monde, la couleur, le mouvement, les livres, les tableaux, tout ce qui est beau et tout ce qui est laid, et il en fait des idées. Et quand il nous regarde, il nous donne la sensation d'un bonheur qui n'est point de cette terre. Il nous fait pressentir ce que nous ignorerons toujours ; il nous fait comprendre que les réalités de nos songes sont de méprisables ordures.

....

Je l'aime aussi pour sa démarche.

« Même quand l'oiseau marche, on sent qu'il a des ailes », a dit le poète[1].

Quand elle passe on sent qu'elle est d'une autre race que les femmes ordinaires, d'une race plus légère et plus divine.

....

Je l'épouse demain... J'ai peur... j'ai peur de tant de choses.

....

1. Ce poète est Lemierre (1723-1793). L'extrait vient des *Fastes* (1779), chant I. Ce vers était resté dans les mémoires.

Deux bêtes, deux chiens, deux loups, deux renards, rôdent par les bois et se rencontrent. L'un est mâle, l'autre femelle. Ils s'accouplent. Ils s'accouplent par un instinct bestial qui les force à continuer la race, leur race, celle dont ils ont la forme, le poil, la taille, les mouvements et les habitudes.

Toutes les bêtes en font autant, sans savoir pourquoi !

Nous aussi.

....

C'est cela que j'ai fait en l'épousant, j'ai obéi à cet imbécile emportement qui nous jette vers la femelle.

Elle est ma femme. Tant que je l'ai idéalement désirée elle fut pour moi le rêve irréalisable près de se réaliser. A partir de la seconde même où je l'ai tenue dans mes bras, elle ne fut plus que l'être dont la nature s'était servie pour tromper toutes mes espérances[1].

Les a-t-elle trompées ? — Non. Et pourtant je suis las d'elle, las à ne pouvoir la toucher, l'effleurer de ma main ou de mes lèvres sans que mon cœur soit soulevé par un dégoût inexprimable, non peut-être le dégoût d'elle mais un dégoût plus haut, plus grand, plus méprisant, le dégoût de l'étreinte amoureuse, si vile, qu'elle est devenue, pour tous les êtres affinés, un acte honteux qu'il faut cacher, dont on ne parle qu'à voix basse, en rougissant.

....

Je ne peux plus voir ma femme venir vers moi, m'appelant du sourire, du regard et des bras. Je ne peux plus. J'ai cru jadis que son baiser m'emporterait dans le ciel. Elle fut souffrante, un jour, d'une fièvre passagère, et je sentis dans son haleine le souffle léger, subtil, presque insaisissable des pourritures humaines. Je fus bouleversé !

Oh ! la chair, fumier séduisant et vivant, putréfaction

---

1. Illustration des théories de Schopenhauer, *Pensées et fragments* (voir p. 9). L'amour idéal est une illusion, un piège de la nature pour favoriser la reproduction.

qui marche, qui pense, qui parle, qui regarde et qui sourit, où les nourritures fermentent, et qui est rose, jolie, tentante, trompeuse comme l'âme.

....

Pourquoi les fleurs, seules, sentent-elles si bon, les grandes fleurs éclatantes ou pâles, dont les tons, les nuances font frémir mon cœur et troublent mes yeux ? Elles sont si belles, de structures si fines, si variées et si sensuelles, entrouvertes comme des organes, plus tentantes que des bouches, et creuses avec des lèvres retournées, dentelées, charnues, poudrées d'une semence de vie qui, dans chacune, engendre un parfum différent.

Elles se reproduisent, elles, elles seules, au monde, sans souillure pour leur inviolable race, évaporant autour d'elles l'encens divin de leur amour, la sueur odorante de leurs caresses, l'essence de leurs corps incomparables, de leurs corps parés de toutes les grâces, de toutes les élégances, de toutes les formes, qui ont la coquetterie de toutes les colorations et la séduction enivrante de toutes les senteurs.

....

Fragments choisis, six mois plus tard.

... J'aime les fleurs, non point comme des fleurs, mais comme des êtres matériels et délicieux ; je passe mes jours et mes nuits dans les serres où je les cache ainsi que les femmes des harems.

Qui connaît, hors moi, la douceur, l'affolement, l'extase frémissante, charnelle, idéale, surhumaine de ces tendresses ; et ces baisers sur la chair rose, sur la chair rouge, sur la chair blanche miraculeusement différente, délicate, rare, fine, onctueuse des admirables fleurs ?

J'ai des serres où personne ne pénètre que moi et celui qui en prend soin.

J'entre là comme on se glisse en un lieu de plaisir secret. Dans la haute galerie de verre, je passe d'abord entre deux foules de corolles fermées, entrouvertes ou épanouies qui vont en pente de la terre au toit. C'est le premier baiser qu'elles m'envoient.

Celles-là, ces fleurs-là, celles qui parent ce vestibule de mes passions mystérieuses sont mes servantes et non mes favorites.

Elles me saluent au passage de leur éclat changeant et de leurs fraîches exhalaisons. Elles sont mignonnes, coquettes, étagées sur huit rangs à droite et sur huit rangs à gauche, et si pressées qu'elles ont l'air de deux jardins venant jusqu'à mes pieds.

Mon cœur palpite, mon œil s'allume à les voir, mon sang s'agite dans mes veines, mon âme s'exalte, et mes mains déjà frémissent du désir de les toucher. Je passe. Trois portes sont fermées au fond de cette haute galerie. Je peux choisir. J'ai trois harems.

Mais j'entre le plus souvent chez les orchidées, mes endormeuses[1] préférées. Leur chambre est basse, étouffante. L'air humide et chaud rend moite la peau, fait haleter la gorge et trembler les doigts. Elles viennent, ces filles étranges, de pays marécageux, brûlants et malsains. Elles sont attirantes comme des sirènes, mortelles comme des poisons, admirablement bizarres, énervantes, effrayantes. En voici qui semblent des papillons avec des ailes énormes, des pattes minces, des yeux ! Car elles ont des yeux ! Elles me regardent, elles me voient, êtres prodigieux, invraisemblables, fées, filles de la terre sacrée, de l'air impalpable et de

---

1. On songe à Des Esseintes, le héros d'*À rebours* (1884) de J.-K. Huysmans, modèle de l'état d'esprit décadent. Le chapitre 8 du roman commence ainsi : « Il avait toujours raffolé des fleurs [...] ». Des Esseintes affectionne particulièrement les orchidées. Dans une chronique consacrée au roman et intitulée « Par-delà » (*Gil Blas*, 10 juin 1884), Maupassant écrit qu'on pourrait appeler ce livre « l'histoire d'une névrose ». Et il ajoute : « Mais pourquoi donc ce névrosé m'apparaîtrait-il comme le seul homme intelligent, sage, ingénieux, vraiment idéaliste et poète de l'univers, s'il existait ? » Passage éclairant : du fou névrosé au sage, il n'y a qu'un pas. Tout idéaliste n'est-il pas destiné à devenir fou dans un monde absurde ?

la chaude lumière, cette mère du monde. Oui, elles ont des ailes, et des yeux et des nuances qu'aucun peintre n'imite, tous les charmes, toutes les grâces, toutes les formes qu'on peut rêver. Leur flanc se creuse, odorant et transparent, ouvert pour l'amour et plus tentant que toute la chair des femmes. Les inimaginables dessins de leurs petits corps jettent l'âme grisée dans le paradis des images et des voluptés idéales. Elles tremblent sur leurs tiges comme pour s'envoler. Vont-elles s'envoler, venir à moi ? Non, c'est mon cœur qui vole au-dessus d'elles comme un mâle mystique et torturé d'amour.

Aucune aile de bête ne peut les effleurer. Nous sommes seuls, elles et moi, dans la prison claire que je leur ai construite. Je les regarde et je les contemple, je les admire, je les adore l'une après l'autre.

Comme elles sont grasses, profondes, roses, d'un rose qui mouille les lèvres de désir ! Comme je les aime ! Le bord de leur calice est frisé, plus pâle que leur gorge et la corolle s'y cache, bouche mystérieuse, attirante, sucrée sous la langue, montrant et dérobant les organes délicats, admirables et sacrés de ces divines petites créatures qui sentent bon et ne parlent pas.

J'ai parfois pour une d'elles une passion qui dure autant que son existence, quelques jours, quelques soirs. On l'enlève alors de la galerie commune et on l'enferme dans un mignon cabinet de verre où murmure un fil d'eau contre un lit de gazon tropical venu des îles du grand Pacifique. Et je reste près d'elle, ardent, fiévreux et tourmenté, sachant sa mort si proche, et la regardant se faner, tandis que je la possède, que j'aspire, que je bois, que je cueille sa courte vie d'une inexprimable caresse.

....

Lorsqu'il eut terminé la lecture de ces fragments, l'avocat reprit :

« La décence, messieurs les juges, m'empêche de continuer à vous communiquer les singuliers aveux de ce fou honteusement idéaliste. Les quelques fragments que je viens de vous soumettre vous suffiront, je crois, pour apprécier ce cas de maladie mentale, moins rare qu'on ne croit dans notre époque de démence hystérique et de décadence corrompue [1].

Je pense donc que ma cliente est plus autorisée qu'aucune autre femme à réclamer le divorce, dans la situation exceptionnelle où la place l'étrange égarement des sens de son mari. »

---

1. Charcot travaillait à l'époque sur l'hystérie. La décadence renvoie à un mouvement littéraire et esthétique qui succède à l'ère naturaliste et revendique un raffinement exacerbé des sens comme remède à l'ennui de vivre. Le mouvement est bien analysé dans les *Essais de psychologie contemporaine*, de Paul Bourget (1852-1935), dans le chapitre consacré à Baudelaire, « Théorie de la décadence » (1882), éd. d'A. Guyaux, Gallimard, coll. *Tel*, 1993.

L'AUBERGE[1]

Pareille à toutes les hôtelleries de bois plantées dans les Hautes-Alpes, au pied des glaciers, dans ces couloirs rocheux et nus qui coupent les sommets blancs des montagnes, l'auberge de Schwarenbach sert de refuge aux voyageurs qui suivent le passage de la Gemmi[2].

Pendant six mois elle reste ouverte, habitée par la famille de Jean Hauser ; puis, dès que les neiges s'amoncellent, emplissant le vallon et rendant impraticable la descente sur Loëche, les femmes, le père et les trois fils s'en vont, et laissent pour garder la maison le vieux guide Gaspard Hari avec le jeune guide Ulrich Kunsi, et Sam le gros chien de montagne[3].

Les deux hommes et la bête demeurent jusqu'au printemps dans cette prison de neige, n'ayant devant les yeux que la pente immense et blanche du Balmhorn, entourés de sommets pâles et luisants, enfermés, bloqués, ensevelis sous la neige qui monte autour

---

1. Ce récit est paru dans *Les Lettres et les arts*, le 1er septembre 1886 et repris dans *Le Horla.* Texte d'Ollendorff, 1887. **2.** Le col de la Gemmi est un col des Alpes bernoises en Suisse, dominant Loëche-les-Bains, dans le Valais, à 2314 m. d'altitude. Maupassant avait séjourné à Loëche pour une cure thermale en août 1877. Dans « Aux eaux » (*Le Gaulois*, 24 juillet 1883, publié par L. Forestier, éd. cit., vol. 2, pp. 1261-1270), l'itinéraire suivi ici et le paysage aperçu sont décrits dans le détail. **3.** Il est possible que les noms de Jean Hauser et Gaspard Hari proviennent de l'énigmatique Gaspard Hauser, mystérieux personnage allemand qui excita la curiosité publique de 1828 à 1833 : on ignorait le lieu de sa naissance et il mourut assassiné.

« Peu à peu, le jeune guide Ulrich Kunsi, un grand Suisse aux longues jambes, laissa derrière lui le père Hauser et le vieux Gaspard Hari. » (p. 224)
Illustration de Julian-Damazy.

d'eux, enveloppe, étreint, écrase la petite maison, s'amoncelle sur le toit, atteint les fenêtres et mure la porte.

C'était le jour où la famille Hauser allait retourner à Loëche, l'hiver approchant et la descente devenant périlleuse.

Trois mulets partirent en avant, chargés de hardes et de bagages et conduits par les trois fils. Puis la mère, Jeanne Hauser, et sa fille Louise montèrent sur un quatrième mulet, et se mirent en route à leur tour.

Le père les suivait accompagné des deux gardiens qui devaient escorter la famille jusqu'au sommet de la descente.

Ils contournèrent d'abord le petit lac, gelé maintenant au fond du grand trou de rochers qui s'étend devant l'auberge, puis ils suivirent le vallon clair comme un drap et dominé de tous côtés par des sommets de neige.

Une averse de soleil tombait sur ce désert blanc éclatant et glacé, l'allumait d'une flamme aveuglante et froide ; aucune vie n'apparaissait dans cet océan des monts ; aucun mouvement dans cette solitude démesurée ; aucun bruit n'en troublait le profond silence.

Peu à peu, le jeune guide Ulrich Kunsi, un grand Suisse aux longues jambes, laissa derrière lui le père Hauser et le vieux Gaspard Hari, pour rejoindre le mulet qui portait les deux femmes.

La plus jeune le regardait venir, semblait l'appeler d'un œil triste. C'était une petite paysanne blonde, dont les joues laiteuses et les cheveux pâles paraissaient décolorés par les longs séjours au milieu des glaces.

Quand il eut rejoint la bête qui la portait, il posa la main sur la croupe et ralentit le pas. La mère Hauser se mit à lui parler, énumérant avec des détails infinis toutes les recommandations de l'hivernage[1]. C'était la première fois qu'il restait là-haut, tandis que le vieux

---

1. L'hivernage désigne le séjour des bestiaux à l'étable pour l'hiver. Ici, il s'agit de l'hivernage des deux guides.

Hari avait déjà passé quatorze hivers sous la neige dans l'auberge de Schwarenbach.

Ulrich Kunsi écoutait, sans avoir l'air de comprendre, et regardait sans cesse la jeune fille. De temps en temps il répondait : « Oui, madame Hauser. » Mais sa pensée semblait loin et sa figure calme demeurait impassible.

Ils atteignirent le lac de Daube, dont la longue surface gelée s'étendait, toute plate, au fond du val. A droite, le Daubenhorn montrait ses rochers noirs dressés à pic auprès des énormes moraines du glacier de Lœmmern que dominait le Wildstrubel.

Comme ils approchaient du col de la Gemmi, où commence la descente sur Loëche, ils découvrirent tout à coup l'immense horizon des Alpes du Valais dont les séparait la profonde et large vallée du Rhône.

C'était, au loin, un peuple de sommets blancs, inégaux, écrasés ou pointus et luisants sous le soleil : le Mischabel avec ses deux cornes, le puissant massif du Wissehorn, le lourd Brunnegghorn, la haute et redoutable pyramide du Cervin, ce tueur d'hommes, et la Dent-Blanche, cette monstrueuse coquette.

Puis, au-dessous d'eux, dans un trou démesuré, au fond d'un abîme effrayant, ils aperçurent Loëche, dont les maisons semblaient des grains de sable jetés dans cette crevasse énorme que finit et que ferme la Gemmi, et qui s'ouvre, là-bas, sur le Rhône.

Le mulet s'arrêta au bord du sentier qui va, serpentant, tournant sans cesse et revenant, fantastique et merveilleux, le long de la montagne droite, jusqu'à ce petit village presque invisible, à son pied. Les femmes sautèrent dans la neige.

Les deux vieux les avaient rejoints.

« Allons, dit le père Hauser, adieu et bon courage, à l'an prochain, les amis. »

Le père Hari répéta : « A l'an prochain. »

Ils s'embrassèrent. Puis Mme Hauser, à son tour, tendit ses joues ; et la jeune fille en fit autant.

Quand ce fut le tour d'Ulrich Kunsi, il murmura dans l'oreille de Louise : « N'oubliez point ceux d'en haut. » Elle répondit « non » si bas qu'il devina sans l'entendre.

« Allons, adieu, répéta Jean Hauser, et bonne santé. »

Et, passant devant les femmes, il commença à descendre.

Ils disparurent bientôt tous les trois au premier détour du chemin.

Et les deux hommes s'en retournèrent vers l'auberge de Schwarenbach.

Ils allaient lentement, côte à côte, sans parler. C'était fini, ils resteraient seuls, face à face, quatre ou cinq mois.

Puis Gaspard Hari se mit à raconter sa vie de l'autre hiver. Il était demeuré avec Michel Canol, trop âgé maintenant pour recommencer ; car un accident peut arriver pendant cette longue solitude. Ils ne s'étaient pas ennuyés, d'ailleurs ; le tout était d'en prendre son parti dès le premier jour ; et on finissait par se créer des distractions, des jeux, beaucoup de passe-temps.

Ulrich Kunsi l'écoutait, les yeux baissés, suivant en pensée ceux qui descendaient vers le village par tous les festons de la Gemmi.

Bientôt ils aperçurent l'auberge, à peine visible, si petite, un point noir au pied de la monstrueuse vague de neige.

Quand ils ouvrirent, Sam, le gros chien frisé, se mit à gambader autour d'eux.

« Allons, fils, dit le vieux Gaspard, nous n'avons plus de femme maintenant, il faut préparer le dîner, tu vas éplucher les pommes de terre. »

Et tous deux, s'asseyant sur des escabeaux de bois, commencèrent à tremper la soupe.

La matinée du lendemain sembla longue à Ulrich Kunsi. Le vieux Hari fumait et crachait dans l'âtre, tandis que le jeune homme regardait par la fenêtre l'éclatante montagne en face de la maison.

Il sortit dans l'après-midi, et refaisant le trajet de la veille, il cherchait sur le sol des traces de sabots du mulet qui avait porté les deux femmes. Puis quand il fut au col de la Gemmi, il se coucha sur le ventre au bord de l'abîme, et regarda Loëche.

Le village dans son puits de rocher n'était pas encore noyé sous la neige, bien qu'elle vînt tout près de lui, arrêtée net par les forêts de sapins qui protégeaient ses environs. Ses maisons basses ressemblaient, de là-haut, à des pavés, dans une prairie.

La petite Hauser était là, maintenant, dans une de ces demeures grises. Dans laquelle ? Ulrich Kunsi se trouvait trop loin pour les distinguer séparément. Comme il aurait voulu descendre, pendant qu'il le pouvait encore !

Mais le soleil avait disparu derrière la grande cime du Wildstrubel ; et le jeune homme rentra. Le père Hari fumait. En voyant revenir son compagnon, il lui proposa une partie de cartes ; et ils s'assirent en face l'un de l'autre des deux côtés de la table.

Ils jouèrent longtemps, un jeu simple qu'on nomme la brisque [1], puis, ayant soupé, ils se couchèrent.

Les jours qui suivirent furent pareils au premier, clairs et froids, sans neige nouvelle. Le vieux Gaspard passait ses après-midi à guetter les aigles et les rares oiseaux qui s'aventurent sur ces sommets glacés, tandis que Ulrich retournait régulièrement au col de la Gemmi pour contempler le village. Puis ils jouaient aux cartes, aux dés, aux dominos, gagnaient et perdaient de petits objets pour intéresser leur partie.

Un matin, Hari, levé le premier, appela son compagnon. Un nuage mouvant, profond et léger, d'écume blanche s'abattait sur eux, autour d'eux, sans bruit, les ensevelissait peu à peu sous un épais et lourd matelas de mousse. Cela dura quatre jours et quatre nuits. Il fallut dégager la porte et les fenêtres, creuser un cou-

---

1. La brisque est un jeu de cartes qui se joue à deux personnes avec un jeu de piquet. Selon Pierre Larousse, la petite brisque (plus facile que la grande brisque) est « un véritable jeu d'enfant », proche de la bataille. Il s'agit sans doute de celle-ci.

loir et tailler des marches pour s'élever sur cette poudre de glace que douze heures de gelée avaient rendue plus dure que le granit des moraines [1].

Alors, ils vécurent comme des prisonniers, ne s'aventurant plus guère en dehors de leur demeure. Ils s'étaient partagé les besognes qu'ils accomplissaient régulièrement. Ulrich Kunsi se chargeait des nettoyages, des lavages, de tous les soins et de tous les travaux de propreté. C'était lui aussi qui cassait le bois, tandis que Gaspard Hari faisait la cuisine et entretenait le feu. Leurs ouvrages, réguliers et monotones, étaient interrompus par de longues parties de cartes ou de dés. Jamais ils ne se querellaient, étant tous deux calmes et placides. Jamais même ils n'avaient d'impatiences, de mauvaise humeur, ni de paroles aigres, car ils avaient fait provision de résignation pour cet hivernage sur les sommets.

Quelquefois, le vieux Gaspard prenait son fusil et s'en allait à la recherche des chamois ; il en tuait de temps en temps. C'était alors fête dans l'auberge de Schwarenbach et grand festin de chair fraîche.

Un matin, il partit ainsi. Le thermomètre du dehors marquait dix-huit au-dessous de glace. Le soleil n'étant pas encore levé, le chasseur espérait surprendre les bêtes aux abords du Wildstrubel.

Ulrich, demeuré seul, resta couché jusqu'à dix heures. Il était d'un naturel dormeur ; mais il n'eût point osé s'abandonner ainsi à son penchant en présence du vieux guide toujours ardent et matinal.

Il déjeuna lentement avec Sam, qui passait aussi ses jours et ses nuits à dormir devant le feu ; puis il se sentit triste, effrayé même de la solitude, et saisi par le besoin de la partie de cartes quotidienne, comme on l'est par le désir d'une habitude invincible.

Alors il sortit pour aller au-devant de son compagnon qui devait rentrer à quatre heures.

La neige avait nivelé toute la profonde vallée,

---

1. Désigne des débris de roche entraînés par un glacier.

comblant les crevasses, effaçant les deux lacs, capitonnant les rochers ; ne faisant plus, entre les sommets immenses, qu'une immense cuve blanche régulière, aveuglante et glacée.

Depuis trois semaines, Ulrich n'était plus revenu au bord de l'abîme d'où il regardait le village. Il y voulut retourner avant de gravir les pentes qui conduisaient à Wildstrubel. Loëche maintenant était aussi sous la neige, et les demeures ne se reconnaissaient plus guère, ensevelies sous ce manteau pâle.

Puis, tournant à droite, il gagna le glacier de Lœmmern. Il allait de son pas allongé de montagnard, en frappant de son bâton ferré la neige aussi dure que la pierre. Et il cherchait avec son œil perçant le petit point noir et mouvant, au loin, sur cette nappe démesurée.

Quand il fut au bord du glacier, il s'arrêta, se demandant si le vieux avait bien pris ce chemin ; puis il se mit à longer les moraines d'un pas plus rapide et plus inquiet.

Le jour baissait ; les neiges devenaient roses ; un vent sec et gelé courait par souffles brusques sur leur surface de cristal. Ulrich poussa un cri d'appel aigu, vibrant, prolongé. La voix s'envola dans le silence de mort où dormaient les montagnes ; elle courut au loin, sur les vagues immobiles et profondes d'écume glaciale, comme un cri d'oiseau sur les vagues de la mer ; puis elle s'éteignit et rien ne lui répondit.

Il se remit à marcher. Le soleil s'était enfoncé, là-bas, derrière les cimes que les reflets du ciel empourpraient encore ; mais les profondeurs de la vallée devenaient grises. Et le jeune homme eut peur tout à coup. Il lui sembla que le silence, le froid, la solitude, la mort hivernale de ces monts entraient en lui, allaient arrêter et geler son sang, raidir ses membres, faire de lui un être immobile et glacé. Et il se mit à courir, s'enfuyant vers sa demeure. Le vieux, pensait-il, était rentré pendant son absence. Il avait pris un autre chemin ; il serait assis devant le feu, avec un chamois mort à ses pieds.

Bientôt il aperçut l'auberge. Aucune fumée n'en sortait. Ulrich courut plus vite, ouvrit la porte. Sam s'élança pour le fêter, mais Gaspard Hari n'était point revenu.

Effaré, Kunsi tournait sur lui-même, comme s'il se fût attendu à découvrir son compagnon caché dans un coin. Puis il ralluma le feu et fit la soupe, espérant toujours voir revenir le vieillard.

De temps en temps, il sortait pour regarder s'il n'apparaissait pas. La nuit était tombée, la nuit blafarde des montagnes, la nuit pâle, la nuit livide qu'éclairait, au bord de l'horizon, un croissant jaune et fin prêt à tomber derrière les sommets.

Puis le jeune homme rentrait, s'asseyait, se chauffait les pieds et les mains en rêvant aux accidents possibles.

Gaspard avait pu se casser une jambe, tomber dans un trou, faire un faux pas qui lui avait tordu la cheville. Et il restait étendu dans la neige, saisi, raidi par le froid, l'âme en détresse, perdu, criant peut-être au secours, appelant de toute la force de sa gorge dans le silence de la nuit.

Mais où ? La montagne était si vaste, si rude, si périlleuse aux environs, surtout en cette saison, qu'il aurait fallu être dix ou vingt guides et marcher pendant huit jours dans tous les sens pour trouver un homme en cette immensité.

Ulrich Kunsi, cependant, se résolut à partir avec Sam si Gaspard Hari n'était point revenu entre minuit et une heure du matin.

Et il fit ses préparatifs.

Il mit deux jours de vivres dans un sac, prit ses crampons d'acier, roula autour de sa taille une corde longue, mince et forte, vérifia l'état de son bâton ferré et de la hachette qui sert à tailler des degrés dans la glace. Puis il attendit. Le feu brûlait dans la cheminée ; le gros chien ronflait sous la clarté de la flamme ; l'horloge battait comme un cœur ses coups réguliers dans sa gaine de bois sonore.

Il attendait, l'oreille éveillée aux bruits lointains,

frissonnant quand le vent léger frôlait le toit et les murs.

Minuit sonna ; il tressaillit. Puis, comme il se sentait frémissant et apeuré, il posa de l'eau sur le feu, afin de boire du café bien chaud avant de se mettre en route.

Quand l'horloge fit tinter une heure, il se dressa, réveilla Sam, ouvrit la porte et s'en alla dans la direction du Wildstrubel. Pendant cinq heures, il monta, escaladant des rochers au moyen de ses crampons, taillant la glace, avançant toujours et parfois halant, au bout de sa corde, le chien resté au bas d'un escarpement trop rapide. Il était six heures environ, quand il atteignit un des sommets où le vieux Gaspard venait souvent à la recherche des chamois.

Et il attendit que le jour se levât.

Le ciel pâlissait sur sa tête ; et soudain une lueur bizarre, née on ne sait d'où, éclaira brusquement l'immense océan des cimes pâles qui s'étendaient à cent lieues autour de lui. On eût dit que cette clarté vague sortait de la neige elle-même pour se répandre dans l'espace. Peu à peu les sommets lointains les plus hauts devinrent tous d'un rose tendre comme de la chair, et le soleil rouge apparut derrière les lourds géants des Alpes bernoises.

Ulrich Kunsi se remit en route. Il allait comme un chasseur, courbé, épiant des traces, disant au chien : « Cherche, mon gros, cherche. »

Il redescendait la montagne à présent, fouillant de l'œil les gouffres, et parfois appelant, jetant un cri prolongé, mort bien vite dans l'immensité muette. Alors, il collait à terre l'oreille, pour écouter ; il croyait distinguer une voix, se mettait à courir, appelait de nouveau, n'entendait plus rien et s'asseyait, épuisé, désespéré. Vers midi, il déjeuna et fit manger Sam, aussi las que lui-même. Puis il recommença ses recherches.

Quand le soir vint, il marchait encore, ayant parcouru cinquante kilomètres de montagne. Comme il se trouvait trop loin de sa maison pour y rentrer, et trop fatigué pour se traîner plus longtemps, il creusa un trou dans la neige et s'y blottit avec son chien, sous une couverture qu'il avait apportée. Et ils se couchèrent l'un contre l'autre, l'homme et la bête, chauffant leurs corps l'un à l'autre et gelés jusqu'aux moelles cependant.

Ulrich ne dormit guère, l'esprit hanté de visions, les membres secoués de frissons.

Le jour allait paraître quand il se releva. Ses jambes étaient raides comme des barres de fer, son âme faible à le faire crier d'angoisse, son cœur palpitant à le laisser choir d'émotion dès qu'il croyait entendre un bruit quelconque.

Il pensa soudain qu'il allait aussi mourir de froid dans cette solitude, et l'épouvante de cette mort, fouettant son énergie, réveilla sa vigueur.

Il descendait maintenant vers l'auberge, tombant, se relevant, suivi de loin par Sam, qui boitait sur trois pattes.

Ils atteignirent Schwarenbach seulement vers quatre heures de l'après-midi. La maison était vide. Le jeune homme fit du feu, mangea et s'endormit, tellement abruti qu'il ne pensait plus à rien.

Il dormit longtemps, très longtemps, d'un sommeil invincible. Mais soudain, une voix, un cri, un nom : « Ulrich », secoua son engourdissement profond et le fit se dresser. Avait-il rêvé ? Était-ce un de ces appels bizarres qui traversent les rêves des âmes inquiètes ? Non, il l'entendait encore, ce cri vibrant, entré dans son oreille et resté dans sa chair jusqu'au bout de ses doigts nerveux. Certes, on avait crié ; on avait appelé : « Ulrich ! » Quelqu'un était là, près de la maison. Il n'en pouvait douter. Il ouvrit donc la porte et hurla : « C'est toi, Gaspard ! » de toute la puissance de sa gorge.

Rien ne répondit ; aucun son, aucun murmure, aucun gémissement, rien. Il faisait nuit. La neige était blême.

Le vent s'était levé, le vent glacé qui brise les pierres et ne laisse rien de vivant sur ces hauteurs abandonnées. Il passait par souffles brusques plus desséchants et plus mortels que le vent de feu du désert. Ulrich, de nouveau, cria : « Gaspard ! — Gaspard ! — Gaspard ! »

Puis il attendit. Tout demeura muet sur la montagne ! Alors, une épouvante le secoua jusqu'aux os. D'un bond il rentra dans l'auberge, ferma la porte et poussa les verrous ; puis il tomba grelottant sur une chaise, certain qu'il venait d'être appelé par son camarade au moment où il rendait l'esprit.

De cela il était sûr, comme on est sûr de vivre ou de manger du pain. Le vieux Gaspard Hari avait agonisé pendant deux jours et trois nuits quelque part, dans un trou, dans un de ces profonds ravins immaculés dont la blancheur est plus sinistre que les ténèbres des souterrains. Il avait agonisé pendant deux jours et trois nuits, et il venait de mourir tout à l'heure en pensant à son compagnon. Et son âme, à peine libre, s'était envolée vers l'auberge où dormait Ulrich, et elle l'avait appelé de par la vertu mystérieuse et terrible qu'ont les âmes des morts de hanter les vivants. Elle avait crié, cette âme sans voix, dans l'âme accablée du dormeur ; elle avait crié son adieu dernier, ou son reproche, ou sa malédiction sur l'homme qui n'avait point assez cherché [1].

Et Ulrich la sentait là, tout près, derrière le mur, derrière la porte qu'il venait de refermer. Elle rôdait, comme un oiseau de nuit qui frôle de ses plumes une fenêtre éclairée ; et le jeune homme éperdu était prêt à hurler d'horreur. Il voulait s'enfuir et n'osait point sortir ; il n'osait point et n'oserait plus désormais, car le fantôme resterait là, jour et nuit, autour de l'auberge, tant que le corps du vieux guide n'aurait pas été retrouvé et déposé dans la terre bénite d'un cimetière.

Le jour vint et Kunsi reprit un peu d'assurance au retour brillant du soleil. Il prépara son repas, fit la soupe de son chien, puis il demeura sur une chaise,

---

1. La culpabilité provoque la naissance de la folie. Voir *Madame Hermet*, p. 253.

immobile, le cœur torturé, pensant au vieux couché sur la neige.

Puis, dès que la nuit recouvrit la montagne, des terreurs nouvelles l'assaillirent. Il marchait maintenant dans la cuisine noire, éclairée à peine par la flamme d'une chandelle, il marchait d'un bout à l'autre de la pièce, à grands pas, écoutant, écoutant si le cri effrayant de l'autre nuit n'allait pas encore traverser le silence morne du dehors. Et il se sentait seul, le misérable, comme aucun homme n'avait jamais été seul ! Il était seul dans cet immense désert de neige, seul à deux mille mètres au-dessus de la terre habitée, au-dessus des maisons humaines, au-dessus de la vie qui s'agite, bruit et palpite, seul dans le ciel glacé ! Une envie folle le tenaillait de se sauver n'importe où, n'importe comment, de descendre à Loëche en se jetant dans l'abîme ; mais il n'osait seulement pas ouvrir la porte, sûr que l'autre, le mort, lui barrerait la route, pour ne pas rester seul non plus là-haut.

Vers minuit, las de marcher, accablé d'angoisse et de peur, il s'assoupit enfin sur une chaise, car il redoutait son lit comme on redoute un lieu hanté.

Et soudain le cri strident de l'autre soir lui déchira les oreilles, si suraigu qu'Ulrich étendit les bras pour repousser le revenant, et il tomba sur le dos avec son siège.

Sam, réveillé par le bruit, se mit à hurler comme hurlent les chiens effrayés, et il tournait autour du logis cherchant d'où venait le danger. Parvenu près de la porte, il flaira dessous, soufflant et reniflant avec force, le poil hérissé, la queue droite et grognant.

Kunzi, éperdu, s'était levé et, tenant par un pied sa chaise, il cria : « N'entre pas, n'entre pas, n'entre pas ou je te tue ! » Et le chien, excité par cette menace, aboyait avec fureur contre l'invisible ennemi que défiait la voix de son maître.

Sam, peu à peu, se calma et revint s'étendre auprès du foyer, mais il demeurait inquiet, la tête levée, les yeux brillants et grondant entre ses crocs.

Ulrich, à son tour, reprit ses sens, mais comme il se sentait défaillir de terreur, il alla chercher une bouteille d'eau-de-vie dans le buffet, et il en but, coup sur coup, plusieurs verres. Ses idées devenaient vagues ; son courage s'affermissait ; une fièvre de feu glissait dans ses veines.

Il ne mangea guère le lendemain, se bornant à boire de l'alcool. Et pendant plusieurs jours de suite il vécut, soûl comme une brute. Dès que la pensée de Gaspard Hari lui revenait, il recommençait à boire jusqu'à l'instant où il tombait sur le sol, abattu par l'ivresse. Et il restait là, sur la face, ivre mort, les membres rompus, ronflant, le front par terre. Mais à peine avait-il digéré le liquide affolant et brûlant, que le cri toujours le même « Ulrich ! » le réveillait comme une balle qui lui aurait percé le crâne ; et il se dressait chancelant encore, étendant les mains pour ne point tomber, appelant Sam à son secours. Et le chien, qui semblait devenir fou comme son maître, se précipitait sur la porte, la grattait de ses griffes, la rongeait de ses longues dents blanches, tandis que le jeune homme, le col renversé, la tête en l'air, avalait à pleines gorgées, comme de l'eau fraîche après une course, l'eau-de-vie qui tout à l'heure endormirait de nouveau sa pensée, et son souvenir, et sa terreur éperdue.

En trois semaines, il absorba toute sa provision d'alcool. Mais cette soûlerie continue ne faisait qu'assoupir son épouvante qui se réveilla plus furieuse dès qu'il lui fut impossible de la calmer. L'idée fixe alors, exaspérée par un mois d'ivresse, et grandissant sans cesse dans l'absolue solitude, s'enfonçait en lui à la façon d'une vrille. Il marchait maintenant dans sa demeure ainsi qu'une bête en cage, collant son oreille à la porte pour écouter si l'autre était là, et le défiant, à travers le mur.

Puis, dès qu'il sommeillait, vaincu par la fatigue, il entendait la voix qui le faisait bondir sur ses pieds.

Une nuit enfin, pareil aux lâches poussés à bout, il

se précipita sur la porte et l'ouvrit pour voir celui qui l'appelait et pour le forcer à se taire.

Il reçut en plein visage un souffle d'air froid qui le glaça jusqu'aux os et il referma le battant et poussa les verrous, sans remarquer que Sam s'était élancé dehors. Puis, frémissant, il jeta du bois au feu, et s'assit devant pour se chauffer ; mais soudain il tressaillit, quelqu'un grattait le mur en pleurant.

Il cria éperdu : « Va-t'en ! » Une plainte lui répondit, longue et douloureuse.

Alors tout ce qui lui restait de raison fut emporté par la terreur. Il répétait : « Va-t'en ! » en tournant sur lui-même pour trouver un coin où se cacher. L'autre, pleurant toujours, passait le long de la maison en se frottant contre le mur. Ulrich s'élança vers le buffet de chêne plein de vaisselle et de provisions, et, le soulevant avec une force surhumaine, il le traîna jusqu'à la porte, pour s'appuyer d'une barricade. Puis, entassant les uns sur les autres tout ce qui restait de meubles, les matelas, les paillasses, les chaises, il boucha la fenêtre comme on fait lorsqu'un ennemi vous assiège.

Mais celui du dehors poussait maintenant de grands gémissements lugubres auxquels le jeune homme se mit à répondre par des gémissements pareils.

Et des jours et des nuits se passèrent sans qu'ils cessassent de hurler l'un et l'autre. L'un tournait sans cesse autour de la maison et fouillait la muraille de ses ongles avec tant de force qu'il semblait vouloir la démolir ; l'autre, au-dedans, suivait tous ses mouvements, courbé, l'oreille collée contre la pierre, et il répondait à tous ses appels par d'épouvantables cris.

Un soir, Ulrich n'entendit plus rien ; et il s'assit, tellement brisé de fatigue qu'il s'endormit aussitôt.

Il se réveilla sans un souvenir, sans une pensée, comme si toute sa tête se fût vidée pendant ce sommeil accablé. Il avait faim, il mangea.

....

L'hiver était fini. Le passage de la Gemmi redevenait praticable ; et la famille Hauser se mit en route pour rentrer dans son auberge.

Dès qu'elles eurent atteint le haut de la montée les femmes grimpèrent sur leur mulet, et elles parlèrent des deux hommes qu'elles allaient retrouver tout à l'heure.

Elles s'étonnaient que l'un d'eux ne fût pas descendu quelques jours plus tôt, dès que la route était devenue possible, pour donner des nouvelles de leur long hivernage.

On aperçut enfin l'auberge encore couverte et capitonnée de neige. La porte et la fenêtre étaient closes ; un peu de fumée sortait du toit, ce qui rassura le père Hauser. Mais en approchant, il aperçut, sur le seuil, un squelette d'animal dépecé par les aigles, un grand squelette couché sur le flanc[1].

Tous l'examinèrent : « Ça doit être Sam », dit la mère. Et elle appela : « Hé, Gaspard. » Un cri répondit à l'intérieur, un cri aigu, qu'on eût dit poussé par une bête. Le père Hauser répéta : « Hé, Gaspard. » Un autre cri pareil au premier se fit entendre.

Alors, les trois hommes, le père et les deux fils, essayèrent d'ouvrir la porte. Elle résista. Ils prirent dans l'étable vide une longue poutre comme bélier, et la lancèrent à toute volée. Le bois cria, céda, les planches volèrent en morceaux ; puis un grand bruit ébranla la maison et ils aperçurent, dedans, derrière le buffet écroulé, un homme debout, avec des cheveux qui lui tombaient aux épaules, une barbe qui lui tombait sur la poitrine, des yeux brillants et des lambeaux d'étoffe sur le corps.

Ils ne le reconnaissaient point, mais Louise Hauser s'écria : « C'est Ulrich, maman. » Et la mère constata que c'était Ulrich, bien que ses cheveux fussent blancs.

---

1. La présence et la mort du chien apparentent ce récit à *La Peur* (1882), p. 68, où l'assassin d'un braconnier, torturé par le remords, attend avec angoisse, la nuit, le retour du fantôme.

Il les laissa venir ; il se laissa toucher ; mais il ne répondit point aux questions qu'on lui posa ; et il fallut le conduire à Loëche où les médecins constatèrent qu'il était fou.

Et personne ne sut jamais ce qu'était devenu son compagnon.

La petite Hauser faillit mourir, cet été-là, d'une maladie de langueur qu'on attribua au froid de la montagne.

LE HORLA[1]

Le docteur Marrande, le plus illustre et le plus éminent des aliénistes, avait prié trois de ses confrères et quatre savants, s'occupant de sciences naturelles, de venir passer une heure chez lui, dans la maison de santé qu'il dirigeait, pour leur montrer un de ses malades.

Aussitôt que ses amis furent réunis, il leur dit : « Je vais vous soumettre le cas le plus bizarre et le plus inquiétant que j'aie jamais rencontré. D'ailleurs je n'ai rien à vous dire de mon client. Il parlera lui-même. » Le docteur alors sonna. Un domestique fit entrer un homme. Il était fort maigre, d'une maigreur de cadavre, comme sont maigres certains fous que ronge une pensée, car la pensée malade dévore la chair du corps plus que la fièvre ou la phtisie[2].

Ayant salué et s'étant assis, il dit :

Messieurs, je sais pourquoi on vous a réunis ici et je suis prêt à vous raconter mon histoire, comme m'en a prié mon ami le docteur Marrande. Pendant longtemps il m'a cru fou. Aujourd'hui il doute. Dans quelque temps, vous saurez tous que j'ai l'esprit aussi sain, aussi lucide, aussi clairvoyant que les vôtres, malheureusement pour moi, et pour vous, et pour l'humanité tout entière.

---

1. Paru dans le *Gil Blas* du 26 octobre 1886, non recueilli par Maupassant. Texte du *Gil Blas*. Il s'agit de la première version du futur *Horla* de 1887. **2.** Tuberculose pulmonaire.

Mais je veux commencer par les faits eux-mêmes, par les faits tout simples. Les voici :

J'ai quarante-deux ans. Je ne suis pas marié, ma fortune est suffisante pour vivre avec un certain luxe. Donc j'habitais une propriété sur les bords de la Seine, à Biessard, auprès de Rouen[1]. J'aime la chasse et la pêche. Or, j'avais derrière moi, au-dessus des grands rochers qui dominaient ma maison, une des plus belles forêts de France, celle de Roumare, et devant moi un des plus beaux fleuves du monde.

Ma demeure est vaste, peinte en blanc à l'extérieur, jolie, ancienne, au milieu d'un grand jardin planté d'arbres magnifiques et qui monte jusqu'à la forêt, en escaladant les énormes rochers dont je vous parlais tout à l'heure.

Mon personnel se compose, ou plutôt se composait d'un cocher, un jardinier, un valet de chambre, une cuisinière et une lingère qui était en même temps une espèce de femme de charge. Tout ce monde habitait chez moi depuis dix à seize ans, me connaissait, connaissait ma demeure, le pays, tout l'entourage de ma vie. C'étaient de bons et tranquilles serviteurs. Cela importe pour ce que je vais dire.

J'ajoute que la Seine, qui longe mon jardin, est navigable jusqu'à Rouen, comme vous le savez sans doute ; et que je voyais passer chaque jour de grands navires soit à voile, soit à vapeur, venant de tous les coins du monde.

Donc, il y a eu un an à l'automne dernier, je fus pris tout à coup de malaises bizarres et inexplicables. Ce fut d'abord une sorte d'inquiétude nerveuse qui me tenait en éveil des nuits entières, une telle surexcitation que le moindre bruit me faisait tressaillir. Mon humeur s'aigrit. J'avais des colères subites inexplicables. J'appelai un médecin qui m'ordonna du bromure de potassium[2] et des douches.

---

1. Pour ces lieux, voir *Mademoiselle Cocotte*, p. 87. **2.** Puissant sédatif.

Je me fis donc doucher matin et soir, et je me mis à boire du bromure. Bientôt, en effet, je recommençai à dormir, mais d'un sommeil plus affreux que l'insomnie. A peine couché, je fermais les yeux et je m'anéantissais. Oui, je tombais dans le néant, dans un néant absolu, dans une mort de l'être entier dont j'étais tiré brusquement, horriblement par l'épouvantable sensation d'un poids écrasant sur ma poitrine, et d'une bouche qui mangeait ma vie, sur ma bouche. Oh ! ces secousses-là ! je ne sais rien de plus épouvantable !

Figurez-vous un homme qui dort, qu'on assassine, et qui se réveille avec un couteau dans la gorge ; et qui râle couvert de sang, et qui ne peut plus respirer, et qui va mourir, et qui ne comprend pas — voilà[1] !

Je maigrissais d'une façon inquiétante, continue ; et je m'aperçus soudain que mon cocher, qui était fort gros, commençait à maigrir comme moi.

Je lui demandai enfin :

« Qu'avez-vous donc, Jean ? Vous êtes malade. »

Il répondit :

« Je crois bien que j'ai gagné la même maladie que monsieur. C'est mes nuits qui perdent mes jours. »

Je pensai donc qu'il y avait dans la maison une influence fiévreuse due au voisinage du fleuve et j'allais m'en aller pour deux ou trois mois, bien que nous fussions en pleine saison de chasse, quand un petit fait très bizarre, observé par hasard, amena pour moi une telle suite de découvertes invraisemblables, fantastiques, effrayantes, que je restai.

Ayant soif un soir, je bus un demi-verre d'eau et je remarquai que ma carafe, posée sur la commode en face de mon lit, était pleine jusqu'au bouchon de cristal.

J'eus, pendant la nuit, un de ces réveils affreux dont je viens de vous parler. J'allumai ma bougie, en proie à une épouvantable angoisse, et, comme je voulus

---

1. Ce scénario tragique a été vécu par M. Marambot, personnage de la nouvelle *Denis*, voir p. 107.

boire de nouveau, je m'aperçus avec stupeur que ma carafe était vide. Je n'en pouvais croire mes yeux. Ou bien on était entré dans ma chambre, ou bien j'étais somnambule.

Le soir suivant, je voulus faire la même épreuve. Je fermai donc ma porte à clef pour être certain que personne ne pourrait pénétrer chez moi. Je m'endormis et je me réveillai comme chaque nuit. *On* avait bu toute l'eau que j'avais vue deux heures plus tôt.

Qui avait bu cette eau ? Moi, sans doute, et pourtant je me croyais sûr, absolument sûr, de n'avoir pas fait un mouvement dans mon sommeil profond et douloureux.

Alors j'eus recours à des ruses pour me convaincre que je n'accomplissais point ces actes inconscients. Je plaçai un soir, à côté de la carafe, une bouteille de vieux bordeaux, une tasse de lait dont j'ai horreur, et des gâteaux au chocolat que j'adore.

Le vin et les gâteaux demeurèrent intacts. Le lait et l'eau disparurent. Alors, chaque jour, je changeai les boissons et les nourritures. Jamais *on* ne toucha aux choses solides, compactes, et *on* ne but, en fait de liquide, que du laitage frais et de l'eau surtout.

Mais ce doute poignant restait dans mon âme. N'était-ce pas moi qui me levais sans en avoir conscience, et qui buvais même les choses détestées, car mes sens engourdis par le sommeil somnambulique pouvaient être modifiés, avoir perdu leurs répugnances ordinaires et acquis des goûts différents.

Je me servis alors d'une ruse nouvelle contre moi-même. J'enveloppai tous les objets auxquels il fallait infailliblement toucher avec des bandelettes de mousseline blanche et je les recouvris encore avec une serviette de batiste [1].

Puis, au moment de me mettre au lit, je me barbouillai les mains, les lèvres et la moustache avec de la mine de plomb.

---

1. La batiste est une toile de lin très fine.

À mon réveil, tous les objets étaient demeurés immaculés bien qu'on y eût touché, car la serviette n'était point posée comme je l'avais mise ; et, de plus, on avait bu de l'eau et du lait. Or ma porte fermée avec une clef de sûreté et mes volets cadenassés par prudence n'avaient pu laisser pénétrer personne.

Alors, je me posai cette redoutable question. Qui donc était là, toutes les nuits, près de moi ?

Je sens, messieurs, que je vous raconte cela trop vite. Vous souriez, votre opinion est déjà faite : « C'est un fou. » J'aurais dû vous décrire longuement cette émotion d'un homme qui, enfermé chez lui, l'esprit sain, regarde, à travers le verre d'une carafe, un peu d'eau disparue pendant qu'il a dormi. J'aurais dû vous faire comprendre cette torture renouvelée chaque soir et chaque matin, et cet invincible sommeil, et ces réveils plus épouvantables encore [1].

Mais je continue.

Tout à coup, le miracle cessa. *On* ne touchait plus à rien dans ma chambre. C'était fini. J'allais mieux d'ailleurs. La gaieté me revenait, quand j'appris qu'un de mes voisins, M. Legite, se trouvait exactement dans l'état où j'avais été moi-même. Je crus de nouveau à une influence fiévreuse dans le pays. Mon cocher m'avait quitté depuis un mois, fort malade.

L'hiver était passé, le printemps commençait. Or, un matin, comme je me promenais près de mon parterre de rosiers, je vis, je vis distinctement, tout près de moi, la tige d'une des plus belles roses se casser comme si une main invisible l'eût cueillie ; puis la fleur suivit la courbe qu'aurait décrite un bras en la portant vers une bouche, et resta suspendue dans l'air transparent, toute seule, immobile, effrayante, à trois pas de mes yeux.

Saisi d'une épouvante folle, je me jetai sur elle pour la saisir. Je ne trouvai rien. Elle avait disparu. Alors, je fus pris d'une colère furieuse contre moi-même. Il

---

1. C'est ce que fera le narrateur du journal intime, dans une version plus troublante du *Horla*.

n'est pas permis à un homme raisonnable et sérieux d'avoir de pareilles hallucinations !

Mais était-ce bien une hallucination ? Je cherchai la tige. Je la retrouvai immédiatement sur l'arbuste, fraîchement cassée, entre deux autres roses demeurées sur la branche ; car elles étaient trois que j'avais vues parfaitement.

Alors je rentrai chez moi, l'âme bouleversée. Messieurs, écoutez-moi, je suis calme ; je ne croyais pas au surnaturel, je n'y crois pas même aujourd'hui ; mais à partir de ce moment-là, je fus certain, certain comme du jour et de la nuit, qu'il existait près de moi un être invisible qui m'avait hanté, puis m'avait quitté, et qui revenait.

Un peu plus tard, j'en eus la preuve.

Entre mes domestiques d'abord éclataient tous les jours des querelles furieuses pour mille causes futiles en apparence, mais pleines de sens pour moi désormais.

Un verre, un beau verre de Venise[1] se brisa tout seul, sur le dressoir[2] de ma salle à manger, en plein jour.

Le valet de chambre accusa la cuisinière, qui accusa la lingère, qui accusa je ne sais qui.

Des portes fermées le soir étaient ouvertes le matin. On volait du lait, chaque nuit, dans l'office. — Ah !

Quel était-il ? De quelle nature ? Une curiosité énervée, mêlée de colère et d'épouvante, me tenait jour et nuit dans un état d'extrême agitation.

Mais la maison redevint calme encore une fois ; et je croyais de nouveau à des rêves quand se passa la chose suivante :

C'était le 20 juillet, à neuf heures du soir. Il faisait fort chaud ; j'avais laissé ma fenêtre toute grande, ma lampe allumée sur ma table, éclairant un volume de

---

1. Venise est réputée pour ses verreries et ses cristalleries, industries de luxe. **2.** Buffet où sont posés les objets du service de la table.

Musset ouvert à la *Nuit de Mai*[1] ; et je m'étais étendu dans un grand fauteuil où je m'endormis.

Or, ayant dormi environ quarante minutes, je rouvris les yeux, sans faire un mouvement, réveillé par je ne sais quelle émotion confuse et bizarre. Je ne vis rien d'abord, puis tout à coup il me sembla qu'une page du livre venait de tourner toute seule. Aucun souffle d'air n'était entré par la fenêtre. Je fus surpris ; et j'attendis. Au bout de quatre minutes environ, je vis, je vis, oui, je vis, messieurs, de mes yeux, une autre page se soulever et se rabattre sur la précédente comme si un doigt l'eût feuilletée. Mon fauteuil semblait vide, mais je compris qu'il était là, *lui* ! Je traversai ma chambre d'un bond pour le prendre, pour le toucher, pour le saisir si cela se pouvait... Mais mon siège, avant que je l'eusse atteint, se renversa comme si on eût fui devant moi ; ma lampe aussi tomba et s'éteignit, le verre brisé ; et ma fenêtre brusquement poussée comme si un malfaiteur l'eût saisie en se sauvant alla frapper sur son arrêt... Ah !...

Je me jetai sur la sonnette et j'appelai. Quand mon valet de chambre parut, je lui dis :

« J'ai tout renversé et tout brisé. Donnez-moi de la lumière. »

Je ne dormis plus, cette nuit-là. Et cependant j'avais pu encore être le jouet d'une illusion ! Au réveil les sens demeurent troubles. N'était-ce pas moi qui avais jeté bas mon fauteuil et ma lumière en me précipitant comme un fou ?

Non, ce n'était pas moi ! je le savais à n'en point douter une seconde. Et cependant je le voulais croire.

Attendez. L'Être ! Comment le nommerai-je ? L'Invisible. Non, cela ne suffit pas. Je l'ai baptisé le Horla[2]. Pourquoi ? Je ne sais point. Donc le Horla ne me quittait plus guère. J'avais jour et nuit la sensation, la certitude de la présence de cet insaisissable voisin, et la

---

1. Maupassant cite souvent Musset, voir par ex. p. 77. **2.** Sur le sens de ce baptême, voir Annexes, p. 352.

certitude aussi qu'il prenait ma vie, heure par heure, minute par minute.

L'impossibilité de le voir m'exaspérait et j'allumais toutes les lumières de mon appartement, comme si j'eusse pu, dans cette clarté, le découvrir.

Je le vis, enfin.

Vous ne me croyez pas. Je l'ai vu cependant.

J'étais assis devant un livre quelconque, ne lisant pas, mais guettant, avec tous mes organes surexcités, guettant Celui que je sentais près de moi. Certes, il était là. Mais où ? Que faisait-il ? Comment l'atteindre ?

En face de moi mon lit, un vieux lit de chêne à colonnes. A droite ma cheminée. A gauche ma porte que j'avais fermée avec soin. Derrière moi une très grande armoire à glace, qui me servait chaque jour pour me raser, pour m'habiller, où j'avais coutume de me regarder de la tête aux pieds chaque fois que je passais devant.

Donc je faisais semblant de lire ; pour le tromper, car il m'épiait lui aussi ; et soudain je sentis, je fus certain qu'il lisait par-dessus mon épaule, qu'il était là, frôlant mon oreille.

Je me dressai, en me tournant si vite que je faillis tomber. Eh bien... On y voyait comme en plein jour... et je ne me vis pas dans ma glace ! Elle était vide, claire, pleine de lumière. Mon image n'était pas dedans... Et j'étais en face... Je voyais le grand verre limpide, du haut en bas ! Et je regardais cela avec des yeux affolés, et je n'osais plus avancer, sentant bien qu'il se trouvait entre nous, lui, et qu'il m'échapperait encore, mais que son corps imperceptible avait absorbé mon reflet.

Comme j'eus peur ! Puis voilà que tout à coup je commençai à m'apercevoir dans une brume, au fond du miroir, dans une brume, comme à travers une nappe d'eau ; et il me semblait que cette eau glissait de gauche à droite, lentement, rendant plus précise mon image de seconde en seconde. C'était comme la fin d'une éclipse. Ce qui me cachait ne paraissait point posséder de contours nettement arrêtés, mais une sorte de transparence opaque s'éclaircissant peu à peu.

Je pus enfin me distinguer complètement ainsi que je fais chaque jour en me regardant.

Je l'avais vu. L'épouvante m'en est restée, qui me fait encore frissonner.

Le lendemain j'étais ici, où je priai qu'on me gardât.

Maintenant, messieurs, je conclus.

Le docteur Marrande, après avoir longtemps douté, se décida à faire, seul, un voyage dans mon pays.

Trois de mes voisins, à présent, sont atteints comme je l'étais. Est-ce vrai ?

Le médecin répondit : « C'est vrai ! »

Vous leur avez conseillé de laisser de l'eau et du lait chaque nuit dans leur chambre pour voir si ces liquides disparaîtraient. Ils l'ont fait. Ces liquides ont-ils disparu comme chez moi ?

Le médecin répondit avec une gravité solennelle : « Ils ont disparu. »

Donc, messieurs, un Etre, un Etre nouveau, qui sans doute se multipliera bientôt comme nous nous sommes multipliés, vient d'apparaître sur la terre !

Ah ! vous souriez ! Pourquoi ? parce que cet Etre demeure invisible. Mais notre œil, messieurs, est un organe tellement élémentaire qu'il peut distinguer à peine ce qui est indispensable à notre existence. Ce qui est trop petit lui échappe, ce qui est trop grand lui échappe, ce qui est trop loin lui échappe. Il ignore les milliards de petites bêtes qui vivent dans unc goutte d'eau. Il ignore les habitants, les plantes et le sol des étoiles voisines ; il ne voit pas même le transparent.

Placez devant lui une glace sans tain parfaite, il ne la distinguera pas et nous jettera dessus comme l'oiseau pris dans une maison, qui se casse la tête aux vitres. Donc, il ne voit pas les corps solides et transparents qui existent pourtant, il ne voit pas l'air dont nous nous nourrissons, ne voit pas le vent qui est la plus grande force de la nature, qui renverse les hommes, abat les édifices, déracine les arbres, soulève la mer en montagnes d'eau qui font crouler les falaises de granit.

Quoi d'étonnant à ce qu'il ne voie pas un corps nouveau, à qui manque sans doute la seule propriété d'arrêter les rayons lumineux.

Apercevez-vous l'électricité ? Et cependant elle existe !

Cet être, que j'ai nommé le Horla, existe aussi.

Qui est-ce ? Messieurs, c'est celui que la terre attend, après l'homme ! Celui qui vient nous détrôner, nous asservir, nous dompter, et se nourrir de nous peut-être, comme nous nous nourrissons des bœufs et des sangliers.

Depuis des siècles, on le pressent, on le redoute et on l'annonce ! La peur de l'Invisible a toujours hanté nos pères.

Il est venu.

Toutes les légendes des fées, des gnômes, des rôdeurs de l'air insaisissables et malfaisants, c'était de lui qu'elles parlaient, de lui pressenti par l'homme inquiet et tremblant déjà.

Et tout ce que vous faites vous-mêmes, messieurs, depuis quelques ans, ce que vous appelez l'hypnotisme, la suggestion, le magnétisme — c'est lui que vous annoncez, que vous prophétisez !

Je vous dis qu'il est venu. Il rôde inquiet lui-même comme les premiers hommes, ignorant encore sa force et sa puissance qu'il connaîtra bientôt, trop tôt.

Et voici, messieurs, pour finir, un fragment de journal qui m'est tombé sous la main et qui vient de Rio de Janeiro. Je lis : « Une sorte d'épidémie de folie semble sévir depuis quelque temps dans la province de San-Paulo. Les habitants de plusieurs villages se sont sauvés abandonnant leurs terres et leurs maisons et se prétendant poursuivis et mangés par des vampires invisibles qui se nourrissent de leur souffle pendant leur sommeil et qui ne boiraient, en outre, que de l'eau, et quelquefois du lait ! »

J'ajoute : « Quelques jours avant la première atteinte

du mal dont j'ai failli mourir, je me rappelle parfaitement avoir vu passer un grand trois-mâts brésilien avec son pavillon déployé... Je vous ai dit que ma maison est au bord de l'eau... toute blanche... Il était caché sur ce bateau sans doute... »

Je n'ai plus rien à ajouter, messieurs.

Le docteur Marrande se leva et murmura :

« Moi non plus. Je ne sais si cet homme est fou ou si nous le sommes tous les deux..., ou si... si notre successeur est réellement arrivé... »

MADAME HERMET[1]

Les fous m'attirent[2]. Ces gens-là vivent dans un pays mystérieux de songes bizarres, dans ce nuage impénétrable de la démence où tout ce qu'ils ont vu sur la terre, tout ce qu'ils ont aimé, tout ce qu'ils ont fait recommence pour eux dans une existence imaginée en dehors de toutes les lois qui gouvernent les choses et régissent la pensée humaine.

Pour eux l'impossible n'existe plus, l'invraisemblable disparaît, le féerique devient constant et le surnaturel familier. Cette vieille barrière, la logique, cette vieille muraille, la raison, cette vieille rampe des idées, le bon sens, se brisent, s'abattent, s'écroulent devant leur imagination lâchée en liberté, échappée dans le pays illimité de la fantaisie, et qui va par bonds fabuleux sans que rien l'arrête. Pour eux tout arrive et tout peut arriver. Ils ne font point d'efforts pour vaincre les événements, dompter les résistances, renverser les obstacles. Il suffit d'un caprice de leur volonté illusionnante pour qu'ils soient princes, empereurs ou dieux, pour qu'ils possèdent toutes les richesses du monde, toutes les choses savoureuses de la vie, pour qu'ils jouissent de tous les plaisirs, pour qu'ils soient toujours forts, toujours beaux, toujours jeunes, toujours chéris !

---

1. Récit paru dans le *Gil Blas* du 18 janvier 1887 et non recueilli par Maupassant. Texte du *Gil Blas*. **2.** Dans cet aveu du narrateur, il est tentant d'entendre une confession de l'auteur, comme en témoigne dans les récits publiés ici sa constante obsession de la folie.

Eux seuls peuvent être heureux sur la terre, car, pour eux, la Réalité n'existe plus. J'aime à me pencher sur leur esprit vagabond, comme on se penche sur un gouffre où bouillonne tout au fond un torrent inconnu, qui vient on ne sait d'où et va on ne sait où.

Mais à rien ne sert de se pencher sur ces crevasses, car jamais on ne pourra savoir d'où vient cette eau, où va cette eau. Après tout, ce n'est que de l'eau pareille à celle qui coule au grand jour, et la voir ne nous apprendrait pas grand-chose.

À rien ne sert non plus de se pencher sur l'esprit des fous, car leurs idées les plus bizarres ne sont, en somme, que des idées déjà connues, étranges seulement, parce qu'elles ne sont plus enchaînées par la Raison. Leur source capricieuse nous confond de surprise parce qu'on ne la voit pas jaillir. Il a suffi sans doute d'une petite pierre tombée dans son cours pour produire ces bouillonnements.

Pourtant les fous m'attirent toujours, et toujours je reviens vers eux, appelé malgré moi par ce mystère banal de la démence[1].

Or, un jour, comme je visitais un de leurs asiles, le médecin qui me conduisait me dit :

« Tenez, je vais vous montrer un cas intéressant. »

Et il fit ouvrir une cellule où une femme âgée d'environ quarante ans, encore belle, assise dans un grand fauteuil, regardait avec obstination son visage dans une petite glace à main.

Dès qu'elle nous aperçut, elle se dressa, courut au fond de l'appartement chercher un voile jeté sur une chaise, s'enveloppa la figure avec grand soin, puis revint, en répondant d'un signe de tête à nos saluts.

« Eh bien ! dit le docteur, comment allez-vous, ce matin ? »

Elle poussa un profond soupir.

---

1. Il faut noter cet oxymore fascinant : le mystère « banal » semble plus effrayant, parce que plus proche de nous.

« Oh ! mal, très mal, monsieur, les marques augmentent tous les jours. »

Il répondit avec un air convaincu :

« Mais non, mais non, je vous assure que vous vous trompez. »

Elle se rapprocha de lui pour murmurer :

« Non. J'en suis certaine. J'ai compté dix trous de plus ce matin, trois sur la joue droite, quatre sur la joue gauche et trois aussi sur le front. C'est affreux, affreux ! Je n'oserai plus me laisser voir à personne, pas même à mon fils, non, pas même à lui ! Je suis perdue, je suis défigurée pour toujours. »

Elle retomba sur son fauteuil et se mit à sangloter.

Le médecin prit une chaise, s'assit près d'elle, et d'une voix douce, consolante :

« Voyons, montrez-moi ça, je vous assure que ce n'est rien. Avec une petite cautérisation je ferai tout disparaître. »

Elle répondit « non » de la tête, sans une parole. Il voulut toucher son voile, mais elle le saisit à deux mains si fort que ses doigts entrèrent dedans.

Il se remit à l'exhorter et à la rassurer.

« Voyons, vous savez bien que je vous les enlève toutes les fois, ces vilains trous, et qu'on ne les aperçoit plus du tout quand je les ai soignés. Si vous ne me les montrez pas, je ne pourrai point vous guérir. »

Elle murmura :

« A vous encore je veux bien, mais je ne connais pas ce monsieur qui vous accompagne.

— C'est aussi un médecin, qui vous soignera encore bien mieux que moi. »

Alors elle se laissa découvrir la figure, mais sa peur, son émotion, sa honte d'être vue la rendaient rouge jusqu'à la chair du cou qui s'enfonçait dans sa robe. Elle baissait les yeux, tournait son visage, tantôt à droite, tantôt à gauche, pour éviter nos regards, et balbutiait :

« Oh ! Je souffre affreusement de me laisser voir ainsi ! C'est horrible, n'est-ce pas ? C'est horrible ? »

Je la contemplais fort surpris, car elle n'avait rien sur la face, pas une marque, pas une tache, pas un signe ni une cicatrice.

Elle se tourna vers moi, les yeux toujours baissés et me dit :

« C'est en soignant mon fils que j'ai gagné cette épouvantable maladie, monsieur. Je l'ai sauvé, mais je suis défigurée. Je lui ai donné ma beauté, à mon pauvre enfant. Enfin, j'ai fait mon devoir, ma conscience est tranquille. Si je souffre, il n'y a que Dieu qui le sait. »

Le docteur avait tiré de sa poche un mince pinceau d'aquarelliste.

« Laissez faire, dit-il, je vais vous arranger tout cela. »

Elle tendit sa joue droite et il commença à la toucher par coups légers, comme s'il eût posé dessus de petits points de couleur. Il en fit autant sur la joue gauche, puis sur le menton, puis sur le front ; puis il s'écria :

« Regardez, il n'y a plus rien, plus rien ! »

Elle prit la glace, se contempla longtemps avec une attention profonde, une attention aiguë, avec un effort violent de tout son esprit, pour découvrir quelque chose, puis elle soupira :

« Non. Ça ne se voit plus beaucoup. Je vous remercie infiniment. »

Le médecin s'était levé. Il la salua, me fit sortir puis me suivit ; et, dès que la porte fut refermée :

« Voici l'histoire atroce de cette malheureuse », dit-il.

Elle s'appelle Mme Hermet. Elle fut très belle, très coquette, très aimée et très heureuse de vivre.

C'était une de ces femmes qui n'ont au monde que leur beauté et leur désir de plaire pour les soutenir, les gouverner ou les consoler dans l'existence. Le souci constant de sa fraîcheur, les soins de son visage, de ses mains, de ses dents, de toutes les parcelles de son corps qu'elle pouvait montrer prenaient toutes ses heures et toute son attention.

Elle devint veuve, avec un fils. L'enfant fut élevé comme le sont tous les enfants des femmes du monde très admirées. Elle l'aima pourtant.

Il grandit ; et elle vieillit. Vit-elle venir la crise fatale, je n'en sais rien. A-t-elle, comme tant d'autres, regardé chaque matin pendant des heures et des heures la peau si fine jadis, si transparente et si claire, qui maintenant se plisse un peu sous les yeux, se fripe de mille traits encore imperceptibles, mais qui se creuseront davantage jour par jour, mois par mois ? A-t-elle vu s'agrandir aussi, sans cesse, d'une façon lente et sûre les longues rides du front, ces minces serpents que rien n'arrête ? A-t-elle subi la torture, l'abominable torture du miroir, du petit miroir à poignée d'argent qu'on ne peut se décider à reposer sur la table, puis qu'on rejette avec rage et qu'on reprend aussitôt, pour revoir, de tout près, de plus près, l'odieux et tranquille ravage de la vieillesse qui s'approche ? S'est-elle enfermée dix fois, vingt fois en un jour, quittant sans raison le salon où causent des amis, pour remonter dans sa chambre et, sous la protection des verrous et des serrures, regarder encore le travail de destruction de la chair mûre qui se fane, pour constater avec désespoir le progrès léger du mal que personne encore ne semble voir, mais qu'elle connaît bien, elle ? Elle sait où sont ses attaques les plus graves, les plus profondes morsures de l'âge. Et le miroir, le petit miroir tout rond dans son cadre d'argent ciselé, lui dit d'abominables choses car il parle, il semble rire, il raille et lui annonce tout ce qui va venir, toutes les misères de son corps, et l'atroce supplice de sa pensée jusqu'au jour de sa mort, qui sera celui de sa délivrance.

A-t-elle pleuré, éperdue, à genoux, le front par terre, et prié, prié, prié Celui qui tue ainsi les êtres et ne leur donne la jeunesse que pour leur rendre plus dure la vieillesse, et ne leur prête la beauté que pour la reprendre aussitôt ; l'a-t-elle prié, supplié de faire pour elle ce que jamais il n'a fait pour personne, de lui laisser jusqu'à son dernier jour, le charme, la fraîcheur et la grâce ? Puis, comprenant qu'elle implore en vain l'inflexible Inconnu qui pousse les ans, l'un après l'autre, s'est-elle roulée, en se tordant les bras, sur les tapis de sa chambre, a-t-elle heurté son front aux meubles en retenant dans sa gorge des cris affreux de désespoir ?

Sans doute elle a subi ces tortures. Car voici ce qui arriva :

Un jour (elle avait alors trente-cinq ans) son fils, âgé de quinze, tomba malade.

Il prit le lit sans qu'on pût encore déterminer d'où provenait sa souffrance et quelle en était la nature.

Un abbé, son précepteur, veillait près de lui et ne le quittait guère, tandis que Mme Hermet, matin et soir, venait prendre de ses nouvelles.

Elle entrait, le matin, en peignoir de nuit, souriante, toute parfumée déjà, et demandait, dès la porte :

« Eh bien ! Georget, allons-nous mieux ? »

Le grand enfant, rouge, la figure gonflée, et rongé par la fièvre, répondait :

« Oui, petite mère, un peu mieux. »

Elle demeurait quelques instants dans la chambre, regardait les bouteilles de drogues en faisant « pouah » du bout des lèvres, puis soudain s'écriait : « Ah ! j'oubliais une chose très urgente » ; et elle se sauvait en courant et laissant derrière elle de fines odeurs de toilette.

Le soir, elle apparaissait en robe décolletée, plus pressée encore, car elle était toujours en retard ; et elle avait tout juste le temps de demander :

« Eh bien, qu'a dit le médecin ? »

L'abbé répondait :

« Il n'est pas encore fixé, madame. »

Or, un soir, l'abbé répondit : « Madame, votre fils est atteint de la petite vérole[1]. »

---

1. La petite vérole désigne la variole. L. Forestier note qu'au début du mois de janvier 1887, on en signalait une épidémie à Paris et qu'un article sur ce sujet était paru dans le *Gil Blas* du 15 janvier.

Elle poussa un grand cri de peur, et se sauva.

Quand sa femme de chambre entra chez elle le lendemain, elle sentit d'abord dans la pièce une forte odeur de sucre brûlé, et elle trouva sa maîtresse, les yeux ouverts, le visage pâli par l'insomnie et grelottant d'angoisse dans son lit.

Mme Hermet demanda, dès que ses contrevents furent ouverts :

« Comment va Georges ?

— Oh ! pas bien du tout aujourd'hui, madame. »

Elle ne se leva qu'à midi, mangea deux œufs avec une tasse de thé, comme si elle-même eût été malade, puis elle sortit et s'informa chez un pharmacien des méthodes préservatrices contre la contagion de la petite vérole.

Elle ne rentra qu'à l'heure du dîner, chargée de fioles, et s'enferma aussitôt dans sa chambre, où elle s'imprégna de désinfectants.

L'abbé l'attendait dans la salle à manger.

Dès qu'elle l'aperçut, elle s'écria, d'une voix pleine d'émotion :

« Eh bien ?

— Oh ! pas mieux. Le docteur est fort inquiet. »

Elle se mit à pleurer, et ne put rien manger tant elle se sentait tourmentée.

Le lendemain, dès l'aurore, elle fit prendre des nouvelles, qui ne furent pas meilleures, et elle passa tout le jour dans sa chambre où fumaient de petits brasiers en répandant de fortes odeurs.

Sa domestique, en outre, affirma qu'on l'entendit gémir pendant toute la soirée.

Une semaine entière se passa ainsi sans qu'elle fît autre chose que sortir une heure ou deux pour prendre l'air, vers le milieu de l'après-midi.

Elle demandait maintenant des nouvelles toutes les heures, et sanglotait quand elles étaient plus mauvaises. Le onzième jour au matin, l'abbé, s'étant fait annoncer, entra chez elle, le visage grave et pâle et il dit, sans prendre le siège qu'elle lui offrait.

« Madame, votre fils est fort mal, et il désire vous voir. »

Elle se jeta sur les genoux en s'écriant :

« Ah ! mon Dieu ! mon Dieu ! Je n'oserai jamais ! Mon Dieu ! Mon Dieu ! secourez-moi ! »

Le prêtre reprit :

« Le médecin garde peu d'espoir, madame, et Georges vous attend ! »

Puis il sortit.

Deux heures plus tard, comme le jeune homme, se sentant mourir, demandait sa mère de nouveau, l'abbé rentra chez elle et la trouva toujours à genoux, pleurant toujours et répétant :

« Je ne peux pas... je ne peux pas... J'ai trop peur... je ne peux pas... »

Il essaya de la décider, de la fortifier, de l'entraîner. Il ne parvint qu'à lui donner une crise de nerfs qui dura longtemps et la fit hurler.

Le médecin étant revenu vers le soir, fut informé de cette lâcheté, et déclara qu'il l'amènerait, lui, de gré ou de force.

Mais après avoir essayé de tous les arguments, comme il la soulevait par la taille pour l'emporter près de son fils, elle saisit la porte et s'y cramponna avec tant de force qu'on ne put l'en arracher.

Puis, lorsqu'on l'eut lâchée, elle se prosterna aux pieds du médecin, en demandant pardon, en s'accusant d'être une misérable. Et elle criait : « Oh ! il ne va pas mourir, dites-moi qu'il ne va pas mourir, je vous en prie, dites-lui que je l'aime, que je l'adore... »

Le jeune homme agonisait. Se voyant à ses derniers moments, il supplia qu'on décidât sa mère à lui dire adieu.

Avec cette espèce de pressentiment qu'ont parfois les moribonds, il avait tout compris, tout deviné et il disait : « Si elle n'ose pas entrer, priez-la seulement de venir par le balcon jusqu'à ma fenêtre pour que je la voie, au moins, pour que je lui dise adieu d'un regard puisque je ne puis pas l'embrasser. »

Le médecin et l'abbé retournèrent encore vers cette femme : « Vous ne risquerez rien, affirmaient-ils, puisqu'il y aura une vitre entre vous et lui. »

Elle consentit, se couvrit la tête, prit un flacon de sels, fit trois pas sur le balcon, puis soudain, cachant sa figure dans ses mains, elle gémit : « Non... non... je n'oserais jamais le voir... jamais... j'ai trop de honte... j'ai trop peur... non, je ne peux pas. »

On voulut la traîner, mais elle tenait à pleines mains les barreaux et poussait de telles plaintes que les passants, dans la rue, levaient la tête.

Et le mourant attendait, les yeux tournés vers cette fenêtre, il attendait, pour mourir, qu'il eût vu une dernière fois la figure douce et bien-aimée, le visage sacré de sa mère.

Il attendit longtemps, et la nuit vint. Alors il se retourna vers le mur et ne prononça plus une parole.

Quand le jour parut, il était mort.

Le lendemain, elle était folle [1].

---

1. La culpabilité rend Mme Hermet folle, d'où sa réécriture fantasmée du passé, au début du récit, celle de la mère aimante qui se sacrifie pour son fils.

LE HORLA [1]

....

8 mai [2]. — Quelle journée admirable ! J'ai passé toute la matinée étendu sur l'herbe, devant ma maison [3], sous l'énorme platane qui la couvre, l'abrite et l'ombrage tout entière. J'aime ce pays [4], et j'aime y vivre parce que j'y ai mes racines, ces profondes et délicates racines, qui attachent un homme à la terre où sont nés et

---

1. Pas de pré-publication en journal pour ce récit. Texte d'Ollendorff, 1887. Pour le choix du nom « Horla », voir la note en Annexe, p. 352. **2.** Le 8 mai, jour anniversaire de la mort de Flaubert en 1880, est une date essentielle : en perdant Flaubert, Maupassant a perdu son père spirituel. Depuis, son souvenir le hante, présence qu'il essaie d'exorciser, et habite son écriture. **3.** Dans le manuscrit, l'adjectif « blanche » a été rayé. Il revient plus loin, comme une des clefs du texte, puisque le trois-mâts est blanc lui aussi. Par une espèce de sympathie, la couleur de la maison a attiré l'Etre invisible. Notons à ce propos une intéressante mention du *Dictionnaire des symboles* (J. Chevalier, A. Gheerbrant, Robert Laffont, coll. *Bouquins,* 1982), qui rappelle que le blanc est une couleur employée dans les rites de passage, « par lesquels s'opèrent les mutations de l'être, selon le schéma classique de cette initiation : mort et renaissance ». Le blanc favorise ici la venue d'une nouvelle espèce qui remplace l'homme. **4.** Ce pays, c'est la Normandie. Maupassant déclare, par l'intermédiaire de son narrateur, son amour à la terre d'origine. Dans *Le Fermier* (*Le Gaulois,* 11 octobre 1886), un « Normand pur » déclare aimer la terre où il a ses racines (il s'agit alors du pays de Caux). L'idée d'attachement au lieu où l'on naît et où l'on meurt est chère à Maupassant qui la développe dans deux récits, *Le Lit* (*Gil Blas,* 1er mars 1882, repris dans *Mademoiselle Fifi*) et *Vieux objets* (*Gil Blas,* 29 mars 1882, recueilli dans *Le Père Milon*), et dans son roman *Une vie* (1883), IIe partie, chap. 2.

morts ses aïeux, qui l'attachent à ce qu'on pense et à ce qu'on mange, aux usages comme aux nourritures, aux locutions locales, aux intonations des paysans, aux odeurs du sol, des villages et de l'air lui-même.

J'aime ma maison où j'ai grandi. De mes fenêtres, je vois la Seine qui coule, le long de mon jardin, derrière la route, presque chez moi, la grande et large Seine, qui va de Rouen au Havre, couverte de bateaux qui passent[1].

A gauche, là-bas, Rouen, la vaste ville aux toits bleus, sous le peuple pointu des clochers gothiques. Ils sont innombrables, frêles ou larges, dominés par la flèche de fonte de la cathédrale, et pleins de cloches qui sonnent dans l'air bleu des belles matinées, jetant jusqu'à moi leur doux et lointain bourdonnement de fer, leur chant d'airain que la brise m'apporte, tantôt plus fort et tantôt plus affaibli, suivant qu'elle s'éveille ou s'assoupit.

Comme il faisait bon ce matin !

Vers onze heures, un long convoi de navires, traînés par un remorqueur, gros comme une mouche, et qui râlait de peine en vomissant une fumée épaisse, défila devant ma grille.

Après deux goélettes anglaises, dont le pavillon rouge ondoyait sur le ciel, venait un superbe trois-mâts brésilien, tout blanc, admirablement propre et luisant[2].

---

1. Le site évoqué rappelle explicitement la maison de Flaubert à Croisset. Plus bas, il mentionne la forêt de Roumare, à 9 km de Rouen et le hameau de Biessard. Curieusement cet endroit est lié à l'histoire d'un homme devenu fou, dans *Mademoiselle Cocotte* (voir p. 87). On retrouve la côte de Canteleu et la forêt dans *Un Normand* (*Gil Blas*, 10 octobre 1882, repris dans les *Contes de la Bécasse*), où intervient la description de Rouen, dans *Le Garde (Le Gaulois,* octobre 1884, repris dans *Yvette*) et dans *Bel-Ami* (1885), IIe partie, chap. 2.
2. Le choléra était apparu en 1884 à Toulon, apporté par des navires. Dans une lettre du 2 juillet 1884, Maupassant mentionne « un visiteur assez joyeux, le choléra », et écrit à sa mère qu'il « paraît que tout le monde a perdu la tête là-bas », à Toulon. Notons la mise en valeur du bateau, venant à la suite de deux goélettes, c'est-à-dire de bateaux qui ne possèdent que deux mâts.

Je le saluai, je ne sais pourquoi, tant ce navire me fit plaisir à voir.

12 mai. — J'ai un peu de fièvre depuis quelques jours ; je me sens souffrant, ou plutôt je me sens triste.

D'où viennent ces influences mystérieuses qui changent en découragement notre bonheur et notre confiance en détresse ? On dirait que l'air, l'air invisible est plein d'inconnaissables Puissances, dont nous subissons les voisinages mystérieux. Je m'éveille plein de gaieté, avec des envies de chanter dans la gorge. — Pourquoi ? — Je descends le long de l'eau ; et soudain, après une courte promenade, je rentre désolé, comme si quelque malheur m'attendait chez moi. — Pourquoi ? — Est-ce un frisson de froid qui, frôlant ma peau, a ébranlé mes nerfs et assombri mon âme ? Est-ce la forme des nuages, ou la couleur du jour, la couleur des choses, si variable, qui, passant par mes yeux, a troublé ma pensée ? Sait-on ? Tout ce qui nous entoure, tout ce que nous voyons sans le regarder, tout ce que nous frôlons sans le connaître, tout ce que nous touchons sans le palper, tout ce que nous rencontrons sans le distinguer, a sur nous, sur nos organes et, par eux, sur nos idées, sur notre cœur lui-même, des effets rapides, surprenants et inexplicables ?

Comme il est profond, ce mystère de l'Invisible ! Nous ne le pouvons sonder avec nos sens misérables, avec nos yeux qui ne savent apercevoir ni le trop petit, ni le trop grand, ni le trop près, ni le trop loin, ni les habitants d'une étoile, ni les habitants d'une goutte d'eau... avec nos oreilles qui nous trompent, car elles nous transmettent les vibrations de l'air en notes sonores. Elles sont des fées qui font ce miracle de changer en bruit ce mouvement et par cette métamorphose donnent naissance à la musique, qui rend chantante l'agitation muette de la nature[1]... avec notre

---

1. Des propos identiques sur la musique sont tenus par un aliéné mort de son mal dans *Un fou ?*, p. 180.

odorat, plus faible que celui du chien... avec notre goût, qui peut à peine discerner l'âge d'un vin !

Ah ! si nous avions d'autres organes qui accompliraient en notre faveur d'autres miracles, que de choses nous pourrions découvrir encore autour de nous[1] !

16 mai. — Je suis malade, décidément ! Je me portais si bien le mois dernier ! J'ai la fièvre, une fièvre atroce, ou plutôt un énervement fiévreux, qui rend mon âme aussi souffrante que mon corps. J'ai sans cesse cette sensation affreuse d'un danger menaçant, cette appréhension d'un malheur qui vient ou de la mort qui approche, ce pressentiment qui est sans doute l'atteinte d'un mal encore inconnu, germant dans le sang et dans la chair.

18 mai. — Je viens d'aller consulter mon médecin, car je ne pouvais plus dormir. Il m'a trouvé le pouls rapide, l'œil dilaté, les nerfs vibrants, mais sans aucun symptôme alarmant. Je dois me soumettre aux douches et boire du bromure de potassium[2].

25 mai. — Aucun changement ! Mon état, vraiment, est bizarre. A mesure qu'approche le soir, une inquiétude incompréhensible m'envahit, comme si la nuit cachait pour moi une menace terrible. Je dîne vite, puis j'essaie de lire ; mais je ne comprends pas les mots ; je distingue à peine les lettres. Je marche alors dans mon salon de long en large, sous l'oppression d'une crainte confuse et irrésistible, la crainte du sommeil et la crainte du lit.

Vers dix heures, je monte dans ma chambre. A peine

---

1. Dans tout ce paragraphe didactique, Maupassant insiste sur une démonstration qui lui tient à cœur, celle de la misère et de la faiblesse de nos sens, qui, contre tout triomphalisme positiviste, met une limite aux investigations de notre intelligence. Voir Annexes, p. 355. **2.** Le bromure de potassium est un puissant sédatif. Accompagné de douches, il intervient dans le traitement des maladies nerveuses, et Maupassant lui-même l'a utilisé.

entré, je donne deux tours de clef, et je pousse les verrous ; j'ai peur... de quoi ?... Je ne redoutais rien jusqu'ici... j'ouvre mes armoires, je regarde sous mon lit ; j'écoute... j'écoute... quoi ?... Est-ce étrange qu'un simple malaise, un trouble de la circulation peut-être, l'irritation d'un filet nerveux, un peu de congestion, une toute petite perturbation dans le fonctionnement si imparfait et si délicat de notre machine vivante, puisse faire un mélancolique du plus joyeux des hommes, et un poltron du plus brave ? Puis, je me couche, et j'attends le sommeil comme on attendrait le bourreau. Je l'attends avec l'épouvante de sa venue, et mon cœur bat, et mes jambes frémissent ; et tout mon corps tressaille dans la chaleur des draps, jusqu'au moment où je tombe tout à coup dans le repos, comme on tomberait pour s'y noyer, dans un gouffre d'eau stagnante. Je ne le sens pas venir, comme autrefois, ce sommeil perfide, caché près de moi, qui me guette, qui va me saisir par la tête, me fermer les yeux, m'anéantir.

Je dors — longtemps — deux ou trois heures — puis un rêve — non — un cauchemar m'étreint. Je sens bien que je suis couché et que je dors... je le sens et je le sais... et je sens aussi que quelqu'un s'approche de moi, me regarde, me palpe, monte sur mon lit, s'agenouille sur ma poitrine, me prend le cou entre ses mains et serre... serre... de toute sa force pour m'étrangler.

Moi, je me débats, lié par cette impuissance atroce, qui nous paralyse dans les songes ; je veux crier, — je ne peux pas ; — je veux remuer, — je ne peux pas ; — j'essaie, avec des cfforts affreux, en haletant, de me tourner, de rejeter cet être qui m'écrase et qui m'étouffe, — je ne peux pas !

Et soudain, je m'éveille, affolé, couvert de sueur. J'allume une bougie. Je suis seul.

Après cette crise, qui se renouvelle toutes les nuits, je dors enfin, avec calme, jusqu'à l'aurore.

2 juin. — Mon état s'est encore aggravé. Qu'ai-je donc ? Le bromure n'y fait rien ; les douches n'y font rien. Tantôt, pour fatiguer mon corps, si las pourtant, j'allai faire un tour dans la forêt de Roumare. Je crus d'abord que l'air frais, léger et doux, plein d'odeur d'herbes et de feuilles, me versait aux veines un sang nouveau, au cœur une énergie nouvelle. Je pris une grande avenue de chasse, puis je tournai vers La Bouille[1], par une allée étroite, entre deux armées d'arbres démesurément hauts qui mettaient un toit vert, épais, presque noir, entre le ciel et moi.

Un frisson me saisit soudain, non pas un frisson de froid, mais un étrange frisson d'angoisse.

Je hâtai le pas, inquiet d'être seul dans ce bois, apeuré sans raison, stupidement, par la profonde solitude. Tout à coup, il me sembla que j'étais suivi, qu'on marchait sur mes talons, tout près, tout près, à me toucher.

Je me retournai brusquement. J'étais seul. Je ne vis derrière moi que la droite et large allée, vide, haute, redoutablement vide ; et de l'autre côté elle s'étendait aussi à perte de vue, toute pareille, effrayante.

Je fermai les yeux. Pourquoi ? Et je me mis à tourner sur un talon, très vite, comme une toupie. Je faillis tomber ; je rouvris les yeux ; les arbres dansaient, la terre flottait ; je dus m'asseoir. Puis, ah ! je ne savais plus par où j'étais venu ! Bizarre idée ! Bizarre ! Bizarre idée ! Je ne savais plus du tout. Je partis par le côté qui se trouvait à ma droite, et je revins dans l'avenue qui m'avait amené au milieu de la forêt.

3 juin. — La nuit a été horrible. Je vais m'absenter pendant quelques semaines. Un petit voyage, sans doute, me remettra.

tourner comme une toupie – spin around

1. La Bouille est un village situé au sud-est de Rouen, à 18 km. C'est à peu près à cet endroit, dans cette forêt de Roumare, que Madeleine Forestier, mariée à Georges Duroy et en visite chez les parents de ce dernier éprouve une singulière impression d'angoisse (in *Bel-Ami,* Le Livre de Poche classique, p. 209).

2 juillet. — Je rentre. Je suis guéri. J'ai fait d'ailleurs une excursion charmante. J'ai visité le mont Saint-Michel que je ne connaissais pas [1].

Quelle vision, quand on arrive, comme moi, à Avranches, vers la fin du jour ! La ville est sur une colline ; et on me conduisit dans le jardin public, au bout de la cité. Je poussai un cri d'étonnement. Une baie démesurée s'étendait devant moi, à perte de vue, entre deux côtes écartées se perdant au loin dans les brumes ; et au milieu de cette immense baie jaune, sous un ciel d'or et de clarté, s'élevait sombre et pointu un mont étrange, au milieu des sables. Le soleil venait de disparaître, et sur l'horizon encore flamboyant se dessinait le profil de ce fantastique rocher qui porte sur son sommet un fantastique monument.

Dès l'aurore, j'allai vers lui. La mer était basse, comme la veille au soir, et je regardais se dresser devant moi, à mesure que j'approchais d'elle, la surprenante abbaye. Après plusieurs heures de marche, j'atteignis l'énorme bloc de pierres qui porte la petite cité dominée par la grande église. Ayant gravi la rue étroite et rapide, j'entrai dans la plus admirable demeure gothique construite pour Dieu sur la terre, vaste comme une ville, pleine de salles basses écrasées sous des voûtes et de hautes galeries que soutiennent de frêles colonnes. J'entrai dans ce gigantesque bijou de granit, aussi léger qu'une dentelle, couvert de tours, de sveltes clochetons, où montent des escaliers tordus, et qui lancent dans le ciel bleu des jours, dans le ciel noir des nuits, leurs têtes bizarres hérissées de chimères, de diables, de bêtes fantastiques, de fleurs monstrueuses, et reliés l'un à l'autre par de fines arches ouvragées.

---

1. Encore un lieu appartenant à la géographie intime de l'auteur. On le trouve déjà comme lieu des légendes et du surnaturel dans *La Légende du Mont Saint-Michel* (*Gil Blas*, 19 décembre 1882, recueilli dans *Clair de Lune*) ; on le retrouve dans le roman *Notre cœur* (1890), IIe partie, chap. 1.

Quand je fus sur le sommet, je dis au moine qui m'accompagnait : « Mon Père, comme vous devez être bien ici ! »

Il répondit : « Il y a beaucoup de vent, monsieur » ; et nous nous mîmes à causer en regardant monter la mer, qui courait sur le sable et le couvrait d'une cuirasse d'acier.

Et le moine me conta des histoires, toutes les vieilles histoires de ce lieu, des légendes, toujours des légendes.

Une d'elles me frappa beaucoup. Les gens du pays, ceux du mont, prétendent qu'on entend parler la nuit dans les sables, puis qu'on entend bêler deux chèvres, l'une avec une voix forte, l'autre avec une voix faible. Les incrédules affirment que ce sont les cris des oiseaux de mer, qui ressemblent tantôt à des bêlements, et tantôt à des plaintes humaines ; mais les pêcheurs attardés jurent avoir rencontré, rôdant sur les dunes, entre deux marées, autour de la petite ville jetée ainsi loin du monde, un vieux berger, dont on ne voit jamais la tête couverte de son manteau, et qui conduit, en marchant devant eux, un bouc à figure d'homme et une chèvre à figure de femme, tous deux avec de longs cheveux blancs et parlant sans cesse, se querellant dans une langue inconnue, puis cessant soudain de crier pour bêler de toute leur force.

Je dis au moine : « Y croyez-vous ? » Il murmura : « Je ne sais pas. »

Je repris : « S'il existait sur la terre d'autres êtres que nous, comment ne les connaîtrions-nous point depuis longtemps ; comment ne les auriez-vous pas vus, vous ? comment ne les aurais-je pas vus, moi ? »

Il répondit : « Est-ce que nous voyons la cent millième partie de ce qui existe ? Tenez, voici le vent, qui est la plus grande force de la nature, qui renverse les hommes, abat les édifices, déracine les arbres, soulève la mer en montagnes d'eau, détruit les falaises, et jette aux brisants les grands navires, le vent qui tue, qui siffle, qui gémit, qui mugit, — l'avez-vous vu, et pouvez-vous le voir ? Il existe, pourtant. »

Je me tus devant ce simple raisonnement. Cet homme était un sage ou peut-être un sot. Je ne l'aurais pas pu affirmer au juste ; mais je me tus. Ce qu'il disait là, je l'avais pensé souvent.

3 juillet. — J'ai mal dormi ; certes, il y a ici une influence fiévreuse, car mon cocher souffre du même mal que moi. En rentrant hier, j'avais remarqué sa pâleur singulière. Je lui demandai :

« Qu'est-ce que vous avez, Jean ?

— J'ai que je ne peux plus me reposer, monsieur, ce sont mes nuits qui mangent mes jours. Depuis le départ de monsieur, cela me tient comme un sort. »

Les autres domestiques vont bien cependant, mais j'ai grand-peur d'être repris, moi.

4 juillet. — Décidément, je suis repris. Mes cauchemars anciens reviennent. Cette nuit, j'ai senti quelqu'un accroupi sur moi, et qui, sa bouche sur la mienne, buvait ma vie entre mes lèvres. Oui, il la puisait dans ma gorge, comme aurait fait une sangsue. Puis il s'est levé, repu, et moi je me suis réveillé, tellement meurtri, brisé, anéanti, que je ne pouvais plus remuer. Si cela continue encore quelques jours, je repartirai certainement.

5 juillet. — Ai-je perdu la raison ? Ce qui s'est passé, ce que j'ai vu la nuit dernière est tellement étrange, que ma tête s'égare quand j'y songe !

Comme je le fais maintenant chaque soir, j'avais fermé ma porte à clef ; puis, ayant soif, je bus un demi-verre d'eau, et je remarquai par hasard que ma carafe était pleine jusqu'au bouchon de cristal.

Je me couchai ensuite et je tombai dans un de mes sommeils épouvantables, dont je fus tiré au bout de deux heures environ par une secousse plus affreuse encore.

Figurez-vous un homme qui dort, qu'on assassine, et qui se réveille, avec un couteau dans le poumon, et qui râle, couvert de sang, et qui ne peut plus respirer, et qui va mourir, et qui ne comprend pas — voilà[1].

Ayant enfin reconquis ma raison[2], j'eus soif de nouveau ; j'allumai une bougie et j'allai vers la table où était posée ma carafe. Je la soulevai en la penchant sur mon verre ; rien ne coula. — Elle était vide ! Elle était vide complètement ! D'abord, je n'y compris rien ; puis, tout à coup, je ressentis une émotion si terrible, que je dus m'asseoir, ou plutôt, que je tombai sur une chaise ! puis, je me redressai d'un saut pour regarder autour de moi ! puis je me rassis, éperdu d'étonnement et de peur, devant le cristal transparent ! Je le contemplais avec des yeux fixes, cherchant à deviner. Mes mains tremblaient ! On avait donc bu cette eau ? Qui ? Moi ? moi, sans doute ? Ce ne pouvait être que moi ? Alors, j'étais somnambule, je vivais, sans le savoir, de cette double vie mystérieuse qui fait douter s'il y a deux êtres en nous, ou si un être étranger, inconnaissable et invisible, anime, par moments, quand notre âme est engourdie, notre corps captif qui obéit à cet autre, comme à nous-mêmes, plus qu'à nous-mêmes[3].

Ah ! qui comprendra mon angoisse abominable ? Qui comprendra l'émotion d'un homme, sain d'esprit, bien éveillé, plein de raison et qui regarde épouvanté, à travers le verre d'une carafe, un peu d'eau disparue pendant qu'il a dormi ! Et je restai là jusqu'au jour, sans oser regagner mon lit.

---

1. Voir *Denis,* p. 107. **2.** Une variante intéressante du manuscrit, dont le premier jet donnait « repris mes sens », montre comment l'auteur renonce à un stéréotype, moins expressif, pour cerner de plus près la réalité psychologique dont il s'agit. Il faut tenter de dompter une raison en train de s'échapper, et que l'on croit perdue. Cela représente un effort sensible pour garder prise sur un univers mental « normal ». **3.** L'idée que l'être est double s'exprime très tôt, dans *Sur l'eau,* p. 45.

6 juillet. — Je deviens fou. On a encore bu toute ma carafe cette nuit ; — ou plutôt, je l'ai bue !

Mais, est-ce moi ? Est-ce moi ? Qui serait-ce ? Qui ? Oh ! mon Dieu ! Je deviens fou ! Qui me sauvera ?

10 juillet. — Je viens de faire des épreuves surprenantes.

Décidément, je suis fou ! Et pourtant !

Le 6 juillet, avant de me coucher, j'ai placé sur ma table du vin, du lait, de l'eau, du pain et des fraises.

On a bu — j'ai bu — toute l'eau, et un peu de lait. On n'a touché ni au vin, ni au pain, ni aux fraises.

Le 7 juillet, j'ai renouvelé la même épreuve, qui a donné le même résultat.

Le 8 juillet, j'ai supprimé l'eau et le lait. On n'a touché à rien.

Le 9 juillet enfin, j'ai remis sur ma table l'eau et le lait seulement, en ayant soin d'envelopper les carafes en des linges de mousseline blanche et de ficeler les bouchons. Puis, j'ai frotté mes lèvres, ma barbe, mes mains avec de la mine de plomb, et je me suis couché.

L'invincible sommeil m'a saisi, suivi bientôt de l'atroce réveil. Je n'avais point remué ; mes draps eux-mêmes ne portaient pas de taches. Je m'élançai vers ma table. Les linges enfermant les bouteilles étaient demeurés immaculés. Je déliai les cordons, en palpitant de crainte. On avait bu toute l'eau ! on avait bu tout le lait ! Ah ! mon Dieu !...

Je vais partir tout à l'heure pour Paris.

12 juillet. — Paris. J'avais donc perdu la tête les jours derniers ! J'ai dû être le jouet de mon imagination énervée, à moins que je ne sois vraiment somnambule, ou que j'aie subi une de ces influences constatées, mais inexplicables jusqu'ici, qu'on appelle suggestions. En tout cas, mon affolement touchait à la démence, et vingt-quatre heures de Paris ont suffi pour me remettre d'aplomb.

Hier, après des courses et des visites, qui m'ont fait passer dans l'âme de l'air nouveau et vivifiant, j'ai fini ma soirée au Théâtre-Français. On y jouait une pièce d'Alexandre Dumas fils ; et cet esprit alerte et puissant a achevé de me guérir[1]. Certes, la solitude est dangereuse pour les intelligences qui travaillent. Il nous faut, autour de nous, des hommes qui pensent et qui parlent. Quand nous sommes seuls longtemps, nous peuplons le vide de fantômes[2].

Je suis rentré à l'hôtel très gai, par les boulevards. Au coudoiement de la foule, je songeais, non sans ironie, à mes terreurs, à mes suppositions de l'autre semaine, car j'ai cru, oui, j'ai cru qu'un être invisible habitait sous mon toit. Comme notre tête est faible et s'effare, et s'égare vite, dès qu'un petit fait incompréhensible nous frappe !

Au lieu de conclure par ces simples mots : « Je ne comprends pas parce que la cause m'échappe », nous imaginons aussitôt des mystères effrayants et des puissances surnaturelles.

14 juillet. — Fête de la République[3]. Je me suis promené par les rues. Les pétards et les drapeaux

---

1. Alexandre Dumas fils (1824-1895) est un contemporain ami de Maupassant et connu aujourd'hui du public surtout pour sa *Dame aux camélias* (1852). Pour résumer son théâtre, disons qu'il fait entrer le quotidien sur la scène, dans la tradition réaliste du drame bourgeois. La pièce dont il est question ici peut être *Denise*, créée à la Comédie-Française en 1885, qui raconte la réhabilitation d'une femme qui a fauté. L. Forestier nous apprend que cette pièce avait été reprise à la Comédie-Française le 22 septembre 1886. **2.** Sur les dangers de la solitude, voir *Lui ?*, p. 116. Notons ici ce curieux pluriel, « nous », qui semble englober le narrateur dans une même famille, qu'on dira « intellectuelle » (on disait alors « artiste ») et comprenant les artistes, les écrivains, les penseurs, tous ceux que menace le travail de la pensée. **3.** On fête la République depuis 1880. Un texte d'actualité, paru dans *Le Gaulois* du 12 juillet 1880 et intitulé « Avant la fête », recueilli dans *Les Dimanches d'un bourgeois de Paris,* renvoie à ce décret du gouvernement, en date du 6 juillet 1880, déclarant que le 14, jour anniversaire de la prise de la Bastille, sera une fête nationale. Maupassant n'aime pas la fête, qui montre la laideur de l'homme comme la bêtise de la foule. Il stigmatise la démocratie qui se transforme en populisme, comme l'a montré le 14 juillet 1886, qui marqua le m'amusaient comme un enfant. C'est pourtant fort bête d'être joyeux, à date fixe, par décret du gouvernement. Le peuple est un troupeau imbécile, tantôt stupidement patient et tantôt férocement révolté. On lui dit : « Amuse-toi. » Il s'amuse. On lui dit : « Va te battre avec le voisin. » Il va se battre. On lui dit : « Vote pour l'Empereur. » Il vote pour l'Empereur. Puis, on lui dit : « Vote pour la République. » Et il vote pour la République.

Ceux qui le dirigent sont aussi sots ; mais au lieu d'obéir à des hommes, ils obéissent à des principes, lesquels ne peuvent être que niais, stériles et faux, par cela même qu'ils sont des principes, c'est-à-dire des idées réputées certaines et immuables, en ce monde où l'on n'est sûr de rien, puisque la lumière est une illusion, puisque le bruit est une illusion [1].

16 juillet. — J'ai vu hier des choses qui m'ont beaucoup troublé.

Je dînais chez ma cousine, Mme Sablé, dont le mari commande le 76ᵉ chasseurs à Limoges. Je me trouvais chez elle avec deux jeunes femmes, dont l'une a épousé un médecin, le docteur Parent [2], qui s'occupe beaucoup des maladies nerveuses et des manifestations

---

triomphe du général Boulanger. En matière politique, il fait preuve d'un scepticisme dédaigneux.

1. Les « principes » apparaissent à Maupassant comme une aberration. Dans « Va t'asseoir », chronique parue dans *Le Gaulois* du 8 septembre 1881, les principes sont déclarés « stupides et immortels », et l'auteur engage le public à les « saper » (*Chroniques*, éd. cit., vol. 1, p. 277-278). On peut aussi rappeler la définition que donne Flaubert des principes dans son *Dictionnaire des idées reçues* : « Toujours indiscutables ; on ne peut en dire, ni la nature, ni le nombre, n'importe, sont sacrés ». **2.** Coïncidence ? Un Parent intervient dans le récit *Un fou ?* , qui aborde la question du magnétisme. L'expérience d'hypnose y est effectuée sur la chienne Mirza. Le héros meurt de son étrange pouvoir. Dans la nouvelle intitulée *Monsieur Parent*, qui donne son titre au recueil (1885), le héros se fait voler la paternité par l'amant de sa femme. En contemplant son fils pour y guetter une ressemblance, il se demande s'il n'est pas en train de devenir fou.

extraordinaires auxquelles donnent lieu en ce moment les expériences sur l'hypnotisme et la suggestion[1].

Il nous raconta longtemps les résultats prodigieux obtenus par des savants anglais et par les médecins de l'école de Nancy[2].

Les faits qu'il avança me parurent tellement bizarres, que je me déclarai tout à fait incrédule.

« Nous sommes, affirmait-il, sur le point de découvrir un des plus importants secrets de la nature, je veux dire, un de ses plus importants secrets sur cette terre ; car elle en a certes d'autrement importants, là-bas, dans les étoiles. Depuis que l'homme pense, depuis qu'il sait dire et écrire sa pensée, il se sent frôlé par un mystère impénétrable pour ses sens grossiers et imparfaits, et il tâche de suppléer, par l'effort de son intelligence, à l'impuissance de ses organes. Quand cette intelligence demeurait encore à l'état rudimentaire, cette hantise des phénomènes invisibles a pris des formes banalement effrayantes. De là sont nées les croyances populaires au surnaturel, les légendes des esprits rôdeurs, des fées, des gnomes, des revenants, je dirai même la légende de Dieu, car nos conceptions de l'ouvrier-créateur, de quelque religion qu'elles nous

---

1. L'hypnotisme et la suggestion connaissent une vogue extraordinaire dans les années 1880. Citons un ouvrage beaucoup lu, *De la suggestion dans l'état hypnotique et dans l'état de veille* (1884) d'Hippolyte Bernheim. Mais les titres sont légion. Tout le monde se rue aux cours de Charcot à la Salpêtrière (voir Introduction, p. 9). **2.** Derrière « les savants anglais », il y a James Braid (1795-1860), un des promoteurs des recherches sur l'hypnotisme, terme qu'il créa en 1843 pour désigner le sommeil provoqué par des moyens artificiels. A l'origine de l'Ecole de Nancy, un médecin de campagne, le docteur Liébeault, qui reprit les travaux de Braid en insistant sur le caractère psychologique de l'hypnose et de la suggestion. H. Bernheim (1837-1919), professeur à la faculté de Médecine de Nancy, s'intéressa à ses travaux et fonda en 1884 l'Ecole de Nancy. De son côté, Charcot prône une théorie plus somatique de l'hypnose, en raison de la présence de symptômes physiques identifiables objectivement. Sur les querelles entre les deux écoles et sur l'histoire de l'hypnose en général, voir l'ouvrage de D. Barrucand, *Histoire de l'hypnose en France* , PUF, 1967.

viennent, sont bien les inventions les plus médiocres, les plus stupides, les plus inacceptables sorties du cerveau apeuré des créatures. Rien de plus vrai que cette parole de Voltaire : « Dieu a fait l'homme à son image, mais l'homme le lui a bien rendu. »[1]

« Mais, depuis un peu plus d'un siècle, on semble pressentir quelque chose de nouveau. Mesmer[2] et quelques autres nous ont mis sur une voie inattendue, et nous sommes arrivés vraiment, depuis quatre ou cinq ans surtout, à des résultats surprenants. »

Ma cousine, très incrédule aussi, souriait. Le docteur Parent lui dit : « Voulez-vous que j'essaie de vous endormir, madame ?

— Oui, je veux bien. »

Elle s'assit dans un fauteuil et il commença à la regarder fixement en la fascinant. Moi, je me sentis soudain un peu troublé, le cœur battant, la gorge serrée. Je voyais les yeux de Mme Sablé s'alourdir, sa bouche se crisper, sa poitrine haleter.

Au bout de dix minutes, elle dormait.

« Mettez-vous derrière elle », dit le médecin.

---

1. Maupassant a déjà cité cette phrase du « sceptique de génie » dans *La Légende du Mont Saint-Michel*. Elle provient des « Faits détachés et bons mots », plus précisément du « Sottisier », dans les *Mélanges* de Voltaire que Maupassant a pu lire dans l'édition Garnier frères de 1879. Il modifie un peu la phrase, qui est exactement : « Si Dieu nous a faits à son image, nous le lui avons bien rendu ». Une autre influence capitale, celle de Schopenhauer, est notable ici. La « légende de Dieu », formule iconoclaste, vient sans doute, autant que de celle de Voltaire, de cette phrase de Schopenhauer, qui considérait les religions comme des « fables grossières, des contes à dormir debout » : « L'Homme se fabrique des démons, des dieux et des saints à son image » (in éd. des *Pensées et fragments*, Petite Bibliothèque Rivages, 1990, pp. 190-191). **2.** Frédéric-Antoine Mesmer (1734-1815) était un médecin allemand qui soutint l'idée que les astres répandent un fluide qui influe sur les corps animés. Comme celui d'un aimant, le magnétisme animal est capable d'agir sur les corps, notamment de les guérir. A mi-chemin entre le charlatanisme et la science véritable, il a beaucoup influencé les chercheurs et les savants. Très rapidement ici, Maupassant renvoie aux origines des travaux sur l'hypnotisme.

Et je m'assis derrière elle. Il lui plaça entre les mains une carte de visite en lui disant : « Ceci est un miroir ; que voyez-vous dedans ? »

Elle répondit :

« Je vois mon cousin.

— Que fait-il ?

— Il se tord la moustache.

— Et maintenant ?

— Il tire de sa poche une photographie.

— Quelle est cette photographie ?

— La sienne. »

C'était vrai ! Et cette photographie venait de m'être livrée, le soir même, à l'hôtel.

« Comment est-il sur ce portrait ?

— Il se tient debout avec son chapeau à la main. »

Donc elle voyait dans cette carte, dans ce carton blanc, comme elle eût vu dans une glace.

Les jeunes femmes, épouvantées, disaient : « Assez ! Assez ! Assez ! »

Mais le docteur ordonna : « Vous vous lèverez demain à huit heures ; puis vous irez trouver à son hôtel votre cousin, et vous le supplierez de vous prêter cinq mille francs que votre mari vous demande et qu'il vous réclamera à son prochain voyage. »

Puis il la réveilla.

En rentrant à l'hôtel, je songeais à cette curieuse séance et des doutes m'assaillirent, non point sur l'absolue, sur l'insoupçonnable bonne foi de ma cousine, que je connaissais comme une sœur, depuis l'enfance, mais sur une supercherie possible du docteur. Ne dissimulait-il pas dans sa main une glace qu'il montrait à la jeune femme endormie, en même temps que sa carte de visite ? Les prestidigitateurs de profession font des choses autrement singulières.

Je rentrai donc et je me couchai.

Or, ce matin, vers huit heures et demie, je fus réveillé par mon valet de chambre, qui me dit :

« C'est Mme Sablé qui demande à parler à monsieur tout de suite. »

Je m'habillai à la hâte et je la reçus.

Elle s'assit fort troublée, les yeux baissés, et, sans lever son voile, elle me dit :

« Mon cher cousin, j'ai un gros service à vous demander.

— Lequel, ma cousine ?

— Cela me gêne beaucoup de vous le dire, et pourtant, il le faut. J'ai besoin, absolument besoin, de cinq mille francs.

— Allons donc, vous ?

— Oui, moi, ou plutôt mon mari, qui me charge de les trouver. »

J'étais tellement stupéfait, que je balbutiais mes réponses. Je me demandais si vraiment elle ne s'était pas moquée de moi avec le docteur Parent, si ce n'était pas là une simple farce préparée d'avance et fort bien jouée.

Mais, en la regardant avec attention, tous mes doutes se dissipèrent. Elle tremblait d'angoisse, tant cette démarche lui était douloureuse, et je compris qu'elle avait la gorge pleine de sanglots.

Je la savais fort riche et je repris :

« Comment ! votre mari n'a pas cinq mille francs à sa disposition ! Voyons, réfléchissez. Etes-vous sûre qu'il vous a chargée de me les demander ? »

Elle hésita quelques secondes comme si elle eût fait un grand effort pour chercher dans son souvenir, puis elle répondit :

« Oui..., oui... j'en suis sûre.

— Il vous a écrit ? »

Elle hésita encore, réfléchissant. Je devinai le travail torturant de sa pensée. Elle ne savait pas. Elle savait seulement qu'elle devait m'emprunter cinq mille francs pour son mari. Donc elle osa mentir.

« Oui, il m'a écrit.

— Quand donc ? Vous ne m'avez parlé de rien, hier.

— J'ai reçu sa lettre ce matin.

— Pouvez-vous me la montrer ?

— Non... non... non... elle contenait des choses intimes... trop personnelles... je l'ai... je l'ai brûlée.

— Alors, c'est que votre mari fait des dettes. »

Elle hésita encore, puis murmura :

« Je ne sais pas. »

Je déclarai brusquement :

« C'est que je ne puis disposer de cinq mille francs en ce moment, ma chère cousine. »

Elle poussa une sorte de cri de souffrance.

« Oh ! oh ! je vous en prie, je vous en prie, trouvez-les... »

Elle s'exaltait, joignait les mains comme si elle m'eût prié ! J'entendais sa voix changer de ton ; elle pleurait et bégayait, harcelée, dominée par l'ordre irrésistible qu'elle avait reçu.

« Oh ! oh ! je vous en supplie... si vous saviez comme je souffre... il me les faut aujourd'hui. »

J'eus pitié d'elle.

« Vous les aurez tantôt, je vous le jure. »

Elle s'écria :

« Oh ! merci ! merci ! Que vous êtes bon. »

Je repris : « Vous rappelez-vous ce qui s'est passé hier chez vous ?

— Oui.

— Vous rappelez-vous que le docteur Parent vous a endormie ?

— Oui.

— Eh bien, il vous a ordonné de venir m'emprunter ce matin cinq mille francs, et vous obéissez en ce moment à cette suggestion. »

Elle réfléchit quelques secondes et répondit :

« Puisque c'est mon mari qui les demande. »

Pendant une heure, j'essayai de la convaincre, mais je n'y pus parvenir.

Quand elle fut partie, je courus chez le docteur. Il allait sortir ; et il m'écouta en souriant. Puis il dit :

« Croyez-vous maintenant ?

— Oui, il le faut bien.

— Allons chez votre parente. »

18

savez comme je souffre... il me les
faut, aujourd'hui.
J'eus pitié d'elle.
— Vous les aurez tantôt. Je vous le jure.
Elle s'écria
— Oh ! merci, merci ! Que vous êtes bon.
Je repris : « Vous rappelez-vous ce qui s'est
passé hier soir chez vous. »
— Oui.
— Vous rappelez-vous que le Docteur Parent
vous a endormie ?
— Oui.
— Eh bien il vous a ordonné de venir ~~me~~
m'emprunter ~~demander~~ ce matin cinq mille francs
et vous obéissez en ce moment à cette
suggestion.
Elle réfléchit quelques secondes et répondit
— Puisque c'est mon mari qui les demande.
Pendant une heure j'essayai de la convaincre,
mais je n'y pus parvenir.
Quand elle fut partie je courus chez le
docteur. Il allait sortir ; et il m'écouta en
souriant. Puis il dit
— Croyez-vous maintenant
— Oui. Il le faut bien.
— Allons chez votre parente.
Elle sommeillait sur une chaise longue,
accablée de fatigue ; ~~[illegible]~~.
Le médecin lui prit le pouls, la regarda
quelque temps, une main levée vers ses
yeux qu'elle ferma peu à peu sous
l'effort insoutenable de cette puissance
magnétique.
Quand elle fut endormie : « Votre mari
n'a plus besoin de cinq mille francs. Vous
allez donc oublier que vous ~~les~~ avez prié ~~demandé~~
votre cousin de vous les prêter et s'il vous parle de cela
vous ne comprendrez pas ».
Puis il la réveilla. Je tirai de ma
poche un portefeuille : « Voici, ma
chère cousine ce que vous m'avez demandé
ce matin. »
~~Elle fut tellement surprise que je n'osai~~
~~pas une seconde à la croire sincère.~~

Elle fut tellement surprise que je n'osai pas insister. J'essayai cependant de ~~ranimer~~ sa mémoire, mais elle nia avec force, ~~[illegible]~~ crut que je me moquais d'elle et faillit, à la fin, se fâcher.

Page du manuscrit du *Horla*.

Elle sommeillait déjà sur une chaise longue, accablée de fatigue. Le médecin lui prit le pouls, la regarda quelque temps, une main levée vers ses yeux qu'elle ferma peu à peu sous l'effort insoutenable de cette puissance magnétique.

Quand elle fut endormie :

« Votre mari n'a plus besoin de cinq mille francs. Vous allez donc oublier que vous avez prié votre cousin de vous les prêter, et, s'il vous parle de cela, vous ne comprendrez pas. »

Puis il la réveilla. Je tirai de ma poche un portefeuille :

« Voici, ma chère cousine, ce que vous m'avez demandé ce matin. »

Elle fut tellement surprise que je n'osai pas insister. J'essayai cependant de ranimer sa mémoire, mais elle nia avec force, crut que je me moquais d'elle, et faillit, à la fin, se fâcher.

....

Voilà ! je viens de rentrer ; et je n'ai pu déjeuner, tant cette expérience m'a bouleversé.

19 juillet. — Beaucoup de personnes à qui j'ai raconté cette aventure se sont moquées de moi. Je ne sais plus que penser. Le sage dit : Peut-être ?

21 juillet. — J'ai été dîner à Bougival, puis j'ai passé la soirée au bal des canotiers. Décidément, tout dépend des lieux et des milieux. Croire au surnaturel dans l'île de la Grenouillère, serait le comble de la folie[1]... mais au sommet du mont Saint-Michel ?...

---

1. Bougival, l'île de la Grenouillère, le bal des canotiers : lieux de canotage, de baignades et d'autres plaisirs, lieux où l'on ne pense qu'à s'amuser et que Maupassant a beaucoup fréquentés dans sa jeunesse, lorsqu'il était encore employé de ministère. Ils servent de décor à plusieurs nouvelles comme *La femme de Paul* (in *La Maison Tellier* , 1881), ou *Yvette* (1884) et ont été peints par les impressionnistes Renoir et Monet. C'est un paysage très familier au Parisien des années 1880.

mais dans les Indes ? Nous subissons effroyablement l'influence de ce qui nous entoure. Je rentrerai chez moi la semaine prochaine.

30 juillet. — Je suis revenu dans ma maison depuis hier. Tout va bien.

2 août. — Rien de nouveau ; il fait un temps superbe. Je passe mes journées à regarder couler la Seine.

4 août. — Querelles parmi mes domestiques. Ils prétendent qu'on casse les verres, la nuit, dans les armoires. Le valet de chambre accuse la cuisinière, qui accuse la lingère, qui accuse les deux autres. Quel est le coupable ? Bien fin qui le dirait !

6 août. — Cette fois, je ne suis pas fou. J'ai vu... j'ai vu... j'ai vu !... Je ne puis plus douter... j'ai vu !... J'ai encore froid jusque dans les ongles... j'ai encore peur jusque dans les moelles... j'ai vu !...

Je me promenais à deux heures, en plein soleil, dans mon parterre de rosiers... dans l'allée des rosiers d'automne qui commencent à fleurir.

Comme je m'arrêtais à regarder un *géant des batailles* [1], qui portait trois fleurs magnifiques, je vis, je vis distinctement, tout près de moi, la tige d'une de ces roses se plier, comme si une main invisible l'eût tordue, puis se casser comme si cette main l'eût cueillie ! Puis la fleur s'éleva, suivant la courbe qu'aurait décrite un bras en la portant vers une bouche, et elle resta suspendue dans l'air transparent, toute seule, immobile, effrayante tache rouge à trois pas de mes yeux.

Éperdu, je me jetai sur elle pour la saisir ! Je ne

---

1. Le *géant des batailles* est une rose ancienne, qui a donné naissance en 1858 à la rose « Empereur du Maroc ». On remarque que cette rose très belle, très dense, peut atteindre 8 cm de diamètre et prend une forme de coupe en pleine éclosion. Sa couleur principale : le rouge carmin. Elle fleurit deux fois par an, en été et à l'automne, formant des buissons bas se prêtant à la culture dans les petits jardins.

trouvai rien ; elle avait disparu. Alors je fus pris d'une colère furieuse contre moi-même ; car il n'est pas permis à un homme raisonnable et sérieux d'avoir de pareilles hallucinations.

Mais était-ce bien une hallucination ? Je me retournai pour chercher la tige, et je la retrouvai immédiatement sur l'arbuste, fraîchement brisée, entre les deux autres roses demeurées à la branche.

Alors, je rentrai chez moi l'âme bouleversée, car je suis certain, maintenant, certain comme de l'alternance des jours et des nuits, qu'il existe près de moi un être invisible, qui se nourrit de lait et d'eau, qui peut toucher aux choses, les prendre et les changer de place, doué par conséquent d'une nature matérielle, bien qu'imperceptible pour nos sens, et qui habite comme moi, sous mon toit...

7 août. — J'ai dormi tranquille. Il a bu l'eau de ma carafe, mais n'a point troublé mon sommeil.

Je me demande si je suis fou. En me promenant, tantôt au grand soleil, le long de la rivière, des doutes me sont venus sur ma raison, non point des doutes vagues comme j'en avais jusqu'ici, mais des doutes précis, absolus. J'ai vu des fous ; j'en ai connu qui restaient intelligents, lucides, clairvoyants même sur toutes les choses de la vie, sauf sur un point. Ils parlaient de tout avec clarté, avec souplesse, avec profondeur, et soudain leur pensée, touchant l'écueil de leur folie, s'y déchirait en pièces, s'éparpillait et sombrait dans cet océan effrayant et furieux, plein de vagues bondissantes, de brouillards, de bourrasques, qu'on nomme « la démence » [1].

Certes, je me croirais fou, absolument fou, si je n'étais conscient, si je ne connaissais parfaitement mon état, si je ne le sondais en l'analysant avec une complète lucidité. Je ne serais donc, en somme, qu'un halluciné raisonnant. Un trouble inconnu se serait pro-

1. Voir le « mystère banal de la démence », *Madame Hermet*, p. 251.

duit dans mon cerveau, un de ces troubles qu'essaient de noter et de préciser aujourd'hui les physiologistes ; et ce trouble aurait déterminé dans mon esprit, dans l'ordre et la logique de mes idées, une crevasse profonde. Des phénomènes semblables ont lieu dans le rêve qui nous promène à travers les fantasmagories les plus invraisemblables, sans que nous en soyons surpris, parce que l'appareil vérificateur, parce que le sens du contrôle est endormi ; tandis que la faculté imaginative veille et travaille. Ne se peut-il pas qu'une des imperceptibles touches du clavier cérébral se trouve paralysée chez moi ? Des hommes, à la suite d'accidents, perdent la mémoire des noms propres ou des verbes ou des chiffres, ou seulement des dates. Les localisations de toutes les parcelles de la pensée sont aujourd'hui prouvées. Or, quoi d'étonnant à ce que ma faculté de contrôler l'irréalité de certaines hallucinations, se trouve engourdie chez moi en ce moment !

Je songeais à tout cela en suivant le bord de l'eau. Le soleil couvrait de clarté la rivière, faisait la terre délicieuse, emplissait mon regard d'amour pour la vie, pour les hirondelles, dont l'agilité est une joie de mes yeux, pour les herbes de la rive, dont le frémissement est un bonheur de mes oreilles.

Peu à peu, cependant, un malaise inexplicable me pénétrait. Une force, me semblait-il, une force occulte m'engourdissait, m'arrêtait, m'empêchait d'aller plus loin, me rappelait en arrière. J'éprouvais ce besoin douloureux de rentrer qui vous oppresse, quand on a laissé au logis un malade aimé, et que le pressentiment vous saisit d'une aggravation de son mal.

Donc, je revins malgré moi, sûr que j'allais trouver, dans ma maison, une mauvaise nouvelle, une lettre ou une dépêche. Il n'y avait rien ; et je demeurai plus surpris et plus inquiet que si j'avais eu de nouveau quelque vision fantastique.

8 août. — J'ai passé hier une affreuse soirée. Il ne se manifeste plus, mais je le sens près de moi, m'épiant, me regardant, me pénétrant, me dominant et plus redoutable, en se cachant ainsi, que s'il signalait par des phénomènes surnaturels sa présence invisible et constante.

J'ai dormi, pourtant.

9 août. — Rien, mais j'ai peur.

10 août. — Rien ; qu'arrivera-t-il demain ?

11 août. — Toujours rien ; je ne puis plus rester chez moi avec cette crainte et cette pensée entrées en mon âme ; je vais partir.

12 août, 10 heures du soir. — Tout le jour j'ai voulu m'en aller ; je n'ai pas pu. J'ai voulu accomplir cet acte de liberté si facile, si simple, — sortir — monter dans ma voiture pour gagner Rouen — je n'ai pas pu. Pourquoi ?

13 août. — Quand on est atteint par certaines maladies, tous les ressorts de l'être physique semblent brisés, toutes les énergies anéanties, tous les muscles relâchés, les os devenus mous comme la chair et la chair liquide comme de l'eau. J'éprouve cela dans mon être moral d'une façon étrange et désolante. Je n'ai plus aucune force, aucun courage, aucune domination sur moi, aucun pouvoir même de mettre en mouvement ma volonté. Je ne peux plus vouloir ; mais quelqu'un veut pour moi ; et j'obéis.

14 août. — Je suis perdu ! Quelqu'un possède mon âme et la gouverne ! quelqu'un ordonne tous mes actes, tous mes mouvements, toutes mes pensées. Je ne suis plus rien en moi, rien qu'un spectateur esclave et terrifié de toutes les choses que j'accomplis. Je désire sortir. Je ne peux pas. Il ne veut pas ; et je reste, éperdu, tremblant, dans le fauteuil où il me tient assis. Je désire seulement me lever, me soulever, afin de me croire maître de moi. Je ne peux pas ! Je suis rivé à mon siège ; et mon siège adhère au sol, de telle sorte qu'aucune force ne nous soulèverait.

Puis, tout d'un coup, il faut, il faut, il faut que j'aille au fond de mon jardin cueillir des fraises et les manger. Et j'y vais. Je cueille des fraises et je les mange ! Oh ! mon Dieu ! Mon Dieu ! Mon Dieu ! Est-il un Dieu ? S'il en est un, délivrez-moi, sauvez-moi ! secourez-moi ! Pardon ! Pitié ! Grâce ! Sauvez-moi ! Oh ! quelle souffrance ! quelle torture ! quelle horreur !

15 août. — Certes, voilà comment était possédée et dominée ma pauvre cousine, quand elle est venue m'emprunter cinq mille francs. Elle subissait un vouloir étranger entré en elle, comme une autre âme, comme une autre âme parasite et dominatrice. Est-ce que le monde va finir ?

Mais celui qui me gouverne, quel est-il, cet invisible ? cet inconnaissable, ce rôdeur d'une race surnaturelle ?

Donc les invisibles existent ! Alors, comment depuis l'origine du monde ne se sont-ils pas encore manifestés d'une façon précise comme ils le font pour moi ? Je n'ai jamais rien lu qui ressemble à ce qui s'est passé dans ma demeure. Oh ! si je pouvais la quitter, si je pouvais m'en aller, fuir et ne pas revenir. Je serais sauvé, mais je ne peux pas.

16 août. — J'ai pu m'échapper aujourd'hui pendant deux heures, comme un prisonnier qui trouve ouverte, par hasard, la porte de son cachot. J'ai senti que j'étais libre tout à coup et qu'il était loin. J'ai ordonné d'atteler bien vite et j'ai gagné Rouen. Oh ! quelle joie de pouvoir dire à un homme qui obéit : « Allez à Rouen ! »

Je me suis fait arrêter devant la bibliothèque et j'ai prié qu'on me prêtât le grand traité du docteur Hermann Herestauss sur les habitants inconnus du monde antique et moderne[1].

Puis, au moment de remonter dans mon coupé, j'ai voulu dire : « A la gare ! » et j'ai crié — je n'ai pas dit, j'ai crié — d'une voix si forte que les passants se sont retournés : « A la maison », et je suis tombé, affolé d'angoisse, sur le coussin de ma voiture. Il m'avait retrouvé et repris.

17 août. — Ah ! Quelle nuit ! quelle nuit ! Et pourtant il me semble que je devrais me réjouir. Jusqu'à une heure du matin, j'ai lu ! Hermann Herestauss, docteur en philosophie et en théogonie, a écrit l'histoire et les manifestations de tous les êtres invisibles rôdant autour de l'homme ou rêvés par lui. Il décrit leurs origines, leur domaine, leur puissance. Mais aucun d'eux ne ressemble à celui qui me hante. On dirait que l'homme, depuis qu'il pense, a pressenti et redouté un être nouveau, plus fort que lui, son successeur en ce monde, et que, le sentant proche et ne pouvant prévoir la nature de ce maître, il a créé, dans sa terreur, tout le peuple fantastique des êtres occultes, fantômes vagues nés de la peur.

---

1. Le docteur Hermann Herestauss n'existe pas. M.-C. Bancquart propose une interprétation du nom comme germanisme à partir de *Herr*, monsieur, le maître, et *aus*, hors de. Herestauss serait ainsi le Horla. Remarquons que, sur le manuscrit, le prénom a été ajouté en marge : Hermann, « monsieur homme ». En ce cas, le prénom suivi du nom permettrait la juxtaposition des deux espèces, l'homme et le Horla. Songeons peut-être plus simplement au gage de sérieux attaché aux noms de savants allemands. Dans *L'Homme de Mars*, Maupassant mentionne le savant Hermann von Helmholtz (1821-1894), physicien qui affirme la conservation de l'énergie. Il avait rêvé un savant imaginaire dont il décrit les aventures dans un conte philosophique écrit en 1872, *Le Docteur Héraclius Gloss* (publié dans la *Revue de Paris* en 1921 et recueilli par L. Forestier, éd. cit., vol. 1, pp. 9-53). Croyant en la métempsycose, il termine ses jours dans un asile d'aliénés. Quant au sujet, « les habitants inconnus du monde antique et moderne », il fait songer au titre d'un ouvrage de Camille Flammarion (1842-1925), *La Pluralité des mondes habités* (1862).

Donc, ayant lu jusqu'à une heure du matin, j'ai été m'asseoir ensuite auprès de ma fenêtre ouverte pour rafraîchir mon front et ma pensée au vent calme de l'obscurité.

Il faisait bon, il faisait tiède ! Comme j'aurais aimé cette nuit-là autrefois !

Pas de lune. Les étoiles avaient au fond du ciel noir des scintillements frémissants. Qui habite ces mondes ? Quelles formes, quels vivants, quels animaux, quelles plantes sont là-bas ? Ceux qui pensent dans ces univers lointains, que savent-ils plus que nous ? Que peuvent-ils plus que nous ? Que voient-ils que nous ne connaissons point ? Un d'eux, un jour ou l'autre, traversant l'espace, n'apparaîtra-t-il pas sur notre terre pour la conquérir, comme les Normands jadis traversaient la mer pour asservir des peuples plus faibles ?

Nous sommes si infirmes, si désarmés, si ignorants, si petits, nous autres, sur ce grain de boue qui tourne délayé dans une goutte d'eau.

Je m'assoupis en rêvant ainsi au vent frais du soir.

Or, ayant dormi environ quarante minutes, je rouvris les yeux sans faire un mouvement, réveillé par je ne sais quelle émotion confuse et bizarre. Je ne vis rien d'abord, puis, tout à coup, il me sembla qu'une page du livre resté ouvert sur ma table venait de tourner toute seule. Aucun souffle d'air n'était entré par ma fenêtre. Je fus surpris et j'attendis. Au bout de quatre minutes environ, je vis, je vis, oui, je vis de mes yeux une autre page se soulever et se rabattre sur la précédente, comme si un doigt l'eût feuilletée. Mon fauteuil était vide, semblait vide ; mais je compris qu'il était là, lui, assis à ma place, et qu'il lisait. D'un bond furieux, d'un bond de bête révoltée, qui va éventrer son dompteur, je traversai ma chambre pour le saisir, pour l'étreindre, pour le tuer !... Mais mon siège, avant que je l'eusse atteint, se renversa comme si on eût fui devant moi... ma table oscilla, ma lampe tomba et s'éteignit, et ma fenêtre se ferma comme si un malfaiteur surpris se fût élancé dans la nuit, en prenant à pleines mains les battants.

Donc, il s'était sauvé ; il avait eu peur, peur de moi, lui !

Alors... alors... demain... ou après..., ou un jour quelconque..., je pourrai donc le tenir sous mes poings, et l'écraser contre le sol ! Est-ce que les chiens, quelquefois, ne mordent point et n'étranglent pas leurs maîtres ?

18 août. — J'ai songé toute la journée. Oh ! oui, je vais lui obéir, suivre ses impulsions, accomplir toutes ses volontés, me faire humble, soumis, lâche. Il est le plus fort. Mais une heure viendra...

19 août. — Je sais... je sais... je sais tout ! Je viens de lire ceci dans la *Revue du Monde scientifique* : « Une nouvelle assez curieuse nous arrive de Rio de Janeiro. Une folie, une épidémie de folie, comparable aux démences contagieuses qui atteignirent les peuples d'Europe au moyen age, sévit en ce moment dans la province de San-Paulo. Les habitants éperdus quittent leurs maisons, désertent leurs villages, abandonnent leurs cultures, se disant poursuivis, possédés, gouvernés comme un bétail humain par des êtres invisibles bien que tangibles, des sortes de vampires qui se nourrissent de leur vie, pendant leur sommeil, et qui boivent en outre de l'eau et du lait sans paraître toucher à aucun autre aliment.

« M. le professeur Don Pedro Henriquez, accompagné de plusieurs savants médecins, est parti pour la province de San-Paulo, afin d'étudier sur place les origines et les manifestations de cette surprenante folie, et de proposer à l'Empereur les mesures qui lui paraîtront le plus propres à rappeler à la raison ces populations en délire[1]. »

---

1. Maupassant a inventé cette curieuse épidémie. Elle transpose un certain nombre de réflexes collectifs observés à la venue du choléra (voir *La Peur*, p. 170.)

Ah ! Ah ! je me rappelle, je me rappelle le beau trois-mâts brésilien qui passa sous mes fenêtres en remontant la Seine, le 8 mai dernier ! Je le trouvais si joli, si blanc, si gai ! L'Etre était dessus, venant de là-bas, où sa race est née ! Et il m'a vu ! Il a vu ma demeure blanche aussi ; et il a sauté du navire sur la rive. Oh ! mon Dieu !

A présent, je sais, je devine. Le règne de l'homme est fini.

Il est venu, Celui que redoutaient les premières terreurs des peuples naïfs, Celui qu'exorcisaient les prêtres inquiets, que les sorciers évoquaient par les nuits sombres, sans le voir apparaître encore, à qui les pressentiments des maîtres passagers du monde prêtèrent toutes les formes monstrueuses ou gracieuses des gnomes, des esprits, des génies, des fées, des farfadets. Après les grossières conceptions de l'épouvante primitive, des hommes plus perspicaces l'ont pressenti plus clairement. Mesmer l'avait deviné et les médecins, depuis dix ans déjà, ont découvert, d'une façon précise, la nature de sa puissance avant qu'il l'eût exercée lui-même. Ils ont joué avec cette arme du Seigneur nouveau, la domination d'un mystérieux vouloir sur l'âme humaine devenue esclave. Ils ont appelé cela magnétisme, hypnotisme, suggestion... que sais-je ? Je les ai vus s'amuser comme des enfants imprudents avec cette horrible puissance ! Malheur à nous ! Malheur à l'homme ! Il est venu, le... le... comment se nomme-t-il... le... il me semble qu'il me crie son nom, et je ne l'entends pas... le... oui... il le crie... J'écoute... je ne peux pas... répète... le... Horla... J'ai entendu... le Horla... c'est lui... le Horla... il est venu !...

Ah ! le vautour a mangé la colombe ; le loup a mangé le mouton ; le lion a dévoré le buffle aux cornes aiguës ; l'homme a tué le lion avec la flèche, avec le glaive, avec la poudre ; mais le Horla va faire de l'homme ce que nous avons fait du cheval et du bœuf : sa chose, son serviteur et sa nourriture, par la seule puissance de sa volonté. Malheur à nous[1] !

Pourtant, l'animal, quelquefois, se révolte et tue celui qui l'a dompté... moi aussi je veux... je pourrai... mais il faut le connaître, le toucher, le voir ! Les savants disent que l'œil de la bête, différent du nôtre, ne distingue point comme le nôtre... Et mon œil à moi ne peut distinguer le nouveau venu qui m'opprime.

Pourquoi ? Oh ! je me rappelle à présent les paroles du moine du mont Saint-Michel : « Est-ce que nous voyons la cent millième partie de ce qui existe ? Tenez, voici le vent qui est la plus grande force de la nature, qui renverse les hommes, abat les édifices, déracine les arbres, soulève la mer en montagnes d'eau, détruit les falaises et jette aux brisants les grands navires, le vent qui tue, qui siffle, qui gémit, qui mugit, l'avez-vous vu et pouvez-vous le voir : il existe pourtant ! »

Et je songeais encore : mon œil est si faible, si imparfait, qu'il ne distingue même point les corps durs, s'ils sont transparents comme le verre !... Qu'une glace sans tain barre mon chemin, il me jette dessus comme l'oiseau entré dans une chambre se casse la tête aux vitres. Mille choses en outre le trompent et l'égarent ? Quoi d'étonnant, alors, à ce qu'il ne sache point apercevoir un corps nouveau que la lumière traverse.

Un être nouveau ! pourquoi pas ? Il devait venir assurément ! pourquoi serions-nous les derniers ? Nous ne le distinguons point, ainsi que tous les autres créés avant nous ? C'est que sa nature est plus parfaite, son corps plus fin et plus fini que le nôtre, que le nôtre si faible, si maladroitement conçu, encombré d'organes toujours fatigués, toujours forcés comme des ressorts trop complexes, que le nôtre, qui vit comme une plante

---

1. Ce passage inspiré fait songer à un délire prophétique, parodie du style des prophètes et de leurs images favorites. La colombe, le loup, l'agneau, le lion et le buffle appartiennent au bestiaire biblique. On pense plus précisément aux livres d'Isaïe et de Jérémie.

et comme une bête, en se nourrissant péniblement d'air, d'herbe et de viande, machine animale en proie aux maladies, aux déformations, aux putréfactions, poussive, mal réglée, naïve et bizarre, ingénieusement mal faite, œuvre grossière et délicate, ébauche d'être qui pourrait devenir intelligent et superbe.

Nous sommes quelques-uns, si peu sur ce monde, depuis l'huître jusqu'à l'homme. Pourquoi pas un de plus, une fois accomplie la période qui sépare les apparitions successives de toutes les espèces diverses [1] ?

Pourquoi pas un de plus ? Pourquoi pas aussi d'autres arbres aux fleurs immenses, éclatantes et parfumant des régions entières ? Pourquoi pas d'autres éléments que le feu, l'air, la terre et l'eau ? — Ils sont quatre, rien que quatre, ces pères nourriciers des êtres ! Quelle pitié ! Pourquoi ne sont-ils pas quarante, quatre cents, quatre mille ! Comme tout est pauvre, mesquin, misérable ! avarement donné, sèchement inventé, lourdement fait ! Ah ! l'éléphant, l'hippopotame, que de grâce ! le chameau, que d'élégance !

Mais direz-vous, le papillon ! une fleur qui vole ! J'en rêve un qui serait grand comme cent univers, avec des ailes dont je ne puis même exprimer la forme, la beauté, la couleur et le mouvement. Mais je le vois... il va d'étoile en étoile, les rafraîchissant et les embaumant au souffle harmonieux et léger de sa course !... Et les peuples de là-haut le regardent passer, extasiés et ravis !

....

Qu'ai-je donc ? C'est lui, lui, le Horla, qui me hante, qui me fait penser ces folies ! Il est en moi, il devient mon âme ; je le tuerai !

---

1. Maupassant a lu Charles Darwin (1809-1882), *De l'origine des espèces au moyen de la sélection naturelle* (1859). Il imagine là une nouvelle métamorphose de l'homme, voué à la dégénérescence au profit d'une espèce supérieure. Il passe ainsi sans transition de l'observation scientifique à la science-fiction.

19 août[1]. — Je le tuerai. Je l'ai vu ! je me suis assis hier soir, à ma table ; et je fis semblant d'écrire avec une grande attention. Je savais bien qu'il viendrait rôder autour de moi, tout près, si près que je pourrais peut-être le toucher, le saisir ? Et alors !... alors, j'aurais la force des désespérés ; j'aurais mes mains, mes genoux, ma poitrine, mon front, mes dents pour l'étrangler, l'écraser, le mordre, le déchirer.

Et je le guettais avec tous mes organes surexcités.

J'avais allumé mes deux lampes et les huit bougies de ma cheminée, comme si j'eusse pu, dans cette clarté, le découvrir.

En face de moi, mon lit, un vieux lit de chêne à colonnes ; à droite, ma cheminée ; à gauche, ma porte fermée avec soin, après l'avoir laissée longtemps ouverte, afin de l'attirer ; derrière moi, une très haute armoire à glace, qui me servait chaque jour pour me raser, pour m'habiller, et où j'avais coutume de me regarder, de la tête aux pieds, chaque fois que je passais devant.

Donc, je faisais semblant d'écrire, pour le tromper, car il m'épiait lui aussi ; et soudain, je sentis, je fus certain qu'il lisait par-dessus mon épaule, qu'il était là, frôlant mon oreille.

Je me dressai, les mains tendues, en me tournant si vite que je faillis tomber. Eh bien ?... on y voyait comme en plein jour, et je ne me vis pas dans ma glace !... Elle était vide, claire, profonde, pleine de lumière ! Mon image n'était pas dedans... et j'étais en face, moi ! Je voyais le grand verre limpide du haut en bas. Et je regardais cela avec des yeux affolés ; et je n'osais plus avancer, je n'osais plus faire un mouve-

---

1. Cette date apparaît pour la seconde fois. Le manuscrit ne présente pas de rature à cet endroit, et on ne saurait sérieusement songer à une étourderie de l'auteur dans un ensemble aussi concerté (un lapsus, peut-être ?). Ou bien le narrateur écrit une nouvelle page en pleine nuit, et reprend donc la plume une seconde fois ce 19 août, ou bien cette répétition marque le trouble de la raison et le passage à un autre ordre, celui de la folie

« Et soudain, je sentis, je fus certain qu'il lisait par-dessus mon épaule, qu'il était là, frôlant mon oreille. » (p. 290)
Illustration de Julian-Damazy.

ment, sentant bien pourtant qu'il était là, mais qu'il m'échapperait encore, lui dont le corps imperceptible avait dévoré mon reflet.

Comme j'eus peur ! Puis voilà que tout à coup je commençai à m'apercevoir dans une brume, au fond du miroir, dans une brume comme à travers une nappe d'eau ; et il me semblait que cette eau glissait de gauche à droite, lentement, rendant plus précise mon image, de seconde en seconde. C'était comme la fin d'une éclipse. Ce qui me cachait ne paraissait point posséder de contours nettement arrêtés, mais une sorte de transparence opaque, s'éclaircissant peu à peu[1].

Je pus enfin me distinguer complètement, ainsi que je le fais chaque jour en me regardant.

Je l'avais vu ! L'épouvante m'en est restée, qui me fait encore frissonner.

20 août. — Le tuer, comment ? puisque je ne peux l'atteindre ? Le poison ? mais il me verrait le mêler à l'eau ; et nos poisons, d'ailleurs, auraient-ils un effet sur son corps imperceptible ? Non... non... sans aucun doute... Alors ?... alors ?...

21 août. — J'ai fait venir un serrurier de Rouen, et lui ai commandé pour ma chambre des persiennes de fer, comme en ont, à Paris, certains hôtels particuliers, au rez-de-chaussée, par crainte des voleurs. Il me fera,

---

1. Voilà l'inverse exact du motif romantico-fantastique du double, avec lequel Maupassant joue. Bien loin de se dédoubler, le moi au contraire se dilue, s'estompe. La « transparence opaque » du Horla pourrait évoquer l'écriture même de Maupassant, limpide mais gorgée de mystère, comme ce compte rendu journalistique qui prend note de la folie en direct, nommée et innommable à la fois. On mentionnera aussi ce qui peut être une réminiscence du *Spirite* (1866) de Théophile Gautier (1811-1872) où le héros, Guy de Malivert, reconnaît la présence d'un esprit qui le visite à la perte du reflet de son miroir, ne réfléchissant aucun des objets qui lui sont opposés, et où il voit d'abord « une vague blancheur laiteuse » (in éd. de M. Crouzet, Classiques Garnier, vol. 2, p. 234).

en outre, une porte pareille. Je me suis donné pour un poltron, mais je m'en moque !...

....

10 septembre. — Rouen, hôtel Continental. C'est fait... c'est fait... mais est-il mort ? J'ai l'âme bouleversée de ce que j'ai vu.

Hier donc, le serrurier ayant posé ma persienne et ma porte de fer, j'ai laissé tout ouvert, jusqu'à minuit, bien qu'il commençât à faire froid.

Tout à coup, j'ai senti qu'il était là, et une joie, une joie folle m'a saisi. Je me suis levé lentement, et j'ai marché à droite, à gauche, longtemps pour qu'il ne devinât rien ; puis j'ai ôté mes bottines et mis mes savates avec négligence ; puis j'ai fermé ma persienne de fer, et revenant à pas tranquilles vers la porte, j'ai fermé la porte aussi à double tour. Retournant alors vers la fenêtre, je la fixai par un cadenas, dont je mis la clef dans ma poche.

Tout à coup, je compris qu'il s'agitait autour de moi, qu'il avait peur à son tour, qu'il m'ordonnait de lui ouvrir. Je faillis céder ; je ne cédai pas, mais m'adossant à la porte, je l'entrebâillai, tout juste assez pour passer, moi, à reculons ; et comme je suis très grand ma tête touchait au linteau. J'étais sûr qu'il n'avait pu s'échapper et je l'enfermai, tout seul, tout seul ! Quelle joie ! Je le tenais ! Alors, je descendis, en courant ; je pris dans mon salon, sous ma chambre, mes deux lampes et je renversai toute l'huile sur le tapis, sur les meubles, partout ; puis j'y mis le feu, et je me sauvai, après avoir bien refermé, à double tour, la grande porte d'entrée.

Et j'allai me cacher au fond de mon jardin, dans un massif de lauriers. Comme ce fut long ! comme ce fut long ! Tout était noir, muet, immobile ; pas un souffle d'air, pas une étoile, des montagnes de nuages qu'on ne voyait point, mais qui pesaient sur mon âme si lourds, si lourds.

Je regardais ma maison, et j'attendais. Comme ce

fut long ! Je croyais déjà que le feu s'était éteint tout seul, ou qu'il l'avait éteint, Lui, quand une des fenêtres d'en bas creva sous la poussée de l'incendie, et une flamme, une grande flamme rouge et jaune, longue, molle, caressante, monta le long du mur blanc et le baisa jusqu'au toit. Une lueur courut dans les arbres, dans les branches, dans les feuilles, et un frisson, un frisson de peur aussi ! Les oiseaux se réveillaient ; un chien se mit à hurler ; il me sembla que le jour se levait ! Deux autres fenêtres éclatèrent aussitôt, et je vis que tout le bas de ma demeure n'était plus qu'un effrayant brasier. Mais un cri, un cri horrible, suraigu, déchirant, un cri de femme passa dans la nuit, et deux mansardes s'ouvrirent ! J'avais oublié mes domestiques ! Je vis leurs faces affolées, et leurs bras qui s'agitaient !...

Alors, éperdu d'horreur, je me mis à courir vers le village en hurlant : « Au secours ! au secours ! au feu ! au feu ! » Je rencontrai des gens qui s'en venaient déjà et je retournai avec eux, pour voir.

La maison, maintenant, n'était plus qu'un bûcher horrible et magnifique, un bûcher monstrueux, éclairant toute la terre, un bûcher où brûlaient des hommes, et où il brûlait aussi, Lui, Lui, mon prisonnier, l'Etre nouveau, le nouveau maître, le Horla !

Soudain le toit tout entier s'engloutit entre les murs et un volcan de flammes jaillit jusqu'au ciel. Par toutes les fenêtres ouvertes sur la fournaise, je voyais la cuve de feu, et je pensais qu'il était là, dans ce four, mort...

« Mort ? Peut-être ?... Son corps ? son corps que le jour traversait n'était-il pas indestructible par les moyens qui tuent les nôtres ?

« S'il n'était pas mort ?... seul peut-être le temps a prise sur l'Etre invisible et Redoutable. Pourquoi ce corps transparent, ce corps inconnaissable, ce corps d'Esprit, s'il devait craindre, lui aussi, les maux, les blessures, les infirmités, la destruction prématurée ?

« La destruction prématurée ? toute l'épouvante humaine vient d'elle ! Après l'homme, le Horla. —

« ... une grande flamme rouge et jaune, longue, molle, caressante, monta le long du mur blanc et le baisa jusqu'au toit. » (p. 294)
Illustration de Julian-Damazy.

Après celui qui peut mourir tous les jours, à toutes les heures, à toutes les minutes, par tous les accidents, est venu celui qui ne doit mourir qu'à son jour, à son heure, à sa minute, parce qu'il a touché la limite de son existence !

« Non... non... sans aucun doute, sans aucun doute... il n'est pas mort... Alors... alors... il va donc falloir que je me tue, moi !... »

....

LA NUIT[1]

Cauchemar

J'aime la nuit avec passion. Je l'aime comme on aime son pays ou sa maîtresse, d'un amour instinctif, profond, invincible. Je l'aime avec tous mes sens, avec mes yeux qui la voient, avec mon odorat qui la respire, avec mes oreilles qui en écoutent le silence, avec toute ma chair que les ténèbres caressent. Les alouettes chantent dans le soleil, dans l'air bleu, dans l'air chaud, dans l'air léger des matinées claires. Le hibou fuit dans la nuit, tache noire qui passe à travers l'espace noir, et, réjoui, grisé par la noire immensité, il pousse son cri vibrant et sinistre.

Le jour me fatigue et m'ennuie. Il est brutal et bruyant. Je me lève avec peine, je m'habille avec lassitude, je sors avec regret, et chaque pas, chaque mouvement, chaque geste, chaque parole, chaque pensée me fatigue comme si je soulevais un écrasant fardeau.

Mais quand le soleil baisse, une joie confuse, une joie de tout mon corps m'envahit. Je m'éveille, je m'anime. A mesure que l'ombre grandit, je me sens tout autre, plus jeune, plus fort, plus alerte, plus heureux. Je la regarde s'épaissir, la grande ombre douce tombée du ciel : elle noie la ville, comme une onde insaisissable et impénétrable, elle cache, efface, détruit

---

1. Paru dans le *Gil Blas* du 14 juin 1887, recueilli dans *Clair de Lune.* Texte d'Ollendorff, 1888.

les couleurs, les formes, étreint les maisons, les êtres, les monuments de son imperceptible toucher.

Alors j'ai envie de crier de plaisir comme les chouettes, de courir sur les toits comme les chats ; et un impétueux, un invincible désir d'aimer s'allume dans mes veines.

Je vais, je marche, tantôt dans les faubourgs assombris, tantôt dans les bois voisins de Paris, où j'entends rôder mes sœurs les bêtes et mes frères les braconniers.

Ce qu'on aime avec violence finit toujours par vous tuer. Mais comment expliquer ce qui m'arrive ? Comment même faire comprendre que je puisse le raconter ? Je ne sais pas, je ne sais plus, je sais seulement que cela est. — Voilà.

Donc hier — était-ce hier ? — oui, sans doute, à moins que ce ne soit auparavant, un autre jour, un autre mois, une autre année, — je ne sais pas. Ce doit être hier pourtant, puisque le jour ne s'est plus levé, puisque le soleil n'a pas reparu. Mais depuis quand la nuit dure-t-elle ? Depuis quand ?... Qui le dira ? qui le saura jamais ?

Donc hier, je sortis comme je fais tous les soirs, après mon dîner. Il faisait très beau, très doux, très chaud. En descendant vers les boulevards, je regardais au-dessus de ma tête le fleuve noir et plein d'étoiles découpé dans le ciel par les toits de la rue qui tournait et faisait onduler comme une vraie rivière ce ruisseau roulant des astres.

Tout était clair dans l'air léger, depuis les planètes jusqu'aux becs de gaz[1]. Tant de feux brillaient là-haut et dans la ville que les ténèbres en semblaient lumineuses. Les nuits luisantes sont plus joyeuses que les grands jours de soleil.

Sur le boulevard, les cafés flamboyaient ; on riait, on passait, on buvait. J'entrai au théâtre, quelques instants ; dans quel théâtre ? je ne sais plus. Il y faisait si clair que cela m'attrista et je ressortis le cœur un peu

1. Réverbères fonctionnant au gaz.

assombri par ce choc de lumière brutale sur les ors du balcon, par le scintillement factice du lustre énorme de cristal, par la barrière du feu de la rampe, par la mélancolie de cette clarté fausse et crue. Je gagnai les Champs-Élysées où les cafés-concerts semblaient des foyers d'incendie dans les feuillages. Les marronniers frottés de lumière jaune avaient l'air peints, un air d'arbres phosphorescents. Et les globes électriques, pareils à des lunes éclatantes et pâles, à des œufs de lune tombés du ciel, à des perles monstrueuses, vivantes, faisaient pâlir sous leur clarté nacrée, mystérieuse et royale les filets de gaz, de vilain gaz sale, et les guirlandes de verres de couleur.

Je m'arrêtai sous l'Arc de Triomphe pour regarder l'avenue, la longue et admirable avenue étoilée, allant vers Paris entre deux lignes de feux, et les astres ! Les astres là-haut, les astres inconnus jetés au hasard dans l'immensité où ils dessinent ces figures bizarres, qui font tant rêver, qui font tant songer.

J'entrai dans le Bois de Boulogne et j'y restai longtemps, longtemps. Un frisson singulier m'avait saisi, une émotion imprévue et puissante, une exaltation de ma pensée qui touchait à la folie [1].

Je marchai longtemps, longtemps. Puis je revins.

Quelle heure était-il quand je repassai sous l'Arc de Triomphe ? Je ne sais pas. La ville s'endormait, et des nuages, de gros nuages noirs s'étendaient lentement sur le ciel.

Pour la première fois je sentis qu'il allait arriver quelque chose d'étrange, de nouveau. Il me sembla qu'il faisait froid, que l'air s'épaississait, que la nuit, que ma nuit bien-aimée, devenait lourde sur mon cœur. L'avenue était déserte, maintenant. Seuls, deux sergents de ville se promenaient auprès de la station des

1. Encore une expression de la frontière insaisissable entre raison et folie.

fiacres[1], et, sur la chaussée à peine éclairée par les becs de gaz qui paraissaient mourants, une file de voitures de légumes allait aux Halles. Elles allaient lentement, chargées de carottes, de navets, et de choux. Les conducteurs dormaient, invisibles, les chevaux marchaient d'un pas égal, suivant la voiture précédente, sans bruit, sur le pavé de bois. Devant chaque lumière du trottoir, les carottes s'éclairaient en rouge, les navets s'éclairaient en blanc, les choux s'éclairaient en vert ; et elles passaient l'une derrière l'autre, ces voitures rouges, d'un rouge de feu, blanches d'un blanc d'argent, vertes d'un vert d'émeraude. Je les suivis, puis je tournai par la rue Royale et revins sur les boulevards. Plus personne, plus de cafés éclairés, quelques attardés seulement qui se hâtaient. Je n'avais jamais vu Paris aussi mort, aussi désert. Je tirai ma montre. Il était deux heures.

Une force me poussait, un besoin de marcher. J'allai donc jusqu'à la Bastille. Là, je m'aperçus que je n'avais jamais vu une nuit si sombre, car je ne distinguais pas même la colonne de Juillet, dont le génie d'or[2] était perdu dans l'impénétrable obscurité. Une voûte de nuages, épaisse comme l'immensité, avait noyé les étoiles, et semblait s'abaisser sur la terre pour l'anéantir.

Je revins. Il n'y avait plus personne autour de moi. Place du Château-d'Eau, pourtant, un ivrogne faillit me heurter, puis il disparut. J'entendis quelque temps son pas inégal et sonore. J'allais. A la hauteur du faubourg Montmartre un fiacre passa, descendant vers la Seine. Je l'appelai. Le cocher ne répondit pas. Une femme rôdait près de la rue Drouot : « Monsieur, écoutez donc. » Je hâtai le pas pour éviter sa main tendue. Puis

---

1. Voiture à cheval qu'on louait à la course ou à l'heure, ancêtre du taxi. **2.** Il s'agit de la statue élevée sur une colonne place de la Bastille, érigée de 1833 à 1840 pour commémorer les combattants de Juillet 1830.

plus rien. Devant le Vaudeville[1], un chiffonnier fouillait le ruisseau. Sa petite lanterne flottait au ras du sol. Je lui demandai : « Quelle heure est-il, mon brave ? »

Il grogna : « Est-ce que je sais ! J'ai pas de montre. »

Alors je m'aperçus tout à coup que les becs de gaz étaient éteints. Je sais qu'on les supprime de bonne heure, avant le jour, en cette saison, par économie ; mais le jour était encore loin, si loin de paraître !

« Allons aux Halles, pensai-je, là au moins je trouverai la vie. »

Je me mis en route, mais je n'y voyais même pas pour me conduire. J'avançais lentement, comme on fait dans un bois, reconnaissant les rues en les comptant.

Devant le Crédit Lyonnais[2], un chien grogna. Je tournai par la rue de Grammont, je me perdis ; j'errai, puis je reconnus la Bourse aux grilles de fer qui l'entourent. Paris entier dormait, d'un sommeil profond, effrayant. Au loin pourtant un fiacre roulait, un seul fiacre, celui peut-être qui avait passé devant moi tout à l'heure. Je cherchais à le joindre, allant vers le bruit de ses roues, à travers les rues solitaires et noires, noires, noires comme la mort.

Je me perdis encore. Où étais-je ? Quelle folie d'éteindre si tôt le gaz ! Pas un passant, pas un attardé, pas un rôdeur, pas un miaulement de chat amoureux. Rien.

Où donc étaient les sergents de ville ? Je me dis : « Je vais crier, ils viendront. » Je criai. Personne ne répondit.

J'appelai plus fort. Ma voix s'envola, sans écho, faible, étouffée, écrasée par la nuit, par cette nuit impénétrable.

Je hurlai : « Au secours ! au secours ! au secours ! »

Mon appel désespéré resta sans réponse. Quelle heure était-il donc ? Je tirai ma montre, mais je n'avais point d'allumettes. J'écoutai le tic-tac léger de la petite

---

1. Le théâtre du Vaudeville. **2.** Siège social de cette banque, situé boulevard des Italiens.

mécanique avec une joie inconnue et bizarre. Elle semblait vivre. J'étais moins seul. Quel mystère ! Je me remis en marche comme un aveugle, en tâtant les murs de ma canne, et je levais à tout moment les yeux vers le ciel, espérant que le jour allait enfin paraître ; mais l'espace était noir, tout noir, plus profondément noir que la ville.

Quelle heure pouvait-il être ? Je marchais, me semblait-il, depuis un temps infini, car mes jambes fléchissaient sous moi, ma poitrine haletait, et je souffrais de la faim horriblement.

Je me décidai à sonner à la première porte cochère [1]. Je tirai le bouton de cuivre, et le timbre tinta dans la maison sonore ; il tinta étrangement comme si ce bruit vibrant eût été seul dans cette maison.

J'attendis, on ne répondit pas, on n'ouvrit point la porte. Je sonnai de nouveau ; j'attendis encore, — rien !

J'eus peur ! Je courus à la demeure suivante, et vingt fois de suite je fis résonner la sonnerie dans le couloir obscur où devait dormir le concierge. Mais il ne s'éveilla pas, — et j'allai plus loin, tirant de toutes mes forces les anneaux ou les boutons, heurtant de mes pieds, de ma canne et de mes mains les portes obstinément closes.

Et tout à coup, je m'aperçus que j'arrivais aux Halles. Les Halles étaient désertes, sans un bruit, sans un mouvement, sans une voiture, sans un homme, sans une botte de légumes ou de fleurs. — Elles étaient vides, immobiles, abandonnées, mortes !

Une épouvante me saisit, — horrible. Que se passait-il ? Oh ! mon Dieu ! que se passait-il ?

Je repartis. Mais l'heure ? l'heure ? qui me dirait l'heure ? Aucune horloge ne sonnait dans les clochers ou dans les monuments. Je pensai : « Je vais ouvrir le verre de ma montre et tâter l'aiguille avec mes

---

1. Porte dont les dimensions permettent l'entrée d'une voiture à cheval.

doigts. » Je tirai ma montre... elle ne battait plus... elle était arrêtée. Plus rien, plus rien, plus un frisson dans la ville, pas une lueur, pas un frôlement de son dans l'air. Rien ! plus rien ! plus même le roulement lointain du fiacre, — plus rien !

J'étais aux quais, et une fraîcheur glaciale montait de la rivière.

La Seine coulait-elle encore ?

Je voulus savoir, je trouvai l'escalier, je descendis...

Je n'entendais pas le courant bouillonner sous les arches du pont... Des marches encore... puis du sable... de la vase... puis de l'eau... j'y trempai mon bras... elle coulait... elle coulait... froide... froide... froide... presque gelée... presque tarie... presque morte.

Et je sentais bien que je n'aurais plus jamais la force de remonter... et que j'allais mourir là... moi aussi, de faim — de fatigue — et de froid[1].

---

1. Le cauchemar sert de prétexte au récit de la naissance d'un trouble profond : tous les repères se trouvent annulés, comme lorsque la folie s'empare d'une conscience. La folie ressemble à une sorte de cauchemar éveillé.

MOIRON[1]

Comme on parlait encore de Pranzini[2], M. Maloureau qui avait été procureur général sous l'Empire, nous dit :

« Oh ! j'ai connu, autrefois, une bien curieuse affaire, curieuse par plusieurs points particuliers, comme vous l'allez voir. »

J'étais à ce moment-là procureur impérial en province, et très bien en cour, grâce à mon père, premier président à Paris. Or, j'eus à prendre la parole dans une cause restée célèbre sous le nom de l'Affaire de l'instituteur Moiron.

M. Moiron, instituteur dans le nord de la France, jouissait, dans tout le pays, d'une excellente réputation. Homme intelligent, réfléchi, très religieux, un peu taciturne, il s'était marié dans la commune de Boislinot[3] où il exerçait sa profession. Il avait eu trois enfants, morts successivement de la poitrine. A partir de ce moment, il sembla reporter sur la marmaille confiée à ses soins toute la tendresse cachée en son cœur. Il achetait, de ses propres deniers, des joujoux pour ses meilleurs élèves, pour les plus sages et les plus gentils ;

---

1. Paru dans le *Gil Blas* du 27 septembre 1887, recueilli dans *Clair de Lune*. Texte d'Ollendorff, 1888. **2.** Assassin condamné à mort, et exécuté le 3 septembre 1887. On remarque le souci de Maupassant de greffer l'aventure imaginée sur un terrain réel, et de la plus récente actualité pour le lecteur de l'époque. La crédibilité de l'anecdote inventée s'en trouve augmentée **3.** Cette commune est inventée.

il leur faisait faire des dînettes, les gorgeant de friandises, de sucreries et de gâteaux. Tout le monde aimait et vantait ce brave homme, ce brave cœur, lorsque, coup sur coup, cinq de ses élèves moururent d'une façon bizarre. On crut à une épidémie venant de l'eau corrompue par la sécheresse ; on chercha les causes sans les découvrir, d'autant plus que les symptômes semblaient des plus étranges. Les enfants paraissaient atteints d'une maladie de langueur, ne mangeaient plus, accusaient des douleurs de ventre, traînaient quelque temps, puis expiraient au milieu d'abominables souffrances.

On fit l'autopsie du dernier mort sans rien trouver. Les entrailles envoyées à Paris furent analysées et ne révélèrent la présence d'aucune substance toxique.

Pendant un an, il n'y eut rien, puis deux petits garçons, les meilleurs élèves de la classe, les préférés du père Moiron, expirèrent en quatre jours de temps. L'examen des corps fut de nouveau prescrit et on découvrit, chez l'un comme chez l'autre, des fragments de verre pilé incrustés dans les organes. On en conclut que ces deux gamins avaient dû manger imprudemment quelque aliment mal nettoyé. Il suffisait d'un verre cassé au-dessus d'une jatte de lait pour avoir produit cet affreux accident, et l'affaire en serait restée là si la servante de Moiron n'était tombée malade sur ces entrefaites. Le médecin appelé constata les mêmes signes morbides que chez les enfants précédemment atteints, l'interrogea et obtint l'aveu qu'elle avait volé et mangé des bonbons achetés par l'instituteur pour ses élèves.

Sur un ordre du parquet, la maison d'école fut fouillée, et on découvrit une armoire pleine de jouets et de friandises destinés aux enfants. Or, presque toutes ces nourritures contenaient des fragments de verre ou des morceaux d'aiguilles cassées.

Moiron aussitôt arrêté parut tellement indigné et stupéfait des soupçons pesant sur lui qu'on faillit le relâcher. Cependant les indices de sa culpabilité se montraient et venaient combattre en mon esprit ma conviction première basée sur son excellente réputation, sur sa vie entière et sur l'invraisemblance, sur l'absence absolue de motifs déterminants d'un pareil crime.

Pourquoi cet homme bon, simple, religieux, aurait-il tué des enfants, et les enfants qu'il semblait aimer le plus, qu'il gâtait, qu'il bourrait de friandises, pour qui il dépensait en joujoux et en bonbons la moitié de son traitement ?

Pour admettre cet acte, il fallait conclure à la folie ! Or, Moiron semblait si raisonnable, si tranquille, si plein de raison et de bon sens, que la folie chez lui paraissait impossible à prouver[1].

Les preuves s'accumulaient pourtant ! Bonbons, gâteaux, pâtes de guimauve et autres saisis chez les producteurs où le maître d'école faisait ses provisions furent reconnus ne contenir aucun fragment suspect.

Il prétendit alors qu'un ennemi inconnu avait dû ouvrir son armoire avec une fausse clef pour introduire le verre et les aiguilles dans les friandises. Et il supposa toute une histoire d'héritage dépendant de la mort d'un enfant décidée et cherchée par un paysan quelconque et obtenue ainsi en faisant tomber les soupçons sur l'instituteur. Cette brute, disait-il, ne s'était pas préoccupée des autres misérables gamins qui devaient mourir aussi.

C'était possible. L'homme paraissait tellement sûr de lui et désolé que nous l'aurions acquitté sans aucun doute, malgré les charges révélées contre lui, si deux découvertes accablantes n'avaient été faites coup sur coup.

La première, une tabatière pleine de verre pilé ! sa tabatière, dans un tiroir caché du secrétaire où il serrait[2] son argent !

---

1. C'est tout le mystère de la folie ; voir plus haut le juge criminel qui sauvegarde les apparences du bon sens, *Un fou*, p. 204.
2. Rangeait.

Il expliquait encore cette trouvaille d'une façon à peu près acceptable, par une dernière ruse du vrai coupable inconnu, quand un mercier de Saint-Marlouf se présenta chez le juge d'instruction en racontant qu'un monsieur avait acheté chez lui des aiguilles, à plusieurs reprises, les aiguilles les plus minces qu'il avait pu trouver, en les cassant pour voir si elles lui plaisaient.

Le mercier, mis en présence d'une douzaine de personnes, reconnut au premier coup Moiron. Et l'enquête révéla que l'instituteur, en effet, s'était rendu à Saint-Marlouf, aux jours désignés par le marchand.

Je passe de terribles dépositions d'enfants, sur le choix des friandises et le soin de les faire manger devant lui et d'en anéantir les moindres traces.

L'opinion publique exaspérée réclamait un châtiment capital, et elle prenait une force de terreur grossie qui entraîne toutes les résistances et les hésitations.

Moiron fut condamné à mort. Puis son appel fut rejeté. Il ne lui restait que le recours en grâce. Je sus par mon père que l'empereur ne l'accorderait pas.

Or, un matin, je travaillais dans mon cabinet quand on m'annonça la visite de l'aumônier de la prison.

C'était un vieux prêtre qui avait une grande connaissance des hommes et une grande habitude des criminels. Il paraissait troublé, gêné, inquiet. Après avoir causé quelques minutes de choses et d'autres, il me dit brusquement en se levant :

« Si Moiron est décapité, monsieur le Procureur impérial, vous aurez laissé exécuter un innocent. »

Puis, sans saluer, il sortit, me laissant sous l'impression profonde de ces paroles. Il les avait prononcées d'une façon émouvante et solennelle, entrouvrant, pour sauver une vie, ses lèvres fermées et scellées par le secret de la confession.

Une heure plus tard, je partais pour Paris, et mon père, prévenu par moi, fit demander immédiatement une audience à l'empereur.

Je fus reçu le lendemain. Sa Majesté travaillait dans un petit salon quand nous fûmes introduits. J'exposai toute l'affaire jusqu'à la visite du prêtre, et j'étais en train de la raconter quand une porte s'ouvrit derrière le fauteuil du souverain, et l'impératrice, qui le croyait seul, parut. S. M. Napoléon la consulta. Dès qu'elle fut au courant des faits, elle s'écria :

« Il faut gracier cet homme. Il le faut, puisqu'il est innocent ! »

Pourquoi cette conviction soudaine d'une femme si pieuse jeta-t-elle dans mon esprit un terrible doute ?

Jusqu'alors j'avais désiré ardemment une commutation de peine. Et tout à coup je me sentis le jouet, la dupe d'un criminel rusé qui avait employé le prêtre et la confession comme dernier moyen de défense.

J'exposai mes hésitations à Leurs Majestés. L'empereur demeurait indécis, sollicité par sa bonté naturelle et retenu par la crainte de se laisser jouer par un misérable ; mais l'impératrice, convaincue que le prêtre avait obéi à une sollicitation divine, répétait : « Qu'importe ! Il vaut mieux épargner un coupable que tuer un innocent ! » Son avis l'emporta. La peine de mort fut commuée en celle des travaux forcés.

Or, j'appris quelques années après que Moiron, dont la conduite exemplaire au bagne de Toulon avait été de nouveau signalée à l'empereur, était employé comme domestique par le directeur de l'établissement pénitencier[1] :

Et puis, je n'entendis plus parler de cet homme pendant longtemps.

Or, il y a deux ans environ, comme je passais l'été à Lille, chez mon cousin de Larielle, on me prévint un soir, au moment de me mettre à table pour dîner, qu'un jeune prêtre désirait me parler.

J'ordonnai de le faire entrer, et il me supplia de venir auprès d'un moribond qui désirait absolument me voir. Cela m'était arrivé souvent dans ma longue carrière de magistrat, et, bien que mis à l'écart par la République,

---

1. Faute d'usage. En principe, l'adjectif correct serait pénitentiaire, pénitencier désignant l'établissement où l'on purge la peine de réclusion.

j'étais encore appelé de temps en temps en des circonstances pareilles.

Je suivis donc l'ecclésiastique qui me fit monter dans un petit logis misérable, sous le toit d'une haute maison ouvrière.

Là, je trouvai, sur une paillasse, un étrange agonisant, assis, le dos au mur, pour respirer.

C'était une sorte de squelette grimaçant, avec des yeux profonds et brillants.

Dès qu'il me vit, il murmura :

« Vous ne me reconnaissez pas ?

— Non.

— Je suis Moiron. »

J'eus un frisson, et je demandai :

« L'instituteur ?

— Oui.

— Comment êtes-vous ici ?

— Ce serait trop long. Je n'ai pas le temps... J'allais mourir... on m'a amené ce curé-là... et comme je vous savais ici, je vous ai envoyé chercher... C'est à vous que je veux me confesser... puisque vous m'avez sauvé la vie... autrefois. »

Il serrait de ses mains crispées la paille de sa paillasse à travers la toile. Et il reprit d'une voix rauque, énergique et basse :

« Voilà... je vous dois la vérité... à vous... car il faut la dire à quelqu'un avant de quitter la terre.

« C'est moi qui ai tué les enfants... tous... C'est moi... par vengeance !

« Écoutez. J'étais un honnête homme, très honnête... très honnête... très pur — adorant Dieu — ce bon Dieu — le Dieu qu'on nous enseigne à aimer, et pas le Dieu faux, le bourreau, le voleur, le meurtrier qui gouverne la terre. Je n'avais jamais fait le mal, jamais commis un acte vilain. J'étais pur comme on ne l'est pas, monsieur.

« Une fois marié, j'eus des enfants et je me mis à les aimer comme jamais père ou mère n'aima les siens. Je ne vivais que pour eux. J'en étais fou. Ils moururent tous les trois ! Pourquoi ? pourquoi ? Qu'avais-je fait, moi ? J'eus une révolte, mais une révolte furieuse ; et puis tout à coup j'ouvris les yeux comme lorsque l'on s'éveille ; et je compris que Dieu est méchant. Pourquoi avait-il tué mes enfants ? J'ouvris les yeux, et je vis qu'il aime tuer. Il n'aime que ça, monsieur. Il ne fait vivre que pour détruire ! Dieu, monsieur, c'est un massacreur. Il lui faut tous les jours des morts. Il en fait de toutes les façons pour mieux s'amuser. Il a inventé les maladies, les accidents, pour se divertir tout doucement le long des mois et des années ; et puis, quand il s'ennuie, il a les épidémies, la peste, le choléra, les angines, la petite vérole ; est-ce que je sais tout ce qu'a imaginé ce monstre ? Ça ne lui suffisait pas encore, ça se ressemble, tous ces maux-là ! et il se paie des guerres de temps en temps, pour avoir deux cent mille soldats par terre, écrasés dans le sang et dans la boue, crevés, les bras et les jambes arrachés, les têtes cassées par des boulets comme des œufs qui tombent sur une route.

« Ce n'est pas tout. Il a fait les hommes qui s'entre-mangent. Et puis, comme les hommes deviennent meilleurs que lui, il a fait les bêtes pour voir les hommes les chasser, les égorger et s'en nourrir. Ça n'est pas tout. Il a fait les tout petits animaux qui vivent un jour, les mouches qui crèvent par milliards en une heure, les fourmis qu'on écrase, et d'autres, tant, tant que nous ne pouvons les imaginer. Et tout ça s'entre-tue, s'entre-chasse, s'entre-dévore et meurt sans cesse. Et le bon Dieu regarde et il s'amuse, car il voit tout, lui, les plus grands comme les plus petits, ceux qui sont dans les gouttes d'eau et ceux des autres étoiles. Il les regarde et il s'amuse. — Canaille, va[1] !

---

1. Maupassant ne supporte pas l'existence du mal. L'imprécation contre Dieu se retrouve dans *Bel-Ami, L'Inutile Beauté* et le roman inachevé *L'Angélus.* Il y a beaucoup de la philosophie du marquis de Sade (1740-1814) qui s'exprime ici. L. Forestier rappelle à juste titre le rapport entre ce discours et l'apologie du meurtre faite par Dolmancé, dans *La Philosophie dans le boudoir* (1795).

« Alors, moi, monsieur, j'en ai tué aussi, des enfants. Je lui ai joué le tour. Ce n'est pas lui qui les a eus, ceux-là. Ce n'est pas lui, c'est moi. Et j'en aurais tué bien d'autres encore ; mais vous m'avez pris. Voilà !

« J'allais mourir, guillotiné. Moi ! comme il aurait ri, le reptile ! Alors, j'ai demandé un prêtre et j'ai menti. Je me suis confessé. J'ai menti ; et j'ai vécu.

« Maintenant, c'est fini. Je ne peux plus lui échapper. Mais je n'ai pas peur de lui, monsieur, je le méprise trop. »

Il était effrayant à voir ce misérable qui haletait, parlait par hoquets, ouvrant une bouche énorme pour cracher parfois des mots à peine entendus, et râlait, et arrachait la toile de sa paillasse, et agitait, sous une couverture presque noire, ses jambes maigres comme pour se sauver.

Oh ! l'affreux être et l'affreux souvenir !

Je lui demandai :

« Vous n'avez plus rien à dire ?

— Non, monsieur.

— Alors, adieu.

— Adieu, monsieur, un jour ou l'autre... »

Je me tournai vers le prêtre, livide et dressant contre le mur sa haute silhouette sombre :

« Vous restez, monsieur l'Abbé ?

— Je reste. »

Alors le moribond ricana :

« Oui, oui, il envoie ses corbeaux sur les cadavres. »

Moi, j'en avais assez ; j'ouvris la porte et je me sauvai.

....

L'HOMME DE MARS[1]

J'étais en train de travailler quand mon domestique annonça :

« Monsieur, c'est un monsieur qui demande à parler à monsieur.

— Faites entrer. »

J'aperçus un petit homme qui saluait. Il avait l'air d'un chétif maître d'études à lunettes, dont le corps fluet n'adhérait de nulle part à ses vêtements trop larges.

Il balbutia :

« Je vous demande pardon, monsieur, bien pardon de vous déranger. »

Je dis :

« Asseyez-vous, monsieur. »

Il s'assit et reprit :

« Mon Dieu, monsieur, je suis très troublé par la démarche que j'entreprends. Mais il fallait absolument que je visse quelqu'un, il n'y avait que vous... que vous... Enfin, j'ai pris du courage... mais vraiment... je n'ose plus.

— Osez donc, monsieur.

— Voilà, monsieur, c'est que, dès que j'aurai

---

1. Récit paru dans le numéro de *Paris-Noël* (1887-1888), repris dans les *Annales politiques et littéraires* le 30 juin 1889, mais non recueilli en volume. Texte des *Annales.*

commencé à parler, vous allez me prendre pour un fou[1].

— Mon Dieu, monsieur, cela dépend de ce que vous allez me dire.

— Justement, monsieur, ce que je vais vous dire est bizarre. Mais je vous prie de considérer que je ne suis pas fou, précisément par cela même que je constate l'étrangeté de ma confidence.

— Eh bien, monsieur, allez.

— Non, monsieur, je ne suis pas fou, mais j'ai l'air fou des hommes qui ont réfléchi plus que les autres et qui ont franchi un peu, si peu, les barrières de la pensée moyenne. Songez donc, monsieur, que personne ne pense à rien dans ce monde. Chacun s'occupe de *ses* affaires, de *sa* fortune, de *ses* plaisirs, de *sa* vie enfin, ou de petites bêtises amusantes comme le théâtre, la peinture, la musique ou de la politique, la plus vaste des niaiseries[2], ou de questions industrielles. Mais qui donc pense ? Qui donc ? Personne ! Oh ! je m'emballe ! Pardon. Je retourne à mes moutons.

« Voilà cinq ans que je viens ici, monsieur. Vous ne me connaissez pas, mais moi je vous connais très bien... Je ne me mêle jamais au public de votre plage ou de votre casino. Je vis sur les falaises, j'adore positivement ces falaises d'Étretat[3]. Je n'en connais pas de plus belles, de plus saines. Je veux dire saines pour l'esprit. C'est une admirable route entre le ciel et la mer, une route de gazon, qui court sur cette grande muraille de rochers blancs et qui vous promène au bord du monde, au bord de la terre, au-dessus de l'Océan. Mes meilleurs jours sont ceux que j'ai passés, étendu

---

1. Ici, la folie est écartée au profit d'un discours scientifique qui montre les rapports étroits entre fantastique et science-fiction. Ce récit présente une version rassurante du *Horla*. **2.** Maupassant méprise la politique et les politiciens ; voir M. Bury, « Guy de Maupassant et l'art de la polémique », in *Maupassant et l'écriture*, Nathan, 1993. **3.** Ce « martien » ressemble beaucoup à l'auteur. Etretat fait partie de ses paysages originels et vitaux.

sur une pente d'herbes, en plein soleil, à cent mètres au-dessus des vagues, à rêver. Me comprenez-vous ?

— Oui, monsieur, parfaitement.

— Maintenant, voulez-vous me permettre de vous poser une question ?

— Posez, monsieur.

— Croyez-vous que les autres planètes soient habitées ? »

Je répondis sans hésiter et sans paraître surpris :

« Mais, certainement, je le crois[1]. »

Il fut ému d'une joie véhémente, se leva, se rassit, saisi par l'envie évidente de me serrer dans ses bras, et il s'écria :

« Ah ! ah ! quelle chance ! quel bonheur ! je respire ! Mais comment ai-je pu douter de vous ? Un homme ne serait pas intelligent s'il ne croyait pas les mondes habités. Il faut être un sot, un crétin, un idiot, une brute, pour supposer que les milliards d'univers brillent et tournent uniquement pour amuser et étonner l'homme, cet insecte imbécile, pour ne pas comprendre que la terre n'est rien qu'une poussière invisible dans la poussière des mondes, que notre système tout entier n'est rien que quelques molécules de vie sidérale qui mourront bientôt. Regardez la Voie lactée, ce fleuve d'étoiles, et songez que ce n'est rien qu'une tache dans l'étendue qui est *infinie*. Songez à cela seulement dix minutes et vous comprendrez pourquoi nous ne savons rien, nous ne devinons rien, nous ne comprenons rien. Nous ne connaissons qu'un point, nous ne savons rien au-delà, rien au-dehors, rien de nulle part, et nous croyons, et nous affirmons. Ah ! ah ! ah ! ! ! S'il nous était révélé tout à coup, ce secret de la grande vie ultraterrestre, quel étonnement ! Mais non... mais non... je suis une bête à mon tour, nous ne le comprendrions

---

1. C'est un sujet d'actualité. Camille Flammarion (1842-1925) a publié des ouvrages sur la question : *La Pluralité des mondes habités* (1862) ; *Les Terres du ciel* (1877) ; *Astronomie populaire* (1880). Il a fondé la Société Astronomique de France en 1887.

pas, car notre esprit n'est fait que pour comprendre les choses de cette terre ; il ne peut s'étendre plus loin, il est limité, comme notre vie, enchaîné sur cette petite boule, qui nous porte, et il juge tout par comparaison. Voyez donc, monsieur, comme tout le monde est sot, étroit et persuadé de la puissance de notre intelligence, qui dépasse à peine l'instinct des animaux. Nous n'avons même pas la faculté de percevoir notre infirmité, nous sommes faits pour savoir le prix du beurre et du blé, et, au plus, pour discuter sur la valeur de deux chevaux, de deux bateaux, de deux ministres ou de deux artistes.

« C'est tout. Nous sommes aptes tout juste à cultiver la terre et à nous servir maladroitement de ce qui est dessus. A peine commençons-nous à construire des machines qui marchent, nous nous étonnons comme des enfants à chaque découverte que nous aurions dû faire depuis des siècles, si nous avions été des êtres supérieurs. Nous sommes encore entourés d'inconnu, même en ce moment où il a fallu des milliers d'années de vie intelligente pour soupçonner l'électricité[1]. Sommes-nous du même avis ? »

Je répondis en riant :

« Oui, monsieur.

— Très bien, alors. Eh bien, monsieur, vous êtes-vous quelquefois occupé de Mars ?

— De Mars ?

— Oui, de la planète Mars ?

— Non, monsieur.

— Vous ne la connaissez pas du tout ?

— Non, monsieur.

— Voulez-vous me permettre de vous en dire quelques mots ?

— Mais oui, monsieur, avec grand plaisir.

— Vous savez sans doute que les mondes de notre

---

1. L'électricité fait son apparition en cette fin de XIXe siècle. Sa découverte merveilleuse a été perçue comme l'un des événements les plus importants du tournant du siècle.

système, de notre petite famille, ont été formés par la condensation en globes d'anneaux gazeux primitifs, détachés l'un après l'autre de la nébuleuse solaire ?

— Oui, monsieur.

— Il résulte de cela que les planètes les plus éloignées sont les plus vieilles, et doivent être, par conséquent, les plus civilisées. Voici l'ordre de leur naissance : Uranus, Saturne, Jupiter, Mars, la Terre, Vénus, Mercure. Voulez-vous admettre que ces planètes soient habitées comme la Terre ?

— Mais certainement. Pourquoi croire que la Terre est une exception ?

— Très bien. L'homme de Mars étant plus ancien que l'homme de la Terre... Mais je vais trop vite. Je veux d'abord vous prouver que Mars est habité. Mars présente à nos yeux à peu près l'aspect que la Terre doit présenter aux observateurs martiaux. Les océans y tiennent moins de place et y sont plus éparpillés. On les reconnaît à leur teinte noire parce que l'eau absorbe la lumière, tandis que les continents la réfléchissent. Les modifications géographiques sont fréquentes sur cette planète et prouvent l'activité de sa vie. Elle a des saisons semblables aux nôtres, des neiges aux pôles que l'on voit croître et diminuer suivant les époques. Son année est très longue, six cent quatre-vingt-sept jours terrestres, soit six cent soixante-huit jours martiaux, décomposés comme suit : cent quatre-vingt-onze pour le printemps, cent quatre-vingt-un pour l'été, cent quarante-neuf pour l'automne et cent quarante-sept pour l'hiver[1]. On y voit moins de nuages que chez nous. Il doit y faire par conséquent plus froid et plus chaud. »

Je l'interrompis.

« Pardon, monsieur, Mars étant beaucoup plus loin que nous du Soleil, il doit y faire toujours plus froid, me semble-t-il. »

---

1. L. Forestier a vérifié que les chiffres donnés ici se retrouvent dans *Les Terres du ciel* de C. Flammarion.

Mon bizarre visiteur s'écria avec une grande véhémence :

« Erreur, monsieur ! Erreur, erreur absolue ! Nous sommes, nous autres, plus loin du Soleil en été qu'en hiver. Il fait plus froid sur le sommet du mont Blanc qu'à son pied. Je vous renvoie d'ailleurs à la théorie mécanique de la chaleur de Helmholtz et de Schiaparelli[1]. La chaleur du sol dépend principalement de la quantité de vapeur d'eau que contient l'atmosphère. Voici pourquoi : le pouvoir absorbant d'une molécule de vapeur aqueuse est seize mille fois supérieur à celui d'une molécule d'air sec, donc la vapeur d'eau est notre magasin de chaleur ; et Mars ayant moins de nuages doit être en même temps beaucoup plus chaud et beaucoup plus froid que la Terre.

— Je ne le conteste plus.

— Fort bien. Maintenant, monsieur, écoutez-moi avec une grande attention. Je vous prie.

— Je ne fais que cela, monsieur.

— Vous avez entendu parler des fameux canaux découverts en 1884 par M. Schiaparelli ?

— Très peu.

— Est-ce possible ! Sachez donc qu'en 1884, Mars se trouvant en opposition et séparée de nous par une distance de vingt-quatre millions de lieues seulement, M. Schiaparelli, un des plus éminents astronomes de notre siècle et un des observateurs les plus sûrs, découvrit tout à coup une grande quantité de lignes noires droites ou brisées suivant des formes géométriques constantes, et qui unissaient, à travers les continents, les mers de Mars ! Oui, oui, monsieur, des canaux rectilignes, des canaux géométriques, d'une largeur égale sur tout leur parcours, des canaux construits par des

---

1. Hermann von Helmholtz (1821-1894), physicien allemand. Il énonça le principe de l'énergie et de sa conservation dans *Sur la conservation de l'énergie* (1847). Giovanni Schiaparelli (1835-1910), astronome italien. Ses observations en 1877 des canaux de la planète Mars provoquèrent des controverses.

êtres ! Oui, monsieur, la preuve que Mars est habitée, qu'on y vit, qu'on y pense, qu'on y travaille, qu'on nous regarde : comprenez-vous, comprenez-vous ?

« Vingt-six mois plus tard, lors de l'opposition suivante on a revu ces canaux, plus nombreux, oui, monsieur. Et ils sont gigantesques, leur largeur n'ayant pas moins de cent kilomètres. »

Je souris en répondant :

« Cent kilomètres de largeur. Il a fallu de rudes ouvriers pour les creuser.

— Oh, monsieur, que dites-vous là ? Vous ignorez donc que ce travail est infiniment plus aisé sur Mars que sur la Terre puisque la densité de ses matériaux constitutifs ne dépasse pas le soixante-neuvième des nôtres ! L'intensité de la pesanteur y atteint à peine le trente-septième de la nôtre.

« Un kilogramme d'eau n'y pèse que trois cent soixante-dix grammes ! »

Il me jetait ces chiffres avec une telle assurance, avec une telle confiance de commerçant qui sait la valeur d'un nombre, que je ne pus m'empêcher de rire tout à fait et j'avais envie de lui demander ce que pèsent, sur Mars, le sucre et le beurre.

Il remua la tête.

« Vous riez, monsieur, vous me prenez pour un imbécile après m'avoir pris pour un fou. Mais les chiffres que je vous cite sont ceux que vous trouverez dans tous les ouvrages spéciaux d'astronomie. Le diamètre est presque moitié plus petit que le nôtre ; sa surface n'a que les vingt-six centièmes de celle du globe ; son volume est six fois et demie plus petit que celui de la Terre et la vitesse de ses deux satellites prouve qu'il pèse dix fois moins que nous. Or, monsieur, l'intensité de la pesanteur dépendant de la masse et du volume, c'est-à-dire du poids et de la distance de la surface au centre, il en résulte indubitablement sur cette planète un état de légèreté qui y rend la vie toute différente, règle d'une façon inconnue pour nous les actions mécaniques et doit y faire prédominer les espèces ailées. Oui, monsieur, l'Être Roi sur Mars a des ailes.

« Il vole, passe d'un continent à l'autre, se promène, comme un esprit, autour de son univers auquel le lie cependant l'atmosphère qu'il ne peut franchir, bien que...

« Enfin, monsieur, vous figurez-vous cette planète couverte de plantes, d'arbres et d'animaux dont nous ne pouvons même soupçonner les formes et habitée par de grands êtres ailés comme on nous a dépeint les anges ? Moi je les vois voltigeant au-dessus des plaines et des villes dans l'air doré qu'ils ont là-bas. Car on a cru autrefois que l'atmosphère de Mars était rouge comme la nôtre est bleue, mais elle est jaune, monsieur, d'un beau jaune doré.

« Vous étonnez-vous maintenant que ces créatures-là aient pu creuser des canaux larges de cent kilomètres ? Et puis songez seulement à ce que la science a fait chez nous depuis un siècle... depuis un siècle... et dites-vous que les habitants de Mars sont peut-être bien supérieurs à nous... »

Il se tut brusquement, baissa les yeux, puis murmura d'une voix très basse :

« C'est maintenant que vous allez me prendre pour un fou... quand je vous aurai dit que j'ai failli les voir... moi... l'autre soir. Vous savez, ou vous ne savez pas, que nous sommes dans la saison des étoiles filantes. Dans la nuit du 18 au 19 surtout, on en voit tous les ans d'innombrables quantités ; il est probable que nous passons à ce moment-là à travers les épaves d'une comète.

« J'étais donc assis sur la Mane-Porte, sur cette énorme jambe de falaise qui fait un pas dans la mer et je regardais cette pluie de petits mondes sur ma tête. Cela est plus amusant et plus joli qu'un feu d'artifice, monsieur. Tout à coup j'en aperçus un au-dessus de moi, tout près, un globe lumineux, transparent, entouré d'ailes immenses et palpitantes ou du moins j'ai cru voir des ailes dans les demi-ténèbres de la nuit. Il faisait des crochets comme un oiseau blessé, tournait sur lui-même avec un grand bruit mystérieux, semblait haletant, mourant, perdu. Il passa devant moi. On eût dit un monstrueux ballon de cristal, plein d'êtres affolés, à peine distincts mais agités comme l'équipage d'un navire en détresse qui ne gouverne plus et roule de vague en vague. Et le globe étrange, ayant décrit une courbe immense, alla s'abattre au loin dans la mer, où j'entendis sa chute profonde pareille au bruit d'un coup de canon.

« Tout le monde, d'ailleurs, dans le pays entendit ce choc formidable qu'on prit pour un éclat de tonnerre. Moi seul j'ai vu... j'ai vu... S'ils étaient tombés sur la côte près de moi, nous aurions connu les habitants de Mars. Ne dites pas un mot, monsieur, songez, songez longtemps et puis racontez cela un jour si vous voulez. Oui, j'ai vu... j'ai vu... le premier navire aérien, le premier navire sidéral lancé dans l'infini par des êtres pensants[1]... à moins que je n'aie assisté simplement à la mort d'une étoile filante capturée par la Terre. Car vous n'ignorez pas, monsieur, que les planètes chassent les mondes errants de l'espace comme nous poursuivons ici-bas les vagabonds. La Terre qui est légère et faible ne peut arrêter dans leur route que les petits passants de l'immensité. »

Il s'était levé, exalté, délirant, ouvrant les bras pour figurer la marche des astres.

« Les comètes, monsieur, qui rôdent sur les frontières de la grande nébuleuse dont nous sommes des condensations, les comètes, oiseaux libres et lumineux, viennent vers le soleil des profondeurs de l'Infini.

« Elles viennent traînant leur queue immense de lumière vers l'astre rayonnant ; elles viennent, accélérant si fort leur course éperdue qu'elles ne peuvent joindre celui qui les appelle ; après l'avoir seulement

---

1. Avec cet objet volant, nous sommes bien dans la science-fiction : le navire existe, et il est identifié.

frôlé elles sont rejetées à travers l'espace par la vitesse même de leur chute.

« Mais si, au cours de leurs voyages prodigieux, elles ont passé près d'une puissante planète, si elles ont senti, déviées de leur route, son influence irrésistible, elles reviennent alors à ce maître nouveau qui les tient désormais captives. Leur parabole illimitée se transforme en une courbe fermée et c'est ainsi que nous pouvons calculer le retour des comètes périodiques. Jupiter a huit esclaves, Saturne une, Neptune aussi en a une, et sa planète extérieure une également, plus une armée d'étoiles filantes... Alors... Alors... j'ai peut-être vu seulement la Terre arrêter un petit monde errant...

« Adieu, monsieur, ne me répondez rien, réfléchissez, réfléchissez, et racontez tout cela un jour si vous voulez... »

C'est fait. Ce toqué m'ayant paru moins bête qu'un simple rentier.

L'ENDORMEUSE[1]

La Seine s'étalait devant ma maison, sans une ride, et vernie par le soleil du matin. C'était une belle, large, lente, longue coulée d'argent, empourprée par places ; et de l'autre côté du fleuve, de grands arbres alignés étendaient sur toute la berge une immense muraille de verdure.

La sensation de la vie qui recommence chaque jour, de la vie fraîche, gaie, amoureuse, frémissait dans les feuilles, palpitait dans l'air, miroitait sur l'eau.

On me remit les journaux que le facteur venait d'apporter et je m'en allai sur la rive, à pas tranquilles, pour les lire[2].

Dans le premier que j'ouvris, j'aperçus ces mots : « Statistiques des suicidés » et j'appris que, cette année, plus de huit mille cinq cents êtres humains se sont tués[3].

Instantanément, je les vis ! Je vis ce massacre, hideux et volontaire, des désespérés las de vivre. Je vis des gens qui saignaient, la mâchoire brisée, le crâne crevé, la poitrine trouée par une balle, agonisant lentement, seuls dans une petite chambre d'hôtel, et sans penser à leur blessure, pensant toujours à leur malheur.

J'en vis d'autres, la gorge ouverte ou le ventre

---

1. Récit publié dans *L'Echo de Paris*, 16 septembre 1889, non recueilli par l'auteur. Texte de *L'Echo*. **2.** On rapprochera ce début paisible de celui du *Horla* (1887), au bord de l'eau. **3.** Chiffres conformes à la réalité. On avait enregistré 8202 suicides pour 1887.

fendu, tenant encore dans leur main le couteau de cuisine ou le rasoir.

J'en vis d'autres, assis tantôt devant un verre où trempaient des allumettes, tantôt devant une petite bouteille qui portait une étiquette rouge.

Ils regardaient cela avec des yeux fixes, sans bouger ; puis ils buvaient, puis ils attendaient ; puis une grimace passait sur leurs joues, crispait leurs lèvres ; une épouvante égarait leurs yeux, car ils ne savaient pas qu'on souffrait tant avant la fin.

Ils se levaient, s'arrêtaient, tombaient et, les deux mains sur le ventre, ils sentaient leurs organes brûlés, leurs entrailles rongées par le feu du liquide, avant que leur pensée fût seulement obscurcie.

J'en vis d'autres pendus au clou du mur, à l'espagnolette de la fenêtre, au crochet du plafond, à la poutre du grenier, à la branche de l'arbre, sous la pluie du soir. Et je devinais tout ce qu'ils avaient fait avant de rester là, la langue tirée, immobiles. Je devinais l'angoisse de leur cœur, leurs hésitations dernières, leurs mouvements pour attacher la corde, constater qu'elle tenait bien, se la passer au cou et se laisser tomber.

J'en vis d'autres couchés sur des lits misérables, des mères avec leurs petits enfants, des vieillards crevant de faim, des jeunes filles déchirées par des angoisses d'amour, tous rigides, étouffés, asphyxiés, tandis qu'au milieu de la chambre fumait encore le réchaud de charbon.

Et j'en aperçus qui se promenaient dans la nuit sur les ponts déserts. C'étaient les plus sinistres. L'eau coulait sous les arches avec un bruit mou. Ils ne la voyaient pas... ils la devinaient en aspirant son odeur froide ! Ils en avaient envie et ils en avaient peur. Ils n'osaient point ! Pourtant, il le fallait. L'heure sonnait au loin à quelque clocher, et soudain, dans le large silence des ténèbres, passaient, vite étouffés, le claquement d'un corps tombant dans la rivière, quelques cris, un clapotement d'eau battue avec des mains. Ce n'était parfois aussi que le clouf de leur chute, quand ils s'étaient lié les bras ou attaché une pierre aux pieds.

Oh ! les pauvres gens, les pauvres gens, les pauvres gens, comme j'ai senti leurs angoisses, comme je suis mort de leur mort ! J'ai passé par toutes leurs misères ; j'ai subi, en une heure, toutes leurs tortures. J'ai su tous les chagrins qui les ont conduits là ; car je sens l'infamie trompeuse de la vie, comme personne, plus que moi, ne l'a sentie[1].

Comme je les ai compris, ceux qui, faibles, harcelés par la malchance, ayant perdu les êtres aimés, réveillés du rêve d'une récompense tardive, de l'illusion d'une autre existence où Dieu serait juste enfin, après avoir été féroce, et désabusés des mirages du bonheur, en ont assez et veulent finir ce drame sans trêve ou cette honteuse comédie.

Le suicide ! mais c'est la force de ceux qui n'en ont plus, c'est l'espoir de ceux qui ne croient plus, c'est le sublime courage des vaincus ! Oui, il y a au moins une porte à cette vie, nous pouvons toujours l'ouvrir et passer de l'autre côté. La nature a eu un mouvement de pitié ; elle ne nous a pas emprisonnés. Merci pour les désespérés !

Quant aux simples désabusés, qu'ils marchent devant eux l'âme libre et le cœur tranquille. Ils n'ont rien à craindre, puisqu'ils peuvent s'en aller ; puisque derrière eux est toujours cette porte que les dieux rêvés ne peuvent même fermer.

Je songeais à cette foule de morts volontaires : plus de huit mille cinq cents en une année. Et il me semblait qu'ils s'étaient réunis pour jeter au monde une prière, pour crier un vœu, pour demander quelque chose, réalisable plus tard, quand on comprendra mieux. Il me semblait que tous ces suppliciés, ces égorgés, ces empoisonnés, ces pendus, ces asphyxiés, ces noyés, s'en venaient, horde effroyable, comme des citoyens qui votent, dire à la société : « Accordez-nous au moins

---

1. Voir *Suicides*, p. 98.

une mort douce ! Aidez-nous à mourir, vous qui ne nous avez pas aidés à vivre ! Voyez, nous sommes nombreux, nous avons le droit de parler en ces jours de liberté, d'indépendance philosophique et de suffrage populaire. Faites à ceux qui renoncent à vivre l'aumône d'une mort qui ne soit point répugnante ou effroyable. »

....

Je me mis à rêvasser, laissant ma pensée vagabonder sur ce sujet en des songeries bizarres et mystérieuses.

Je me crus, à un moment, dans une belle ville. C'était Paris ; mais à quelle époque ? J'allais par les rues, regardant les maisons, les théâtres, les établissements publics, et voilà que, sur une place, j'aperçus un grand bâtiment, fort élégant, coquet et joli.

Je fus surpris, car on lisait sur la façade, en lettres d'or : « Œuvre de la mort volontaire ». Oh ! étrangeté des rêves éveillés où l'esprit s'envole dans un monde irréel et possible ! Rien n'y étonne ; rien n'y choque ; et la fantaisie débridée ne distingue plus le comique et le lugubre.

Je m'approchai de cet édifice, où des valets en culotte courte étaient assis dans un vestibule, devant un vestiaire, comme à l'entrée d'un cercle.

J'entrai pour voir. Un d'eux, se levant, me dit :

« Monsieur désire ?

— Je désire savoir ce que c'est que cet endroit.

— Pas autre chose ?

— Mais non.

— Alors, monsieur veut-il que je le conduise chez le secrétaire de l'œuvre ? »

J'hésitais. J'interrogeai encore :

« Mais, cela ne le dérangera pas ?

— Oh non, monsieur, il est ici pour recevoir les personnes qui désirent des renseignements.

— Allons, je vous suis. »

Il me fit traverser des couloirs où quelques vieux messieurs causaient ; puis je fus introduit dans un beau cabinet, un peu sombre, tout meublé de bois noir. Un jeune homme, gras, ventru, écrivait une lettre en fumant un cigare dont le parfum me révéla la qualité supérieure.

Il se leva. Nous nous saluâmes, et quand le valet fut parti, il demanda :

« Que puis-je pour votre service ?

— Monsieur, lui répondis-je, pardonnez-moi mon indiscrétion. Je n'avais jamais vu cet établissement. Les quelques mots inscrits sur la façade m'ont fortement étonné ; et je désirerais savoir ce qu'on y fait. »

Il sourit avant de répondre, puis, à mi-voix, avec un air de satisfaction :

« Mon Dieu, monsieur, on tue proprement et doucement, je n'ose pas dire agréablement, les gens qui désirent mourir. »

Je ne me sentis pas très ému, car cela me parut en somme naturel et juste. J'étais surtout étonné qu'on eût pu, sur cette planète à idées basses, utilitaires, humanitaires, égoïstes et coercitives de toute liberté réelle, oser une pareille entreprise, digne d'une humanité émancipée.

Je repris :

« Comment en êtes-vous arrivé là ? »

Il répondit :

« Monsieur, le chiffre des suicides s'est tellement accru pendant les cinq années qui ont suivi l'Exposition universelle de 1889 que des mesures sont devenues urgentes [1]. On se tuait dans les rues, dans les fêtes, dans les restaurants, au théâtre, dans les wagons, dans les réceptions du président de la République, partout.

« C'était non seulement un vilain spectacle pour ceux qui aiment bien vivre comme moi, mais aussi un

---

1. Exposition universelle inaugurée le 5 mai 1889, grande fête du progrès scientifique et de la prospérité. Maupassant l'a peu appréciée, d'abord pour son aspect de propagande politique, mais aussi pour l'édification de la tour Eiffel, qui lui déplaît et qu'il fuit d'ailleurs grâce à un voyage au Maghreb (voir le début de *La Vie errante).*

mauvais exemple pour les enfants. Alors il a fallu centraliser les suicides.

— D'où venait cette recrudescence ?

— Je n'en sais rien. Au fond, je crois que le monde vieillit. On commence à y voir clair, et on en prend mal son parti. Il en est aujourd'hui de la destinée comme du gouvernement, on sait ce que c'est ; on constate qu'on est floué partout, et on s'en va. Quand on a reconnu que la providence ment, triche, vole, trompe les humains comme un simple député ses électeurs, on se fâche, et comme on ne peut en nommer une autre tous les trois mois, ainsi que nous faisons pour nos représentants concussionnaires [1], on quitte la place, qui est décidément mauvaise.

— Vraiment !

— Oh ! moi, je ne me plains pas.

— Voulez-vous me dire comment fonctionne votre œuvre ?

— Très volontiers. Vous pourrez d'ailleurs en faire partie quand il vous plaira. C'est un cercle.

— Un cercle ! ! !...

— Oui, monsieur, fondé par les hommes les plus éminents du pays, par les plus grands esprits et les plus claires intelligences. »

Il ajouta, en riant de tout son cœur :

« Et je vous jure qu'on s'y plaît beaucoup.

— Ici ?

— Oui, ici.

— Vous m'étonnez.

— Mon Dieu ! on s'y plaît parce que les membres du cercle n'ont pas cette peur de la mort qui est la grande gâcheuse de joies sur la terre.

— Mais alors, pourquoi sont-ils membres de ce cercle, s'ils ne se tuent pas ?

---

1. Perception illicite, par un agent public, de sommes qu'il sait ne pas être dues. Les hommes politiques sont donc compromis par des scandales financiers.

— On peut être membre du cercle sans se mettre pour cela dans l'obligation de se tuer.

— Mais alors ?

— Je m'explique. Devant le nombre démesurément croissant des suicides, devant les spectacles hideux qu'ils nous donnaient, s'est formée une société de pure bienfaisance, protectrice des désespérés, qui a mis à leur disposition une mort calme et insensible, sinon imprévue.

— Qui donc a pu autoriser une pareille œuvre ?

— Le général Boulanger, pendant son court passage au pouvoir[1]. Il ne savait rien refuser. Il n'a fait que cela de bon, d'ailleurs. Donc, une société s'est formée d'hommes clairvoyants, désabusés, sceptiques, qui ont voulu élever en plein Paris une sorte de temple du mépris de la mort. Elle fut d'abord, cette maison, un endroit redouté, dont personne n'approchait. Alors les fondateurs, qui s'y réunissaient, y ont donné une grande soirée d'inauguration avec Mmes Sarah Bernhardt, Judic, Théo, Garnier et vingt autres ; MM. de Reszké, Coquelin, Mounet-Sully, Paulus, etc. ; puis des concerts, des comédies de Dumas, de Meilhac, d'Halévy, de Sardou. Nous n'avons eu qu'un four, une pièce de M. Becque, qui a semblé triste, mais qui a eu ensuite un très grand succès à la Comédie-Française[2]. Enfin, tout Paris est venu. L'affaire était lancée.

---

1. Le général Boulanger (1837-1891) fut ministre de la Guerre en 1886 puis écarté du pouvoir. Très populaire, il devint le représentant d'une opposition susceptible de renverser la République par un coup d'Etat, en janvier 1889. Son hésitation lui coûta l'exil, puis le suicide. Maupassant n'apprécie guère le personnage, d'où l'idée (et quelle ironie du sort !) qu'il s'agit là de sa seule réforme valable. **2.** Sarah Bernhardt (1844-1923), comédienne très célèbre, véritable monstre sacré du théâtre. Judic, comédienne ; Théo, Jeanne Garnier (1852-1939), chanteuses d'opérettes ; les deux frères Reszké sont des artistes lyriques ; Constant Coquelin (1841-1909), un comédien ; Mounet-Sully (1841-1916), un grand tragédien de la Comédie-Française ; Paulus (1845-1908) créa en 1886 une chanson sur Boulanger : « En r'venant d'la r'vue ». A. Dumas fils (1824-1895) est un écrivain et un dramaturge ; V. Sar-

— Au milieu des fêtes ! Quelle macabre plaisanterie !

— Pas du tout. Il ne faut pas que la mort soit triste, il faut qu'elle soit indifférente. Nous avons égayé la mort, nous l'avons fleurie, nous l'avons parfumée, nous l'avons faite facile. On apprend à secourir par l'exemple ; on peut voir, ça n'est rien.

— Je comprends fort bien qu'on soit venu pour les fêtes ; mais est-on venu pour... Elle ?

— Pas tout de suite, on se méfiait.

— Et plus tard ?

— On est venu.

— Beaucoup ?

— En masse. Nous en avons plus de quarante par jour. On ne trouve presque plus de noyés dans la Seine.

— Qui est-ce qui a commencé ?

— Un membre du cercle.

— Un dévoué ?

— Je ne crois pas. Un embêté, un décavé [1], qui avait eu des différences énormes au baccara, pendant trois mois.

— Vraiment ?

— Le second a été un Anglais, un excentrique. Alors, nous avons fait de la réclame dans les journaux, nous avons raconté notre procédé, nous avons inventé des morts capables d'attirer. Mais le grand mouvement a été donné par les pauvres gens.

— Comment procédez-vous ?

— Voulez-vous visiter ? Je vous expliquerai en même temps.

— Certainement. »

Il prit son chapeau, ouvrit la porte, me fit passer puis

---

dou (1831-1908), auteur de drames bourgeois et de pièces historiques ; H. Meilhac (1831-1897) et L. Halévy (1834-1908), célèbres pour les livrets des opérettes d'Offenbach. La pièce d'Henry Becque (1837-1899), *Les Corbeaux*, fut jouée en 1882 à la Comédie-Française avec succès.

1. Le décavé a perdu sa cave au jeu, d'où un « décavé » pour désigner quelqu'un de ruiné, de défait et d'abattu.

entrer dans une salle de jeu où des hommes jouaient comme on joue dans tous les tripots. Il traversait ensuite divers salons. On y causait vivement, gaiement. J'avais rarement vu un cercle aussi vivant, aussi animé, aussi rieur.

Comme je m'en étonnais :

« Oh ! reprit le secrétaire, l'œuvre a une vogue inouïe. Tout le monde chic de l'univers entier en fait partie pour avoir l'air de mépriser la mort. Puis, une fois qu'ils sont ici, ils se croient obligés d'être gais afin de ne pas paraître effrayés. Alors, on plaisante, on rit, on blague, on a de l'esprit et on apprend à en avoir. C'est certainement aujourd'hui l'endroit le mieux fréquenté et le plus amusant de Paris. Les femmes mêmes s'occupent en ce moment de créer une annexe pour elles.

— Et malgré cela, vous avez beaucoup de suicides dans la maison ?

— Comme je vous l'ai dit, environ quarante ou cinquante par jour.

« Les gens du monde sont rares ; mais les pauvres diables abondent. La classe moyenne aussi donne beaucoup.

— Et comment... fait-on ?

— On asphyxie... très doucement.

— Par quel procédé ?

— Un gaz de notre invention. Nous avons un brevet. De l'autre côté de l'édifice, il y a les portes du public. Trois petites portes donnant sur de petites rues. Quand un homme ou une femme se présente, on commence à l'interroger ; puis on lui offre un secours, de l'aide, des protections. Si le client accepte, on fait une enquête et souvent nous en avons sauvé.

— Où trouvez-vous l'argent ?

— Nous en avons beaucoup. La cotisation des membres est fort élevée. Puis il est de bon ton de donner à l'œuvre. Les noms de tous les donateurs sont imprimés dans le *Figaro*[1]. Or, tout suicide d'homme riche coûte mille francs. Et ils meurent à la pose. Ceux des pauvres sont gratuits.

— Comment reconnaissez-vous les pauvres ?

— Oh ! oh ! monsieur, on les devine ! Et puis ils doivent apporter un certificat d'indigence du commissaire de police de leur quartier. Si vous saviez comme c'est sinistre, leur entrée ! J'ai visité une fois seulement cette partie de notre établissement, je n'y retournerai jamais. Comme local, c'est aussi bien qu'ici, presque aussi riche et confortable ; mais eux... Eux ! ! ! Si vous les voyiez arriver, les vieux en guenilles qui viennent mourir ; des gens qui crèvent de misère depuis des mois, nourris au coin des bornes, comme les chiens des rues ; des femmes en haillons, décharnées, qui sont malades, paralysées, incapables de trouver leur vie et qui nous disent, après avoir raconté leur cas : « Vous voyez bien que ça ne peut pas continuer, puisque je ne peux plus rien faire et rien gagner, moi. »

« J'en ai vu venir une de quatre-vingt-sept ans, qui avait perdu tous ses enfants et petits-enfants, et qui, depuis six semaines, couchait dehors. J'en ai été malade d'émotion.

« Puis, nous avons tant de cas différents, sans compter les gens qui ne disent rien et qui demandent simplement : « Où est-ce ? » Ceux-là, on les fait entrer, et c'est fini tout de suite. »

Je répétai, le cœur crispé :

« Et... où est-ce ?

— Ici. »

Il ouvrit une porte en ajoutant :

« Entrez, c'est la partie spécialement réservée aux membres du cercle, et celle qui fonctionne le moins. Nous n'y avons eu encore que onze anéantissements.

— Ah ! vous appelez cela un... anéantissement.

— Oui, monsieur. Entrez donc. »

---

1. Informations exactes : certains journaux mentionnent les noms des membres bienfaiteurs d'œuvres charitables.

J'hésitais. Enfin j'entrai. C'était une délicieuse galerie, une sorte de serre, que des vitraux d'un bleu pâle, d'un rose tendre, d'un vert léger, entouraient poétiquement de paysages de tapisseries. Il y avait dans ce joli salon des divans, de superbes palmiers, des fleurs, des roses surtout, embaumantes, des livres sur des tables, la *Revue des Deux Mondes*[1], des cigares en des boîtes de la régie[2] et, ce qui me surprit, des pastilles de Vichy dans une bonbonnière.

Comme je m'en étonnais :

« Oh ! on vient souvent causer ici », dit mon guide.

Il reprit :

« Les salles du public sont pareilles, mais plus simplement meublées. »

Je demandai :

« Comment fait-on ? »

Il désigna du doigt une chaise longue, couverte de crêpe de Chine crémeuse[3], à broderies blanches, sous un grand arbuste inconnu, au pied duquel s'arrondissait une plate-bande de réséda.

Le secrétaire ajouta d'une voix plus basse :

« On change à volonté la fleur et le parfum, car notre gaz, tout à fait imperceptible, donne à la mort l'odeur de la fleur qu'on aima. On le volatilise avec des essences. Voulez-vous que je vous le fasse aspirer une seconde ?

— Merci, lui dis-je vivement, pas encore... »

Il se mit à rire.

« Oh ! monsieur, il n'y a aucun danger. Je l'ai moi-même constaté plusieurs fois. »

J'eus peur de lui paraître lâche. Je repris :

« Je veux bien.

— Étendez-vous sur l'Endormeuse. »

---

1. La respectable *Revue des Deux Mondes*, sérieuse et académique, publia toutefois des chroniques de voyage de Maupassant en 1889 et son roman *Notre cœur*. **2.** La régie française des tabacs. **3.** Le crêpe de Chine est un tissu de soie fin, souple transparent.

Un peu inquiet, je m'assis sur la chaise basse en crêpe de Chine, puis je m'allongeai, et presque aussitôt je fus enveloppé par une odeur délicieuse de réséda. J'ouvris la bouche pour la mieux boire, car mon âme s'était engourdie, oubliait, savourait, dans le premier trouble de l'asphyxie, l'ensorcelante ivresse d'un opium enchanteur et foudroyant.

Je fus secoué par le bras.

« Oh ! oh ! monsieur, disait en riant le secrétaire, il me semble que vous vous y laissez prendre. »

....

Mais une voix, une vraie voix, et non plus celle des songeries, me saluait avec un timbre paysan :

« Bonjour, m'sieu. Ça va-t-il ? »

Mon rêve s'envola. Je vis la Seine claire sous le soleil, et, arrivant par un sentier, le garde champêtre du pays, qui touchait de sa main droite son képi noir galonné d'argent. Je répondis :

« Bonjour, Marinel. Où allez-vous donc ?

— Je vais constater un noyé qu'on a repêché près des Morillons [1]. Encore un qui s'a jeté dans le bouillon. Même qu'il avait retiré sa culotte pour s'attacher les jambes avec. »

---

1. Même L. Forestier n'a pas identifié ce lieu-dit.

QUI SAIT ?[1]

I

Mon Dieu ! Mon Dieu ! Je vais donc écrire enfin ce qui m'est arrivé ! Mais le pourrai-je ? l'oserai-je ? cela est si bizarre, si inexplicable, si incompréhensible, si fou[2] !

Si je n'étais sûr de ce que j'ai vu, sûr qu'il n'y a eu, dans mes raisonnements aucune défaillance, aucune erreur dans mes constatations, pas de lacune dans la suite inflexible de mes observations, je me croirais un simple halluciné, le jouet d'une étrange vision. Après tout, qui sait[3] ?

Je suis aujourd'hui dans une maison de santé ; mais j'y suis entré volontairement, par prudence, par peur ! Un seul être connaît mon histoire. Le médecin d'ici. Je vais l'écrire. Je ne sais trop pourquoi ? Pour m'en débarrasser, car je la sens en moi comme un intolérable cauchemar.

La voici :

J'ai toujours été un solitaire, un rêveur, une sorte de philosophe isolé, bienveillant, content de peu, sans aigreur contre les hommes et sans rancune contre le

---

1. Récit paru à *L'Echo de Paris*, le 6 avril 1890, recueilli dans *L'Inutile Beauté*. Texte d'Havard, 1890. **2.** Notons qu'ici encore, la narration d'une confession à la première personne renforce la crédibilité du récit. Le lecteur entre en contact direct avec l'inquiétante étrangeté. **3.** La modalité interrogative renvoie à un questionnement existentiel profond.

ciel. J'ai vécu seul, sans cesse, par suite d'une sorte de gêne qu'insinue en moi la présence des autres. Comment expliquer cela ? Je ne le pourrais. Je ne refuse pas de voir le monde, de causer, de dîner avec des amis, mais lorsque je les sens depuis longtemps près de moi, même les plus familiers, ils me lassent, me fatiguent, m'énervent, et j'éprouve une envie grandissante, harcelante, de les voir partir ou de m'en aller, d'être seul.

Cette envie est plus qu'un besoin, c'est une nécessité irrésistible. Et si la présence des gens avec qui je me trouve continuait, si je devais, non pas écouter, mais entendre longtemps encore leurs conversations, il m'arriverait, sans aucun doute, un accident. Lequel ? Ah ! qui sait ? Peut-être une simple syncope ? oui ! probablement !

J'aime tant être seul que je ne puis même supporter le voisinage d'autres êtres dormant sous mon toit ; je ne puis habiter Paris parce que j'y agonise indéfiniment. Je meurs moralement, et suis aussi supplicié dans mon corps et dans mes nerfs par cette immense foule qui grouille, qui vit autour de moi, même quand elle dort. Ah ! le sommeil des autres m'est plus pénible encore que leur parole. Et je ne peux jamais me reposer, quand je sais, quand je sens, derrière un mur, des existences interrompues par ces régulières éclipses de la raison.

Pourquoi suis-je ainsi ? Qui sait ? La cause en est peut-être fort simple : je me fatigue très vite de tout ce qui ne se passe pas en moi. Et il y a beaucoup dc gens dans mon cas.

Nous sommes deux races sur la terre. Ceux qui ont besoin des autres, que les autres distraient, occupent, reposent, et que la solitude harasse, épuise, anéantit, comme l'ascension d'un terrible glacier ou la traversée du désert, et ceux que les autres, au contraire, lassent, ennuient, gênent, courbaturent, tandis que l'isolement les calme, les baigne de repos dans l'indépendance et la fantaisie de leur pensée.

En somme, il y a là un normal phénomène psychique. Les uns sont doués pour vivre en dehors, les autres pour vivre en dedans. Moi, j'ai l'attention extérieure courte et vite épuisée, et, dès qu'elle arrive à ses limites, j'en éprouve, dans tout mon corps et dans toute mon intelligence, un intolérable malaise.

Il en est résulté que je m'attache, que je m'étais attaché beaucoup aux objets inanimés qui prennent, pour moi, une importance d'êtres, et que ma maison est devenue, était devenue, un monde où je vivais d'une vie solitaire et active, au milieu de choses, de meubles, de bibelots familiers, sympathiques à mes yeux comme des visages. Je l'en avais emplie peu à peu, je l'en avais parée, et je me sentais dedans, content, satisfait, bien heureux comme entre les bras d'une femme aimable dont la caresse accoutumée est devenue un calme et doux besoin.

J'avais fait construire cette maison dans un beau jardin qui l'isolait des routes, et à la porte d'une ville où je pouvais trouver, à l'occasion, les ressources de société dont je sentais, par moments, le désir. Tous mes domestiques couchaient dans un bâtiment éloigné, au fond du potager, qu'entourait un grand mur. L'enveloppement obscur des nuits, dans le silence de ma demeure perdue, cachée, noyée sous les feuilles des grands arbres, m'était si reposant et si bon, que j'hésitais chaque soir, pendant plusieurs heures, à me mettre au lit pour le savourer plus longtemps.

Ce jour-là, on avait joué *Sigurd*[1] au théâtre de la ville. C'était la première fois que j'entendais ce beau drame musical et féerique, et j'y avais pris un vif plaisir.

Je revenais à pied, d'un pas allègre, la tête pleine de phrases sonores, et le regard hanté par de jolies visions.

---

1. Opéra de Reyer (1827-1909), créé au théâtre de la Monnaie de Bruxelles et représenté pour la première fois à Paris le 12 juin 1885, avec un très grand succès. On y sent l'influence du merveilleux wagnérien.

Il faisait noir, noir, mais noir au point que je distinguais à peine la grande route, et que je faillis, plusieurs fois, culbuter dans le fossé. De l'octroi [1] chez moi, il y a un kilomètre environ, peut-être un peu plus, soit vingt minutes de marche lente. Il était une heure du matin, une heure ou une heure et demie ; le ciel s'éclaircit un peu devant moi et le croissant parut, le triste croissant du dernier quartier de la lune. Le croissant du premier quartier, celui qui se lève à quatre ou cinq heures du soir, est clair, gai, frotté d'argent, mais celui qui se lève après minuit est rougeâtre, morne, inquiétant ; c'est le vrai croissant du Sabbat [2]. Tous les noctambules ont dû faire cette remarque. Le premier, fût-il mince comme un fil, jette une petite lumière joyeuse qui réjouit le cœur, et dessine sur la terre des ombres nettes ; le dernier répand à peine une lueur mourante, si terne qu'elle ne fait presque pas d'ombres.

J'aperçus au loin la masse sombre de mon jardin, et je ne sais d'où me vint une sorte de malaise à l'idée d'entrer là-dedans. Je ralentis le pas. Il faisait très doux. Le gros tas d'arbres avait l'air d'un tombeau où ma maison était ensevelie.

J'ouvris ma barrière et je pénétrai dans la longue allée de sycomores, qui s'en allait vers le logis, arquée en voûte comme un haut tunnel, traversant des massifs opaques et contournant des gazons où les corbeilles de fleurs plaquaient, sous les ténèbres pâlies, des taches ovales aux nuances indistinctes.

En approchant de la maison, un trouble bizarre me saisit. Je m'arrêtai. On n'entendait rien. Il n'y avait pas dans les feuilles un souffle d'air. « Qu'est-ce que j'ai donc ? » pensai-je. Depuis dix ans je rentrais ainsi sans que jamais la moindre inquiétude m'eût effleuré. Je

---

1. L'octroi désigne la barrière, limite de la ville nécessitant autrefois pour son franchissement le paiement d'un impôt. **2.** On désignait ainsi au Moyen Age une réunion nocturne de sorciers et de sorcières. Cette mention introduit un climat inquiétant, tout en annonçant que l'inquiétude viendra d'ailleurs.

n'avais pas peur. Je n'ai jamais eu peur, la nuit. La vue d'un homme, d'un maraudeur, d'un voleur m'aurait jeté une rage dans le corps, et j'aurais sauté dessus sans hésiter. J'étais armé, d'ailleurs. J'avais mon revolver. Mais je n'y touchai point, car je voulais résister à cette influence de crainte qui germait en moi.

Qu'était-ce ? Un pressentiment ? Le pressentiment mystérieux qui s'empare des sens des hommes quand ils vont voir de l'inexplicable ? Peut-être ? Qui sait ?

À mesure que j'avançais, j'avais dans la peau des tressaillements, et quand je fus devant le mur, aux auvents clos, de ma vaste demeure, je sentis qu'il me faudrait attendre quelques minutes avant d'ouvrir la porte et d'entrer dedans. Alors, je m'assis sur un banc, sous les fenêtres de mon salon. Je restai là, un peu vibrant, la tête appuyée contre la muraille, les yeux ouverts sur l'ombre des feuillages. Pendant ces premiers instants, je ne remarquai rien d'insolite autour de moi. J'avais dans les oreilles quelques ronflements ; mais cela m'arrive souvent. Il me semble parfois que j'entends passer des trains, que j'entends sonner des cloches, que j'entends marcher une foule.

Puis bientôt ces ronflements devinrent plus distincts, plus précis, plus reconnaissables. Je m'étais trompé. Ce n'était pas le bourdonnement ordinaire de mes artères qui mettait dans mes oreilles ces rumeurs, mais un bruit très particulier, très confus cependant, qui venait, à n'en point douter, de l'intérieur de ma maison.

Je le distinguais à travers le mur, ce bruit continu, plutôt une agitation qu'un bruit, un remuement vague d'un tas de choses, comme si on eût secoué, déplacé traîné doucement tous mes meubles.

Oh ! je doutai, pendant un temps assez long encore, de la sûreté de mon oreille. Mais l'ayant collée contre un auvent pour mieux percevoir ce trouble étrange de mon logis, je demeurai convaincu, certain, qu'il se passait chez moi quelque chose d'anormal et d'incompréhensible. Je n'avais pas peur, mais j'étais... comment exprimer cela... effaré d'étonnement. Je n'armai pas mon revolver — devinant fort bien que je n'en avais nul besoin. J'attendis.

J'attendis longtemps, ne pouvant me décider à rien, l'esprit lucide, mais follement anxieux. J'attendis, debout, écoutant toujours le bruit qui grandissait, qui prenait, par moments, une intensité violente, qui semblait devenir un grondement d'impatience, de colère, d'émeute mystérieuse.

Puis soudain, honteux de ma lâcheté, je saisis mon trousseau de clefs, je choisis celle qu'il me fallait, je l'enfonçai dans la serrure, je la fis tourner deux fois, et poussant la porte de toute ma force, j'envoyai le battant heurter la cloison.

Le coup sonna comme une détonation de fusil, et voilà qu'à ce bruit d'explosion répondit, du haut en bas de ma demeure, un formidable tumulte. Ce fut si subit, si terrible, si assourdissant que je reculai de quelques pas, et que, bien que le sentant toujours inutile, je tirai de sa gaine mon revolver.

J'attendis encore, oh ! peu de temps. Je distinguais, à présent, un extraordinaire piétinement sur les marches de mon escalier, sur les parquets, sur les tapis, un piétinement, non pas de chaussures, de souliers humains, mais de béquilles de bois et de béquilles de fer qui vibraient comme des cymbales. Et voilà que j'aperçus tout à coup, sur le seuil de ma porte, un fauteuil, mon grand fauteuil de lecture, qui sortait en se dandinant. Il s'en alla par le jardin. D'autres le suivaient, ceux de mon salon, puis lcs canapés bas et se traînant comme des crocodiles sur leurs courtes pattes, puis toutes mes chaises, avec des bonds de chèvres, et les petits tabourets qui trottaient comme des lapins.

Oh ! quelle émotion ! Je me glissai dans un massif où je demeurai accroupi, contemplant toujours ce défilé de mes meubles, car ils s'en allaient tous, l'un derrière l'autre, vite ou lentement, selon leur taille et leur poids. Mon piano, mon grand piano à queue, passa avec un galop de cheval emporté et un murmure de musique dans le flanc, les moindres objets glissaient sur le sable comme des fourmis, les brosses, les cristaux, les coupes, où le clair de lune accrochait des phosphorescences de vers luisants. Les étoffes rampaient, s'étalaient en flaques à la façon des pieuvres de la mer. Je vis paraître mon bureau, un rare bibelot du dernier siècle, et qui contenait toutes les lettres que j'ai reçues, toute l'histoire de mon cœur, une vieille histoire dont j'ai tant souffert ! Et dedans étaient aussi des photographies.

Soudain, je n'eus plus peur, je m'élançai sur lui et je le saisis comme on saisit un voleur, comme on saisit une femme qui fuit ; mais il allait d'une course irrésistible, et malgré mes efforts, et malgré ma colère, je ne pus même ralentir sa marche. Comme je résistais en désespéré à cette force épouvantable, je m'abattis par terre en luttant contre lui. Alors, il me roula, me traîna sur le sable, et déjà les meubles, qui le suivaient, commençaient à marcher sur moi, piétinant mes jambes et les meurtrissant ; puis, quand je l'eus lâché, les autres passèrent sur mon corps ainsi qu'une charge de cavalerie sur un soldat démonté.

Fou d'épouvante enfin, je pus me traîner hors de la grande allée et me cacher de nouveau dans les arbres, pour regarder disparaître les plus infimes objets, les plus petits, les plus modestes, les plus ignorés de moi, qui m'avaient appartenu.

Puis j'entendis, au loin, dans mon logis sonore à présent comme les maisons vides, un formidable bruit de portes refermées. Elles claquèrent du haut en bas de la demeure, jusqu'à ce que celle du vestibule que j'avais ouverte moi-même, insensé, pour ce départ, se fût close, enfin, la dernière.

Je m'enfuis aussi, courant vers la ville, et je ne repris mon sang-froid que dans les rues, en rencontrant des gens attardés. J'allai sonner à la porte d'un hôtel où j'étais connu. J'avais battu, avec mes mains, mes vêtements, pour en détacher la poussière, et je racontai que j'avais perdu mon trousseau de clefs, qui contenait aussi celle du potager, où couchaient mes domestiques en une maison isolée, derrière le mur de clôture qui préservait mes fruits et mes légumes de la visite des maraudeurs.

Je m'enfonçai jusqu'aux yeux dans le lit qu'on me donna. Mais je ne pus dormir, et j'attendis le jour en écoutant bondir mon cœur. J'avais ordonné qu'on prévînt mes gens dès l'aurore, et mon valet de chambre heurta ma porte à sept heures du matin.

Son visage semblait bouleversé.

« Il est arrivé cette nuit un grand malheur, monsieur, dit-il.

— Quoi donc ?

— On a volé tout le mobilier de monsieur, tout, tout, jusqu'aux plus petits objets. »

Cette nouvelle me fit plaisir. Pourquoi ? qui sait ? J'étais fort maître de moi, sûr de dissimuler, de ne rien dire à personne de ce que j'avais vu, de le cacher, de l'enterrer dans ma conscience comme un effroyable secret. Je répondis :

« Alors, ce sont les mêmes personnes qui m'ont volé mes clefs. Il faut prévenir tout de suite la police. Je me lève et je vous y rejoindrai dans quelques instants. »

L'enquête dura cinq mois. On ne découvrit rien, on ne trouva ni le plus petit de mes bibelots, ni la plus légère trace des voleurs. Parbleu ! Si j'avais dit ce que je savais... Si je l'avais dit... on m'aurait enfermé, moi, pas les voleurs, mais l'homme qui avait pu voir une pareille chose.

Oh ! je sus mc taire. Mais je ne remeublai pas ma maison. C'était bien inutile. Cela aurait recommencé toujours. Je n'y voulais plus rentrer. Je n'y rentrai pas. Je ne la revis point.

Je vins à Paris, à l'hôtel, et je consultai des médecins sur mon état nerveux qui m'inquiétait beaucoup depuis cette nuit déplorable.

Ils m'engagèrent à voyager. Je suivis leur conseil.

II

Je commençai par une excursion en Italie. Le soleil me fit du bien. Pendant six mois, j'errai de Gênes à Venise, de Venise à Florence, de Florence à Rome, de Rome à Naples. Puis je parcourus la Sicile, terre admirable par sa nature et ses monuments, reliques laissées par les Grecs et les Normands. Je passai en Afrique, je traversai pacifiquement ce grand désert jaune et calme, où errent des chameaux, des gazelles et des Arabes vagabonds, où, dans l'air léger et transparent, ne flotte aucune hantise, pas plus la nuit que le jour[1].

Je rentrai en France par Marseille, et malgré la gaieté provençale, la lumière diminuée du ciel m'attrista. Je ressentis, en revenant sur le continent, l'étrange impression d'un malade qui se croit guéri et qu'une douleur sourde prévient que le foyer du mal n'est pas éteint.

Puis je revins à Paris. Au bout d'un mois, je m'y ennuyai. C'était à l'automne, et je voulus faire, avant l'hiver, une excursion à travers la Normandie, que je ne connaissais pas.

Je commençai par Rouen, bien entendu, et pendant huit jours, j'errai distrait, ravi, enthousiasmé dans cette ville du moyen âge, dans ce surprenant musée d'extraordinaires monuments gothiques.

Or, un soir, vers quatre heures, comme je m'engageais dans une rue invraisemblable où coule une rivière noire comme de l'encre nommée « Eau de Robec »[2], mon attention, toute fixée sur la physionomie bizarre et antique des maisons, fut détournée tout à coup par

---

1. Ce voyage a été relaté dans *La Vie errante*, publié en 1890. Ce qui ne va pas sans introduire un rapport troublant entre imaginaire et réalité. Maupassant multiplie à dessein les passerelles entre les deux. **2.** Cette rue se situe dans le vieux Rouen.

la vue d'une série de boutiques de brocanteurs qui se suivaient de porte en porte[1].

Ah ! Ils avaient bien choisi leur endroit, ces sordides trafiquants de vieilleries dans cette fantastique ruelle, au-dessus de ce cours d'eau sinistre, sous ces toits pointus de tuiles et d'ardoises où grinçaient encore les girouettes du passé !

Au fond des noirs magasins, on voyait s'entasser les bahuts sculptés, les faïences de Rouen, de Nevers, de Moustiers, des statues peintes, d'autres en chêne, des Christ, des vierges, des saints, des ornements d'église, des chasubles, des chapes, même des vases sacrés et un vieux tabernacle en bois doré d'où Dieu avait déménagé. Oh ! les singulières cavernes en ces hautes maisons, en ces grandes maisons, pleines, des caves aux greniers, d'objets de toute nature, dont l'existence semblait finie, qui survivaient à leurs naturels possesseurs, à leur siècle, à leur temps, à leurs modes, pour être achetés, comme curiosités, par les nouvelles générations.

Ma tendresse pour les bibelots se réveillait dans cette cité d'antiquaires. J'allais de boutique en boutique, traversant, en deux enjambées, les ponts de quatre planches pourries jetées sur le courant nauséabond de l'Eau de Robec.

Miséricorde ! Quelle secousse ! Une de mes plus belles armoires m'apparut au bord d'une voûte encombrée d'objets et qui semblait l'entrée des catacombes d'un cimetière de meubles anciens. Je m'approchai tremblant de tous mes membres, tremblant tellement que je n'osais pas la toucher. J'avançais la main, j'hésitais. C'était bien elle, pourtant : une armoire Louis XIII unique, reconnaissable par quiconque avait pu la voir une seule fois. Jetant soudain les yeux un peu plus loin, vers les profondeurs plus sombres de cette galerie, j'aperçus trois de mes fauteuils couverts de tapisserie

---

1. Il y a un antiquaire inquiétant au début de *La Peau de chagrin* d'Honoré de Balzac.

au petit point, puis, plus loin encore, mes deux tables Henri II, si rares qu'on venait les voir de Paris.

Songez ! songez à l'état de mon âme !

Et j'avançai, perclus[1], agonisant d'émotion, mais j'avançai, car je suis brave, j'avançai comme un chevalier des époques ténébreuses pénétrait en un séjour de sortilèges. Je retrouvais, de pas en pas, tout ce qui m'avait appartenu, mes lustres, mes livres, mes tableaux, mes étoffes, mes armes, tout, sauf le bureau plein de mes lettres, et que je n'aperçus point.

J'allais, descendant à des galeries obscures pour remonter ensuite aux étages supérieurs. J'étais seul. J'appelais, on ne répondait point. J'étais seul ; il n'y avait personne en cette maison vaste et tortueuse comme un labyrinthe.

La nuit vint, et je dus m'asseoir, dans les ténèbres, sur une de mes chaises, car je ne voulais point m'en aller. De temps en temps je criais : « Holà, holà ! quelqu'un ! »

J'étais là, certes, depuis plus d'une heure quand j'entendis des pas, des pas légers, lents, je ne sais où. Je faillis me sauver ; mais me raidissant, j'appelai de nouveau, et j'aperçus une lueur dans la chambre voisine.

« Qui est là ? » dit une voix.

Je répondis :

« Un acheteur. »

On répliqua :

« Il est bien tard pour entrer ainsi dans les boutiques. »

Je repris :

« Je vous attends depuis plus d'une heure.

— Vous pouviez revenir demain.

— Demain, j'aurai quitté Rouen. »

Je n'osais point avancer, et il ne venait pas. Je voyais toujours la lueur de sa lumière éclairant une tapisserie où deux anges volaient au-dessus des morts

---

1. Inerte, figé, qui ne peut plus se mouvoir. L'oxymore rend bien compte ici de cette terreur fascinée.

d'un champ de bataille. Elle m'appartenait aussi. Je dis :

« Eh bien ! Venez-vous ? »

Il répondit :

« Je vous attends. »

Je me levai et j'allai vers lui.

Au milieu d'une grande pièce était un tout petit homme, tout petit et très gros, gros comme un phénomène, un hideux phénomène.

Il avait une barbe rare, aux poils inégaux, clairsemés et jaunâtres, et pas un cheveu sur la tête ! Pas un cheveu ? Comme il tenait sa bougie élevée à bout de bras pour m'apercevoir, son crâne m'apparut comme une petite lune dans cette vaste chambre encombrée de vieux meubles. La figure était ridée et bouffie, les yeux imperceptibles.

Je marchandai trois chaises qui étaient à moi, et les payai sur-le-champ une grosse somme, en donnant simplement le numéro de mon appartement à l'hôtel. Elles devaient être livrées le lendemain avant neuf heures.

Puis je sortis. Il me reconduisit jusqu'à sa porte avec beaucoup de politesse.

Je me rendis ensuite chez le commissaire central de la police à qui je racontai le vol de mon mobilier et la découverte que je venais de faire.

Il demanda séance tenante des renseignements par télégraphe au parquet qui avait instruit l'affaire de ce vol, en me priant d'attendre la réponse. Une heure plus tard, elle lui parvint tout à fait satisfaisante pour moi.

« Je vais faire arrêter cet homme et l'interroger tout de suite, me dit-il, car il pourrait avoir conçu quelque soupçon et faire disparaître ce qui vous appartient. Voulez-vous aller dîner et revenir dans deux heures, je l'aurai ici et je lui ferai subir un nouvel interrogatoire devant vous.

— Très volontiers, monsieur. Je vous remercie de tout mon cœur. »

J'allai dîner à mon hôtel, et je mangeai mieux que

je n'aurais cru. J'étais assez content tout de même. On le tenait.

Deux heures plus tard, je retournai chez le fonctionnaire de la police qui m'attendait.

« Eh bien ! monsieur, me dit-il en m'apercevant. On n'a pas trouvé votre homme. Mes agents n'ont pu mettre la main dessus. »

Ah ! Je me sentis défaillir.

« Mais... Vous avez bien trouvé sa maison ? demandai-je.

— Parfaitement. Elle va même être surveillée et gardée jusqu'à son retour. Quant à lui, disparu.

— Disparu ?

— Disparu. Il passe ordinairement ses soirées chez sa voisine, une brocanteuse aussi, une drôle de sorcière, la veuve Bidoin. Elle ne l'a pas vu ce soir et ne peut donner sur lui aucun renseignement. Il faut attendre demain. »

Je m'en allai. Ah ! que les rues de Rouen me semblèrent sinistres, troublantes, hantées.

Je dormis si mal, avec des cauchemars à chaque bout de sommeil.

Comme je ne voulais pas paraître trop inquiet ou pressé, j'attendis dix heures, le lendemain, pour me rendre à la police.

Le marchand n'avait pas reparu. Son magasin demeurait fermé.

Le commissaire me dit :

« J'ai fait toutes les démarches nécessaires. Le parquet est au courant de la chose ; nous allons aller ensemble à cette boutique et la faire ouvrir, vous m'indiquerez tout ce qui est à vous. »

Un coupé nous emporta. Des agents stationnaient, avec un serrurier, devant la porte de la boutique, qui fut ouverte.

Je n'aperçus, en entrant, ni mon armoire, ni mes fauteuils, ni mes tables, ni rien, rien, de ce qui avait meublé ma maison, mais rien, alors que la veille au soir je ne pouvais faire un pas sans rencontrer un de mes objets.

Le commissaire central, surpris, me regarda d'abord avec méfiance.

« Mon Dieu, monsieur, lui dis-je, la disparition de ces meubles coïncide étrangement avec celle du marchand. »

Il sourit :

« C'est vrai ! Vous avez eu tort d'acheter et de payer des bibelots à vous, hier. Cela lui a donné l'éveil. »

Je repris :

« Ce qui me paraît incompréhensible, c'est que toutes les places occupées par mes meubles sont maintenant remplies par d'autres.

— Oh ! répondit le commissaire, il a eu toute la nuit, et des complices sans doute. Cette maison doit communiquer avec les voisines. Ne craignez rien, monsieur, je vais m'occuper très activement de cette affaire. Le brigand ne nous échappera pas longtemps puisque nous gardons la tanière. »

....

Ah ! mon cœur, mon cœur, mon pauvre cœur, comme il battait !

....

Je demeurai quinze jours à Rouen. L'homme ne revint pas. Parbleu ! parbleu ! Cet homme-là qui est-ce qui aurait pu l'embarrasser ou le surprendre ?

Or, le seizième jour, au matin, je reçus de mon jardinier, gardien de ma maison pillée et demeurée vide, l'étrange lettre que voici :

« Monsieur,

« J'ai l'honneur d'informer monsieur qu'il s'est passé, la nuit dernière, quelque chose que personne ne comprend, et la police pas plus que nous. Tous les meubles sont revenus, tous sans exception, tous, jusqu'aux plus petits objets. La maison est maintenant toute pareille à ce qu'elle était la veille du vol. C'est à en perdre la tête. Cela s'est fait dans la nuit de vendredi à samedi. Les chemins sont défoncés comme si on avait traîné tout de la barrière à la porte. Il en était ainsi le jour de la disparition.

« Nous attendons monsieur, dont je suis le très humble serviteur.

« RAUDIN, PHILIPPE. »

Ah ! mais non, ah ! mais non, ah ! mais non. Je n'y retournerai pas !

Je portai la lettre au commissaire de Rouen.

« C'est une restitution très adroite, dit-il. Faisons les morts. Nous pincerons l'homme un de ces jours. »

....

Mais on ne l'a pas pincé. Non. Ils ne l'ont pas pincé, et j'ai peur de lui, maintenant, comme si c'était une bête féroce lâchée derrière moi.

Introuvable ! il est introuvable, ce monstre à crâne de lune ! On ne le prendra jamais. Il ne reviendra point chez lui. Que lui importe à lui. Il n'y a que moi qui peux le rencontrer, et je ne veux pas.

Je ne veux pas ! je ne veux pas ! je ne veux pas !

Et s'il revient, s'il rentre dans sa boutique, qui pourra prouver que mes meubles étaient chez lui ? Il n'y a contre lui que mon témoignage ; et je sens bien qu'il devient suspect.

Ah ! mais non ! cette existence n'était plus possible. Et je ne pouvais pas garder le secret de ce que j'ai vu. Je ne pouvais pas continuer à vivre comme tout le monde avec la crainte que des choses pareilles recommençassent.

Je suis venu trouver le médecin qui dirige cette maison de santé, et je lui ai tout raconté.

Après m'avoir interrogé longtemps, il m'a dit :

« Consentiriez-vous, monsieur, à rester quelque temps ici ?

— Très volontiers, monsieur.

— Vous avez de la fortune ?

— Oui, monsieur.

— Voulez-vous un pavillon isolé ?
— Oui, monsieur.
— Voudrez-vous recevoir des amis ?
— Non, monsieur, non, personne. L'homme de Rouen pourrait oser, par vengeance, me poursuivre ici. »

....

Et je suis seul, seul, tout seul, depuis trois mois. Je suis tranquille à peu près. Je n'ai qu'une peur... Si l'antiquaire devenait fou... et si on l'amenait en cet asile... Les prisons elles-mêmes ne sont pas sûres [1].

---

1. La peur (voir p. 162) relève de l'incompréhensible et marque une faille de la raison. Cette phrase finale montre bien que le plus grand danger pour l'homme est lui-même. On n'échappe pas au délire de son propre esprit.

ANNEXES

Sur le nom du Horla

Dans la première version du récit, le fou déclare : « Je l'ai baptisé le Horla. Pourquoi ? Je ne sais point ». Dans cet étrange baptême, l'être nouveau venu signifie à la fois le caractère irréductible de son existence, puisqu'on le nomme, et l'impossibilité de le penser avec les outils rationnels du vocabulaire scientifique ou psychologique. Cette question du nom montre que Maupassant découvre une donnée essentielle dans la connaissance de l'univers psychique : lorsqu'on a l'impression de devenir fou, on le devient effectivement. Autrement dit, il n'existe pas d'impressions dans ce domaine, mais des manifestations d'une réalité tangible. L'invention du nom rend possibles l'expression des limites de soi, le franchissement des frontières de la raison. Avec son « Horla », Maupassant fixe des limites à toute possibilité d'exégèse pleinement satisfaisante : il n'existe pas de synonyme ! Dans le même temps, il légitime toutes les interprétations imaginables. L'être, l'intrus, l'habitant de l'âme peut bien revêtir, grâce à l'ingéniosité des critiques, plusieurs identités, aucune ne peut prétendre à une équivalence absolue. La force du récit, et du fantastique maupassantien dans son ensemble, provient de cette insurmontable question du sens. Et pourtant, le texte lui-même nous condamne à poser la question. Que signifie ce nom de « Horla » ? Les meilleurs lecteurs de Maupassant ont proposé leur explication. La plus évidente consiste à voir dans le « Horla » celui qui vient d'ailleurs. Notons que familièrement, « hors de » s'emploie sans particule, comme par exemple dans l'expression « hors la barrière », ou dans la formation du substantif « hors-la-loi ». André Vial, dans *Maupassant et l'art du roman*, y voit l'anagramme de Jean Lahor, pseudonyme de Henry Cazalis, auteur en 1872 d'un recueil de pensées intitulé *Le Livre du Néant*[1]. Pourquoi pas en effet, connaissant le goût de Maupassant pour la boutade, la farce, ce clin d'œil complice ? Le même critique propose également de voir dans le « Horla » un dérivé du personnage de Nodier, « Hurlubleu[2] ». Dans ce récit de voyage imaginaire, dans cette « histoire progressive », on recherche l'homme parfait, la perfection organique susceptible de dépasser notre faible constitution limitée à cinq malheureux sens. Or, le « Horla » est présenté par Maupassant comme un successeur possible de l'homme dans une perspective évolutionniste qui va vers une amélioration de la race, et suppose une destruction progressive de la race fatiguée et imparfaite au profit d'une nouvelle espèce. De son côté, Marie-Claire Bancquart estime qu'il s'agit du « horsain », l'étranger en patois normand[3]. Là aussi l'explication séduit. Le patronyme Horlaville, ou Horslaville apparaît d'ailleurs dans un récit de Maupassant, *La Bête à Maît'Belhomme*, et dans *Toine*. Par plaisanterie, Louis Forestier émet à son tour l'hypothèse d'une anagramme de « choléra », non sans avoir rappelé la prédilection de Maupassant pour l'alternance vocalique o/a[4]. En effet, dans un article consacré à Émile Zola, paru le 10 mars 1883, Maupassant souligne la destination du nom dc Zola à la célébrité, avec ses deux voyelles qui sonnent comme « deux notes de clairon[5] ». Antonia Fonyi voit quant à elle dans le mot « Horla » celui de Laura, Laure[6], prénom de la mère de

---

1. Nizet, 1954, p. 242. **2.** In « Le lignage clandestin de Maupassant, conteur fantastique », *Revue d'Histoire Littéraire de la France*, nov.-déc. 1973. **3.** In *Le Horla et autres contes cruels et fantastiques*, Garnier, 1976, p. XXXV. **4.** In éd. cit., vol. 2, p. 1621. **5.** In *Chroniques*, éd. cit., vol. 2, p. 306. **6.** In *Le Horla et autres contes d'angoisse*, GF, 1984, p. 189.

Maupassant. Tout est possible, même si cette dernière hypothèse n'est pas la plus convaincante. Plus séduisantes, en revanche, apparaissent les deux lectures d'Alain Buisine et d'Yvan Leclerc qui se rejoignent. Prenant appui sur le fait que le 8 mai, jour où débute le journal du narrateur, est la date anniversaire de la mort de Flaubert, ils voient dans le souvenir de ce père spirituel une présence obsédante que Maupassant tente d'exorciser, et qui hante son écriture[1]. Michel Serres enfin met l'accent sur un élément essentiel qui rejoint l'évidence première : « *Hors* indique l'extérieur et le retiré, alors que *là* désigne le lieu proche : le *Horla* décrit donc une tension entre l'adjacent, l'attenant, le contigu et l'éloigné, atteint ou inaccessible, à partir de ce voisinage[2] ». Le « Horla », nom propre du parasite, renvoie à une donnée de la conscience qui relève à la fois du pensable et de l'impensable. Retenons donc de toutes ces lectures que Maupassant a créé un mot nouveau, énigmatique, qui commence par « ho », comme « homme », pour exprimer la complexité de l'âme et son caractère insondable.

---

1. A. Buisine, « Le Mot de passe » et Y. Leclerc, « Maupassant : le texte hanté », in *Maupassant et l'écriture*, Nathan, 1993, pp. 161-171 et 259-270. **2.** In « Lieux et positions », n° spécial de la revue *Europe*, août-sept. 1993, p. 30.

De l'intelligence de Taine et *Le Horla* de Maupassant

Maupassant, plutôt avare de références aux lectures qui ont pu l'influencer, mentionne, avec un naturel qui témoigne de la connaissance intime du texte et de son autorité à l'époque où il y fait allusion, dans *La Vie errante*, l'ouvrage de Taine, *De l'intelligence*, paru en 1870 chez Hachette et régulièrement réédité : « M. Taine, d'ailleurs, a magistralement traité et développé cette idée » (des limites de l'intelligence)[1]. Avec ce livre, nous entrons au cœur de la composition du *Horla* dont il éclaire de façon assez frappante, comme on va le voir, le sens et la portée. Qui a lu *De l'intelligence* ne peut qu'être saisi par l'abondance des formules dont le récit du *Horla* semble être l'illustration dans le domaine de la fiction. Il serait long et fastidieux d'établir un relevé systématique : aussi choisirons-nous les exemples les plus significatifs. Rappelons d'abord que l'ouvrage se compose de deux volumes, le premier étant consacré aux éléments de la connaissance, le second aux diverses sortes de connaissances. Ce qui frappe le lecteur, c'est l'importance accordée aux manifestations de l'aliénation mentale, ainsi qu'aux témoignages des aliénistes et des malades. Le point de vue de Taine n'épouse pas celui du savant sûr de lui qui pose l'intelligence comme une réalité stable et inattaquable d'un moi immuable. Au contraire, il adopte en

1. *Sur l'eau*, in *Au soleil, Sur l'eau, La Vie errante*, éd. de P. Pia, Albin Michel, Maurice Gonon, Paris, s.d, p. 332.

quelque sorte une vision plus modeste, qui considère l'intelligence à partir de ses dérèglements. L'illusion, l'hallucination, sont présentées non pas comme des défaillances de l'intelligence, mais comme ses manifestations premières. Dès l'introduction, Taine conteste l'idée du « moi », qui se résume à la juxtaposition d'images et de sensations, les idées étant elles-mêmes assimilées à des sensations. Or, si nous ne pouvons pas percevoir toutes les images, il est évident qu'une grande partie de nous-mêmes nous échappe : « Le moi visible est incomparablement plus petit que le moi obscur[1] ». Dès 1870, on le voit, Taine pose nettement, dans un ouvrage théorique, le principe du dédoublement de la conscience, de la « pluralité foncière du moi ». Il pointe comme une vérité indiscutable « la coexistence au même instant, dans le même individu, de deux pensées, de deux volontés, de deux actions distinctes, l'une dont il a conscience, l'autre dont il n'a pas conscience et qu'il attribue à des êtres invisibles[2] » et se fonde sur les observations de Leuret et du docteur Puel pour affirmer ce « dédoublement du moi[3] ». Ce dédoublement se situe au cœur de notre récit du *Horla*, mais aussi au centre d'une interrogation souvent formulée dans d'autres textes par Maupassant. Mentionnons deux passages importants, l'un dans la nouvelle intitulée *Sur l'eau*, l'autre dans *Pierre et Jean*, qui ressemblent à une paraphrase du texte de Taine que nous

---

1. *De l'intelligence*, (3e éd. corrigée et augmentée), Hachette, 1878, 2 vol., t. I, p. 9. **2.** Id., p. 16. **3.** Id. p. 17. François Leuret a publié en 1834 chez Crochard ses *Fragments psychologiques sur la folie*. On y trouve de nombreux témoignages d'aliénés interrogés à la Salpêtrière. Notons ce passage où Leuret analyse les propos du fou qui déclare : « on me fait faire, on me fait dire, on veut que j'agisse » : « Toutes locutions bizarres qui pourtant ont un sens vrai ; car elles expriment fidèlement une manière d'être intérieure, un changement survenu dans la production, l'arrangement des pensées ou des sentiments, un véritable dualisme chez un même individu », p. 182-183.

venons de citer. A l'occasion d'un voyage sur la Seine, un canotier, la nuit, se sent envahi peu à peu par une angoisse irrépressible, parce que son canot se trouve immobilisé pour une raison inconnue :

« J'essayai de me raisonner. Je me sentais la volonté bien ferme de ne point avoir peur, mais il y avait en moi autre chose que ma volonté, et cette autre chose avait peur. Je me demandai ce que je pouvais redouter ; mon *moi* brave railla mon *moi* poltron, et jamais aussi bien que ce jour-là je ne saisis l'opposition des deux êtres qui sont en nous, l'un voulant, l'autre résistant, et chacun l'emportant tour à tour. »

L'examen par l'intelligence de sa propre déroute rend le sentiment de l'angoisse encore plus inévitable, puisqu'il est impuissant à la conjurer. La présence « en moi » d'« autre chose » révèle ce dédoublement du moi. Dans *Le Horla*, la fiction prête une existence nettement extérieure à cette « autre chose », comme pour mieux faire comprendre, à l'aide d'une matérialisation pathétique de l'expérience, la difficile cohabitation de ces deux *moi* :

« Je suis perdu ! Quelqu'un possède mon âme et la gouverne ! quelqu'un ordonne tous mes actes, tous mes mouvements, toutes mes pensées. Je ne suis plus rien en moi, rien qu'un spectateur esclave et terrifié de toutes les choses que j'accomplis. Je désire sortir. Je ne peux pas. Il ne veut pas. »

Pour les besoins de la fiction, Maupassant invente cette présence extérieure qu'il appelle « quelqu'un » avant de le nommer « Horla ». Sinon, comment raconter l'expérience ? comment la décrire ? comment la transmettre ? L'écart qui sépare le texte de Taine de celui de Maupassant est celui qui sépare le traité philosophique du récit de fiction, mais les conclusions se rejoignent, malgré des démarches différentes. Dans *Pierre et Jean*, Maupassant énonce encore cette même vérité de l'existence en nous de deux êtres. Il a pu puiser cette idée dans la seconde partie de son ouvrage où Taine rapporte les impressions d'un malade qui se croit double : « Je suis porté à croire, écrivait un halluciné, qu'il y a toujours eu en moi une double pensée, dont l'une contrôlait les actions de l'autre[1]. » La problématique du double dans ces conditions ne saurait être seulement « littéraire » : difficile, devant tant de similitudes, de nier l'importance de la référence à l'ouvrage de Taine. Au grand désespoir des amateurs d'une littérature fermée sur elle-même et ne faisant que se raconter, force est de reconnaître que le double, chez Maupassant, relève, avant tout, d'une catégorie psychologique. Il faut prendre au sérieux ces lectures le plus souvent mentionnées pour évoquer un contexte. Passionné par les travaux sur l'aliénation mentale, Maupassant a eu connaissance, ne serait-ce que par l'ouvrage de Taine, des travaux de Leuret sur la folie, de Baillarger sur la folie à double forme, de Maury sur le sommeil et les rêves[2]. Toutes les préoccupations de l'époque sur les questions du somnambulisme, de l'hypnose, de l'hallucination se trouvent convoquées dans ce récit qui les accumule pour illustrer les différentes manifestations des déviations possibles de la machine intellectuelle[3]. La plus grande partie des récits dits fantastiques vérifie cette affirmation de Taine (qui est elle-même le fruit de très nombreuses lectures des meilleurs spécialistes du temps), selon laquelle « la folie est toujours à la porte de l'esprit, comme la maladie est toujours à la porte du corps[4] ». Cette idée terrifiante porte en elle, évidemment, une forte puissance corrosive : non seulement elle affirme, sinon l'identité,

---

1. In éd. cit., t. II, p. 230. **2.** Le docteur Baillarger a publié *De la folie à double forme*, extrait des *Annales médico-psychologiques*, 6e série, t. IV, juillet 1880. Quant à l'ouvrage d'A. Maury, *Le Sommeil et les rêves*, *Études psychologiques*, Paris, Didier, 1878, c'est vraiment un livre de référence extrêmement lu et commenté à l'époque. **3.** On a vu en introduction que Maupassant a suivi, comme Freud, les cours de Charcot. **4.** Ed. cit., t. II, p. 230.

du moins la proche parenté du normal et du pathologique, mais encore elle banalise l'intrusion de la folie par l'usage d'une comparaison familière et commune. Sur cette idée repose la stratégie narrative du journal qui, comme un de ces témoignages de malades utilisés dans les ouvrages spécialisés, retrace l'aventure d'un cerveau pris par la folie comme un corps par la fièvre.

La machine intellectuelle se montre donc particulièrement complexe. Taine a appris à Maupassant que, lorsqu'il s'agit du cerveau, on doit oublier les termes mêmes de raison, d'intelligence, de volonté et même de moi (en tant qu'entité indivisible). Il va jusqu'à affirmer que « ce sont des métaphores littéraires[1] » ! Métaphores que, précisément, Maupassant déconstruit, annule, dissout dans son récit. La dilution du moi s'opère dans l'épisode du miroir, qui concrétise par la perte du reflet cette expérience ontologique des limites. Taine rapporte un cas d'halluciné devenu fou qui a laissé par écrit un témoignage de ce progressif envahissement du moi par des idées délirantes, des images obsédantes. Il se présente sous la forme d'un journal. « Le 2 août, il est un peu triste, sans être malade[2] » ! Or, on lit dans *Le Horla* : « je me sens souffrant, ou plutôt je me sens triste ». C'est le premier symptôme. Puis le malade pense à son cauchemar, puis il entend des voix la nuit, et il finit par vouloir se tuer, avant de voir cesser sa crise et d'obtenir la guérison. Maupassant choisit (sens du tragique oblige) d'arrêter l'expérience au bord du suicide, avant toute possibilité de guérison. Il suit donc de près le texte de Taine, dans le détail de sa démonstration. Convaincu grâce à lui que nos sensations distinctes recouvrent tout un monde de phénomènes plus complexes qui nous échappent, il en arrive comme lui à la conclusion que la plus grande partie de notre être se trouve « hors des prises de notre

---

1. Id. t. I, p. 123. **2.** Id., p. 120.

conscience[1] ». La métaphore de l'ombre, de la pénombre, de l'obscurité, revient constamment sous la plume de Taine pour désigner les méandres de ce que d'autres appelleront l'inconscient. A la fin de ses deux volumes, Taine ajoute en appendice une « Note sur les éléments et la formation de l'idée du moi », qui présente un vif intérêt pour le lecteur de Maupassant. « Je suis un autre[2] », constate le malade dont la voix, quand il parle, lui semble étrange. On peut lire que « ses jambes étaient mues comme par un ressort étranger à sa volonté[3] ». On se souvient que dans *Le Horla*, le narrateur écrit qu'il n'est plus maître de ses mouvements. « J'étais un autre », écrit le malade cité par Taine, « et je haïssais, je méprisais cet autre ; il m'était absolument odieux[4] ». « Il est en moi, il devient mon âme ; je le tuerai ! », note le rédacteur du journal. Comme l'écrit finement Sergio Sacchi dans son remarquable article (fort peu cité) sur *Le Horla*, le *Horla* est « en même temps la limite qui l'étouffe et toute sa vérité la plus profonde[5] ». D'où la logique de la tentation suicidaire, dont les lecteurs familiers de Maupassant savent qu'elle apparaît comme un motif récurrent de son œuvre[6] ! Taine termine sa « note » par ce commentaire du témoignage du malade : « A mon sens, ceci est décisif, et je trouve le petit récit qu'on vient de lire plus instructif qu'un volume métaphysique sur la substance du moi[7]. » Maupassant n'aurait-il pas tenté, lui aussi, de substituer aux spéculations théoriques un récit plus court, moins abstrait, mais tout aussi dense, par les présupposés qu'il implique et les abîmes qu'il entrouvre ?

Mais n'allons pas croire à la seule vertu illustrative des textes de Maupassant. Il ne s'agit pas d'en faire un

---

1. Ed. cit., t. I, p. 202. **2.** Id. t. II, p. 462. **3.** Id., p. 463. **4.** Id. p. 468. **5.** « La face obscure de Maupassant et la "maïeutique" du "Horla" I et II », *Il confronto letterario*, mai 1984 et novembre 1984, I, p. 131. **6.** M. Bury, *La Poétique de Maupassant*, Sedes, 1994, p. 9-10. Voir notamment les deux récits de Maupassant, *Suicides* et *L'Endormeuse.* **7.** Ed. cit., t. II, p. 470.

vulgarisateur qui utilise les thèses en cours pour y trouver des idées. Aussi bien la référence au texte majeur de Taine ne réduit-elle pas le texte. Au contraire, elle permet de mesurer combien cette certitude des limites de l'intelligence humaine, de la fragilité de la raison, influe sur la conception même des catégories littéraires. L'étude de la psychologie, qui aboutit à montrer que le dédoublement du moi est une réalité mentale et non pas un simple motif littéraire, conduit à repenser le fantastique.

TERREUR

Paru pour la première fois dans La République des Lettres *le 20 juin 1876, avant d'être repris dans le volume intitulé* Des vers *(1880), le poème « Terreur » introduit le thème de la peur inexplicable et de la présence angoissante d'un « autre » :*

Ce soir-là j'avais lu fort longtemps quelque auteur.
Il était bien minuit, et tout à coup j'eus peur.
Peur de quoi ? je ne sais, mais une peur horrible.

Je compris, haletant et frissonnant d'effroi,
Qu'il allait se passer une chose terrible...
Alors il me sembla sentir derrière moi
Quelqu'un qui se tenait debout, dont la figure
Riait d'un rire atroce, immobile et nerveux :
Et je n'entendais rien, cependant. O torture !
Sentir qu'il se baissait à toucher mes cheveux,
Et qu'il allait poser sa main sur mon épaule,
Et que j'allais mourir au bruit de sa parole !...
Il se penchait toujours vers moi, toujours plus près ;
Et moi, pour mon salut éternel, je n'aurais
Ni fait un mouvement ni détourné la tête...
Ainsi que des oiseaux battus par la tempête,
Mes pensers tournoyaient comme affolés d'horreur.
Une sueur de mort me glaçait chaque membre,
Et je n'entendais pas d'autre bruit dans ma chambre
Que celui de mes dents qui claquaient de terreur.

Un craquement se fit soudain ; fou d'épouvante,
Ayant poussé le plus terrible hurlement
Qui soit jamais sorti de poitrine vivante,
Je tombai sur le dos, roide et sans mouvement.

Le fantastique

Cette chronique, parue dans Le Gaulois *du 7 octobre 1883, donne une idée assez explicite du fantastique selon Maupassant. Il exclut tout recours au merveilleux et se situe à l'intérieur de l'être.*

Lentement, depuis vingt ans, le surnaturel est sorti de nos âmes. Il s'est évaporé comme s'évapore un parfum quand la bouteille est débouchée. En portant l'orifice aux narines et en aspirant longtemps, longtemps, on retrouve à peine une vague senteur. C'est fini.

Nos petits-enfants s'étonneront des croyances naïves de leurs pères à des choses si ridicules et si invraisemblables. Ils ne sauront jamais ce qu'était autrefois, la nuit, la peur du mystérieux, la peur du surnaturel. C'est à peine si quelques centaines d'hommes s'acharnent encore à croire aux visites des esprits, aux influences de certains êtres ou de certaines choses, au somnambulisme lucide, à tout le charlatanisme des spirites. C'est fini.

Notre pauvre esprit inquiet, impuissant, borné, effaré par tout effet dont il ne saisissait pas la cause, épouvanté par le spectacle incessant et incompréhensible du monde a tremblé pendant des siècles sous des croyances étranges et enfantines qui lui servaient à expliquer l'inconnu. Aujourd'hui, il devine qu'il s'est trompé, et il cherche à comprendre, sans savoir encore. Le premier pas, le grand pas est fait. Nous avons rejeté le mystérieux qui n'est plus pour nous que l'inexploré.

Dans vingt ans, la peur de l'irréel n'existera plus

même dans le peuple des champs. Il semble que la Création ait pris un autre aspect, une autre figure, une autre signification qu'autrefois. De là va certainement résulter la fin de la littérature fantastique.

Elle a eu, cette littérature, des périodes et des allures bien diverses, depuis le roman de chevalerie, les *Mille et une Nuits*, les poèmes héroïques, jusqu'aux contes de fées et aux troublantes histoires d'Hoffmann et d'Edgar Poe.

Quand l'homme croyait sans hésitation, les écrivains fantastiques ne prenaient point de précautions pour dérouler leurs surprenantes histoires. Ils entraient, du premier coup, dans l'impossible et y demeuraient, variant à l'infini les combinaisons invraisemblables, les apparitions, toutes les ruses effrayantes pour enfanter l'épouvante.

Mais, quand le doute eut pénétré enfin dans les esprits, l'art est devenu plus subtil. L'écrivain a cherché les nuances, a rôdé autour du surnaturel plutôt que d'y pénétrer. Il a trouvé des effets terribles en demeurant sur la limite du possible, en jetant les âmes dans l'hésitation, dans l'effarement. Le lecteur indécis ne savait plus, perdait pied comme en une eau dont le fond manque à tout instant, se raccrochait brusquement au réel pour s'enfoncer encore tout aussitôt, et se débattre de nouveau dans une confusion pénible et enfiévrante comme un cauchemar.

L'extraordinaire puissance terrifiante d'Hoffmann et d'Edgar Poe vient de cette habileté savante, de cette façon particulière de coudoyer le fantastique et de troubler, avec des faits naturels où reste pourtant quelque chose d'inexpliqué et de presque impossible.

*
* *

Le grand écrivain russe, qui vient de mourir, Ivan Tourgueneff, était à ses heures, un conteur fantastique de premier ordre.

On trouve, de place en place, en ses livres, quelques-uns de ces récits mystérieux et saisissants qui font passer des frissons dans les veines. Dans son œuvre pourtant, le surnaturel demeure toujours si vague, si enveloppé qu'on ose à peine dire qu'il ait voulu l'y mettre. Il raconte plutôt ce qu'il a éprouvé, comme il l'a éprouvé, en laissant deviner le trouble de son âme, son angoisse devant ce qu'elle ne comprenait pas, et cette poignante sensation de la peur inexplicable qui passe, comme un souffle inconnu parti d'un autre monde.

Dans son livre : *Etranges Histoires*, il décrit d'une façon si singulière, sans mots à effet, sans expressions à surprise, une visite faite par lui, dans une petite ville, à une sorte de somnambule idiot, qu'on halète en le lisant.

Il raconte dans la nouvelle intitulée *Toc Toc Toc*, la mort d'un imbécile, orgueilleux et illuminé, avec une si prodigieuse puissance troublante qu'on se sent malade, nerveux et apeuré en tournant les pages.

Dans un de ses chefs-d'œuvre : *Trois Rencontres*, cette subtile et insaisissable émotion de l'inconnu inexpliqué, mais possible, arrive au plus haut point de la beauté et de la grandeur littéraire. Le sujet n'est rien. Un homme trois fois, sous des cieux différents, en des régions éloignées l'une de l'autre, en des circonstances très diverses, a entendu, par hasard, une voix de femme qui chantait. Cette voix l'a envahi comme un ensorcellement. A qui est-elle, il ne le sait pas. Rien de plus. Mais tout le mystérieux adorable du rêve, tout l'au-delà de la vie, tout l'art mystique enchanteur qui emporte l'esprit dans le ciel de la poésie, passent dans ces pages profondes et claires, si simples, si complexes.

Quel que fût cependant son pouvoir d'écrivain, c'est en racontant, de sa voix un peu épaisse et hésitante, qu'il donnait à l'âme la plus forte émotion.

Il était assis, enfoncé dans un fauteuil, la tête pesant sur les épaules, les mains mortes sur les bras du siège, et les genoux pliés à angle droit. Ses cheveux, d'un

Ivan Tourgueniev.

blanc éclatant, lui tombaient de la tête sur le cou, se mêlant à la barbe blanche qui lui tombait sur la poitrine. Ses énormes sourcils blancs faisaient un bourrelet sur ses yeux naïfs, grands ouverts et charmants. Son nez, très fort, donnait à la figure un caractère un peu gros, que n'atténuait qu'à peine la finesse du sourire et de la bouche. Il vous regardait fixement et parlait avec lenteur, en cherchant un peu le mot ; mais il le trouvait toujours juste, ou plutôt, unique. Tout ce qu'il disait faisait image d'une façon saisissante, prenait l'esprit comme un oiseau de proie prend avec ses serres. Et il mettait dans ses récits un grand horizon, ce que les peintres appellent « de l'air », une largeur de pensée infinie en même temps qu'une précision minutieuse.

Un jour, chez Gustave Flaubert, à la nuit tombante, il nous raconta ainsi l'histoire d'un garçon qui ne connaissait pas son père, et qui le rencontra, et qui le perdit et le retrouva sans être sûr que ce fût lui, en des circonstances possibles mais surprenantes, inquiétantes, hallucinantes, et qui le découvrit enfin, noyé sur une grève déserte et sans limite, — avec un tel pouvoir de terreur inexplicable, que chacun de nous rêva ce récit bizarre.

Des faits très simples prenaient parfois, en son esprit et en passant par ses lèvres, un caractère mystérieux. Il nous dit, un soir, après dîner, sa rencontre avec une jeune fille, dans un hôtel, et l'espèce de fascination que cette enfant exerça sur lui dès la première seconde ; il tâcha même de nous faire comprendre les causes de cette séduction, et il nous parla de la façon qu'elle avait d'ouvrir les yeux sans les fixer d'abord, et de ramener ensuite d'un mouvement très lent le regard sur les personnes. Il racontait le soulèvement de ses paupières, celui de la prunelle, le pli des sourcils, avec une si étrange netteté de souvenir qu'il nous fascina presque par l'évocation de cet œil inconnu. Et ce simple détail devenait plus inquiétant dans sa bouche que s'il eût dit quelque histoire terrible.

Le charme exquis de sa parole devenait étrangement

pénétrant dans les histoires d'amours. Il a écrit, je crois, celle qu'il nous a dite d'une façon si attendrissante.

Il chassait, en Russie, et il reçut l'hospitalité dans un moulin. Comme le pays lui plaisait, il se résolut à y rester quelque temps. Il s'aperçut bientôt que la meunière le regardait, et, après quelques jours d'une galanterie rustique et délicate, il devint son amant. C'était une belle fille blonde, propre, fine, mariée à un rustre. Elle avait dans le cœur cette instinctive distinction des femmes qui comprennent par intuition toutes les choses subtiles du sentiment, sans avoir jamais rien appris.

Il nous conta leurs rendez-vous dans le grenier à paille, que secouait d'un tremblement continu la grosse roue toujours tournant, leurs baisers dans la cuisine pendant que, penchée devant le feu, elle faisait le dîner des hommes, et le premier coup d'œil qu'elle avait pour lui quand il rentrait de la chasse, après un jour de courses dans les hautes herbes.

Mais il dut aller passer une semaine à Moscou, et il demanda à son amie ce qu'il fallait lui rapporter de la ville. Elle ne voulut rien. Il lui offrit une robe, des bijoux, des parures, une fourrure, ce grand luxe des Russes.

Elle refusa.

Il se désolait, ne sachant quoi lui proposer. Il lui fit enfin comprendre qu'elle lui causerait un gros chagrin en refusant. Alors elle dit :

— Eh bien ! vous m'apporterez un savon.

— Comment, un savon ! Quel savon ?

— Un savon fin, un savon aux fleurs, comme ceux des dames de la ville.

Il était fort surpris, ne comprenant guère la raison de ce goût étrange. Il demanda :

— Mais pourquoi veux-tu justement un savon ?

— C'est pour me laver les mains et qu'elles sentent bon, et que vous me les baisiez comme vous faites aux dames.

Il disait cela d'une telle façon, ce grand homme tendre et bon, qu'on avait envie de pleurer.

REPÈRES BIOGRAPHIQUES

1850-1863

Guy de Maupassant est né le 5 août 1850 en Normandie, dans la commune de Tourville-sur-Arques (Seine-Maritime), au château de Miromesnil, loué par sa mère pour la circonstance. Son père, Gustave de Maupassant (1821-1899), d'origine lorraine, affiche une particule récemment acquise (1757) tandis que sa mère, Laure Le Poittevin (1821-1904), fille d'un filateur rouennais, connaît intimement Gustave Flaubert par son frère Alfred, qui est son ami intime. Un frère, Hervé, naît en 1856 et mourra fou en 1889 après avoir été interné. La famille partage sa vie entre Rouen, Fécamp et Étretat, jusqu'au jour où un revers de fortune pousse Gustave à chercher un emploi dans la banque à Paris. Le jeune Guy fait sa rentrée au lycée Napoléon (aujourd'hui Henri IV) en 1859. A cette date, les relations entre Laure et Gustave se sont détériorées. En 1860 intervient la séparation entre les parents, vécue par Maupassant comme un traumatisme, dont on trouve la trace dans la nouvelle *Garçon, un bock !*. De cette cruelle expérience il gardera l'idée que tout mariage est voué à l'échec. Laure quitte Paris et regagne le pays natal, Étretat et la maison des Verguies, avec ses deux fils. Guy compense alors la perte d'un relatif équilibre familial par de longs tête-à-tête avec la mer et la campagne normande. En octobre 1863 il part faire ses études secondaires à l'institution ecclésiastique d'Yvetot, où il étouffe d'ennui et prend en horreur la religion. Il y restera jusqu'en 1868.

1863-1869

À Yvetot, il rêve d'acheter un bateau et lit en cachette *La Nouvelle Héloïse*, qui lui sert de « désinfectant et de pieuse lecture » ! Il rencontre pendant l'été 1864 à Étretat le peintre Corot et se porte au secours du poète Swinburne, qui se noyait. A Yvetot, pour tromper l'ennui, il s'adonne à deux occupations révélatrices de son caractère ambivalent : il compose ses premiers vers et se livre par ailleurs à de grosses plaisanteries. Les uns comme les autres lui valent d'être renvoyé de l'institution. Il entre alors comme interne au lycée de Rouen, en 1868. Il y fait deux rencontres décisives, celle du poète Louis Bouilhet, conservateur de la bibliothèque de Rouen, qui l'encourage à écrire des vers, et de son ami intime qui n'est autre que Gustave Flaubert et qui le pousse plutôt vers la prose. Chaque dimanche, Maupassant peut fréquenter les deux hommes qu'il prend vite pour ses maîtres. Reçu bachelier ès lettres le 27 juillet 1869, il s'inscrit en octobre à Paris en première année de droit et s'installe dans l'immeuble où habite son père, rue Moncey.

1870-1871

Lorsque la guerre de 1870 contre la Prusse éclate, Maupassant est versé dans l'intendance à Rouen. Il se trouve pris dans la déroute de l'armée et regagne Paris où il vit le siège de la ville. Cette expérience de la mort en direct provoque chez lui un sentiment d'horreur en même temps qu'un anti-militarisme virulent qui ne se démentira pas. Les nouvelles évoquant l'occupation prussienne, comme *Boule de Suif*, *Mademoiselle Fifi* ou encore *Deux amis*, insistent sur le caractère absurde de la guerre, qui réduit les hommes à l'état de bêtes. Dans *Sur l'eau*, quelques pages témoignent également de l'injustice, de la cruauté gratuite, de la lâcheté des hommes « redevenus des brutes, affolés », qui tuent « par plaisir, par terreur, par bravade, par ostentation ». Maupassant séjourne à Rouen pendant la Commune. En septembre 1871, il trouve un remplaçant pour effectuer son service militaire et quitte l'armée.

1871-1879

Il n'est plus question de poursuivre des études : la guerre a ruiné la famille et Maupassant doit se contenter d'une vacation au ministère de la Marine et des Colonies, puis d'un poste fixe de commis dans ce même ministère, avant de changer pour l'Instruction publique. Il enrage d'être fonctionnaire et de ne pouvoir s'adonner à l'écriture, mais il trouve tout de même le temps, pressé par les encouragements de Flaubert qui l'exhorte au travail, d'écrire des vers, des pièces de théâtre et quelques nouvelles (*La Main d'écorché*, 1875), et de fréquenter les mardis de Mallarmé. Ses relations littéraires sont nombreuses, puisqu'il dîne chez Huysmans, Mendès, Zola, et passe ses dimanches chez Flaubert. A l'automne 1876, il emménage rue Clauzel. Le 16 avril 1877, un dîner célèbre réunit à la brasserie Trapp les jeunes espoirs de la littérature naturaliste, parmi lesquels Huysmans et Maupassant, et les ténors du réalisme, Flaubert, Zola et Goncourt, régalés par leurs disciples. Dès cette époque, Maupassant commence à souffrir de la syphilis contractée lors des fameuses parties de canotage à la Grenouillère sur les bords de Seine, et effectue sa première cure à Loëche-les-Bains, au mois d'août 1877. Durant toutes ces années, Flaubert enseigne à son disciple les règles de l'Art. En 1879, la *Revue moderne et naturaliste* publie le poème « Au bord de l'eau », sous le titre « Une fille ». Cela vaut à Maupassant une menace de procès au début de l'année suivante, pour outrage aux bonnes mœurs.

1880

L'intervention de Flaubert sauve Maupassant du procès. La même année, Maupassant entre dans le monde littéraire grâce à *Boule de Suif*, publiée dans *Les Soirées de Médan*, recueil composé de nouvelles écrites par les jeunes naturalistes : Flaubert lui-même considère le récit comme « un chef-d'œuvre ». Le recueil *Des vers* paraît aussi. Maupassant souffre de violentes migraines. Le 8 mai, Flaubert s'éteint, frappé d'apoplexie. Maupassant, abattu, ressent « l'inutilité de vivre », « cet isolement moral dans lequel nous vivons tous, mais dont je souffrais moins quand je pouvais causer avec lui ». Dans le même temps, il collabore au journal *Le Gaulois*, auquel il donne régulièrement des chroniques et des nouvelles, ce qui lui permet de vivre de sa plume, et d'abandonner le ministère. Les malaises physiologiques dus à la syphilis continuent à se manifester, troubles cardiaques et oculaires, migraines, chute de cheveux, encore supportables mais déjà menaçants, à l'orée même de la gloire.

1880-1890

Dès lors, faisant preuve d'une extraordinaire fécondité, Maupassant ne cesse de produire, écrivant en l'espace de dix années ce qui constitue l'essentiel de son œuvre. En 1881 paraît *La Maison Tellier.* Il collabore au *Gil Blas* sous le pseudonyme de Maufrigneuse, à diverses revues, effectue un reportage en Algérie. Il travaille également à ses romans dont le premier, *Une vie*, paraît en 1883. Il fait construire sa villa « La Guillette », près d'Étretat. Paraissent les *Contes de la Bécasse, Clair de Lune.* Il échappe parfois, grâce au voyage, à ce rythme trépidant et se rend tantôt en Normandie, tantôt sur la Côte d'Azur, tantôt en Afrique du Nord ou en Italie. Cette dromomanie cache une profonde angoisse, masquée par le caractère enviable de sa situation. En 1884 paraissent *Miss Harriet, Les Sœurs Rondoli, Yvette, Au soleil.* Maupassant souffre de troubles nerveux et s'installe rue Montchanin à Paris. Sa renommée toujours croissante, surtout après la publication de *Bel-Ami* en 1885 et des *Contes du jour et de la nuit*, le conduit à fréquenter la haute société parisienne, après avoir connu le monde des paysans normands, des petits fonctionnaires et des journalistes. Il multiplie les conquêtes et les amitiés raffinées. Il voyage en Italie, souffre de troubles oculaires et séjourne en cure à Châtelguyon. En 1886 paraissent *Toine, Monsieur Parent, La Petite Roque*. Maupassant fait une nouvelle cure à Châtelguyon. 1887 voit la parution du roman *Mont-Oriol* et du recueil *Le Horla.* Maupassant effectue un voyage en ballon de Paris à Heyst, en Belgique : l'aérostat est baptisé « Le Horla ». Il voyage en Afrique du Nord. Son état de santé s'aggrave. *Pierre et Jean* paraît en 1888, précédé d'une importante étude sur « Le roman ». Paraissent aussi *Sur l'eau*, puis en 1889 *Fort comme la mort, Le Rosier de madame Husson, La Main gauche*. Un grave souci l'accable : son frère Hervé donne des signes toujours plus grands de déséquilibre mental. On doit finalement l'interner dans un établissement lyonnais où il meurt le 13 novembre 1889. Cette mort frappe beaucoup Maupassant dont la santé se détériore et qui multiplie les cures et les déplacements. Il publie *Notre cœur* et *L'Inutile Beauté*. Il projette d'écrire deux romans qui ne verront jamais le jour. Sa maladie s'aggrave, il fait une cure à Divonne, à Aix-les-Bains. Fin décembre, il sent venir la folie, au point de tenter un suicide, dans la nuit du 1er au 2 janvier 1892. « Maupassant » a cessé d'exister : on l'interne dans la clinique du docteur Blanche, à Passy. Réduit à l'état de corps souffrant et privé de raison, il meurt le 6 juillet 1893. Il est inhumé deux jours plus tard au cimetière du Montparnasse.

CHOIX BIBLIOGRAPHIQUE

PRINCIPALES ÉDITIONS DES ŒUVRES DE MAUPASSANT

Œuvres complètes illustrées, édition de G. Sigaux, Rencontre, 1961-1962, 16 vol.

Œuvres complètes, édition de P. Pia, chronologie et bibliographie de G. Sigaux, Évreux, « Le Cercle du bibliophile », 1969-1971, augmentée de 3 vol. de *Correspondance* éditée par J. Suffel, 1973, 17 vol.

Chroniques, préface par H. Juin, U.G.C., collection 10/18, 3 vol., 1980, réédition en 1993.

Contes et nouvelles, édition de L. Forestier, Gallimard, « Bibliothèque de la Pléiade », 1974-1979, 2 vol.

Romans, édition de L. Forestier, Gallimard, « Bibliothèque de la Pléiade », 1987, 1 vol.

BIOGRAPHIES

LANOUX (A.), *Maupassant le Bel-Ami*, Fayard, 1967, réédition par Le Livre de Poche, 1979, 1983.

STEEGMULLER (F.), *Maupassant : a lion in the path*, New York, Random House, 1949, rééd. par Macmillan, 1972.

TROYAT (H.), *Maupassant*, Flammarion, 1989.

TRAVAUX CRITIQUES SUR MAUPASSANT

BESNARD-COURSODON (M.), *Etude thématique et structurale de l'œuvre de Maupassant : le piège*, Nizet, 1973.

BONNEFIS (P.), *Comme Maupassant*, Presses Universitaires de Lille, 1981.

BRUNETIÈRE (F.), « Les nouvelles de M. de Maupassant », *Revue des Deux Mondes*, octobre 1888, repris dans le « Dossier Maupassant », *Revue des Deux Mondes*, juin 1993, pp. 19-33.

BRYANT (D.), *The Rhetoric of Pessimism and Strategies of Containment in the Short stories of Guy de Maupassant*, Lampeter, Edwin Mellen Press, 1993.

BURY (M.), *La Poétique de Maupassant*, SEDES, 1994.

CASTELLA (C.), *Structures romanesques et vision sociale chez Maupassant*, Lausanne, L'Âge d'Homme, 1972.

COGNY (P.), *Maupassant l'homme sans Dieu*, Bruxelles, La Renaissance du livre, 1968.

CROUZET (M.), « Une rhétorique de Maupassant ? », *La Rhétorique au* XIXe *siècle*, *R.H.L.F.*, n° spécial, mars-avril 1980, pp. 233-261.

DANGER (P.), *Pulsion et désir dans les romans et nouvelles de Guy de Maupassant*, Nizet, 1993.

DELAISEMENT (G.), *La Modernité de Maupassant*, Rive Droite, 1995.

FORESTIER (L.), « Maupassant et la poésie », *Le Lieu et la Formule*, hommage à Marc Eigeldinger, Neuchâtel, A La Baconnière, 1978, pp. 137-151. ; « Bilan de l'année Maupassant », *Bulletin des Amis de Flaubert et de Maupassant*, 1994, n° 2, pp. 7-18.

FRATANGELO (A. et M.), *Guy de Maupassant scrittore moderno*, Florence, L. S. Olschki, 1976.

GREIMAS (A.-J.), *Maupassant, la sémiotique du texte*, Seuil, 1976.

HAEZEWINDT (B.), *Guy de Maupassant : de l'anecdote*

au conte littéraire, Rodopi, « Faux titre », Amsterdam-Atlanta, 1993.

KESSLER (H.), *Maupassant Novellen. Typen und Themen*, Braunschweig, G. Vestermann Verlag, 1966.

LETHBRIDGE (R.), « Maupassant : a centenary *état présent* », *Maupassant conteur et romancier*, University of Durham, 1994, pp. 185-201.

MAC NAMARA (M.), *Style and Vision in Maupassant's Nouvelles*, European University Studies, Berne, Peter Lang, 1986.

PARIS (J.), « Maupassant et le contre-récit », *Le Point aveugle, Univers parallèles II*, Seuil, 1975, pp. 135-222.

SAVINIO (A.), *Maupassant et l'« Autre »*, Gallimard, 1977.

SCHMIDT (A.-M.), *Maupassant par lui-même*, collection « Écrivains de toujours », Seuil, 1979.

SCHÖNE (M.), « La langue et le style de Maupassant », *Le Français moderne*, tome IX, avril et juin 1941, pp. 96-110, et 207-222.

THORAVAL (J.), *L'Art de Maupassant d'après ses variantes*, Imprimerie nationale, 1950.

VIAL (A.), *Maupassant et l'art du roman*, Nizet, 1954 ; *Faits et Significations*, Nizet, 1973.

WILLI (K.), *Déterminisme et liberté chez Guy de Maupassant*, Zurich, Juris Druck Verlag, 1972.

OUVRAGES COLLECTIFS SUR MAUPASSANT

Analyses et réflexions sur Maupassant : le Pessimisme, Ellipses, 1979.

Europe, n° 482, juin 1969 et n° 772-773, août-septembre 1993.

Flaubert et Maupassant, écrivains normands, Presses Universitaires de Rouen/PUF, 1981.

Imaginer Maupassant, textes réunis par F. Marcoin, *Revue des Sciences Humaines*, n° 235, juillet/septembre 1994.

Magazine littéraire, n° 156, janvier 1980, n° 310, mai 1993.

Maupassant conteur et romancier, ed. by C. Lloyd a. R. Lethbridge, Durham Modern Language series, University of Durham, 1993.

Maupassant, du réel au fantastique, préface de L. Forestier, n° spécial des *Études Normandes*, XLIII, 2, 1994.

Maupassant et l'écriture, Actes du colloque de Fécamp, L. Forestier directeur, Nathan, 1993.

Maupassant, miroir de la nouvelle, colloque de Cerisy, « L'Imaginaire du texte », Presses Universitaires de Vincennes, 1988.

Maupassant multiple, Actes du colloque de Toulouse, Presses Universitaires du Mirail, 1995.

Revue d'Histoire Littéraire de la France, n° spécial « Maupassant », n° 5, septembre-octobre 1994.

TRAVAUX CRITIQUES AUTOUR DU FANTASTIQUE ÉCLAIRANT LA LECTURE DES RÉCITS REPRODUITS DANS CE VOLUME.

BANCQUART (M.-C.), *Maupassant conteur fantastique*, Minard, lettres modernes, 1976, n° 163.

BAYARD (P.), *Maupassant, juste avant Freud*, Éditions de Minuit, 1994.

BARON (A.-M.), « La description clinique des états limites chez Maupassant », *RHLF*, n° spécial « Maupassant », pp. 765-773.

BESNARD-COURSODON, (M.), « Une « chaise basse en crêpe de Chine » », *Sommeils maupassantiens, Romantisme*, 3, 1982, pp. 41-52.

BIENVENU (J.), *Maupassant, Flaubert et le Horla*, Marseille, Muntaner, 1991.

BUISINE (A.), « Prose tombale », *Revue des Sciences Humaines*, n° 180, 1975, 4, pp. 539-551.

BRYANT (D.), « Maupassant and the Writing Hand », *Maupassant conteur et romancier*, pp. 85-96.

BURY (M.), « Maupassant pessimiste ? », *Romantisme*, n° 61, 1988, pp. 75-85 ; « Le loisir et la disparition du moi : de l'inaction à la ruine de la vie intérieure », *Les Loisirs et l'héritage de la culture classique*, Bruxelles, Latomus, 1996, pp. 677-684 ; « *Le Horla* ou l'expérience des limites », *Op.Cit*, 5, 1995, pp. 245-251. ; « Comment peut-on lire *Le Horla* ? », id., pp. 253-258.

CABANES (J.-L.), *Le Corps et la maladie dans les récits réalistes*, Klincksieck, 1991, 2 vol.

CASTELLA (C.), « Une divination sociologique : les contes fantastiques de Maupassant (1875-1891), *Agencer un univers nouveau*, textes réunis par L. Forestier, Minard, lettres modernes, 1976, pp. 64-92.

CASTEX (P.-G.), *Le conte fantastique en France de Nodier à Maupassant*, Corti, 1951.

CHAMBERS (R.), « La lecture comme hantise. *Spirite* et *Le Horla* », *Revue des Sciences humaines*, 1980, n° 177, pp. 105-117.

CHAREYRE-MÉJAN (A.), DUPERROY (M.) éd., « Le Fantastique ou le comble du réalisme », *Du fantastique en littérature*, Publications de l'Université de Provence, 1990, pp. 45-50.

COGMAN (P.), « Not the whole truth. Censorship and omission in Maupassant's « Un cas de divorce », *Forum for modern language studies*, Oxford, XXX, 1994, pp. 124-134.

COGNY (P.), « La structure de la farce chez Guy de Maupassant », *Europe*, 1969, pp. 93-99 ; *Le Maupassant du Horla*, Minard, lettres modernes, 1970.

DENTAN (M.), « Le Horla ou le vertige de l'absence », *Études de lettres*, III, 1976, n° 2, pp. 45-54.

DÖRING (U.), « Die Bedeutung der Wahrnehmung in Maupassants phantasticher Erzählung *Le Horla* », *Zeitschrift für Französischen Sprache und Literatur*, 1984, 94, pp. 49-65.

L'École des lettres, n° spécial *Autour du Horla*, 12, 15 juin 1994.

FELMAN (S.), *La Folie et la chose littéraire*, Seuil, collection Pierres vives, 1978.

FITZ (B. E.), « The Use of Mirrors and Mirror Analogues in Maupassant's *Le Horla* », *French Review*, 1972, 4, pp. 954-963.

FONYI (A.), « La limite, garantie précaire de l'identité », *RHLF*, n° spécial « Maupassant », pp. 757-764.

FORESTIER (L.), « Guy de Maupassant et le salon de 1886 », *Flaubert et Maupassant écrivains normands*, pp. 111-125.

FORESTIER (L.), « La Lettre, le journal et le "hors-là". A propos de quelques contes de Maupassant », *Mélanges offerts à J. Robichez*, SEDES, 1987, pp. 147-151.

HAMON (P.), « *Le Horla* de G. de Maupassant, essai de description structurale », *Littérature*, 1971, 4, pp. 36-43.

HARRIS (T. A. Le V.), *Maupassant in the Hall of Mirrors : Ironies of Repetition in the works of Maupassant*, Londres, Macmillan, 1990.

LARTIGUE (P.), *Technique du conte et anticonformisme chez Guy de Maupassant*, Thèse, Aix, 1967, dactyl.

LECLERC (Y.), « Maupassant : le texte hanté », *Maupassant et l'Écriture*, pp. 259-270 ; « D'un fantastique vraiment littéraire », *Maupassant, du réel au fantastique*, pp. 66-74.

LINTVELT (J.), « L'Animalisation humaine et l'amour dans *Berthe* », CRIN, 1988.

MALRIEU (J.), *Le Fantastique*, Hachette, 1992 ; Le Horla *de Guy de Maupassant*, Gallimard, 1996, coll. Foliothèque.

MARCOIN (F.), « La Représentation bloquée », *Revue des Sciences Humaines*, 1974, 154, pp. 249-266.

MARMOT-RAIM (A.), *La Communication non-verbale chez Maupassant*, Nizet, 1986.

NEEFS (J.), « La représentation fantastique dans *Le Horla* de Maupassant », *Cahiers de l'Association Internationale des Études Françaises*, 1980, XXXII, pp. 231-245.

PONNAU (G.), *La Folie dans la littérature fantastique*, PUF, 1997, collection *Écriture.*

PIERROT (J.), « Espace et mouvement dans les récits de Maupassant », *Flaubert et Maupassant écrivains normands*, pp. 167-196.

ROPARS-WUILLEUMIER (M.-C.), « La Lettre brûlée (écriture et folie dans *Le Horla*) », Colloque de Cerisy *Le Naturalisme*, UGE, 10/18, 1978, pp. 349-366.

SACCHI (S.), « La Face obscure de Maupassant et la "maïeutique" du *Horla I et II* », *Il Confronto Letterario*, 1, mai 1984, pp. 121-131 ; 2, 7, nov. 1984, pp. 354-367.

SALEM (J.), « Le bestiaire imaginaire de Guy de Maupassant », *Maupassant et l'écriture*, pp. 129-138.

SCHAFFNER (A.), « Pourquoi *Horla* ? ou le passage du miroir », *Les Temps modernes*, 1988, fév., 499, pp. 150-164.

SCHAPIRA (Ch.), « La Folie, thème et outil narratif dans les contes de Maupassant », *Neophilologus*, janv. 90, 74, 1, pp. 30-43.

SERRES (M.), « Lieux et positions », *Europe*, n° spécial 1993, pp. 26-43.

SULLIVAN (E. D.), « Maupassant et la nouvelle », *Cahiers de l'Association Internationale des Études Françaises*, n° 27, 1975, pp. 223-236.

TARGE (A.), « Trois apparitions du *Horla* », *Poétique*, Seuil, 1975, 24, pp. 446-459.

TERRAMORSI (B.), « Maupassant et James : les tours du fantastique », *Europe*, n° spécial 1993, pp. 129-142.

TROUBETSKOY (W.), *L'Ombre et la différence. Le Double en Europe*, PUF, 1996, coll. Littératures européennes.

VAX (L.), *La Séduction de l'étrange*, PUF, 1965.

Table des illustrations

Guy de Maupassant. Musée Carnavalet. Paris. Photo Bulloz 5
Illustration de Gavarni pour un conte fantastique de Hoffmann, *La Porte murée*. Photo Charmet 13
Claude Monet : *Bras de Seine à Giverny*. Musée d'Orsay. Paris. Giraudon. 41
Maupassant en barque avec des amies vers 1875-1880. BNF. Paris 45
Illustration de Luc Barbut pour *La Peur*. Photothèque Hachette 65
Gravure de E. Zier. Photo Charmet 129
Illustration de Julian-Damazy. Librairie Ollendorf. Paris, 1903. Photothèque Hachette........... 223
Page du manuscrit du *Horla*. Archives LGF 277
Illustration de Julian-Damazy. Librairie Ollendorf. Paris, 1908. Photo Charmet..................... 291
Illustration de Julian-Damazy. Librairie Ollendorf. Paris, 1908. Photo Charmet..................... 295
Ivan Tourgueniev. Collection Viollet 367

Table

Introduction, par Mariane Bury 7
Note sur la présente édition 29

La Main d'écorché.......................... 31
Sur l'eau.......................... 38
Magnétisme.......................... 48
Fou ?.......................... 54
La Peur (1882).......................... 60
Conte de Noël.......................... 69
Auprès d'un mort.......................... 76
Mademoiselle Cocotte 82
Apparition 89
Suicides.......................... 98
Denis 105
Lui ? 113
La Main.......................... 122
Solitude 131
La Chevelure.......................... 138
Promenade.......................... 147
Le Tic.......................... 155
La Peur (1884).......................... 162
La Tombe.......................... 172
Un fou ? 177
Berthe.......................... 184
Lettre d'un fou.......................... 196
Un fou 204
Un cas de divorce.......................... 213
L'Auberge.......................... 222
Le Horla (1886) 239

Madame Hermet 250
Le Horla (1887) 259
La Nuit 297
Moiron 304
L'Homme de Mars 312
L'Endormeuse 322
Qui sait ? 334

ANNEXES

Sur le nom du Horla 352
De l'intelligence de Taine et *Le Horla* de Maupassant 355
« Terreur », poème de Maupassant 362
« Le fantastique », chronique de Maupassant 364

Repères biographiques 370
Choix bibliographique 375

Composition réalisée par NORD COMPO

IMPRIMÉ EN FRANCE PAR BRODARD ET TAUPIN
La Flèche (Sarthe).
N° d'imprimeur : 1574 – Dépôt légal Édit. 1015-04/2000
LIBRAIRIE GÉNÉRALE FRANÇAISE - 43, quai de Grenelle - 75015 Paris.

ISBN : 2 - 253 - 00539 - 8 30/0840/6